Das Buch

Ex-Polizist Joe Crow ist auf der Suche nach einem Job, nachdem seine Ersparnisse langsam zur Neige gehen und die Streitereien mit seiner Frau das Maß des Erträglichen übersteigen. Da vermittelt sein Schwager ihn als Leibwächter an den Schönheitschirurgen Dr. Bellweather, der – wie sich später herausstellt – als Arzt einen sehr zweifelhaften Ruf hat und kurz vor dem Bankrott steht.

Bellweather nimmt Joe Crow mit zur Ranch der beiden Brüder George und Ricky Murphy, die einem passionierten Jäger, wie es der Chirurg ist, jedes jagdbare Wild beschaffen, nach dem sein Jägerherz verlangt. Alles ist möglich, egal ob es sich um einheimisches Wild handelt oder um exotisches Großwild wie einen bengalischen Tiger.

Doch plötzlich ändert sich die Situation; der Jäger wird zum Gejagten. Crow, der seine Vergangenheit als Polizist nicht verleugnen kann, beginnt zu ermitteln und entdeckt bald, daß alle Beteiligten Dreck am Stecken haben. Fast gerät er noch selbst in Gefahr.

Der Autor

Pete Hautman legt mit *Schnelle Kohle* seinen zweiten Roman vor. Bereits sein Erstling *Der Schüttelscheck* wurde von der New York Times zu den beachtenswerten Büchern des Jahres 1993 gezählt.

Er lebt mit der Schriftstellerin und Dichterin Mary Logue in Minnesota.

PETE HAUTMAN

SCHNELLE KOHLE

Roman

Aus dem Amerikanischen
von Thomas Hag

Deutsche Erstausgabe

WILHELM HEYNE VERLAG
MÜNCHEN

HEYNE ALLGEMEINE REIHE
Nr. 01/10616

Titel der Originalausgabe
SHORT MONEY

Umwelthinweis:
Das Buch wurde auf
chlor- und säurefreiem Papier gedruckt.

Redaktion: Werner Heilmann

Printed in Germany 1998
Umschlagillustration: Bildagentur Mauritius/Reinhard, Mittenwald
Umschlaggestaltung: Atelier Ingrid Schütz, München
Satz: Pinkuin Satz- und Datentechnik, Berlin
Druck und Bindung: Ebner, Ulm

ISBN 3-453-13688-8

Für meine Brüder,
die auf die Jagd gehen –
und für meine Schwestern,
die's nicht tun

FELIS LEO

He hunted game in the moonshine bright,
with never a thought of harm,
But he got quite a fright, when there hove in sight
Teddy, armed to the teeth with a knife and a sheath
And a rifle beneath his arm.
The colonel plugged him with a laugh,
While Kermit took his photograph.
Said he, »Those Wall Street Boys would cry,
If they knew how near I'd been to die,
Oh, this country's bull, bull, bully,
I've enjoyed it full, full, fully,
For it euchres the best they can show in the West,
That's so wild and wool, wool, wooly.«

Aus einem Song, den ›Miß Shooter‹ während der berühmten Roosevelt-Expedition von 1909 für Präsident Theodore Roosevelt sang.

ERSTER TEIL

1

Wenn du mit einem Kerl zum Essen gehst, gut. Wenn du mit ihm Golf spielst, um so besser – solange du ihm keine Minderwertigkeitskomplexe verschaffst. Aber wenn du mit einem Kerl auf die Jagd gehst, wenn du in freier Wildbahn zusammen mit ihm etwas tötest, dann bleibst du für immer mit ihm verbunden.

Rich Wicky bei einem Gespräch über Geschäftsbeziehungen mit einem Handelsvertreter.

Der *Hummer* mit dem offenen Verdeck krabbelte aus dem Bachbett ans Ufer, drehte seine klobige Nase nach Norden und ächzte die steile Seite des Felsentals hinauf. Er bahnte sich einen Weg zwischen den größeren Bäumen hindurch, wobei er die kleineren Schößlinge und Büsche niederwalzte und das Herbstlaub in die Erde bügelte. Die beiden Männer, die hinten saßen, griffen nach dem gepolsterten Überrollbügel; der *Hummer* wälzte sich über einen Ast, und die 37-Inch-Reifen zermalmten das verrottete Holz.

»Man hat das Gefühl, als würden wir gleich umkippen, Doc«, sagte der junge Mann, der einen wattierten Overall in Tarnfarben trug. Er hieß Steve Anderson, ein Name, der perfekt zu seinen unauffälligen nordischen Zügen paßte.

Dr. Nelson Bellweather, ein rundlicher Mann mit kleinen Augen, dünnem hellem Haar und glatten, wie poliert glänzenden Wangen, lachte hell. Er trug ein rosa Hemd im Western-Stil mit silbernen Druckknöpfen und Kragenekken, eine Ralph-Lauren-Latzhose und Cowboystiefel aus Straußenleder von Lucchese. Der Doc lachte oft. Er hatte es geübt.

Plötzlich verloren die Reifen des *Hummer* den Halt, und der Wagen rutschte die 45-Grad-Böschung hinunter. Er prallte mit der Stoßstange gegen den Stamm einer verkrüppelten Schwarzlinde, die einen Schwall gelber und brauner Blätter herabregnen ließ.

»Ach du Scheiße!« knurrte Anderson. Er schwitzte heftig. Sein neuer Overall war für diesen sonnigen Oktobernachmittag eindeutig zu warm.

Der Doktor lachte wieder und strich sich ein paar Blätter von den Beinen. »Mach dir keine Sorgen, Stevie. Die Murphys verstehen ihr Handwerk.« Er beugte sich nach vorne. »Das stimmt doch, Shawn?«

Shawn Murphy, der pummelige zehnjährige Junge, der auf dem Beifahrersitz saß, antwortete: »Jawohl. Wir verstehen unser Geschäft, nicht wahr, Onkel?«

Der Fahrer, dessen schmaler Kopf unter einem verschlissenen mausgrauen Stetson steckte, nickte. Er drehte das Lenkrad nach links und ging die Steigung in einem anderen Winkel an. Der kraftvolle Einspritzmotor brachte die Räder in Schwung, und der *Hummer* begann erneut seinen Aufstieg über die von Blättern bedeckte Böschung. Je höher sie kamen, desto lauter wurde der Wagen. Anderson klammerte sich an den Überrollbügel und blickte die Böschung hinunter, wo sie eine Schneise zerstörter Vegetation hinter sich gelassen hatten. Der *Hummer* stöhnte auf und bahnte sich schlingernd seinen Weg zum Kamm hinauf. Oben angekommen, bogen sie auf einen schmalen, aber gut erkennbaren Pfad ab und hielten an. Das Motorgeräusch wurde zu einem fast unhörbaren Brummen. Ricky Murphy drehte sich zu seinen Passagieren um und hob seine dünnen blonden Augenbrauen. Mit seinem sonnengebräunten Gesicht, das von dem alten Stetson umrahmt wurde, sah er aus wie eine unterernährte Version des Marlboro-Mannes.

»Verdammt«, sagte Anderson. »Ich dachte, gleich überschlagen wir uns.«

Ricky grinste. »Scheiße, das war noch gar nichts! Haben ja nicht mal die Seilwinde gebraucht.« Er zog einen Beutel Red Man aus seiner Hemdtasche, holte ein faseriges Stück Kautabak heraus und steckte es sich in den Mund. Dann hielt er dem Jungen den Beutel hin, aber als der zugreifen wollte, zog er ihn weg und steckte ihn wieder ein. Der Junge verzog schmollend das Gesicht.

Dr. Bellweather lächelte und strich ihm über den Bürstenhaarschnitt.

»Wie steht's, Doc?« fragte Ricky. »Sind Sie bereit für ein bißchen Katzen-Action?«

Der Doktor sah Anderson an und zwinkerte ihm zu. »Was dagegen, Stevie? Erst meine Katze, dann Ihr Büffel?«

»Kein Problem«, sagte Anderson. Sein Herz schlug noch immer heftig. Es war seine erste Jagd, und er hoffte, daß er sich nicht dumm anstellen würde. Sein Boß bei Litten Securities, Rich Wicky, hatte ihm gesagt, er solle sich deswegen keine grauen Haare wachsen lassen. »Glauben Sie vielleicht, daß er Sie erschießen wird, oder was? Der Kerl hat gerade einen Haufen Geld verloren; er braucht jemanden zum Händchenhalten. Wenn er Sie nicht mögen würde, hätte er Sie nicht eingeladen. Soll er ruhig ein bißchen großtun und ein paar wilde Tiere abknallen. Geben Sie ihm das Gefühl, er sei eine heiße Nummer.«

Ricky schaltete in den ersten Gang und ließ den *Hummer* langsam über den Felsenkamm rollen.

Andersons neue Weatherby, aus der er noch keinen einzigen Schuß abgefeuert hatte, lag in ihrem Futteral hinten im *Hummer* und wurde jedesmal durchgeschüttelt, wenn Ricky über einen Stein oder einen Ast fuhr. Er hatte dem Verkäufer bei Big Don's Outfitters erklärt, daß er ein Gewehr für Büffel brauchte.

»Reden wir jetzt von Büffeln oder von Bisons?« hatte der Verkäufer gefragt.

Gab es da einen Unterschied?

»Ich weiß nicht«, hatte Anderson geantwortet.

Der Verkäufer diente ihm die Weatherby an. Zweitausendfünfhundert Bucks, inklusive des Leupold-Zielfernrohrs. Der Overall, die Stiefel und der Safarihut hatten ihn noch mal sechs Hunderter gekostet. Hoffentlich konnte er das wenigstens von der Steuer absetzen.

Nach hundert Metern verlangsamte Ricky das Tempo. »Festhalten, dahinten«, sagte er plötzlich und drehte das

Lenkrad scharf nach links. Die Nase des *Hummer* zeigte steil nach unten. Die Böschung war nicht gefährlicher als die, die sie heraufgekommen waren, aber Anderson hatte das Gefühl, als hingen sie über einem Abgrund. Der *Hummer* holperte und schlidderte den Abhang hinunter, entwurzelte dabei kleinere Bäume und hinterließ breite Narben in der Erde.

Schließlich erreichten sie eine flache Lichtung, die mit den braunen Überresten der sommerlichen Vegetation bedeckt war. Zu ihrer Linken konnten sie den Fluß zwischen den Bäumen sehen; rechts von ihnen stieg das Gelände an. Anderson erhob sich. Seine Hände umklammerten noch immer den Überrollbügel. Am anderen Ende der Lichtung verlief ein schmaler Waldweg.

»Warum haben wir nicht diese Straße genommen?« fragte er.

»Die Fahrt ist ein Teil der Safari, Stevie«, antwortete Dr. Bellweather. »Es geht um die Erfahrung. Jetzt können Sie allen erzählen, daß Sie ein Felsenkliff hinauf- und wieder hinuntergefahren sind, in einem – wie heißt dieses Ding noch mal, Shawn?«

»Hummer!«

»Mit diesen hier haben wir auch Saddam und dem Rest dieser Wüstennigger die Hölle heiß gemacht«, fügte Ricky hinzu. Er bewegte seinen Kiefer und spuckte ein braunes Stück Tabaksaft aus. »Ich hab' Ihre Katze da drüben auf der anderen Seite.« Er deutete über die Lichtung. Dort stand ein großer Drahtkäfig, etwa von der Größe eines Hundezwingers, vor der Felswand.

Ricky griff unter den Fahrersitz des *Hummer* und holte einen schwarzen Kasten hervor, der etwa die Ausmaße eines Telefonbuchs hatte. Er öffnete den Kasten und nahm ein seltsam geformtes Ding heraus, das Anderson zunächst nicht identifizieren konnte. Es sah aus wie ein Schlagbohrer. Als er genauer hinsah, stellte er fest, daß Ricky eine Art Maschinenpistole in der Hand hielt – eigentlich eine Metallbox mit einer Schulterstütze, etwa zwanzig Zentimeter lang, gerade mal drei Zentimeter breit und fünf Zentimeter hoch. Am Boden der Box war ein kurzer Metallgriff angebracht, genau hinter einem übergroßen Abzugsbügel. Am anderen Ende der Box ragte ein nur fünf Zentimeter langer Lauf hervor.

Alle Teile bestanden aus pechschwarzem Metall. Anderson starrte die Waffe an. So etwas hatte er bislang nur in Filmen gesehen.

»Sie haben dieses Baby schon mal benutzt, stimmt's, Doc?«

Bellweather nickte. Er klappte eine Sonnenbrille auseinander, wie sie Militärpiloten tragen, und setzte sie auf. Ricky reichte ihm die Maschinenpistole und holte zwei längliche, rechteckige Magazine hervor. »Je dreißig Patronen. Spannen Sie das Ding und schieben Sie das Magazin in den Griff. So weit rein, wie's geht.«

»Ich weiß, ich weiß.« Bellweather nahm die Magazine und kletterte aus dem Wagen. Er schob einen Spannknopf auf dem oberen Teil der Maschinenpistole nach hinten, dann führte er eins der Magazine in den Griffschacht ein. Seine manikürten Finger bewegten sich elegant, präzise und geschickt. Chirurgenhände. Anderson spürte, wie sein Herz schlug. War das die Jagd? Bellweather sah ihn an und grinste. Seine Augen waren hinter den dunklen Gläsern verborgen. Er hob die Waffe hoch und präsentierte sie stolz. »Haben Sie so was schon mal gesehen, Stevie?«

Anderson schüttelte den Kopf.

»MAC-10. Kaliber 45, vollautomatisch. Dürfen nur Georges beste Kunden benutzen.« Er drehte sich um und ging über die Lichtung.

Ricky legte sich ein Gürtelhalfter um, in dem ein großkalibriger Revolver mit langem Lauf steckte. Seine schmale Hüfte ließ die Waffe noch größer wirken. Auf seiner schweren ovalen Gürtelschnalle war der Satz *Cowboys machen es mit Kaliber 45* eingraviert.

»Du bleibst hier,« sagte er zu Shawn und ging über das glitschige Laub auf den Käfig zu. Der Junge stand auf und setzte sich auf die Rückenlehne seines Sitzes. Seine Arme ruhten auf dem Bügel. Anderson öffnete seine Futteral und nahm die Weatherby heraus. Für alle Fälle.

»Wirst du auch schießen?« fragte Shawn.

Anderson zuckte mit den Schultern. Er hatte nicht die leiseste Ahnung, was er tun würde. Dies hier war Bellweathers Party. Er folgte lediglich der Spur seines Klienten.

»Vorigen Monat habe ich einen Fasan geschossen«, sagte der Junge. »Ich und mein Dad.«

»Das ist ja großartig«, entgegnete Anderson. Er wünschte, der Bengel wäre nicht dabei. Er kam sich dämlich vor, den großen weißen Jäger zu spielen, besonders vor einem Zehnjährigen. Aber Bellweather schien den Jungen zu mögen, und es war seine Show. Er fragte sich, wie es wohl war, hier aufzuwachsen, mit all den wilden Tieren und den Waffen. Der Junge wirkte ganz fröhlich.

Anderson schulterte sein Gewehr und folgte dem Doktor über den matschigen Boden, der die Nässe wie ein Schwamm aufsog. Die moorige Erde unter seinen neuen Stiefeln machte schmatzende Geräusche. Ein paar Meter vor dem Käfig stieg das Gelände an. Ricky bedeutete ihnen, stehenzubleiben.

»Seht ihr ihn?«

Ein bewegungsloser Haufen gefleckten Fells lag flach auf dem Boden des Käfigs.

»Wie wollen Sie's haben?«

»Eine faire Jagd«, sagte der Doktor. »Laß ihn frei.«

»Wenn er rauskommt, müssen Sie ihn sofort erwischen, Doc. Läuft er erst mal in die Wälder, müssen wir die Hunde holen.«

»Keine Sorge«, sagte Bellweather. »Ich habe alles unter Kontrolle.«

Anderson trat zurück. Sein Herz hämmerte. Er bekam kaum noch Luft. Ricky ging zum Käfig und beobachtete das gefangene Tier. Mit einer Hand am Revolvergriff öffnete er die Käfigtür und trat schnell einige Schritte zurück. Der Puma wirbelte herum. Jetzt konnten sie seinen Kopf von vorne sehen, die blinzelnden gelben Augen.

Die Männer warteten.

»Dauert wahrscheinlich ein bißchen, bis er begreift, daß er frei ist«, sagte Ricky. »Er ist da schon eine Weile drin und hat sich vielleicht schon dran gewöhnt.«

Bellweather hielt die Maschinenpistole mit beiden Händen, den Kolben gegen die Schulter gepreßt. Er zielte auf das offene Ende des Käfigs. »Komm raus, Miezekätzchen!« rief er.

»Das ist ein ganz Gemeiner«, sagte Ricky. Er hielt seinen Revolver in der Hand, völlig konzentriert. »Frißt Sie lebendig auf«, fügte er grinsend hinzu.

Anderson wurde klar, daß er der einzige war, dessen Waffe nicht geladen war. Er griff nach der Weatherby, aber dann fiel ihm ein, daß er seine Munition im *Hummer* vergessen hatte.

»Miezekätzchen!« rief Bellweather. Er ging ein paar Schritte auf den Käfig zu.

»Kätzchen!« Nichts regte sich. »He, sorg mal dafür, daß dieses verdammte Vieh aus dem Käfig kommt.«

Ricky hob einen Klumpen Erde auf und warf ihn gegen den Maschendraht, wo er in unzählige Stücke zerbröselte. Die Katze fauchte und preßte sich gegen das andere Ende des Käfigs.

»Mist. Gehen Sie lieber mal hier rüber, Doc. Dann kann er Sie nicht so gut sehen.«

Sie bewegten sich ein paar Schritte zur Seite, Bellweather hielt die MAC auf den Käfig gerichtet. Ricky schob etwas Gras zur Seite, bis er einen Stein von der Größe eines Eies entdeckte, holte aus und warf. Mit einem lauten Klacken landete der Stein auf dem Käfigboden. Der überraschte Puma sprang auf, lief zur geöffneten Tür und befand sich plötzlich im Freien. Er war weniger als zehn Meter von ihnen entfernt. Mit dem Bauch auf dem Boden preßte er sich gegen die Felswand. Der Schwanz mit der schwarzen Spitze zuckte hin und her.

»Er gehört Ihnen, Doc«, sagte Ricky leise. Der Puma begann sich langsam zu bewegen. »Machen Sie's jetzt.«

Das ohrenbetäubende Rattern von dreißig in weniger als zwei Sekunden abgefeuerten 45er Patronen, sandte einen Adrenalinstoß durch Andersons Adern. Einen Moment glaubte er, die Waffe des Doktors sei explodiert. Die Katze wurde hochgeschleudert und durch die Luft gewirbelt.

Rote Fontänen spritzten aus ihrem Bauch. Mit einem dumpfen Aufprall landete sie auf dem Boden. Bellweather wechselte das Magazin, während er auf seine Beute zuging.

»Vorsicht, Doc«, warnte ihn Ricky. »Er ist noch nicht hinüber.«

Die Wildkatze zuckte, ihr Schwanz schlug hin und her. Bellweather rammte das neue Magazin in den Schaft und eröffnete das Feuer auf den sterbenden Puma, noch während er auf ihn zulief. Das Geräusch klang anders als in den Abenteuerfilmen. Trotz des höllischen Ratterns glaubte Anderson deutlich das satte Ploppen zu hören, mit dem die Kugeln in den Körper der großen Katze einschlugen. Seine Ohren klingelten, die Landschaft schien zu schwanken.

Der Doktor stand schwer atmend über dem bewegungslosen Puma. Die Maschinenpistole hing schlaff in seiner Hand. Ricky verzog den Mundwinkel zu einem Lächeln und steckte den Revolver weg.

Anderson schnappte heftig nach Luft. Seit der Puma aus dem Käfig gekommen war, hatte er den Atem angehalten. Der plötzliche Zustrom von Sauerstoff traf ihn wie eine Droge. Er begann zu kichern.

Bellweather sah mit hochrotem Gesicht auf. Die Sonne spiegelte sich auf seinen Brillengläsern. »Die verdammte Katze hätte uns fast erwischt«, sagte er zu Anderson. »Haben Sie's gesehen?«

Anderson nickte und versuchte, die trockenen Lippen zu bewegen. In seinem Bauch brodelte es. Die Weatherby fiel ihm aus der Hand. Der Kolben schlug auf dem nassen Boden auf.

»Geht einem ganz schön an die Nieren, nicht, Stevie?«

Anderson nickte. Sein Mund war noch immer trocken.

Shawn kam herbeigelaufen, um sich den toten Puma anzusehen. »Mann, Sie haben dieses blöde Vieh pulverisiert. Irre!« Bellweather legte dem Jungen die Hand auf die Schulter.

Anderson sah auf seine Weatherby hinab, auf den herrlich gearbeiteten Kolben aus Walnußholz, auf das 400-Dollar-Zielfernrohr, auf den schlammbedeckten Lauf. Dann wanderte sein Blick zu dem toten Puma und schließlich zur MAC-10 in Bellweathers Hand.

»Funktioniert dieses Ding auch bei einem Büffel?« fragte er.

Zwei Meilen nördlich von der Talking Lake Ranch feierte Joe Crow seinen dreiunddreißigsten Geburtstag. Er saß in einem der vier neuen Ford-Crown-Victoria-Streifenwagen von Big River. Der Wagen stand hinter einem Gebüsch an der County Road 5. Er riß seine zweite Dose Bier auf und betrachtete die beiden fetten Linien Kokain, die auf dem schwarzen Funkgerät lagen.

Dreiunddreißig, dachte er. War er mittlerweile erwachsen? Eher nicht. Er hatte sich weder mit achtzehn erwachsen gefühlt, noch mit einundzwanzig. Erwachsene tranken kein Bier bei der Arbeit und gaben ihr Geld schon gar nicht für Kokain aus. Crow blickte in den Rückspiegel. Die tiefen Falten um seinen Mund waren allerdings die eines Erwachsenen. Selbst wenn er die breiten Lippen schürzte, die Falten blieben. Sie würden nie verschwinden. Und er würde nie mehr größer werden als seine jetzigen eins siebzig. Im Gegenteil, eher konnte er damit rechnen, etwas zu schrumpfen. Auch ein Zeichen des Erwachsenseins. Er riß ein Blatt aus seinem Block mit Strafzetteln, rollte es zu einem Röhrchen und sog damit zuerst eine Linie Koks in ein Nasenloch, dann die zweite in das andere, eine für jede Hälfte seines Gehirns. Zufrieden lehnte er sich zurück und beobachtete, wie das Licht des frühen Nachmittags heller wurde, hörte, wie der Gesang der Vögel anschwoll und fühlte sich wieder wie ein Junge.

Ein Auto fuhr vorbei. Er warf einen flüchtigen Blick auf die Radaranzeige. 68 Meilen. Halb so wild. Gut, wenn irgend so ein Angeber glaubte, er könne es sich leisten, hier mit 86 oder 90 vorbeizurasen, dann – nun, dann würde er sich überlegen, ihn zu stellen. Aber zuerst mußte er sich darüber klarwerden, was er mit dem Rest seines Lebens anfangen sollte. Officer Crow ließ seinen Gedanken freien Lauf.

Zunächst beschloß er, seinen Job bei der Polizei von Big River zu kündigen. Diesen Entschluß hatte er schon oft zuvor gefaßt. Dann könnte er ein Restaurant aufmachen, einen wirklich erstklassigen Schuppen, in dem man die besten Rippchen weit und breit bekam. Aber vielleicht sollte er lieber nach Montana gehen und sein Geld als Pokerspieler verdienen. Er könnte sich in einen dieser Pokerclubs in Billings einkaufen. Oder sich an einem Nachtclub beteiligen. *In Jamaika* zum Beispiel, ein wirklich cooler Club mit Reggaemusik und Red-Stripe-Bier. Gegen Viertel nach zwei spielte er ernsthaft mit dem Gedanken, Baßgitarre zu lernen und die beste Rockband aller Zeiten zu gründen. Er leerte die sechste Dose Bier. Als er seine beiden letzten Reihen Koks ausstreute, hörte er in der Ferne eine Reihe von Explosionen. Erst ein kurzer Feuerstoß, dann ein längerer.

Crow runzelte die Stirn. Die Murphys und ihre Jagd. Es ging ihn nichts an, was sie machten, aber trotzdem wurmten sie ihn, die unberührbaren Murphy-Brüder mit ihren Konserven-Jagden, wo man von der Antilope bis zum Zebra alles wegballern konnte. Er hatte versucht, seinem Chef klarzumachen, daß er wenigstens wegen der Maschinenpistolen mit den Murphys reden solle. Damit zu jagen, schien einfach unfair. Orlan Johnson hatte ihm zugehört, um ihm dann mitzuteilen, er müsse endlich lernen, sich um seinen eigenen ›gottverdammten Dreck‹ zu kümmern.

»Hat sich einer unserer Mitbürger bei Ihnen beschwert, Crow? Ich glaube nicht. Hören Sie mir gut zu: Murphy führt einen hübschen sauberen Laden. Der Mann besitzt einen Waffenschein Klasse drei. Machen Sie nur Ihren Job, halten Sie die Straßen sicher und hören Sie auf, sich wegen ein paar gottverdammten Zebras in die Hose zu machen.« Chief Orlan Johnson war mit George Murphys Schwester verheiratet.

Crow beugte sich über das Radio und saugte sich das Koks ins Hirn.

Eine Stunde später, seine Schicht war offiziell vorbei, saß er noch immer im Wagen und wehrte sich gegen den Drang, die 150 Meilen nach Minneapolis zu fahren und sich noch ein Gramm zu besorgen. In seinem Kopf kreisten düstere Gedanken hinsichtlich dieser Sackgasse von einem Job, seiner gefährdeten Ehe und seiner unsicheren Zukunft. Das Restaurant lag in weiter Ferne, die Rock 'n' Roll-Band hatte sich als Koksfantasie entpuppt. Er würde hier alt und fett werden, nichts als ein Kleinstadtbulle, mit dem die örtlichen Teenager ihre Scherze trieben. Melinda würde ihn verlassen, sich von ihm scheiden lassen und einen Mann mit Zukunft heiraten.

Wieder spürte er das Brennen in seinem Bauch. Magengeschwüre – oder Schlimmeres. 33 Jahre, und schon lösten sich seine Gedärme auf, von all dem Koks, dem Alkohol und dem gebratenen Fleisch. Und worauf konnte er sich heute noch freuen? Melinda hatte ihm ein Geburtstagsessen versprochen, ein großes Steak mit Rotwein. Schade nur, daß sie so eine schlampige Köchin war, besonders wenn es um Fleisch ging, das sie selbst nie aß. Sie würden also zu Abend essen, ein paar Gläser Wein trinken. Dann würde sie einen Streit anfangen – darauf konnte er sich verlassen –, bei dem es wie immer um irgend etwas Nichtiges ging. Er sah sich ihr gegenübersitzen, sie wortlos anstarrend, während sie auf ihn einredete, sein Hirn mit ihrem New-Age-Quatsch lähmte und ihm erzählte, was sie in ihren Tarotkarten gesehen hatte.

Oder sie würden einen ihrer, wie er es nannte, ›Gefühlskämpfe‹ führen. Er erinnerte sich noch gut an den letzten, bei dem Melinda ihn mit bisher unbekannter Schärfe in der Stimme als einen Fisch bezeichnet hatte. »Du hast keine Gefühle, du bist so flach«, hatte sie ihm vorgeworfen. »Es ist so, als wärst du gar nicht da. Wenn ich mich neben dich stelle, kann ich dich überhaupt nicht mehr sehen. Du weißt nicht mal, wie du deine Gefühle ausdrücken sollst. Du hast die emotionale Tiefe einer Flunder.«

Vielleicht hatte sie sogar recht. Ganz bestimmt war er nicht so sensibel wie sie, und sicherlich verfügte er nicht über ihr ausgeprägtes emotionales Vokabular. Noch nie hatte er wegen eines überfahrenen Tieres geweint, und er kannte auch nicht diese unbändige Freude, die sie manchmal zu verspüren schien. Aber eine Flunder war er nicht. Er hatte zu ihr gesagt: »Wenn ich wirklich so große Probleme habe, mich auszudrücken, wie kommt es dann, daß du so verdammt viel über mich weißt?«

Aber auch dieser schlagfertige Konter hatte ihr Verhältnis nicht verbessert.

Schade, daß er das ganze Koks schon verbraucht hatte. Wenn sie zusammen Kokain nahmen, lief es eigentlich ganz gut. In letzter Zeit hatten sie drei oder vier Gramm in der Woche inhaliert, was für sein Bankkonto tödlich war, sich aber positiv auf ihre Beziehung auswirkte. Manchmal dachte er, daß es nur noch das Koks war, das sie zusammenhielt. Er wußte, daß es so nicht weitergehen konnte, daß sie früher oder später damit aufhören mußten. Sonst würden sie früher oder später in einer Sackgasse landen.

Die Nachmittagssonne war hinter einer Wolkenbank verschwunden, die Farbe des Himmels von Blau in ein bleiernes Grau übergegangen. Das Thermometer sank rapide. Die Luft fühlte sich feucht an und roch nach Schnee. Crow kurbelte das Fenster hoch. Der Winter kam. Er hörte den Wind.

Ein in Tarnfarben lackierter *Hummer* rauschte mit 78 Meilen vorbei, 23 Meilen über der Höchstgeschwindigkeit. Das mußte Ricky Murphy sein. George, den älteren Bruder, hatte Crow noch nie getroffen, aber mit Ricky hatte er schon ziemlich oft zu tun gehabt. Das letztemal war Ricky vor dem *Birdy's* ausgerastet und hatte ein Mädchen geschlagen. Crow war dazwischen gegangen, hatte Ricky seinerseits mit ein paar Schwingern erwischt und ihn danach auf die Wache geschleppt. Fast anderthalb Stunden hatte Ricky in der Zelle gesessen – ein persönlicher Rekord –, bevor Chief Johnson anrief und befahl, ihn sofort laufenzulassen.

Was die Murphys taten, ging Joe einen gottverdammten Dreck an.

Einige Sekunden später raste ein anderer Wagen vorbei – mit 79 auf dem Radar –, ein leuchtend rosa Jaguar. Crow dachte kurz daran, ihn zu stellen, aber seine Schicht war vorbei, und außerdem hatte er nicht die geringste Lust dazu, jemanden kennenzulernen, der so ein schönes Auto in schreiendem Rosa lackieren ließ. Er öffnete die braune Kokainphiole, drehte sie um und klopfte sie gegen den Deckel des Funkgeräts, in der Hoffnung, doch noch ein paar letzte Körnchen herauszukriegen. Aber die Phiole war vollkommen leer.

2

Wenn du im Geschäft bleiben willst, mußt du jedes Geschäft machen, das du kriegen kannst.

BERDETTE WILLIAMS

Berdette Williams Laden hieß seit 1946 *Birdy's*, aber niemand, der ihn kannte, sagte Birdy zu ihm, er blieb für alle Berdette. *Birdy's* war der einzige Schuppen zwischen Big River und Montevideo, in dem man einen ordentlichen Hamburger bekam – auch wenn es drinnen weniger ordentlich zuging. Die Tische waren klebrig, die Stühle wakkelig, und in der Luft hing ein gelblicher Dunst aus ranzigem Fett, Zigarettenasche und schalem Bier. Die Songs in der Jukebox waren seit zehn Jahren aus der Mode.

Dennoch war die Kneipe in der Nachbarschaft beliebt. Arlene, Berdettes Frau, wußte, wie man eine Juicy Lucy machte, das Bier war woanders auch nicht besser, und wenn Berdette seinen Whiskey verwässerte, wie man munkelte, dann übertrieb er es nicht. Für fünf oder zehn Bucks konnte man sich noch immer einen ansaufen, und fast jeden Abend fand am Tisch in der Ecke ein Kartenspiel statt.

Dr. Nelson Bellweather liebte die Kneipe. »Ist das nicht großartig, Stevie?« rief er, als Berdette ihm und Anderson zwei Teller mit Juicy Lucys brachte. »Das erstemal, als Rikky mich mitgenommen hat, bat ich unseren Wirt hier, mir die Weinkarte zu bringen.« Er lachte. »Er sah mich an, als käme ich von der Venus – stimmt's, Birdy?«

»Wollen Sie noch 'ne Runde?« fragte Berdette.

Sie saßen an dem großen Tisch, der etwas weiter hinten stand. Anderson, Doc Bellweather und Ricky Murphy kamen gerade von der Jagd. Ollie Aamold, der Tierpräparator, mischte einen Stapel Karten. Wenn Ollie nicht gerade bis über beide Ellbogen im Kadaver eines toten Tieres steckte, verbrachte er seine Zeit im *Birdy's,* ein Bier in der Hand, eine Copenhagen zwischen den Lippen, auf der Suche nach Spielpartnern. Ricky Murphy, der seinen Stetson tief ins Gesicht gezogen hatte, nippte an seinem 7&7 und sah zu, wie Ollie die Karten verteilte. Weder Ricky noch Ollie hatten etwas zu essen bestellt. Sie signalisierten, daß eine neue Runde willkommen sei.

»Also habe ich ihn gefragt«, fuhr Bellweather fort, »ob er, versteht ihr, *Import*bier hätte. Und was hast du darauf geantwortet, Birdy? Weißt du noch, was du gesagt hast?«

Berdette schüttelte gelangweilt den Kopf und verschwand.

Bellweather schien nicht im geringsten beleidigt. Für ihn trug Berdette zum Lokalkolorit bei. Er machte mit seiner Geschichte weiter. »Also, Birdy, dieser Birdy sagte – ›was meinen Sie, aus *Wisconsin?*‹« Er brach in prustendes Gelächter aus. Anderson steuerte ein freundliches Glucksen bei, Ricky ein kurzes gackerndes he-he. Ollie Aamolds Züge, die nie sehr lebendig wirkten, blieben völlig unbeweglich. Grinsend und mit rotem Gesicht stopfte sich Bellweather ein paar Pommes frites in den Mund, kaute und schüttete einen Schluck Budweiser aus der Flasche hinterher.

Steve Anderson, der nach dem Drama seiner ersten Jagd völlig ausgehungert war und nach drei Scotch und zwei Budweisern schon einen sitzen hatte, biß kräftig in seine Juicy Lucy. Heißer Käse spritzte zwischen den beiden Hamburgerscheiben hervor und verbrannte ihm die Oberlippe. »Aah!« stöhnte er und linderte den Schmerz mit einem Schluck Bier.

Bellweather lachte schnaubend und klatschte mit der flachen Hand auf den Tisch.

Anderson wischte sich mit ein paar Papierservietten den

Mund ab. »Mann, ist das heiß!« Er nahm einige kräftige Schlucke Bier, bevor er Bellweather verwundert ansah. »He, Doc, ich dachte, Sie wären Vegetarier.«

Bellweather grinste und biß behutsam in seine Juicy Lucy. Er kaute und schluckte, bevor er antwortete: »Das bin ich auch«, sagte er. »Es sei denn, ich gehe auf die Jagd. Dann verwandle ich mich in einen Fleischfresser. Hat mit den Hormonen zu tun, Stevie. Spüren Sie ihn nicht, diesen Saft? Als der Bisonbüffel auf Sie zukam, da sahen Sie so bang aus – ich wette, Sie hätten die Meile in vier Minuten laufen können. Auch jetzt sind Sie immer noch ein bißchen zittrig, stimmt's? Ihre Drüsen pumpen noch immer dieses ganze Zeug ins Blut, Adrenalin, Noradrenalin, Glukagon, alle möglichen Sorten von Neurotransmittern. Ihre Adern sind noch immer voll davon. Sie brauchen Fleisch, um diese Hormone zu ersetzen. Das ist eine medizinische Tatsache.«

Anderson biß erneut, aber weitaus vorsichtiger in seinen Cheeseburger.

Der Doktor sprach weiter, als sähe er alles noch einmal vor sich.

»Der Bison kommt auf Sie zu … Ihnen fallen beinahe die Augen aus dem Kopf, aber Sie haben die Maschinenpistole …« Er klopfte mit den Knöcheln auf die Tischplatte. »Bapbapbapbapbap! Der hat nicht mehr mitgekriegt, was ihn da traf.«

Anderson wandte den Blick vom rosigen Gesicht des Doktors ab. Sie waren bis auf fünfzig Meter an den Bison herangefahren. Ricky hatte ihm gezeigt, wie man die MAC-10 lud und sie bediente, während der Bison nur dastand und ihnen zusah, ungefähr so mißtrauisch wie eine Milchkuh. Er war auf sie zugetrottet, und Anderson hatte einen kurzen Augenblick der Angst genossen, bevor er abdrückte. Der Rückstoß schlug ihm fast die Waffe aus der Hand, aber es war ihm gelungen, die Hälfte des Dreißiger-Magazins in den wolligen Körper des Bisons zu pumpen. Das Tier hatte ein paar Sekunden irgendwie dümmlich dagestanden, bevor es fiel, zuerst auf die Vorder-, dann auf die Hinterbeine. Schließlich kippte es mit hervorquellenden

Augen zur Seite. Die blutige, graue Zunge hing aus seinem Maul, als es bewegungslos im Gras lag.

Nun, da der Kitzel des Tötens nachließ, beschlich ihn der Verdacht, daß der Bisonbüffel tatsächlich nur auf ihn zugekommen war, weil er sich eine Möhre oder dergleichen erhofft hatte. Trotzdem hatte ihm kaum etwas zuvor einen solchen Kick gegeben.

»Ich sag's Ihnen, Stevie, so wie Sie die Schnauze dieses Büffels zu Hackfleisch gemacht haben, wird unser Ollie hier Tage damit zu tun haben, die Löcher zu flicken. Hab' ich recht, Ollie? Du wirst die Beute unseres jungen Mannes ausstopfen?«

Ollie zuckte mit den Schultern. »Wenn er will.«

»Patty würde mir sowieso nicht erlauben, das gottverdammte Ding zu behalten«, meinte Anderson. »Ich wüßte nicht, warum ich es ausstopfen lassen sollte.«

»Sie müssen, Stevie! Ihre erste Jagdbeute! Auf jeden Fall! Ich wette, unser Ollie gibt Ihnen einen Rabatt, stimmt's, Ollie?«

Ollie schnaubte leise. »Negativ. Wollt ihr jetzt Karten spielen oder was?«

»Ja«, sagte Ricky, »spielen wir.«

Bellweather stieß Anderson mit dem Ellbogen an. »Wie wär's, Stevie, sollen wir diesen Landeiern mal zeigen, wie wir's in der Großstadt machen?«

Bellweather gewann die ersten beiden Runden, wobei er die erste mit einem blinden Zwanzig-Dollar-Einsatz holte und die anderen beiden mit einem Paar Asse und einer kleinen Straße für sich entschied.

»Mist«, murmelte Ricky und warf seine Karten mit der Vorderseite nach unten auf den Tisch.

Bellweather lachte und strich den kleinen Pott ein. Anderson mischte und teilte langsam die fünf Karten für jeden aus. Die Hormone in seinem Blut wurden langsam sauer. Die Juicy Lucy schwamm in seinem Magen, in einem See aus Budweiser. Er beendete das Geben, nahm seine Karten auf und starrte auf drei Königinnen und zwei Zweien – ein Full House, noch vor dem Ziehen. Seine erschöpfte Adrenalindrüse preßte noch ein paar Moleküle heraus, und sein Herz begann zu klopfen.

»Euer Einsatz«, sagte Anderson. Ein Full House! Er war kein Experte, aber ein Blatt wie dieses war eine Wucht, soviel wußte er.

Bellweather warf einen Blick auf Andersons gerötetes Gesicht und seine pochende Halsschlagader. »He! Was sehe ich! Was für ein Superblatt haben Sie denn da, Stevie?«

Anderson versuchte, keine Miene zu verziehen. Er war schon immer ein lausiger Kartenspieler gewesen, schon auf dem College. Erwartungsvoll sah er Ricky an, der mit seinem Einsatz dran war, aber Ricky starrte in Richtung Eingang, mit einem verächtlichen Blick, den er Clint Eastwood abgeguckt haben mußte. Anderson drehte sich um. Ein Cop lehnte an der Bar und beobachtete sie. Sein dunkles, leicht zerzaustes Haar war ein paar Zentimeter zu lang, und seine Uniform, die in den beiden Brauntönen gehalten war, die hier draußen in der Prärie bei der Polizei Mode zu sein schienen, saß irgendwie merkwürdig, als sei sie für einen dickeren, breiteren Mann gedacht. Er sah nicht schlecht aus – Frauen fanden ihn bestimmt interessant –, aber er hatte einen etwas leeren Gesichtsausdruck, so wie man ihn bei männlichen Models, Marinekadetten oder Pokerspielern findet. Anderson suchte nach einem passenden Wort für den Mann, aber etwas anderes als ›intensiv‹ fiel ihm nicht ein. Der Kerl war intensiv. Mehr wußte er auch nicht.

Der Cop nahm ein Glas mit einem Drink von der Bar, schüttete den Inhalt die Kehle hinunter, ließ einen Schluck Bier folgen und drehte sich um.

»Gibt's ein Problem?« fragte Anderson an Ricky gewandt. »Dürfen wir hier nicht Poker spielen oder was?«

Ricky wandte seinen Kopf so abrupt zur Seite, als wolle er sich einen Schweißtropfen von der Nase schütteln. »Machen Sie sich keine Sorgen, er wird nichts unternehmen.«

»Okay, wie ist es dann mit dem Einsatz?« fragte Anderson.

Ricky blickte mißmutig auf seine Karten und warf sie auf den Tisch. »Scheiß drauf.« Er verschränkte die Arme und starrte düster vor sich hin. Ein kleiner Muskel in seinem rechten Augenwinkel zuckte unablässig.

Ollie, der Anderson unter schweren Augenlidern beobachtet hatte, klopfte mit den Knöcheln auf den Tisch. Er murmelte etwas, fast ohne die Lippen zu bewegen.

»Was?« Anderson legte eine Hand hinters Ohr und beugte sich vor.

Bellweather verdeutlichte. »Es geht ans Setzen, Steve. Sie kommen raus.«

Anderson versuchte, mit seinem guten Blatt cool zu bleiben und setzte zehn Dollar.

Sofort paßten alle.

»Ach, verdammt!« Anderson warf sein Blatt mit den Bildern nach oben auf den Tisch und sammelte die vier Dollar Einsatz ein.

Bellweather lachte. »Gutes Blatt, Stevie.« Er nahm die Karten auf und mischte. »Und, Stevie«, fragte er, wobei seine Stimme etwas gezwungen lässig klang, »was läuft so dieser Tage auf den Finanzmärkten? Haben Sie ein paar heiße Tips für mich?« Er teilte die Karten aus. »Noch mehr von diesen Ölaktien?«

Anderson runzelte die Stirn. Maritime Drilling hatte den Doktor über 180 000 Dollar gekostet. Kurz nachdem er bei 26 Dollar pro Aktie eingestiegen war, hatte ein betrunkener Maritime-Kapitän mit seinem Tanker achtzehn Meilen der Küste von Louisiana mit einer Schicht schwarzen Rohöls überzogen. Die Aktien waren so tief in den Keller gegangen, daß der Wert in 64stel eines Dollars gehandelt wurde. Was noch übrigblieb, deckte nicht einmal mehr die Gebühren für den Verkauf. Dr. Bellweather war nicht sehr glücklich gewesen.

»Das war wirklich ein schlechtes Geschäft«, sagte Anderson lahm. Er betrachtete seine Karten. Nichts. Vielleicht hatte er sein ganzes Glück mit diesem einen Blatt aufgebraucht.

Bellweather nahm seine Karten auf. »Ich will offen zu Ihnen sein, Stevie. Ich brauche einen Renner. Verstehen Sie? Diesmal muß es etwas Gutes sein.«

Anderson verstand. Er hatte im letzten Jahr etwa achtzig Riesen am Depot des Doktors verdient, und der Mann war es verständlicherweise leid zu sehen, wie sein kleines Vermögen immer kleiner wurde. Jedem anderen hätte er normalerweise zu Aktienfonds, Standardwerten oder Schatzbriefen geraten, vielleicht zusammen mit ein paar Rententiteln. Aber der Doktor war an diesem Zeug nicht interessiert. Er suchte den Kitzel, vom Start weg. Die einzigen Investitionen, die ihn interessierten, waren die wilden – die Casino Magics, die Stratospheres. Dabei war Bellweather in niemandes Augen ein geschickter Investor, außer in seinen eigenen. Er hatte sogar einmal im Termingeschäft herumgepfuscht, aber nachdem er in drei Tagen mit 100 000 badengegangen war, schien er zumindest davon geheilt. Trotzdem interessierten ihn immer noch lediglich die Geschäfte, bei denen man sein Geld schnell verdoppeln oder verdreifachen konnte. Anderson hatte ihn davon zu überzeugen versucht, die Sache ruhiger angehen zu lassen, einen Teil seines Geldes in einem netten kleinen Fonds anzulegen, der sieben oder acht Prozent abwarf. Aber er kannte seinen Kunden. Es war so, als würde man einem hyperaktiven Kind sagen, es solle sich einfach mal still in die Ecke setzen und ein Buch lesen – ohne Aussicht auf Erfolg. Das beste, was er tun konnte, das hatte Anderson herausgefunden, war es, den Mann mit kleinen Firmen mit großen Aussichten zu füttern. Vielleicht hatte er Glück, vielleicht auch nicht. Kommission gab's in jedem Fall.

»Haben Sie schon mal von BioStellar Game Tech gehört?« fragte er.

»Bio … Stellar … Game … Tech?« Der Doktor kaute auf dem Namen herum und schüttelte den Kopf.

Ollie murmelte etwas.

»Was?«

»Er setzt zehn Dollar«, übersetzte Bellweather.

»Ich passe.«

Bellweather ging bei den zehn mit und erhöhte um zwanzig. Dann wandte er seine Aufmerksamkeit wieder Anderson zu. »Und? Was ist damit?«

Anderson räusperte sich. »Eigentlich dürfte ich gar nicht darüber sprechen. Kleine kalifornische Firma, machen nicht viel Wirbel, stellen Virtual-Reality-Spielsysteme her. Gehen Anfang Januar an die Börse. Sie haben einen ganz neuartigen Spielautomaten entwickelt, gegen den die alten Videomaschinen wie Pferdeäpfel aussehen. Sie könnten jetzt bei fünf Dollar pro Aktie einsteigen, und ich glaube, sie werden auch eine Dividende zahlen – das Problem ist nur, daß ich nicht weiß, wieviel Aktien ich kriegen kann. Dickie läßt uns nicht an allzuviel ran.«

»Das ist aber nicht schön«, sagte Bellweather, gab Ricky drei Karten, Ollie eine und sich selbst zwei.

»Eigentlich«, sagte Anderson, »ist es gar nicht schlecht. Wie ich Dickie kenne, steckt er alle BioStellar, die er kriegen kann, in sein eigenes Depot. Das bedeutet, die Sache ist heiß. Wirklich heiß. Ich schätze mal, daß sie so bei zehn bis zwölf eröffnen werden und dann abgehen wie eine Rakete. Besonders wenn die großen Kasinos einsteigen, und Dickie ist sich dessen sicher. Diese Sache wird eine Menge Leute sehr reich machen.«

Bellweather setzte. Ricky ging mit und erhöhte. Ollie paßte.

»Paß gut auf, Stevie«, sagte Bellweather, als er den Einsatz um weitere 50 Dollar erhöhte.

Anderson hatte sich warm geredet. »Wenn Sie interessiert sind, könnte ich bei Dickie mal vorfühlen. Er weiß, daß Sie ein paar harte Monate hinter sich haben, und ich bin mir sicher, daß er mit uns zusammenarbeitet; vielleicht gibt er uns fünf- oder zehntausend Anteile.«

Ricky wollte sehen.

»Ha!« Bellweather knallte seine Karten auf den Tisch. Ein hoher Flush mit Assen.

»Mist«, sagte Ricky und deckte zwei Paare auf.

Bellweather gab Anderson einen Schubs mit dem Ellbogen. »Sehen Sie, was ich meine? Diese Landeier haben keine Ahnung.« Er strich seinen Gewinn ein. »Also, diese Sache ist gut?«

Anderson schien verwirrt. »Was, der Gewinn?«

»Nein, dieses BioStellar.«

Anderson zuckte mit den Schultern und sah zu, wie Ollie die Karten aufnahm.

Bellweather legte Anderson die Hand auf die Schulter. »Schauen Sie mich an, Stevie.«

Anderson sah ihn an. Die Augen des Doktors waren klein und wäßrig; ein Fetzen Bierschaum klebte an seinem Mundwinkel.

»Ist es wirklich gut, ja? Nicht wieder ein Maritime, ja?«

Anderson öffnete den Mund, ohne zu wissen, was er antworten würde, als Ricky knurrte: »Was, zum Teufel, wollen Sie?« Er sah zu dem Cop auf, der direkt neben ihnen stand und auf das Blatt in Ollies Hand sah.

Joe Crow wußte genau, daß er das hier nicht tun sollte. Er machte die beiden doppelten Cuervos dafür verantwortlich, die er getrunken hatte, um die Wirkung des Kokains etwas abzumildern. Das letzte, was ihm jetzt guttun würde, war ein Pokerspiel, schon gar nicht eins, bei dem Ricky Murphy mitspielte. Er wußte, was Chief Johnson dazu gesagt hätte – ›Was, zum Teufel, ist bloß los mit Ihnen, Crow?‹

»Wie geht's so, Ollie?« fragte er. »Mal wieder 'n paar Flußpferde ausgestopft?«

Ollie schüttelte seinen Kopf hin und her. »Negativ«, murmelte er.

»Ist hier noch ein Platz frei?«

Ollie deutete mit dem Kopf nach rechts, auf den leeren Stuhl neben dem Mann mit dem Tarnfarben-Overall. Crow ging um den Tisch herum und setzte sich. Rickys Augen folgten ihm. Ollie mischte und teilte fünf Karten an jeden Spieler aus.

»Fünf-Karten-Poker?« fragte Crow.

»Was, zum Teufel, glauben Sie, was es ist, Crow, Maumau?«

Der andere Spieler, der in dem rosa Cowboyhemd, fragte: »Crow? Sie heißen Crow?« und streckte seine Hand über den Tisch. Crow schüttelte sie. Sie war warm und weich. Er mochte nicht, wie der Mann ihn ansah, mit diesem Grinsen, als würden sie ein Geheimnis miteinander teilen. »Ich bin Dr. Nelson Bellweather«, sagte der Mann und sah ihn erwartungsvoll an, als erwarte er, daß Crow ihn kannte.

Crow versuchte, den Tequilanebel fortzublinzeln und sah in Bellweathers gerötetes, strahlendes Gesicht. »Lassen Sie mich raten? Dieser pinkfarbene Jaguar dort draußen, der gehört Ihnen? Mit der Aufschrift ›FETTFREI‹ auf dem Nummernschild?«

»Ja, der gehört mir«, sagte Dr. Bellweather. Er sah zufrieden aus.

»Sie haben auf der County Five viel Dampf gemacht – neunundsiebzig.«

Bellweather hob die Augenbrauen. »Oh!« Er lachte. »Hatten Sie sich hinter einer Anzeigetafel versteckt? Bekomme ich jetzt einen Strafzettel?«

Crow sah sich seine Karten an, konnte sich mit Mühe konzentrieren und erkannte ein Paar Vieren. »Ich halte.«

»Ich glaube, wir haben einen gemeinsamen Bekannten«, sagte Bellweather. »Ich meine natürlich außer unserem Ricky hier.«

»Crow is' kein Bekannter von mir«, grollte Ricky.

»He, Ricky!« rief Berdette von der Bar. Er hielt einen Telefonhörer hoch. »Es ist George.«

Ricky stand auf. »Laßt schön die Hände von meinen Karten«, sagte er und sah Crow dabei böse an. Er nahm seinen Drink und ging zur Bar, wobei er einer leichten Tendenz nach rechts gegensteuern mußte.

Bellweather kicherte. »Ich schätze, er mag Sie nicht.«

Crow nickte, starrte auf seine Karten und versuchte, seine Vieren in Asse zu verwandeln. Geklappt hatte es bis heute noch nie, aber wer wußte schon alles im voraus? Lieber fantasierte er ein bißchen, bevor er sich mit einem Kerl, der seinen Jaguar pink streichen ließ, über gemeinsame Bekannte austauschte.

Bellweather ließ nicht locker. »Ich kenne Ihren Schwager. Dave Getter, stimmt's?«

Crow hob den Kopf.

Bellweather ließ ein Siegerlächeln aufblitzen. »Mein Anwalt. Dave ist mein Anwalt. Als ich ihm erzählt habe, daß ich hier jagen gehe, hat er mir erzählt, daß der Bruder seiner Frau ein Big River Cop sei. John Crow, stimmt's? Namen kann ich mir gut merken. Das sind Sie, stimmt's? So viele John Crows kann's hier ja nicht geben.«

»Joe«, sagte Crow. Er konnte Dr. Bellweather nicht leiden.

Bellweather winkte ab. »John, Joe, was macht das schon für einen Unterschied. Jedenfalls sind Sie derjenige.«

Crow seufzte. Sein Magen tat schon wieder weh. Bei einem Arschloch-Wettbewerb würde dieser Typ seinem Schwager ernsthaft Konkurrenz machen. Es war kein Zufall, daß die beiden sich gut kannten.

»Dave ist ein guter Mann«, sagte Bellweather.

»Dave ist ein Arschloch«, erklärte Crow. Er wollte sein Urteil gerade begründen, als er den Kopf hebend sah, wie Ricky Murphy durch den Raum stürzte, genau auf ihn zu. Er hatte sich einen von Berdettes Barhockern geschnappt und schwang ihn wie einen Hammer über dem Kopf.

Das Ganze hatte etwas Comichaftes, Irreales an sich. Rickys Bewegungen schienen langsamer zu werden, doch nur in demselben Maß wie Crows Reaktion. Er versuchte aufzustehen und stieß dabei mit der Hüfte an den Tisch. Bierflaschen kippten um, Schaum durchtränkte die Karten. Crow drehte sich und bekam sein Bein frei. Ricky lief noch immer auf ihn zu – sein Gesicht rot und wutverzerrt. Einen Schritt zurücktretend, duckte sich Crow mit abwehrbereiten Händen.

Aber Ricky hatte es überhaupt nicht auf ihn abgesehen. Mit voller Wucht ließ er den Hocker auf Dr. Bellweathers Rücken krachen. Die Beine des Hockers zersplitterten. Der Doktor stürzte zu Boden, keuchend und quietschend. Ricky wurde von dem Schwung seines eigenen Schlages gegen den Kartentisch geschleudert und stolperte vorwärts, genau auf Crow zu, der, ohne es wirklich zu wollen, einen perfekten rechten Schwinger an Rickys Kiefer landete. Schwer angeknockt ging Ricky zu Boden, mit dem Gesicht zuerst. Dort blieb er bewegungslos liegen. Sein Stetson schaukelte neben ihm vor sich hin.

Crow schüttelte seine taube Hand.

Dr. Bellweather war es inzwischen gelungen, sich auf Hände und Knie hochzurappeln. Der junge Mann in dem Tarnanzug half ihm beim Aufstehen. Der Doktor sah noch benommen aus. Er schien Schmerzen zu haben, und sein Blick verschwamm immer wieder.

»Sind Sie okay?«

Bellweather nickte unsicher.

»Was sollte das?« fragte Crow.

Der Doktor schüttelte verwirrt den Kopf. »Ich ... ich weiß es einfach nicht.« Er wankte und hielt sich am Arm seines Freundes fest.

Ricky bewegte sich. Seine Glieder zuckten. Gleich käme er wieder zu sich.

»An Ihrer Stelle würde ich jetzt verschwinden«, sagte Crow.

»Werden Sie ihn verhaften?« fragte der Doktor.

Crow schüttelte den Kopf. »Das Beste wäre, wenn Sie sich in ihren rosa Wagen setzen und abhauen.«

Bellweather öffnete den Mund, um etwas zu entgegnen, schloß ihn dann jedoch wieder. Ricky hob murmelnd und fluchend den Kopf. »Du bist ein toter Mann, Schwanzlutscher«, knurrte er, die Augen auf den Doktor gerichtet.

Crow stemmte sein Knie in Rickys Nacken, packte ihn bei den Haaren und brachte seinen Mund dicht an Rickys Ohr. »Ruhig«, sagte er. Seine Stimme klang bestimmt und tief. »Eine Bewegung, und dein Kopf wird zum Basketball. Verstanden?«

»Laß mich los, du Wichser.«

Crow zog Rickys Kopf hoch und schlug ihn gegen den Linoleumboden.

Ricky stöhnte, sein Körper erschlaffte erneut. Crow wandte sich an den Doktor. »Verschwinden Sie hier«, sagte er. »Jetzt gleich.«

»Kommen Sie, Doc!« rief der Mann in dem Overall. »Gehen wir!« Er steuerte den schwankenden Doktor zur Tür hin.

Crow sah ihnen nach. Keine gute Sache, dachte er. Er spürte Rickys Atmen, das Heben und Senken des Brustkorbs an seinem Knie, seine angespannten Rückenmuskeln. Die Welt war wieder kleiner geworden, und dunkler. Die Geräusche aufgeregter Stimmen klangen an Crows Ohr wie ein weitentferntes Brüllen. Berdette kam kopfschüttelnd auf ihn zu, das Schrotgewehr im Arm, das er immer unter der Bar liegen hatte. Eine Welle von irgend etwas Entsetzlichem durchflutete Crow. Es war kein Brechreiz, kein Schmerz, kein Zorn, auch keine Trauer. Aber der Kampf hatte ihm etwas genommen. Irgend etwas fehlte, als habe er ein Loch in sich, eine Aushöhlung, als habe er einen wichtigen Teil seines Ichs verloren. Er mühte sich ab herauszufinden, welchen.

»Joe? Bist du okay?« fragte Berdette.

Na klar. Jetzt wußte er, was ihm fehlte.

Er sagte: »Berdette, wie wär's, wenn du mir noch einen doppelten Cuervo bringst?«

Anderson räusperte sich. »Was sollte das eigentlich, Doc?«

Bellweather schüttelte den Kopf. Mit beiden Händen hielt er das Lenkrad fest, mit durchgedrücktem Rücken. Seit sie das *Birdy's* verlassen hatten, war kein einziges Wort aus ihm herauszubringen gewesen.

»Ist der verrückt oder was?«

Bellweather zuckte mit den Schultern, schüttelte den Kopf und schauderte.

Vielleicht halte ich besser den Mund, dachte Anderson. Schweigend fuhren sie ein paar Meilen weiter. Es wurde dunkel, und Schneeflocken tanzten im Licht der Scheinwerfer. Das Bier und die Juicy Lucy hatten sich in seinem Magen zu einer angenehm warmen Masse verbunden. Er lehnte seinen Kopf gegen die Kopfstütze, schloß die Augen und wußte nicht, ob er für ein paar Sekunden eingeschlafen war, als Bellweather schließlich etwas sagte.

»Was?« Anderson schüttelte den Kopf, um wieder klar zu werden. Der Schneefall wurde heftiger.

»Ich sagte, ich will dabei sein. Diese BioStellar. Wieviel habe ich auf meinem Konto, Stevie?«

»Bar?«

»Alles zusammen.«

»Ich weiß nicht genau. Etwas über zweihunderttausend, vielleicht zwei zwanzig.«

Bellweather nickte traurig. Noch vor einem Jahr war es sechsmal so viel gewesen. »Ich habe Ärger mit dem Finanzamt, wissen Sie.«

»Sie sprachen davon.«

»Ja, ja. Jetzt kämpfe ich schon seit über einem Jahr mit diesen Hunden. Sie denken, Ricky Murphy hat mir ganz schön einen übergezogen? Das ist gar nichts. Das Finanzamt, die wollen mich wirklich umbringen. Sie wollen mir den letzten Pfennig abnehmen. Wenn ich irgend etwas übrig behalten will, dann muß ich etwas wagen. Ich will, daß Sie mich groß reinbringen, Stevie. Ich muß unbedingt wieder auf siebenstelliges Gebiet kommen, verstehen Sie?«

Anderson starrte durch die Windschutzscheibe. Es war unverantwortlich, das gesamte Kapital des Doktors in einen einzigen Wert zu stecken, besonders in einen so spekulativen wie BioStellar.

»Nun, Doc, Sie … äh, sollten wissen, daß immer ein gewisses Risiko besteht.«

»Davon will ich nichts hören. Das Leben ist zu kurz. Wenn dieses Baby nicht abgeht, bin ich sowieso ruiniert. Ich kann etwas auf dem Markt riskieren, oder ich kann mein Geld nach Vegas schleppen und alles auf eine Zahl setzen.«

Anderson zögerte und dachte kurz nach. »Na ja, nach Vegas sollten Sie wirklich nicht gehen«, sagte er.

3

Es ist eine Karte von grundlegender Bedeutung; allerdings ist diese Bedeutung verschleiert.

ARTHUR E. WAITS. DER BILDERSCHLÜSSEL ZUM TAROT

Melinda saß auf dem Sofa, das Gesicht nach Osten gewandt, den Körper in einen schwarzen Baumwollbademantel gehüllt. Sie hörte den Schlüssel an der Vordertür, sah jedoch nicht von den Tarotkarten auf, die auf dem Couchtisch vor ihr lagen. Es gab ein Problem mit der Karte Nummer Drei, die das Beste, was man erwarten konnte, darstellte. Die Karte war der Tod, und sie war verkehrt herum aufgetaucht, was bedeutete, daß man ihr etwas wegnehmen würde, etwas, das zu besitzen sie kein Recht hatte. Die Tür ging auf, und ein Hauch kalter Luft strömte in das Zimmer und brachte ein paar Schneeflocken mit herein. Melinda fröstelte. Sie schaute auf, um zu sehen, auf welche Weise er hereinkam. An der übertrieben vorsichtigen Art, wie er die Tür schloß, erkannte sie, daß er viel getrunken hatte. Sie hob das Weinglas in ihrer Hand und nippte daran. Sie auch.

»Hi«, sagte er.

Melinda lächelte und nickte. Sie gehörten nicht zu den Leuten, die sich anschrien und mit Möbeln warfen, wenn sie betrunken waren. Ihre Konflikte fanden auf Ebenen statt, die nicht körperlich waren – auf einer intellektuellen, was ihn betraf, auf einer emotionalen, was sie anging. Trotzdem wirkten sie nach. War sie betrunken genug, spürte sie den Schmerz erst später, erst dann, wenn sie ihn in den Karten sah.

Joe Crow zog seinen Mantel aus und hängte ihn an einen Haken an der Tür.

»Winter«, sagte er. Er löste seinen Gürtel und den Pistolenhalfter, hängte ihn neben den Mantel und ließ sich schwer in den Queen-Anne-Sessel auf der anderen Seite des Couchtischs fallen.

»Herzlichen Glückwunsch zum Geburtstag«, sagte Melinda.

»Tut mir leid, daß ich zu spät komme. Ich hatte ein kleines Problem – wieder einmal Rick Murphy.«

»Willst du Wein? Auf dem Küchentisch steht eine Flasche.« Es war nur noch etwa ein Glas drin, und sie hoffte, daß er es nicht trinken würde.

Vielleicht brauchte sie es, um einschlafen zu können.

Er schüttelte den Kopf. »Ist was zu essen da?«

»Brot, Schinken, Mixed Pickles, saure Sahne, Ketchup, Bananen.« Sie schloß die Augen und vergegenwärtigte sich den Inhalt des Kühlschranks. »Eier, Salat, Peperoni, alte Tortillas, Apfelsaft ...«

Er sah sie enttäuscht an. »Du wolltest doch ein Geburtstagsessen machen.«

»Du bist zu spät dran.«

»Und wenn ich rechtzeitig gekommen wäre?«

Sie schüttelte den Kopf. »Wärst du nicht.« Sie sagte das, als verfüge sie über ein besonderes Wissen, als sei die Zukunft vorhersehbar, und auf gewisse Weise glaubte sie das auch. Auf gewisse Weise war sie die Königin der Stäbe im Reich des Tarot. Eine pragmatischere Melinda wußte jedoch, daß sie den Nachmittag und den frühen Abend damit verbracht hatte, an dem Stück Stoff herumzuschnipseln, das sie ihm zum Geburtstag gekauft hatte. Dann und wann nahm sie einen kleinen Schniff, las die Karten und verschob das geplante Dinner so oft um zehn Minuten, bis klar war, daß Joe zu spät kommen würde. Sie sah auf die Hinderniskarte herab, die Neun der Stäbe. *Verspätung, Erwartung, Vertagung.* Den letzten Rest hatte sie vor einer Stunde genommen.

Joe nickte. Er bekundete zwar kein Verständnis, aber Einverständnis. Wie immer erlaubte er es sich nicht, sie zu bedrängen.

»Was war mit Ricky Murphy?« Melinda trank etwas Wein, einen dunkelroten Bordeaux, den Joe sicherlich gerne zu dem Steak getrunken hätte, das sie ihm hatte braten wollen, das sie aber letzten Endes gar nicht gekauft hatte.

Sie ließ ihre Augen über die Tarotkarten wandern und hörte zu, wie ihr Mann von seinem Tagesablauf erzählte. Es klang nicht sehr interessant, er sagte, er habe den größten Teil seiner Schicht im Wagen gesessen und auf Raser gewartet. Joes Karte, der König der Schwerter, war noch in keiner ihrer Reihen aufgetaucht. Sie hörte zu, bekam ein paar der wichtigsten Sätze mit, aber hauptsächlich konzentrierte sie sich weiterhin auf ihre Karten. Deren Botschaft war beängstigend. Jede Reihe, die sie an diesem Abend gelegt hatte, verkündete das gleiche, bestätigte, was der pragmatische Teil ihres Verstands ihr schon seit Monaten sagte. Joes Stimme dröhnte im Hintergrund vor sich hin, doch dann horchte sie auf, ein bekannter Name.

»Wer – hast du gesagt?«

»Dieser Dr. Bellweather. Ich weiß nicht, was für eine Art Doktor der sein soll. Ich glaube, er arbeitet in Minneapolis. Er kennt Dave Getter, also kann man darauf wetten, daß etwas Zwielichtiges dahinter steckt. Und wie aus heiterem Himmel taucht plötzlich Ricky mit dem Barhocker auf und versucht, diesen Kerl umzubringen; also mußte ich einschreiten.«

»Ist er okay?«

»Der Doktor? Ich glaube schon.«

»Warum hat Ricky ihn angegriffen?«

»Keine Ahnung. Ich habe ihn gefragt, aber alles, was ich von ihm hörte, war ›du Wichser‹. Es war sehr merkwürdig. Gerade sitzen sie noch da und spielen Karten ... Dann erhält Ricky einen Telefonanruf, und eine Minute später versucht er, dem Doktor den Schädel einzuschlagen. Nachdem ich den Doktor soweit hatte, daß er sich verzog, mußte ich irgendwas mit Ricky machen, also habe ich ihn mit Handschellen an seinen *Hummer* gefesselt.«

»Seinen was?«

»Das Ding, das er fährt. Hast du es noch nie gesehen?«

»Für mich sehen alle Autos gleich aus.«

»An das würdest du dich erinnern. Aber egal, das eine führte zum anderen, ich hab' dann noch mit ein paar von den Jungs was getrunken, und deshalb komme ich zu spät.«

Sein Blick fiel auf die Tarotkarten, und ein sarkastischer Unterton schwang in seiner Stimme mit, als er sagte: »Aber das hast du wahrscheinlich schon alles in den Karten gesehen.«

»Das stimmt, alles ist hier festgelegt.« Und noch mehr, dachte sie, während ihre Augen zu der letzten Karte wanderten, mit dem Symbol für das, was kommt: der Herrscherin, umgedreht.

»Er ist noch immer dort, soviel ich weiß.«

»Was?«

»Ricky. Er ist noch immer an den *Hummer* gefesselt.« Er lachte. »So lange war er wahrscheinlich noch nie in Gewahrsam.«

»Meinst du, das war eine gute Idee?«

»Das spielt doch sowieso keine Rolle. Ricky haßt mich aus tiefstem Herzen, und Orlan Johnson hält mich für seinen Versager Nummer Eins. Was kann er schon tun? Mich feuern? Einsperren?«

»Das könnte er.«

»Frag mich, ob ich einen Dreck darauf gebe.«

Melinda sah wieder auf die Herrscherin. »Gibst du einen Dreck darauf?« fragte sie leise.

Joe beugte sich vor. »Was?«

Die Herrscherin saß vor dem Baum, hinter dem Weizen, in ihrem eleganten blumengeschmückten Kleid, mit ihrem Sternendiadem. Ihr Blick war anklagend und mitleidlos. Sie richtete. *Entfremdung. Häuslicher Zwist. Eine Beziehung im Chaos.*

»Was ist los?« hörte sie ihn fragen.

Sie spürte die Tränen auf ihrer Wange. So hatte sie es nicht geplant, aber sie konnte nicht länger warten. Auch wenn sie nicht vorgehabt hatte, es ihm am Geburtstag zu sagen.

»Was?« wiederholte er. Sie hörte die Angst in seiner Stimme, genauso deutlich wie sie die Botschaft der Karten vor sich sah.

Mrs. Orlan Johnson, geb. Hillary Murphy, ließ das Telefon läuten. Sie las eine der erotischen Stellen in ihrem historischen Liebesroman. Das Telefon hatte keine Chance gegen den bebenden Busen der Contessa, die sich an die breite muskulöse Brust Rabans preßte, des Prinzen der Gesetzlosen. Als seine harten Lippen die zarte Haut oberhalb ihres Halses suchten, hörte Hillary eine Stimme, die ihren Namen brüllte.

»Hill!«

Klingeling!

»Hill! Geh doch mal ran!«

Klingeling!

Warum ging er nicht selbst? Und warum schrie er von irgendwoher? Sie konnte ihn kaum verstehen.

Klingeling!

»Verdammt noch mal, Hill, ich sitze auf dem gottverdammten Scheißhaus!«

Klingeling!

Hillary legte das Buch auf den Couchtisch, erhob sich von dem Chintzsofa und ging durch das Zimmer zu dem klingelnden Telefon.

»Hallo?«

Es war ihr Bruder George. Wer sonst würde es fünfzehn- oder zwanzigmal läuten lassen. Jeder außer George hätte schon nach dem viertenmal aufgegeben. Wie üblich wollte er mit Orlan sprechen.

»Er ist beschäftigt«, sagte Hillary. »Möchtest du später noch mal anrufen?«

»Beschäftigt? Sag ihm, er soll seinen Arsch von der Klobrille heben und ans Telefon kommen, Schwesterchen.«

»George, es ist schon nach zehn. Wir wollten gerade zu Bett gehen.« Sie mochte es gar nicht, daß ihr Mann parierte, wenn George nur mit dem Finger schnippte, obwohl sie verstand, warum das so war. Wenn man ihn sich selbst überließ, brachte Orlan gar nichts zustande. Dennoch hätte sie ihrem Bruder gerne öfter Paroli geboten, hätte George gerne gezeigt, daß Orlan keine Niete in Uniform war, auch wenn es leider stimmte.

»Wer ist es?« rief Orlan aus dem Badezimmer.

Sie legte die Hand über die Muschel. »Es ist George, Liebling. Willst du ihn später zurückrufen?«

»Ich rede mit ihm.« Sie hörte die Toilettenspülung, hörte wie die Tür aufging und ihr Ehemann die Treppe herunterpolterte. Wie jedesmal, wenn sie eine Stunde mit Raban, dem Prinz der Gesetzlosen verbracht hatte, verabreichte ihr der Anblick ihres Mannes eine häßliche Dosis Realität, besonders wenn er kein Hemd anhatte. Seine Brustmuskeln waren weich und aufgedunsen, fast wie Frauenbrüste. Darunter wölbte sich ein bleicher, schwabbliger Bauch über der offenen Hose. Alles an ihm schien weich wie Gelatine. Sie reichte ihm den Telefonhörer und kehrte wieder zu ihrem Roman zurück.

Das Gespräch verlief einseitig und kurz. Nach einer halben Minute legte Orlan den Hörer auf, seufzte und ließ sich neben seiner Frau auf das Sofa fallen.

Hillary senkte ihr Buch und fragte: »Was wollte George von dir?«

»Er hat sich über diesen Joe Crow beschwert.«

»Wen?«

»Einen meiner Männer.«

»Kenne ich ihn?«

»Ja, du hast ihn beim Betriebsausflug kennengelernt. Ich erinnere mich, daß du zu mir gesagt hast, er sähe aus wie ein fahrender Zigeuner – was immer das bedeutet.«

Hillary legte die Stirn in Falten und versuchte sich zu erinnern. »O ja, der mit den dunklen Augen. Mit dem brütenden Ausdruck. Ein sehr attraktiver junger Mann. Mit der hübschen blonden Frau. Der Weberin.«

»Ja. Nun, er hat schon wieder deinem Bruder Ricky Ärger gemacht. Hat ihn mit Handschellen an seinen *Hummer* gefesselt. Ich schätze, Ricky war ziemlich sauer.«

»Warum hat er das getan?«

»Wie ich Ricky kenne, bin ich sicher, daß Crow seine Gründe hatte, aber … trotzdem kann ich nicht zulassen, daß meine Beamten sich so etwas rausnehmen. Wenn der Junge ein bißchen über die Stränge schlägt, na schön, dann stutzt man ihn vielleicht auf seine alte Größe zurück. Irgendwie hat Crow was gegen Ricky; ständig will er ihn einbuchten.«

»Das ist nicht gut.«

»Ich weiß. Ich habe schon mit Crow darüber gesprochen, aber er bleibt störrisch. Zuviel gottverdammtes irisches Blut. George meint, ich soll ihm den Laufpaß geben.«

»Nun ja, ich denke, George hat recht. Dann muß er eben gehen.«

Orlan Johnson seufzte. »Ja, ich glaube auch, aber es ist wirklich schade. Irgendwie mochte ich den Kerl.«

Crow saß im dunklen Wohnzimmer und genoß die Augenblicke der Betäubung, die kamen und gingen und die längeren Phasen des Schmerzes durchbrachen. Er hielt eine Flasche mit grüner Chartreuse in der Hand, einem süßen Likör mit einem medizinischem Beigeschmack, den Mönche nach einem alten Rezept herstellten. Es war der einzige Alkohol, den sie im Haus hatten. Er trank einen großen Schluck, schüttelte sich, klemmte die Flasche zwischen die Beine und nahm eine Tarotkarte vom Tisch. Das Bild konnte er in der Dunkelheit nicht erkennen. Er riß sie in zwei Hälften und zerriß auch diese noch einmal. Jedes Viertel fetzte er in kleine Stücke, die er als Tarot-Konfetti auf den Teppich regnen ließ. Von oben hörte er, wie sich jemand hin und her wälzte und stöhnte. Melinda. Wie konnte sie überhaupt schlafen?

Trennung auf Probe nannte sie es.

Was für ein beschissener Geburtstag.

Er kippte noch etwas Chartreuse hinunter. Die hellgrüne Flüssigkeit glitt an seinem Gaumen entlang, kroch auf seinen Magen zu. Fühlt man sich so, wenn man ganz unten angekommen ist, dachte er. Oder wird es noch schlimmer?

Das Schlimmste daran war: er befürchtete, daß Melinda recht gehabt hatte. Von Minneapolis nach Big River zu ziehen, auf der Suche nach dem guten Leben vor den Versuchungen der bösen Stadt zu fliehen – das hatte nicht funktioniert. Ihre vier Jahre in einer Kleinstadt hatten alles Negative nur intensiviert. Vielleicht war es richtig, sich zu trennen, zu versuchen, das Leben nicht mehr gemeinsam zu verbringen.

Er nahm noch einen Schluck Chartreuse und rollte den Likör im Mund hin und her. Was für ein Stück Dreck bist du doch, dachte er. Hier sitzt du, im Dunkeln, den Mund voll leuchtendgrünem Mönchssaft. Unvermittelt stand er auf, machte sich auf den Weg zur Küche. Er prallte mit der Schulter gegen den Türrahmen, bevor er die Chartreuse in die mit Geschirr gefüllte Spüle spuckte. Das mußte sein. Jeder, der versuchte, sich mit Chartreuse zu betrinken, mußte auf dem tiefsten Grund des Schachts sitzen, von wo aus es nur nach oben ging.

Diese Erkenntnis bescherte ihm einen Augenblick der Euphorie, der Freiheit. Ich brauche das nicht mehr. Nicht notwendig, ein Kokser, ein Säufer zu sein. Er holte tief Atem und füllte seine Lungen mit Luft. Es stimmte. Er hatte die Wahl. Er hatte eine Chance. Das hier war wohl das, was man Epiphanie nennt, dachte er. So fühlte man sich wohl, wenn man seine Vergangenheit abschüttelte, wenn sich die Zukunft öffnete und man sich die Freiheit nahm, sein Leben zu leben.

Er hörte, wie ein Wagen vor dem Haus anhielt. Rote Blinklichter schimmerten durch die Vorhänge. Stimmen, Hämmern an der Tür.

Ich habe mich geirrt, dachte er. Ich bin durchaus noch nicht am Ende angelangt.

Er war frei, schön und gut, aber er fiel noch immer.

ZWEITER TEIL

1

Männer mit Geschäftssinn sorgen sich nicht. Was auch geschieht, sie machen Profit.

Ogden Nash

»Schöne Aussicht«, sagte Joe Crow.

David Getter nickte, ohne von seinem Schreibtisch aufzusehen und brachte Vermerke auf einigen dicht beschriebenen Schreibmaschinenseiten an. Seine gestärkten weißen Manschetten wurden von Cloisonné-Knöpfen, versehen mit seinen Initialien, zusammengehalten. Eine kompliziert gebundene burgunderfarbene Krawatte saß selbstzufrieden und auffällig vor der Mitte seines Kragens. Sein schwarz-goldener Montblanc-Füllfederhalter schwebte unruhig über dem Text, um dann und wann hinunterzustoßen. Getters Mund zog sich zu einem schmalen Oval zusammen, und jedesmal, wenn er etwas geschrieben hatte, klickte er mit der Zunge.

Crow schaute wieder aus dem über zwei Meter hohen Fenster. Im Osten sah er den zugefrorenen Mississippi, im Süden das Tal des Minnesota River. Über allem hing der graue Spätnovemberhimmel, den nur eine Dampfwolke aus dem Black-Dog-Kraftwerk belebte. 43 Stockwerke unter sich erkannte er die Marquette Avenue. Downtown Minneapolis, das mit Schneehaufen gesprenkelt war und von Hochstraßen durchzogen wurde, umringte den IDS-Tower. Die Höhe machte Crow schwindelig. Er streckte den Arm aus und stützte sich mit der Handfläche an dem kühlen Glas ab.

»Das macht jeder.«

Crows Hand zuckte zurück und hinterließ einen Abdruck auf dem Fenster.

Getter hatte seinen polierten Schreibtisch leergeräumt und lehnte sich in seinem Sessel zurück. Sein Mund hatte sich entspannt. »Wenn ich wissen will, wie viele neue Besucher ich tagsüber hatte, brauche ich abends nur die Abdrükke auf der Fensterscheibe zu zählen.« Der Mund verzog sich zu einem breiten, eingeübten Lächeln. Tut mir leid, daß du warten mußtest.« Er deutete mit seinem Füller auf das Schriftstück. »War notwendig, mich darum zu kümmern, solange ich es noch in meinem Kopf präsent hatte. Wie ist es dir ergangen, Joe?«

Crow setzte sich in einen der beiden identischen Polstersessel, die vor Getters Schreibtisch standen. Trotz seines gemütlichen und eleganten Aussehens saß man unbequem und unbehaglich in dem Möbel, was Crow nicht im mindesten überraschte. Er schlug die Beine übereinander, ließ es gleich wieder sein und verlagerte sein Gewicht von einer auf die andere Seite.

»Mir ist es prima ergangen«, sagte er. »Und wie lief es bei dir?«

»Großartig. Uns geht's großartig.« Getter sprach immer nur von ›wir‹. »Mary läßt dich herzlich grüßen.«

Crow nickte. Mary, seine Schwester, ließ ihn über David Getter herzlich grüßen. Das war ungefähr so, als würde man mittels eines Pitbulls Valentinsgrüße senden.

»Du sagtest, du hättest Arbeit für mich«, begann Crow, der zum Geschäftlichen kommen wollte; bloß raus hier, bevor Getter mit seinen Egospielchen begann.

»Nur ein kleiner Job, Joe. Du kannst dir ein paar Dollar verdienen. Wie gefällt dir dein Apartment?«

Zu spät. Die Egospielchen hatten bereits begonnen.

Seit einem Monat schon wohnte Crew in einem sterilen, billig möblierten Kasten in Lakeview Court, einem Mietshaus, das Getter gehörte. Pleite, arbeitslos, mit gesperrter Kreditkarte, getrennt von Melinda, wußte Crow die Tatsache zu schätzen, daß Getter ihm ein oder zwei Monate mit der Miete Zeit ließ. Als er jedoch in das Gesicht des Anwalts blickte, auf die heuchlerische Maske aus Mitleid und Sorge, überlegte er sich, ob er nicht besser dran wäre, wenn er sich in Zeitungen und Einkaufstüten wickelte und unter einer Brücke schliefe. Er schob sich nach hinten, verrenkte die Hüften, aber in diesem Sessel schien jede Position unbequemer als die davor.

»Das Apartment ist prima«, sagte er. »Alles ist prima.«

»Wie stehen die Dinge zwischen dir und Melinda?«

Er weiß verdammt gut, wie die Dinge stehen, dachte Crow. »Hält Mary dich nicht auf dem laufenden? Sie redet jeden verdammten Tag mit Mel.« Er preßte die Lippen zusammen, wollte nicht, daß Getter sah, welchen Schmerz er empfand. Seine Ehe löste sich auf, aber die Freundschaft zwischen Melinda und Mary schien immer inniger zu werden. Es war, als betrüge sie ihn. »Wir sind noch immer getrennt, aber wir reden miteinander,« sagte er schließlich. »Zumindest rede ich.«

Getter nickte. »Gut für dich, Joe.«

»Gut für mich«, sagte Joe und starrte Getters Krawatte an. Was zunächst ausgesehen hatte wie ein geometrisches Muster, entpuppte sich nun als ein Schwarm aufgestickter identischer Enten, deren Flügel miteinander verbunden waren und die von Getters Leber zu seinem Hals hinaufflogen. Getter hielt sie wahrscheinlich für Tauben. Sicher hatte Mary sie für ihn gekauft – Minnesota-Chic.

Getters Gesichtsausdruck änderte sich. »Letzte Woche habe ich unseren Freund Orlan Johnson getroffen.«

Crows Kehle schnürte sich zu. »Oh? War er in der Stadt?«

»Ich hatte draußen in Big River zu tun. Es war ihm wohl peinlich, mich zu treffen. Ich glaube, er hat ein schlechtes Gewissen wegen dem, was geschehen ist.«

»Das bezweifle ich. Was hast du in Big River gemacht?«

Getter wischte Crows Frage mit einer Handbewegung fort. »Joe, bevor wir über diesen Job reden, muß ich dich etwas fragen«, sagte er. Die Vielzahl heuchlerischer Mienen, die er vorzuweisen hatte, war erstaunlich. Zweifellos übte er vor dem Spiegel. Die jetzige hieß wahrscheinlich ›Tiefe Sorge mit einer Spur Mitleid‹.

Crow wartete auf den Schuß.

»Bist du trocken?« Peng. Getter faltete seine Finger zusammen.

»Ich komme gut zurecht«, sagte Crow. »Für die ersten vier Wochen habe ich schon den Plastikorden bekommen.«

»Tut mir leid, aber ich mußte fragen.«

Das glaube ich, dachte Crow.

»Ich meine, wenn ich dich für diesen Job empfehlen soll. Habe ich dir schon erzählt, worum es geht, Joe?«

»Du hast mir noch kein gottverdammtes Wort darüber gesagt, Dave.«

»Weißt du, es geht dieses Mal nicht darum, ein paar Papiere für mich zuzustellen. Du sollst auch nicht für mich arbeiten. Ich trete nur als Mittelsmann auf, um dir und meinem Klienten einen Gefallen zu tun. Du verstehst, was ich meine?«

»Noch nicht. Was ist das für ein Job?«

»Du sollst einem Gentleman, der glaubt, sein Leben sei in Gefahr, persönlichen Schutz bieten.«

»Leibwächter, mit anderen Worten.«

»Ja. Und jetzt verstehst du, warum ich so besorgt war. Er weiß über deine Vergangenheit Bescheid, und ich mußte ihm versichern, daß du wieder alles unter Kontrolle hast. Deshalb mußte ich es aus deinem Munde hören.«

Crow seufzte. Die Sache wurde langweilig.

Getter sah ihn an, preßte die Lippen zusammen und klopfte sich mit dem Füller gegen das Kinn. Noch eine heuchlerische Miene; der Augenblick vor der großen Entscheidung.

»Weißt du was?« sagte Crow. »Diese Sessel sind fürchterlich unbequem.«

Getter lehnte sich zurück und grinste, wobei er fast alle seiner ordentlich aufgereihten Zähne zeigte. Es war der erste vollkommen natürliche Ausdruck, den Crow bisher an ihm gesehen hatte.

»Milo!« Crow wartete auf eine Antwort, schüttelte die Schachtel mit Meow Mix und rief noch einmal. »Milo!« Er wartete noch eine Minute, hielt die Glastür mit einer Schulter auf und legte die Arme um sich. Es war unter Null Grad, und ein eisiger Wind wehte. »Bitterkalt«, sagten die Wetterfrösche dazu, und er hatte nur ein T-Shirt, eine Sporthose und Slipper an. Verdammter Kater. Er ging zurück in die Lobby, dann durch den mit Teppich ausgelegten Flur zu seiner Apartmenttür, die er nur an der Nummer erkannte. Die Wände waren vor kurzem hellgrau gestrichen worden; der Geruch von Latexfarbe hing noch immer in der Luft. Als Crow das Meow Mix wieder in den Schrank über dem Kühlschrank stellte, den einzigen Ort, den Milo bislang ohne menschliche Hilfe nicht hatte erreichen können, sagte er sich, daß die Katze schon öfter weggeblieben war. Wenn Milo es paßte, würde er schon wieder auftauchen. Vielleicht war er irgendwo in einer Garage eingesperrt worden. Oder er hatte sich bei einer alten Dame eingeschleimt und verspeiste gerade geräucherte Austern und Schlagsahne.

Es war fünf Uhr nachmittags. Draußen war es bereits dunkel. Crow hatte sich zähneknirschend bereit erklärt, sich um neun mit seinem zukünftigen Arbeitgeber zu treffen – wer immer das sein mochte. Jedesmal wenn er daran dachte, wie selbstgefällig grinsend Getter sich geweigert hatte, ihm den Namen seines Klienten zu nennen, mußte er den Wunsch unterdrücken, zum Telefon zu greifen und den Deal abzusagen. Das Problem bestand nur darin, daß er es sich kaum leisten konnte, den Job abzulehnen; schließlich war es ihm nicht einmal möglich, die Miete für das Apartment zu zahlen. Außerdem schuldete er Getter etwas dafür, daß er ihn aus dem Big River-Knast geholt hatte.

Nachdem er wegen Körperverletzung und ungesetzlichen Festhaltens verhaftet worden war, hatte er das ihm zustehende Telefongespräch dazu benutzt, seinen Schwager anzurufen, von dem er hoffte, daß er ihn *pro bono* vertreten würde. Getter war in seinen Mercedes gesprungen, durch den halben Staat nach Big River gefahren, hatte Orlan Johnson mit ein paar aggressiv klingenden juristischen Ausdrücken beworfen und es erreicht, daß Crow mittags wieder auf der Straße war. Er hatte keine neun Stunden hinter Gittern verbracht. So weit, so gut. Crow mußte lediglich zustimmen, seinen Job als Polizist zu kündigen, was unter den gegebenen Umständen keine schwere Aufgabe war. Jeder hatte seinen Vorteil. Orlan Johnson war Crow los, Crow war seinen Job los, und Getter bekam Crow für 330 Dollar. Er hatte sich zwar bereit erklärt, die Anwaltskosten zu übernehmen, berechnete ihm jedoch als Fahrtspesen nach Big River und zurück einen Dollar pro Meile. Soviel zu *pro bono*.

Die hundert Bucks, die man ihm täglich für den Job als Leibwächter angeboten hatte, waren zwar nicht gerade Fat City, aber immer noch besser, als im Winter durch die Stadt zu fahren und Anklageschriften zuzustellen.

Crow klappte sein Schlafsofa auseinander und brachte die gleichen zerwühlten Laken und Decken zum Vorschein, aus denen er sich am Morgen gewälzt hatte. Ein, zwei Stunden Schlaf würden ihm gut tun. Er dachte an Milo, an die Art und Weise, wie Milo seine Beine und seinen schwarzen, glänzenden Körper streckte, wie er seinen Schwanz um die Vorderpfoten drapierte, wie er seinen Kopf auf den Hintern legte und die gelben Augen schloß. Milo konnte überall schlafen und tat das meistens auch. Crow legte sich auf den Rücken und starrte auf die gemaserte Decke. Er versuchte sich einzureden, daß er müde sei, dachte daran, wie es war, wenn man sich so schläfrig fühlte, daß man kaum die Augen aufhalten konnte. Er versuchte, sich an einen schönen Traum zu erinnern, etwas, das er zurückspulen konnte, etwas, das ihn in den Schlaf sinken ließ. Er dachte daran, wie es mit Melinda gewesen war. Ihr Körper, der Wärme ausstrahlte, wie es klang, wenn sie schlafend durch den Mund atmete und kleine Geräusche mit ihren Lippen machte. Hastig richtete er sich auf, nahm das Telefon und wählte. 153 Meilen nach Westen, in das kleine Haus, das sie zusammen in Big River gekauft hatten. Nach dem sechsten Klingeln nahm Melinda Crow den Hörer ab.

»Hi«, sagte er. »Sind wir noch verheiratet?«

»Ich weiß nicht. Wer spricht denn da?«

»Ich konnte nicht schlafen.«

Sie lachte, ein kehliges Lachen, geeignet dazu, eine gefährliche Lawine der Erinnerungen loszutreten. »Deshalb rufst du an? Ich soll dich zum Einschlafen bringen?«

Jetzt, wo sie getrennt lebten, verliefen ihre Gespräche stets freundlich, ein leichtes, neckendes Geplauder, das sie vor dem schützte, was sie in Wirklichkeit, jeder für sich, durchmachten.

»Milo ist schon wieder abgehauen. Er ist seit gestern abend verschwunden.«

»Wahrscheinlich hat er eine Freundin.«

»So etwas interessiert ihn nicht mehr. Ich hab' ihm das abgewöhnt. Jetzt schleicht er nur noch herum und macht auf gefährlich.«

»Fast so wie du. Warum willst du eigentlich um diese Zeit schlafen?«

»Ich hab' einen Job und soll mich heute abend um neun mit dem Typ treffen.«

»Ach ja, stimmt. Dave hat dir einen Job besorgt. Mary hat mir gestern davon erzählt. Ich war zum Lunch mit ihr verabredet.«

Alle wußten, was in seinem Leben passierte, außer ihm selbst. Warum ärgerte ihn das so sehr? Und wenn Melinda den ganzen Weg in die Stadt gefahren war, um mit Mary zu essen, warum hatte sie nicht bei ihm angerufen? Er traute sich nicht zu fragen.

Melinda interpretierte sein Schweigen ganz richtig. »Ich hatte geschäftlich in der Stadt zu tun. Mußte eine Menge Sachen erledigen und konnte dich nicht anrufen.«

Schwach, aber zumindest hatte sie bemerkt, worauf es ihm ankam. Sie sollten die Kommunikationskanäle wieder öffnen. War das etwa ein Fortschritt?

»Und wie geht es meiner Lieblingsschwester?« fragte er. »Lächelt sie immer noch die ganze Zeit? Hat sie ihre Naturkristalle getragen?«

»Nur ein paar. Du solltest nicht so hart zu ihr sein, Joe. Sie versucht nur, zu sich selbst zu finden. Wie die anderen auch.«

»In diesem ganzen New-Age-Quatsch wird sie sich bestimmt nicht finden.«

Melinda antwortete nicht sogleich, und Joe erkannte, daß er wieder mal irgendwo reingetreten war, als er die Wörter New Age und Quatsch miteinander verbunden hatte. Seine Tarotkarten lesende, organische Vitamine schlukkende, Seetang essende Gattin besaß selbst einige Quarzkristalle. Während ihrer letzten gemeinsamen Monate waren diese Dinger überall im Haus aufgetaucht; sie hatten sich vermehrt wie die Karnickel.

»Es ist kein Quatsch, Joe.« Ihre Stimme klang kühl. »Eines Tages wirst du das auch einsehen. Du glaubst, daß du den großen Durchblick hast, du glaubst, daß die Dinge so sind, wie sie aussehen. Es sind aber die Dinge, die du nicht siehst, die dein Leben bestimmen.«

Crow schloß die Augen und atmete tief durch. »Tut mir leid«, log er.

»Schon okay«, sagte sie, aber er merkte, daß dem nicht so war.

»Ich wollte dir nur erzählen, daß ich einen neuen Job habe. Aber das wußtest du ja schon.«

»Es klingt aufregend. Mary sagt, daß du bei einem Freund von ihnen Leibwächter werden sollst.«

»Stimmt.« Er zog die Nachttischschublade auf und nahm seine Taurus heraus, eine 38er Stupsnase, die er während seines ersten Jahres bei der Big-River-Polizei gekauft hatte. Der Plastikgriff mit dem Schachmuster war gesprungen, und er hatte ihn mit silbernem Isolierband umwickelt. »Dave wollte mir nicht einmal sagen, wer der Kerl ist. Er wohnt draußen am See, in der Nähe von Dave und Mary. Ich habe nur eine Adresse.«

»Nun, du wirst es schon finden ...«

»Wenn ich nicht so verdammt pleite wäre, hätte ich ihm gesagt, wohin er sich den Job stecken kann. Er macht das doch nur, weil er hofft, daß ich dann endlich Miete bezahle. Außerdem kann er mich auf diese Weise sehr gut daran erinnern, daß er es war, der mich aus dem Gefängnis geholt hat.« Crow zielte mit der 38er auf einen Magnethaken, der an der Kühlschranktür klebte, und drückte den Abzug. Der Hahn glitt ein Stückchen zurück. Crow verringerte den Druck, und der Hammer sank wieder nach unten.

»Zumindest kommt endlich etwas Geld rein.«

»Ja, ich dachte schon, ich schließe mich den Obdachlosen an, aber es ist ziemlich kalt draußen.«

Über das Wetter konnte man immer reden. Den ganzen Winter über konnten sie über den Winter reden, und im Frühling noch ein bißchen mehr. Crow atmete tief ein. »Und, wie geht's dir so?«

»Mir geht es gut, Joe.«

Crow zögerte und sagte dann: »Mir geht es auch gut.«

»Schön.«

Ihre Gespräche verliefen immer in den gleichen Bahnen. Sie sprachen ein paar Minuten miteinander, ständig auf der Suche nach Themen, die dem anderen nicht weh taten, und endeten dann mit dem Austausch von Nichtigkeiten. Manchmal hatte Crow den Eindruck, als vergäße Melinda, mit wem sie sprach – oder als ob es ihr völlig egal wäre. Er fragte sich jedesmal, ob sie high war. Meistens merkte er es, aber nicht immer.

Er stellte sich vor, wie sie am Küchentisch saß, das Telefon zwischen Wange und Schulter geklemmt, mit der einen Hand zwei Linien Kokain mit einer Rasierklinge auf dem Resopaltisch zusammenschabend und mit der anderen eine Strähne ihres feinen blonden Haars aus dem Gesicht wischend.

Er stellte sich vor, wie sie in dem Ledersessel im Wohnzimmer saß und Cognac trank. Sie hinterließ einen leichten Lippenabdruck am Rand des Schwenkers.

Er stellte sich vor, wie sie im Bett lag, gegen das Rückenteil aus Mahagoni gelehnt. Der Fernseher lief ohne Ton, während sie sich die Nägel lackierte. Auf dem Radiowekker stand eine Karaffe mit Brombeerlikör.

»Wo bist du gerade?« fragte er.

»In der Küche.«

»Was machst du?«

»Ich rede mit dir. Außerdem stehe ich am Herd und mache Milch für eine Schokolade heiß.«

Das gefiel Crow. Er schloß die anderen Erinnerungen weg und stellte sich vor, wie sie am Herd stand und zusah, wie die Gasflamme einen Topf mit Milch erhitzte Als er blinzelte, tauchte sein eigenes Apartment wieder vor ihm auf. Ungeöffnete Umzugskartons stapelten sich an der Wand. Solange er diese Kisten nicht auspackte, konnte er sich vorstellen, daß auch die Überbleibsel seiner Ehe erhalten blieben. Gab es Bande, die zwei Menschen zumindest eine Zeitlang auch ohne deren Zutun miteinander verknüpften? Was ich brauche, dachte er, ist eine einsame Frau, die mir das Bett macht, die Kartons auspackt und mich mit geräucherten Austern und Schlagsahne füttert. Oder mit heißer Schokolade.

Nach einer Weile fragte Melinda. »Habe ich Erfolg? Wirst du müde?'

»Nein«, antwortete Crow.

Die Anonymen Kokain-User trafen sich im Gemeindezentrum von Golden Valley. Ihre Treffen verliefen wie eine Endlosschleife von drei Uhr nachmittags bis ein Uhr nachts: eine zehnstündige Zigaretten- und Kaffee-Orgie mit einer festen zwölf-Schritte-Runde, die alle zwei Stunden neu begann. Crow parkte seinen Rabbit neben einem alten durchgerosteten Honda und einem goldlackierten Cadillac Eldorado mit allen Extras. Nach seinem Gespräch mit Melinda hatte er sich eine Stunde im Bett umhergewälzt, hatte es schließlich aufgegeben, war in seine Kleider geschlüpft und zum AK-Treffen gefahren.

Im letzten Monat war Crow etwa zwei- bis dreimal in der Woche zu diesen Treffen gegangen. Er zog die AK-Treffen denen der Anonymen Alkoholiker vor – sie waren düsterer, intensiver und interessanter. Im Vergleich dazu wirkten die AAs trübsinnig und träge.

Die Treffen schienen zu helfen. Nicht daß es ihm etwas ausmachte, nüchtern zu bleiben – seit dem Abend mit dem grünen Chartreuse verspürte er kein besonderes Verlangen mehr, sich vollzuknallen. Das Problem bestand eher darin, nüchtern zu *sein*. Nachdem er erst einmal die Entscheidung getroffen hatte, trocken und drogenfrei zu bleiben, war das Verlangen verschwunden. Das hatte vor allem der Mönchssaft geschafft. Er empfand keine Sehnsucht, keinen unstillbaren Wunsch, loszulaufen und sich ein Gramm oder eine Flasche zu besorgen. Dennoch besuchte er brav die Treffen, saß schweigend dabei und beteiligte sich nur äußerst selten am Gespräch. Hinterher fühlte er sich immer etwas besser – weniger leer und nicht so einsam.

Crow kam ein wenig zu spät zur Sieben-Uhr-Sitzung. Der Gruppenleiter, ein ehemaliger Basketballprofi namens Chuckles, sprach zu einer sehr gemischten Gruppe von sechzehn Koksern und erzählte ihnen von seiner persönlichen Beziehung zu Gott. Sie waren bei Schritt drei angelangt, bei dem sie die Zügel ›Gott, so wie wir ihn verstehen‹ überlassen sollten – nicht einer von Crows Lieblingspunkten.

»Das war das Schwerste, was ich je tun mußte, Gott das Steuer zu überlassen«, sagte Chuckles. Seine dröhnende Stimme erfüllte das Zimmer. Chuckles, dem der goldene Cadillac gehörte, hatte eine Schwäche für Automobil-Metaphorik. Er war Mitte fünfzig. Seine Haut hatte die Farbe und Textur einer Haselnuß, und sein linkes Auge wanderte hin und her. Seit drei Jahren, so behauptete er, wäre er clean. Crow setzte sich auf einen der hinteren Stühle und hörte dem Sermon des großen Mannes zu, ließ die Worte ineinanderfließen und versuchte Melinda aus seinen Gedanken zu verbannen.

»Ein Mann sehnt sich in seinem Leben nach vielen Dingen«, sagte Chuckles. »Die Sache ist nur, wir sind zu sehr damit beschäftigt, uns nach Dingen zu sehnen, die uns nichts als ein gutes Gefühl verschaffen – ihr wißt, was ich meine. Und während wir so den Highway entlangrasen, vergessen wir ganz, daß wir Hilfe von dem Mann dort oben brauchen, ihr wißt, was ich meine.«

Am anderen Ende des Raumes schnaubte jemand verächtlich. Chuckles riß den Kopf hoch und suchte das Zimmer mit seinem gesunden Auge ab. Sein Blick landete auf einer Frau mit stacheligem blondem Haar, einem grellen

Lippenstiftmund und einer schwarzen Lederjacke mit so vielen Reißverschlüssen und Ketten, daß selbst ein Houdini verwirrt gewesen wäre. Chuckles hob den Finger und nickte.

»Und ich schließe die Ladys ausdrücklich ein«, erklärte er.

Wie immer handelte es sich bei den Ex-Koksern um einen nervösen Haufen. Praktisch alle rauchten und tranken Kaffee aus Pappbechern. Manche saßen nach vorne gebeugt und lauschten Chuckles' Diskurs über Schritt drei. Andere hatten ihre Gedanken nach innen gerichtet und verfolgten einen inneren Dialog. Sie warteten darauf, daß man sich in kleinere Kreise aufteilte, damit sie alles loswerden konnten. Die Gruppe bestand hauptsächlich aus Männern, ein Drittel davon Weiße, ein Drittel Schwarze und eins andere. Die drei Frauen in der Gruppe repräsentierten drei extreme Typen: eine junge, zornig aussehende, an die zweieinhalb Zentner schwere Frau in einem orangefarbenen Kaftan, deren Haut eine gelblich-grüne Farbe hatte; eine extrem nervöse, von Schuppen geplagte Rothaarige in einem marineblauen Hosenanzug mit Fingernägeln, die so abgekaut waren, daß keine Maniküre ihr mehr helfen konnte, und die blonde Frau mit den Ketten und der Punk-Frisur. Die Männer, die in dem Raum saßen, verkörperten ebenfalls die unterschiedlichsten Typen.

Chuckles beendete seinen Vortrag mit einem Gebet, bei dem sich Crow wie immer höchst unwohl fühlte. Seine eigene ›höhere Macht‹ stellte er sich als einen fiesen, grinsenden Gnom vor, der eine riesige Fabrik beaufsichtigte. Wie von der Tarantel gestochen hetzte der Gnom durch die Hallen, rief desinteressierten Arbeitern sinnlose Anweisungen zu, drückte völlig willkürlich auf Knöpfe und legte Hebel um. Crow konnte sich durchaus darauf einlassen, daß es eine höhere Macht gab, aber das bedeutete nicht, daß er sie gernhaben mußte, und der Teufel sollte ihn holen, wenn er sein Leben in die Hand dieses kleinen Despoten legen würde. Vielleicht lag es an seiner Einstellung – wie viele angedeutet hatten. Zumindest blieb er nüchtern.

Die Gruppe löste sich in kleinere Kreise auf. Crow fand sich mit einem ehemaligen Vergewaltiger namens Jellybean zusammen, den er schon kannte; einem spindeldürren Jüngling mit Rastalocken; der Kaftan-Frau und der Punkerin mit dem Stachelhaar. Sie nannten einander ihre Vornamen. Der Junge mit den Locken hieß Vince. Die Kaftan-Frau sagte, ihr Name sei »Vogue, wie das Magazin«. Der Name des Rock 'n' Roll-Mädchens lautete Debrowski.

»Noch mal«, sagte Jellybean.

»Di-brau-ski«, sagte Debrowski. »Wie der beschissene Wintersport.« Sie hatte eine schöne Stimme, tief und klar.

Jellybean lehnte sich zurück. »Aha, schon kapiert. Da ... braut ... ski. Alles klar.« Er wandte sich an Vince. »Bist du im Bilde, Bruder?«

»He, ich bin doch neu hier ...«, murmelte Vince.

Jellybean versuchte es noch mal. »Du-braut-ski.«

»Nahe dran, Bean«, sagte Debrowski. Sie sah Crow an. »Und wie steht's mit deiner Geschichte? Ich sehe dich hier zum erstenmal.«

»Ich habe keine Geschichte«, entgegnete Crow; zumindest keine, die er mit jemandem teilen wollte. Auf einem schwarzroten Button an Debrowskis Lederjacke stand *Bitch with Attitude.*

Sie hob die Augenbrauen. »Natürlich nicht. Und wieso hängst du dann hier bei uns Verlierern rum? Ich wette, du verkaufst Schuhe. Hab' ich recht? Ich wette, du hast dir eine Linie reingezogen und dann wie der Teufel Schuhe verkauft. Die Nummer Eins mit dem Schuhlöffel, stimmt's?«

»Stimmt genau«, sagte Crow. Es lohnte sich einfach nicht, mit manchen Leuten zu streiten. Diese Frau spielte ganz offensichtlich nicht nach den Regeln. »Ich verkaufe Schuhe. Mit dem Schuhlöffel bin ich ein Zauberer.«

Debrowski lachte.

Crow unterdrückte ein Lächeln. Komischerweise gefiel sie ihm. Zumindest jammerte sie nicht herum und tat sich selber leid. Er hielt sie für eine eher Neue bei den AK; vielleicht war es ihr drittes oder viertes Treffen. Sie würde nie über Schritt Eins hinauskommen. Plötzlich fragte er sich, wie sie wohl wäre, wenn sie ein paar Drinks intus hatte.

Debrowski zwinkerte ihm zu, als habe sie seine Gedanken gelesen. Dann wandte sie sich an die riesige Vogue, deren Lippen zu etwas verknotet waren, das vielleicht dem Ausgang ihres Verdauungssystems ähnelte.

»Und weshalb schaust du so mißmutig drein? Du bist nicht die einzige, die heute abend nicht ausgehen und sich zuknallen kann.«

Vogue starrte sie düster an.

»Keine Scheiße, Mann«, murmelte Jellybean.

Crow lächelte verhalten. Das würde keine von den ganz friedlichen Zusammenkünften werden, aber vielleicht eine der interessanteren.

2

Beim Arbeiten geht es nicht darum, Geld zu machen. Es geht darum, Zeit zu verbrauchen, Sohn, und du hast nur so viel davon zu verschleudern, wie du es dir leisten kannst.

Sam O'Gara

David Getter stand vor seinem Ankleidespiegel, zentrierte seine Krawatte und band sie sorgfältig.

»Warum mußt du gehen?« fragte Mary, die sein Spiegelbild in ihrem Schminkspiegel betrachtete. Sie schmierte eine Schicht Aroma Vedic Restorative auf ihr Gesicht. Sorgfältig verrieb sie die ölige Creme über die feinen Linien an ihren Augenwinkeln.

»Ich muß ihn seinem neuen Boß vorstellen.«

»Mußt du denn dabei sein? Kann Joe sich nicht selbst vorstellen?« Sie stellte die Cremedose wieder in die Pyramide. Wie auch sonst spürte sie eine beruhigende Wärme, als ihre Finger die etwa dreißig Zentimeter hohe, nach einer Seite offene Kupferkonstruktion berührten. Die Länge der

Seiten entsprach im Maßstab genau denen der Pyramide von Gizeh.

»Es ist besser, wenn ich dabei bin.«

»Ich weiß wirklich nicht, warum du bei dieser Kälte aus dem Haus willst. Es hat unter null Grad.«

Er zog sich den Mantel über. Es ist ja nur auf der anderen Seite der Bucht, Mary. Ich bin bald wieder zurück.«

»Und warum mußt du dich so fein machen?«

»Bei einem geschäftlichen Treffen bin ich immer korrekt gekleidet.«

»Wieso geschäftlich? Ich dachte, du tust lediglich Joe einen Gefallen.«

»Einen geschäftlichen Gefallen.«

»Und du mußt wirklich dort sein?«

Er schob seine Brieftasche in die Innentasche seines Sakkos. »Ich *möchte* dort sein.«

Mary sah zu, wie ihr Mann seinen Anzug ein letztes Mal auf den richtigen Sitz überprüfte. Sie atmete tief ein, zwang das Negative aus ihrem Körper und verschaffte der reinigenden Kraft positiver Energie Zugang. David war immer so gewissenhaft. Stets sah er gut aus, roch gut, hatte immer saubere Fingernägel. Es war gut von ihm, Joe einen Job zu besorgen. Überraschend, aber gut. Sie wußte, daß Joe und ihr Mann nicht miteinander auskamen, aber das hielt David nicht davon ab, das Richtige zu tun. Er ist ein guter Mann, sagte sie zu sich. Er tut sein Bestes.

Auf der Kupfertafel auf dem Steinbogen stand ORCHARD ESTATES. Crow steuerte seinen Rabbit durch den Torbogen und fand sich in einem Netz ordentlicher Straßen wieder, die allesamt Obstnamen trugen. Er folgte der Cherry Curve bis zum Appletree Drive, fuhr durch Blueberry Street, Circle und Lane, bis er schließlich Blueberry Trail fand. Die Häuser des Orchard Estates standen in einiger Entfernung von der Straße. Alle Grundstücke, deren Mindestgröße offenbar zwei bis drei Hektar betrug, waren durch dichten Baumbestand von den benachbarten Anwesen getrennt. Dem wenigen nach zu urteilen, das er von der Straße aus sehen konnte, wirkten alle Häuser groß und teuer, und nicht eines glich dem anderen. Trotzdem wurde Crow das Gefühl nicht los, daß sie alle von der gleichen Architekturgesellschaft gebaut worden waren. Wahrscheinlich standen Duplikate dieser Häuser auch irgendwo anders, an anderen Seen, in anderen ›exklusiven Wohnanlagen‹.

Blueberry Trail lag tief in diesem Irrgarten versteckt und endete schon nach kurzer Zeit in einer Sackgasse. Das letzte Haus, Nr. 17380, war ein zweistöckiges Pseudo-Tudorgebäude, das auf jeder Seite von ein paar Hektar Wald von seinen Nachbarn getrennt wurde.

Eine gut meterhohe sorgfältig angehäufte Schneemauer begrenzte den äußeren Rand einer kreisförmigen Auffahrt. Crow erkannte Getters Mercedes, der bei der Eingangstür stand, und parkte seinen Rabbit daneben. Ein älterer Dodge Station Wagon parkte am anderen Ende der Auffahrt. Auf dem Ziegelweg, der zur Eingangstür führte, lag weiße Enteisungsstreu. Crow sah auf seine Uhr und stellte fest, daß er sich um zwanzig Minuten verspätet hatte – etwa genau so lange, wie es ihm gelungen war, zu schlafen. Und das hier würde sicher eine lange Nacht werden. Er drückte auf den beleuchteten Klingelknopf.

Als er gerade ein zweitesmal läuten wollte, ertönte eine blecherne Stimme. »Ja?«

Crow suchte nach dem Lautsprecher. Er war in den Stuck rechts neben der Tür eingearbeitet.

»Mein Name ist Crow. Ich soll hier ...« Ihm fiel ein, daß er den Namen seines zukünftigen Klienten gar nicht kannte.

»Ich bin hier mit Dave Getter verabredet.«

Die Tür öffnete sich, und ein Schwall warmer, feuchter, gehaltvoll riechender Luft strömte in den Abend. Ein Mann mit sanften Gesichtszügen in einem zerknitterten grauen Pullover und mit einer randlosen Brille, etwa so groß wie Crow, aber älter und schlaffer um die Wangen, bat ihn herein. Crow streifte den Schnee von den Schuhen und betrat die Eingangshalle. Was war das für ein Geruch? Stark und organisch, aber nicht unangenehm. Crow zog seinen Trenchcoat aus, eine 89-Dollar-Baumwoll-Poly-Imitation des Burberry-Klassikers, und hielt ihn dem Mann hin, der die Tür geöffnet hatte. Der Typ zog die Augenbrauen hoch.

»Ich bin kein Butler«, sagte er. »Mr. Getter und mein Bruder sind hinten im Büro.« Er drehte sich um und durchquerte ein großes, ausgesprochen repräsentables Wohnzimmer. Die gepolsterten Möbel waren in weißem und elfenbeinfarbenem Damast gehalten, die passenden Sofatische mit den Glasplatten wurden von zerbrechlich anmutenden Gestellen aus heller Eiche gehalten. Ein Kristallüster streute Muster über die weißen Satintapeten und den eierschalenfarbenen Teppich. Der Raum verbreitete eine kalte, sterile Atmosphäre. In diesem Salon konnte man sich nicht aufhalten. Hier wurde sicherlich niemals jemand ein Glas Rotwein oder eine Tasse Kaffee angeboten. Dieser Raum war nur zum Fotografieren da, oder zum Durchgehen, wobei man ja achtgeben mußte, an nichts anzustoßen. Crow blieb kurz vor dem Teppich stehen und schaute auf seine schneeverklebten, salzverkrusteten Schuhe.

Ohne sich umzudrehen, sagte der Mann. »Machen Sie sich deswegen keine Gedanken.«

Crow fiel erst jetzt die blasse, dunkle Spur auf, die über den Teppich führte. Offenbar war die letzte Reinigung schon eine Weile her. Auch die Sofatische waren von einer Staubschicht bedeckt. Crow folgte dem Mann, der nicht der Butler war, durch das Wohnzimmer und ein konventionelles Eßzimmer, das eine ebenso sterile Kälte ausstrahlte. Die Blumen auf dem Tisch waren schon seit Wochen verdorrt. Sie gingen einen kurzen Flur entlang, an dessen Ende der Mann zweimal an eine Tür klopfte. »Das Büro meines Bruders«, sagte er lakonisch, drehte sich um und entfernte sich.

Einen Augenblick später öffnete Dave Getter die Tür. »Ärger mit dem Auto?« fragte er, die Augenbrauen hebend.

Crow bewegte seinen Kopf von links nach rechts. Der Geruch, den er zuvor bemerkt hatte, war hier noch intensiver.

Getter ließ seinen Blick über Crows etwas abgetragenes, braunes Fischgrätsakko gleiten, über den schwarzen Rollkragenpullover und die verwaschene Baumwollhose. Er starrte auf die ausgetretenen Budapester, bevor er alles noch einmal in Augenschein nahm.

»Wieder mal wie aus dem Ei gepellt, Joe.«

»Danke, Dave.« Er sah an Getter vorbei. »Oh«, sagte er. Jetzt erkannte er den Geruch – Leder und Knochen.

Das ›Büro‹ hatte ungefähr die gleiche Größe wie das Wohnzimmer, war jedoch nach ganz anderen ästhetischen Vorstellungen eingerichtet. Eine grau-rosa Wildledertapete bedeckte die Wände bis zur Deckentäfelung aus Eiche, von deren Kranzleiste eine Sammlung von kostbar gerahmten Tiergemälden an schweren dunkelbraunen Kordeln herabhing. Ein Kerzenleuchter aus Schmiedeeisen und gebleichten Hirschgeweihen hing in der Mitte; darunter lag das Fell eines Grizzly-Bären auf der Lauer. Am anderen Ende des Raumes flackerte eine Gasflamme in einem Natursteinkamin. Über dem Kaminsims prangte ein mächtiger Bisonkopf, auf der einen Seite von einem Achtender-Virginiahirsch und auf der anderen von einen anderthalb Meter langen Elefantenstoßzahn flankiert, der aus einer Teakholzplatte ragte. Ein fauchender Leopard, von Schnauze bis Schwanz über zwei Meter lang, stand an der Wand, für immer in seiner Pose erstarrt. Der Rest des Zimmers war mit Möbeln vollgestopft, die ausnahmslos aus den Häuten, Geweihen, Hörnern und Knochen großer toter Tiere angefertigt schienen. Ein Sofa und eine S-förmige Couch – helles Leder mit Zebrafell akzentuiert – wirkten fast dezent, wenn man sie mit dem ungemütlich aussehenden, aber originellen Sessel verglich, der aus Elchgeweihen und Streifen dunklen Leders zusammengefügt worden war. Crow kam sich vor wie in dem Magen eines großen wilden Tieres, inmitten der unverdaubaren Teile früherer Opfer. Gleich würde er von Magensäure zersetzt werden.

Ein Mann in ausgewaschenen Designer-Jeans, einem aufwendig bestickten roten Cowboyhemd und mit sonnengebräuntem Gesicht lehnte an einem antiken Mahagonischreibtisch, dem einzigen Möbelstück, das keine Merkmale toter Tiere aufwies. Als er Crow eintreten sah, ging er über den flachen Rücken des Grizzlys auf ihn zu und streckte ihm die Hand entgegen.

»Danke, daß Sie gekommen sind, Joe«, sagte er und präsentierte ein blitzendes, sauberes Lächeln. »Ich bin Dr. Nelson Bellweather. Gut, Sie an Bord zu haben.« Mit seinen Cowboystiefeln aus Straußenleder überragte er Crow um ein paar Zentimeter. Er hob das Kinn und schüttelte Crows Hand mit einem festen, sicheren, kurzen Griff, wobei er seinen Kopf noch ein bißchen mehr nach hinten warf und Crow erwartungsvoll ansah; offenbar erwartete er eine Reaktion. Getter folgte der Begegnung mit der Aufmerksamkeit eines Apportierhundes. Crow sah Bellweather ins Gesicht: weiche, glatte, regelmäßige Züge. Schmale Lippen. Graue Augen, dünnes blondes Haar. Irgendwo zwischen vierzig und fünfzig. Dr. Bellweather ähnelte seinem Bruder, der nicht der Butler war, schien aber jünger und selbstbewußter. Immer noch hielt er seinen Kopf nach hinten gesenkt; Crows Blick fiel auf die kleinen, perfekten Ovale seiner Nasenlöcher.

»Nettes Zimmer«, sagte Crow. »Haben Sie die Möbel alle selbst geschossen?«

Bellweather schob eine Hüfte nach vorne, steckte einen Daumen in seinen Gürtel und machte dabei einen absolut gekünstelten Eindruck, als habe er die Pose von den Schurken der Fünfziger-Jahre-Western abgeguckt. Er lachte etwas zu laut. »Einige davon. Sie erinnern sich doch sicherlich an mich?«

Crow tat es nicht, aber dann fiel es ihm plötzlich wieder ein. Er fühlte sich, als habe jemand eine lange rostige Nadel in sein wächsernes Ebenbild gestochen. »Der rosa Jaguar, nicht wahr?«

Bellweather grinste und zeigte einen Großteil seiner Zähne. »Mir hat sehr gefallen, wie Sie mit Ricky fertig geworden sind.«

Crow konnte sich über das Kompliment nicht freuen. Die Episode hatte ihn allzuviel gekostet. Er sah Getter an.

»Amüsierst du dich, Dave?«

Getter preßte ein Lächeln hervor und streckte die Arme

aus, als wolle er sagen, wer, ich? Crow sah ihn mit leerem Blick an, ein Ausdruck, den er als Cop oft sehr erfolgreich angewendet hatte. Getter wandte den Blick ab und betrachtete interessiert die Tapete. Crow wandte sich wieder an den Doktor. »Worum geht's hier eigentlich?«

Bellweather intensivierte sein Lächeln. »Joe, ich kann Ihnen gar nicht sagen, wie erfreut ich war, als David mir erzählte, daß Sie zugestimmt hätten, für mich zu arbeiten.«

Crow runzelte die Stirn. »Ich wußte gar nicht, daß ich irgend etwas zugestimmt habe.«

Bellweather bog den Kopf noch etwas weiter zurück und drehte sich zu Getter um. »David?«

Getter sah ihn an. »Ja? Was ist?«

»Haben Sie mir nicht gesagt, Joe sei an Bord?«

»So hatte ich es verstanden. Ich habe Dr. Bellweather gesagt, daß er mit dir rechnen könne.«

»Ich kann mich nicht erinnern, daß ich gesagt habe, irgend jemand könne mit mir rechnen, Dave«, erklärte Crow. »Vor allem möchte ich wissen, worum es überhaupt geht, bevor ich ja sage.« Das letztemal hatte er sich so gefühlt, als er von einem Freund – mittlerweile einem ehemaligen Freund – zu einem Bier eingeladen worden war und er sich mitten in einem Rekrutierungsseminar wiedergefunden hatte.

Getter legte eine Hand auf Crows Schulter. »Joe ...«, begann er, aber Crow zuckte mit der Schulter, und Getters Hand glitt ab wie von einem elektrischen Feld. Er trat einen Schritt zurück. »Nun hör mal zu, Joe, genau diese Einstellung bringt dich immer wieder in Schwierigkeiten. Dr. Bellweather bietet dir einen guten Job an, und ich habe mir einige Mühe ...«

Bellweather unterbrach ihn. »Ich finde, Joe und ich sollten uns einmal allein unterhalten, David. Ich bin sicher, daß wir alles regeln können. Seine Bedenken sind mir durchaus verständlich, aber ich glaube, daß ich ihn überzeugen kann. Sie haben Ihren Teil getan, und ich danke Ihnen dafür. Mary wartet sicher auf Sie.«

Getter sah von Crow zu Bellweather. »Sind Sie sicher?«

»Ganz sicher.«

Getter zuckte mit den Schultern und ging aus dem Zimmer.

»Sie mögen ihn nicht«, sagte Bellweather. »Daraus mache ich Ihnen keinen Vorwurf. David ist ein guter Anwalt, aber er kommt den Leuten gerne etwas komisch. Ich hatte nie die Absicht, Sie zu überrumpeln. Manchmal läßt David die Leute gerne im dunkeln tappen, erwischt sie mit Vorliebe dann, wenn sie nicht aufpassen, und macht es ihnen ungemütlich. Eben ein Teil seines Egotrips.«

Crow blickte auf den ausgestopften Leoparden.

Bellweather folgte seinem Blick und lachte. »Tja, ich schätze, wir sind alle auf unserem eigenen Egotrip. Jagen Sie, Joe?«

»Nur Vögel. Ich gehe ganz gerne auf Entenjagd. Also, worum geht es? Warum brauchen Sie Ihrer Meinung nach Schutz?«

»Weil ich bedroht worden bin. Sie sind also Jäger? Ich sollte Sie mal mitnehmen. Wir können auch auf Entenjagd gehen, wenn Sie mögen. Ich mag jede Art von Jagd.«

Crow sah von dem Leoparden zu dem Bisonkopf und von dort zu dem Elefantenzahn und dachte, daß ein Tag zusammen mit diesem Mann in einem Entenstand wohl reichen würde, um einem das Jagen ganz zu verleiden.

»Ich lebe allein hier, wie David vielleicht schon erwähnt hat. Meine Frau hat mich vor ein paar Monaten verlassen.«

»Dave hat gar nichts erwähnt, und ich weiß immer noch nicht, warum ich hier bin.«

»Die Scheidung durchzukriegen war keine große Sache, aber sie hat mich eine Menge Geld gekostet. Wir waren nur anderthalb Jahre verheiratet. Gerade lange genug, um ein Vermögen für die Inneneinrichtung auszugeben. Was halten Sie von dem Wohnzimmer?« Er beobachtete Crows Miene und lachte. »Ganz schön furchtbar, was?«

»Sie werden also von Ihrer Ex-Frau bedroht?«

Bellweather runzelte die Stirn. »Ich glaube nicht, daß ich etwas in dieser Richtung gesagt habe.«

»Sie haben noch gar nichts gesagt.«

»David hat mich schon darauf aufmerksam gemacht, daß Sie streitsüchtig seien. Hat er Ihnen mal erzählt, wie es dazu kam, daß er mein Anwalt wurde?«

»Er hat mir nicht einmal erzählt, wer Sie sind!«

»Oh … ach ja. Dazu kommen wir gleich. Nun, als meine Frau sich von mir scheiden lassen wollte, fand ich keinen Anwalt, der mir gefiel. Der Kerl, den ich hatte, war ein Schwächling. Dann sah ich die Telefonnummer auf einer Anzeige – T-R-E-N-N-D-I-C-H.«

»Ich habe mich schon immer gefragt, was für Klienten er über diese Anzeigetafeln bekommt.«

»Ich fahre auf dem Weg zur Klinik jeden Tag an Davids Anzeige vorbei. Es funktioniert – ich bin das beste Beispiel dafür. Haben Sie *meine* Anzeigen gesehen?«

Crow schüttelte den Kopf. Abgesehen von ihrem kurzen Aufeinandertreffen bei *Birdy's* hatte er noch nie von Dr. Nelson Bellweather gehört.

»Ich hatte die Idee von David. Jeden Sonntag im Fernsehen: ›Die Diäten leid? Wählen Sie F-E-T-T-W-E-G.‹ Sie glauben nicht, wieviele Anrufe ich bekomme.«

Ihm dämmerte etwas. Er hatte die Anzeigen des Doktors doch schon gesehen. »Sie sind der aus der TV Week?«

»Genau der bin ich«, sagte der Doktor. »West End Clinic – plastische und rekonstruktive Chirurgie.«

»Sie machen Nasen, Silikonbrüste und solche Sachen?«

»Wir bieten eine ganze Palette von Dienstleistungen an. Morgen besucht mich Mrs. Archer Pillsbury-Cargill. Wir werden ein wenig subkutanes Fett von ihren Hüften entfernen.«

Crow erinnerte sich an die Zeitungsannoncen. »›Fettabsaugung ist unsere Spezialität‹, heißt das nicht so?«

»Das ist richtig.« Dr. Bellweather schürzte die Lippen. »In unserem Geschäft zahlt es sich aus, sich zu spezialisieren.«

Crow mußte schlucken und bereute es. Irgend etwas schmeckte ganz scheußlich. Vielleicht wäre sogar ein Scientology-Treffen noch besser gewesen. Wie fanden diese Leute nur den Weg in sein Leben? Wurden sie von ihm angezogen, so wie sich eine Katze von der einen Person im Zimmer angezogen fühlt, die Katzen haßt?

Der Doktor redete weiter. »Mein Bruder Nate ... Sie haben Nate kennengelernt?«

»Mehr oder weniger.«

Bellweather sah ihn verblüfft an und fuhr dann fort: »Gestern nacht und heute abend war er bei mir, aber er hat eine geregelte Arbeit, und seine Frau hat ihn bis jetzt noch nicht verlassen. Deshalb habe ich David beauftragt, Sie aufzuspüren, Joe. Hat er Ihnen denn gar nichts erzählt?«

»Er hat mir gesagt, daß Sie einen Leibwächter suchen. Also hören Sie, ich weiß nicht, in welcher Lage Sie stecken, und offensichtlich haben Sie kein Interesse daran, mir mehr zu verraten. Es tut mir leid, wenn David Ihnen falsche Hoffnungen gemacht hat, aber ich bin wirklich nicht der Richtige für diesen Job. Es gibt Firmen, die auf so etwas spezialisiert sind ...«

»Ich habe kein Interesse an diesen Bodybuildertypen, die auf hart machen, Joe. Ich habe gesehen, wie Sie mit Rikky Murphy fertig geworden sind, und so jemanden will ich.«

»Ich war betrunken, und er war es auch.«

»Wie gut müssen Sie erst nüchtern sein.«

»Lassen Sie es mich noch einmal versuchen. Warum glauben Sie, daß Sie einen Leibwächter brauchen?«

Bellweather ging auf den Kamin zu. Er sah zu dem ausgestopften Bison hinauf, genau in die geblähten Nüstern. »Sie haben es gesehen ... Die Murphys. Sie haben gehört, wie Ricky gedroht hat, mich zu töten.«

Crow schüttelte den Kopf. »Ricky ist nur ein Heißsporn. Außerdem ist das Wochen her. Wenn Ricky wirklich vorhätte, Sie zu töten, dann wäre ihm das schon längst gelungen. Warum glauben Sie auf einmal, daß Sie Schutz brauchen?«

»Nachdem er mich in dieser Bar angegriffen hatte, gab es diese Telefonanrufe. Ich beschloß, Ferien zu machen – war die ganze Zeit bei einem Freund in Costa Rica und bin erst vorgestern zurückgekommen.«

Das erklärte die Sonnenbräune. »Wieso ist Ricky an jenem Abend so ausgeflippt?«

»Ich habe keine Ahnung. Und ich dachte, genau wie Sie auch, daß er sich nach sechs Wochen beruhigt haben würde, was auch immer der Grund für seine Aufregung gewesen wäre. Aber ich hatte mich geirrt. Gestern abend hat er erneut versucht, mich umzubringen«, sagte Bellweather. »Erfolglos«, fügte er dann hinzu.

3

Ricky ist ein ziemlicher Heißsporn, ich dagegen hab' mehr Verstand, aber wirklich vorsehen mußt du dich vor meiner Mom.

George Washington Murphy

Crow saß in dem Sessel aus Elchgeweihen. Nachdem er alle Sitzmöbel getestet hatte, war ihm der noch als das bequemste erschienen. Bellweather hatte sich eine Stunde zuvor zurückgezogen, und im Haus herrschte Totenstille. Träge starrte Crow auf das Fell, auf das offene Maul des Grizzly. Er gähnte. Er spürte förmlich, wie er dahinschwand. Drei Stunden machte er diesen Job erst, und schon langweilte er sich zu Tode.

Es fiel ihm schwer, die Sorgen seines neuen Arbeitgebers besonders ernst zu nehmen. Sicher, er hatte selbst gesehen, wie Ricky den Doktor bei *Birdy's* angegriffen hatte, aber das war jetzt fast zwei Monate her. Bellweather behauptete, daß Ricky vor zwei Tagen abends auf ihn geschossen hätte, als er von der Klinik nach Hause fuhr. Es klang unwahrscheinlich, wenn auch nicht unmöglich. Ricky wäre hinter ihm aufgetaucht, so der Doktor, als er in westlicher Richtung auf der I-394 fuhr. Mitten während der Rush-hour habe Ricky sich aus dem Fenster seines *Hummer* gelehnt und angefangen, mit einem Revolver herumzuballern.

Als Bellweather die Geschichte erzählte und offenbar

noch einmal durchlebte, tat er so, als hielte er dabei ein imaginäres Lenkrad in den Händen. »Wenn es mir nicht gelungen wäre, einen Truck zwischen uns zu kriegen und eine Ausfahrt zu erwischen – wer weiß?« Er steuerte nach rechts. Dann ließ er die Hände in den Schoß fallen. Vielleicht hätte er mich umgebracht. Der Kerl trinkt ein paar Gläser zuviel, und dann steigt er in diesen *Hummer* und ist zu allem fähig. Er ist total verrückt.«

Crows Zweifel mußten an seinem Gesicht ablesbar gewesen sein, denn der Doktor bestand darauf, mit ihm in den Garagenanbau zu gehen und ihm die Einschußlöcher in seinem Wagen zu zeigen.

»Darf ich Sie etwas fragen?« sagte Crow. »Warum haben Sie ihn rosa lackieren lassen?« Er öffnete die Beifahrertür. »Jesus, innen ist ja auch alles rosa.« Rosa Polsterung, ein rosa ummanteltes Steuerrad, rosa Sonnenblende ... selbst die Gangschaltung – keine Automatik, zu seiner Überraschung – wurde von einem rosa Knauf gekrönt. Beinahe wäre Crow errötet.

»Ich habe ihn für meine Frau gekauft. Sie war Mary-Kay-Vertreterin, als ich sie kennenlernte.«

»Im Ernst?«

»Lack und Polsterung sind Spezialanfertigungen. Es hat mich ein Vermögen gekostet, und sie hat es gehaßt. Als wir uns trennten, bekam sie den Mercedes. Sehen Sie dieses Loch? Da ist die Kugel durchgeschlagen.«

Crow steckte seinen Finger in das Loch. »Sind Sie sicher, daß es kein Stein war?«

»Im Rückfenster? Die Kugel steckte im Beifahrersitz. Im Kofferraumdeckel ist auch ein Loch. Das Geschoß rollte hier herum. Er klappte einen ledergepolsterten Deckel hoch und zeigte auf die große leere Fläche, dort wo die Rücksitze hätten sein sollen.

»Ich dachte, diese neuen Jags wären Viersitzer.«

»Ich habe die Rücksitze rausnehmen lassen – waren sowieso zu klein –, um zusätzlichen Platz fürs Gepäck zu schaffen. Für meine Jagdausrüstung. In den normalen Kofferraum von diesem Ding paßt gerade mal ein Ersatzreifen.

»Und Sie glauben, daß es Ricky war, der auf Sie geschossen hat?«

»Wie viele *Hummer* in Tarnfarbe gibt es denn wohl in diesem Staat?«

»Haben Sie die Polizei gerufen?«

»Sicher habe ich das getan. Ich habe ihnen Rickys Namen genannt und habe ihnen gesagt, wo sie ihn finden können. Und nun raten Sie mal ... Ricky hat den ganzen Abend mit Orlan Johnson und seinen Kumpeln Karten gespielt. Ich weiß gar nicht, warum ich mir überhaupt die Mühe gemacht habe. Nein, ich brauche einen Mann wie Sie, Joe.«

Um so besser. Er hatte sich bereits entschlossen, den Job anzunehmen. Das Geld brauchte er wirklich dringend. Selbst wenn der Doktor lediglich eine paranoide Fantasie pflegte, so konnte er sie sich offenbar ohne Probleme leisten.

Nachdem Bellweather sich zur Ruhe begeben hatte, von der Gewißheit getragen, daß der stets wachsame Crow ihn vor den Nachstellungen des Murphy-Clans beschützte, war Joe Crow in den ersten Stock hinaufgegangen, hatte sich Bellweathers verschiedene Besitztümer angesehen und geschätzt, was sie wohl gekostet haben mochten, Das weiße Wohnzimmer ließ ihn frösteln; auf seine Weise war es gruseliger als Bellweathers Jagdzimmer. Sicher, das Büro steckte voller Teile toter Tiere – aber in diesem Wohnzimmer hatte es niemals etwas Lebendiges gegeben.

Je mehr er sich umsah, desto mehr fiel ihm auf, wie vernachlässigt vieles wirkte. In den Ecken sammelten sich Staubflocken, graue Spuren liefen über die Teppiche. Die wenigen Pflanzen, die es gab, waren entweder schon tot oder standen kurz davor. Hier war eine Putzfrau dringend vonnöten. Der Mann hatte jede Menge Kohle – warum bestellte er keinen Reinigungsdienst?

Von der Küche führte eine Tür nach unten in einen ausgebauten Keller mit Spielzimmer, Bar und Hobbyraum. Die Werkzeuge stammten alle aus dem gleichen Laden, wahrscheinlich waren sie alle am gleichen Tag gekauft worden. An manchen klebte noch das Etikett. Sie glänzten so makellos, als habe man sie noch nie benutzt. Es schien, als wäre Bellweather aus einer Laune heraus auf die Idee gekommen, sich einen Hobbyraum mit allem drum und dran zu kaufen, ihn sich einrichten zu lassen und das Ganze dann wieder zu vergessen.

Der Billardtisch war benutzt worden, wenn auch nicht allzu oft. Crow probierte ein paar Stöße, aber Billard ohne Gegenspieler langweilte ihn. Wie Squash hatte auch Billard etwas Elitäres an sich, das ihm Unbehagen bereitete. Er ging wieder in die Küche hinauf und sah sich lange Zeit die Bodenfliesen an. Crow war kein Experte, aber diese Arbeit war ausgezeichnet. Jede Fliese war anders, und jede demonstrierte diese besondere Art von Vornehmheit, die sonst nur durch hohes Alter und Gebrauch entsteht. Es mußte ein Vermögen gekostet haben. Offenbar konnte man im Fettabsaugungsgeschäft eine Menge Geld verdienen.

Hinter der Küche führte eine Doppeltür in einen großen Raum, in dem der gleiche Teppich lag wie im vorderen Wohnzimmer. Doch hier hatte man alle Möbel ausgeräumt – übrig geblieben waren nur eine häßliche Stehlampe und ein paar Dellen im Teppich. Was schade war, denn von diesem Raum aus hatte man die beste Sicht im ganzen Haus. Eine Wand war komplett verglast, und man sah auf einen großen, schneebedeckten Garten hinaus, der zu dem zugefrorenen See hinunterführte; grau und schweigend lag er in der mondlosen Nacht, die Ufer durchzogen von den dunklen Spuren der Schneemobile und gesprenkelt von den schwarzen Hütten der Eisangler. Crow starrte an seinem Spiegelbild vorbei und stellte sich vor, wie es im Sommer aussehen mochte, mit Sonne, Booten, einer warmen Brise und springenden Fischen.

Amanda Murphy hatte nicht mehr gut geschlafen, seit Sean 1974 seinen ersten Herzanfall erlitten hatte. Nach seinem zweiten Infarkt, drei Jahre später, als der Herr ihn schließlich zu sich nahm, hatte sie selbst in ihrem Schmerz daran gedacht, daß sie nun endlich wieder ihre nächtliche Ruhe finden könne. Jetzt würde sie nicht mehr die ganze Nacht gegen den Schlaf ankämpfen müssen, während sie ängstlich seinem Atem lauschte, stets in der Furcht, daß jedes pfeifende Röcheln sein letztes sein könnte. Aber Seans Tod hatte nichts verändert. Die Erkenntnis, daß ihre Familie nicht unsterblich war, hatte gereicht, um ihr für den Rest ihres Lebens den gesunden Schlaf zu rauben. Mit jedem Jahr wurden ihre Träume lebendiger und verstörender. Immerhin ging sie Dank des Herrn auf 75 zu und würde nicht mehr allzu viele Nächte wach im Bett liegen müssen. Sie hoffte nur, vor einem ihrer drei Kinder zu gehen.

Amanda setzte sich in ihrem Bett auf und schaute aus dem Fenster ihres Schlafzimmers. Der Himmel war wolkenverhangen und dunkel, die Wälder wirkten vor dem helleren Grau der schneebedeckten Erde wie aufeinandergeschichtete Holzkohle. Die Winter, mit ihren langen Nächten, waren am schlimmsten. Sie sah die drei Schneemobile der Talking Lake Ranch, die neben dem Wohnhaus standen, und den alten Ford Pickup mit dem Schneepflug. Rickys *Hummer* stand nicht dort. Wo trieb sich der Junge nur herum, mitten in der Nacht? Zweifellos jagte er irgendeiner Kellnerin hinterher. Sie wollte nicht zu lange darüber nachdenken. Was immer es war, der Herr würde ihm sicherlich vergeben. Jungen bleiben eben Jungen. Sie suchte nach ihren Hausschuhen, zwängte ihre Zehen in die wolligen Puschen und schlurfte durch den Flur in die Küche, um sich eine Tasse heißen Apfelwein zu machen. Vielleicht sollte sie einen Schuß Jim Beam hineintun? Danach würde sie ein oder zwei Stunden schlafen können, mindestens. Ein, zwei Stunden näher zum Morgengrauen hin.

Am Küchentisch saß George, ihr älterer Sohn. Er trug sein kariertes Flanellnachthemd und aß Skippy-Erdnußbutter, direkt aus dem Glas. Als sie hereinkam, sah er hoch, füllte seinen Löffel und steckte ihn sich in den Mund. Der intensive Geruch der Erdnußbutter hing in der Luft.

»Du wirst noch fett werden«, sagte Amanda. Sie hätte die Küche lieber für sich allein gehabt. Jetzt mußte sie den Jim Beam stehen lassen. George hatte diese komische Vorstellung, daß alte Frauen keinen Alkohol trinken sollten.

Nicht, daß er es ihr verbieten konnte, aber es würde einen Streit geben. Heißer Apfelwein mußte ausreichen.

»Bin schon fett«, murmelte George.

Amanda öffnete den Kühlschrank, holte eine Plastikflasche mit Apfelwein heraus, füllte einen Becher ab und stellte ihn für zwei Minuten in die Mikrowelle. Sie mißtraute Mikrowellenherden aus Prinzip, aber Georges Frau – Gott sei Dank war *die* endlich fort – hatte einen gekauft, und nun benutzte Amanda ihn jeden Tag. Während ihr Cider erwärmt wurde, beobachtete sie ihren Erdnußbutter essenden Sohn. George hatte recht: Er wurde tatsächlich fett. Stark und gesund, und erst 49, aber er trug wirklich ein paar Pfund zuviel um die Hüften herum. Nicht spindeldürr und eisenhart, wie es sein Daddy gewesen war. Trotzdem sah es ihm nicht ähnlich, um drei Uhr nachts in der Küche zu sitzen und Erdnußbutter zu essen. Normalerweise schlief er wie ein Bär. Irgend etwas bereitete ihm Sorgen.

Die Mikrowelle klingelte. Amanda nahm ihren dampfenden Becher heraus und setzte sich George gegenüber an den Tisch. Sie pustete über die dampfende Oberfläche des Cider und nahm einen vorsichtigen Schluck. Er war noch sehr heiß, duftete aber herrlich. George schraubte das Glas mit Erdnußbutter wieder zu. Sie beobachtete, wie sich seine Wangen ausbeulten, als er mit der Zunge im Mund herumfuhr, um seine Zähne zu säubern. Er war ein gutaussehender Junge, sagte sie sich. Fett wie eine prämiierte Sau, aber stark; und er hatte die Augen seines Vaters.

»Konntest du nicht schlafen?« fragte er.

Amanda schnaubte. Sie konnte nie schlafen, und das wußte er auch. Seit zwanzig Jahren klagte sie jeden Morgen darüber.

»Ich bin immerhin nicht die einzige, die hier mitten in der Nacht in der Küche herumhockt«, fuhr sie ihn an.

George zuckte förmlich zusammen. Noch immer verblüffte es sie, welche Wirkung ihre Worte bei ihren Jungen erzielen konnten. Ihre 47 Kilo gegen seine 150, aber mit ein paar wohlgezielten Sätzen konnte sie ihn noch immer vom Stuhl hauen.

»Entschuldige, Mandy«, sagte er, und seine Stimme klang wie die eines kleinen Jungen. Der einzige Unterschied bestand darin, daß sich die Anrede Mommy im Laufe der Jahre in Mandy verwandelt hatte. »Ricky ist wieder mal unterwegs. Ich habe Angst, daß er Ärger bekommt. Die Sache mit Nelly Bell beschäftigt ihn.«

»Ricky hat's mir erzählt.«

»Ich hatte gehofft, daß er einfach verschwindet.«

»Ein teuflischer Mann.«

»Ich weiß, Mandy, aber eigentlich wohnt er ja so weit entfernt. Er wird uns nicht mehr belästigen. Wir sollten ihn einfach vergessen.«

»Er hat die Ehre unserer Familie beschmutzt. Wer wird ihn bestrafen? Wer wird die Arbeit des Herrn verrichten?«

George schüttelte den Kopf. »Hoffentlich nicht Ricky. Ich weiß nicht, wie lange ihn der alte Orlan noch decken kann. Außerdem ändert es für Shawn überhaupt nichts. Was geschehen ist, ist geschehen.«

Amanda preßte ihre Lippen so fest zusammen, daß sie schmerzten. »Der Doktor hat uns befleckt, Ricky ist ein guter Sohn.«

»Er ist ein gottverdammter Narr«, sagte George.

Sie riß George den Löffel aus der Hand und schlug ihn damit hart auf die Stirn.

»Au! Mandy, das hat weh getan.«

»Ich lasse es nicht zu, daß man in meiner Küche so spricht, George Washington Murphy. Wenn du nicht schlafen kannst, na schön, aber wenn du glaubst, ich sitze hier um drei Uhr in dieser gottgesegneten Nacht in der Küche, und höre deinen Flüchen zu, dann hast du dich schwer getäuscht.«

George lehnte sich zurück und drückte seine Hand auf die Stirn.

»Das gibt eine dicke Beule, mitten auf der Stirn!«

»Junge, davon gibt's noch mehr, wenn du nicht lernst, ordentlich zu reden.« Jetzt war sie in Rage. Sie erhob sich, holte die Flasche Jim Beam aus dem Küchenschrank neben der Spüle, goß zwei Finger breit in ein Wasserglas, setzte sich damit wieder an den Tisch und trank zornig einen Schluck. »Und kein Wort mehr«, sagte sie.

George betrachtete die Whiskeyflasche, schüttelte langsam den Kopf und schraubte das Glas mit Erdnußbutter wieder auf.

Crow schreckte hoch und riß die Augen auf. Er saß in der Küche. War er eingeschlafen? Er blinzelte. Seine Augen fühlten sich geschwollen und trocken an. Auf seiner Uhr war es 3:47. Etwas hatte ihn geweckt – das Knirschen von Reifen auf kaltem Schnee? Er stand auf und lauschte. Ein Dröhnen, das tiefe Brummen eines großen Motors. Ein Schneepflug? Es schien aus der Nähe zu kommen, direkt vor dem Haus. Crow ging an eines der Vorderfenster und lugte an den Vorhängen vorbei hinaus. In der Einfahrt parkte mit laufendem Motor ein *Hummer* in Tarnfarben. Auf dem Fahrersitz erkannte er Ricky Murphy, der wie gebannt auf die Haustür starrte. Crow tastete unter seiner Jacke nach dem Revolver; er steckte bequem in seinem alten Schulterhalfter. Das vertraute Gefühl gab ihm Mut. Die glatte Oberfläche des isolierbandumwickelten Griffs. Er sah wieder aus dem Fenster. Ricky saß noch immer regungslos in seinem Wagen, schaute nur.

Was hatte er vor? Crow beobachtete ihn eine Zeitlang. Ricky hob etwas an den Mund, lehnte den Kopf zurück. Er trank Bier. Crow überlegte, was er tun sollte. Er konnte einfach abwarten, was geschah. Oder er konnte die Cops rufen; sollten sie sich darum kümmern. Das wäre das Klügste.

Er trat vom Fenster weg, ging durch das Haus in die Küche und griff zum Telefon. Seine Hand hing bereits über den Tasten. Was würde geschehen, wenn er die Cops riefe? Nicht viel. Wenn sie Ricky noch antrafen, was könnten sie tun? Ihm wegen der Dose Bier einen Strafzettel ausstellen? Das schien zu wenig. Würden sie auf Bellweathers frühere Beschwerde eingehen? Wohl kaum, da Ricky ein bombensicheres Alibi vorzuweisen hatte, für das der Chef der Big River Polizei persönlich bürgte. Er legte den Hörer wieder auf und schlich sich zur Hintertür hinaus. Der tiefe Schnee drang ihm sofort in die Schuhe. Er umkreiste das Haus, wobei er sich durch kniehohen Schnee kämpfen mußte, und erreichte schließlich die Auffahrt; dort schützte ihn eine niedrige Hecke. Rickys Hut warf seinen Schatten auf die zugefrorene Rückscheibe des *Hummer*. Crow hoffte, daß sich Ricky weiterhin auf die Haustür konzentrieren würde, stieg über den Schneewall und schlich langsam von hinten an den Wagen heran. Nachdem er die hintere Stoßstange erreicht hatte, tastete er sich zur Fahrertür vor, holte tief Atem, riß die Tür auf, packte Ricky am Kragen und zog ihn aus dem *Hummer*.

»He!« Ricky schlug mit der Schulter auf dem Boden auf. Der *Hummer* rollte vorwärts. Ricky warf sich herum und griff nach dem Revolver in seinem Gürtelhalfter. Crow trat nach der Waffe und erwischte Ricky am Ellbogen. Der Revolver flog aus seiner Hand und schlitterte die eisige Auffahrt hinunter. Crow lief der Waffe hinterher, packte sie und richtete sie auf Ricky. Sie wog ungefähr doppelt so viel wie seine kleine Taurus.

Ricky rappelte sich hoch. »Crow?« Die echte Verblüffung, die in seiner Stimme mitschwang, bereitete Crow ein tiefes Vergnügen. Ricky beugte sich vor, hob seinen Hut auf und setzte ihn sich wieder auf den Kopf. »Was, zum Teufel, machst du hier, Crow?«

»Halt's Maul.« Er sah dem *Hummer* nach, der noch immer rollte. Er erreichte den Schneewall und überwand ihn ohne Schwierigkeiten. Crow wartete darauf, daß der Wagen stehenblieb, aber der *Hummer* machte keinerlei Anstalten. Die fahrerlose Maschine rollte mühelos durch den hohen Schnee auf die andere Seite der kreisförmigen Auffahrt zu.

»Ist das dein Auto da hinten, Crow? An deiner Stelle würde ich mich langsam in Bewegung setzen.«

Der *Hummer* befand sich auf Kollisionskurs mit dem Rabbit. Crow rannte dem verhexten Wagen hinterher, der immer schneller wurde. Er war noch ein gutes Stück von ihm entfernt, als das drei Tonnen schwere Fahrzeug die vordere Stoßstange des Rabbit rammte und den Wagen einfach beiseite schob, bevor es mit seinem stählernen Aufprallgitter gegen eine mächtige Ulme donnerte. Der Motor hustete und erstarb.

Crow stoppte ab und glitt mit seinen Budapestern über die vereiste Auffahrt. Als er sich umdrehte, stand Ricky bereits hinter ihm, viel zu nahe. Crow wuchtete den Lauf des konfiszierten Revolvers in Ricky Magengegend.

»Ooh!« Nebel aus Bieratem waberte zwischen ihm und Ricky. Ricky stolperte nach hinten, hielt sich den Magen, hob den Kopf und sagte etwas, das Crow nicht richtig verstand. Auf alle Fälle war es nichts Nettes.

»Halt's Maul«, sagte Crow. Er hielt die Waffe nach unten, starrte auf den langen Lauf und konnte es einfach nicht glauben. Er hatte einen Unfall verursacht, seinen eigenen Wagen angefahren, und niemand hatte am Steuer gesessen.

»Echt geschickt, Crow«, zischte Ricky und richtete sich auf. Das Atmen fiel ihm schon wieder leichter. »Ich muß einen Gang eingelegt haben, als du mich aus dem Wagen gezogen hast. Geschieht dir recht, du warst schon immer so dumm wie ein Stück Brot.«

»Ich sagte, halt's Maul.« Crow richtete den Revolver auf Rickys Magen. Der Abzug, ein kaltes Stück Metall, prickelte an seinem Finger. Er spürte, wie sich das Blut in seinem Kopf staute, fühlte, wie sein Gesicht anschwoll. Schon stellte er sich vor, daß er es tun würde. Es einfach geschehen lassen ...

Ricky sah ihn plötzlich sehr unsicher an. »He, he, he ...« Er trat einen Schritt zurück. »Nur keine Hektik, Crow. Ich hab' nur hier gesessen und mir einen genehmigt. Willst du mich deswegen erschießen?«

»Was machst du hier?« Crow hörte, wie die Worte aus seinem Mund kamen, gleichmäßig und klar, ruhiger als er sich fühlte. Er verlagerte sein Gewicht, richtete sich auf. Seine Revolverhand entspannte sich etwas.

Ricky bewegte seine Schultern und verzog den Mund. »Ich wollte nur mal vorbeischauen, um zu sehen, wie ihr Schwuchteln so wohnt, Crow. Ich wußte nicht, daß du mit dem alten Nelly Bell herumhängst. Wenn du eine kleine Sache mit ihm laufen hast, he, das ist euer Problem.«

»Und welches Problem hast du mit Dr. Bellweather?«

Ricky lachte. Crow spannte den Revolver. Ein lautes Klicken ertönte, so wie im Film, aber das schien Ricky jetzt nicht mehr zu beeindrucken. Was er eben noch in Crows Gesicht gesehen hatte, war verschwunden. »Ich habe keine Probleme, Crow. Du bist der Mann mit den Problemen.« Ricky schlug den Kragen seines Parkas hoch und vergrub seine Hände in den Taschen.

Erst jetzt merkte Crow, daß er ohne Mütze oder Handschuhe draußen stand; es mochte zehn oder fünfzehn Grad minus sein. Das Eisen des Revolvers saugte die Wärme aus seinen Fingern. Seine Zehen fühlten sich steif an. Er begann zu zittern. Ein letzter Versuch …

»Sag's mir, Ricky, warum belästigst du diesen Mann?« Er bemühte sich, bestimmt zu klingen, aber das Zittern klang auch in seiner Stimme mit.

»Be-lästigen? Das fragst du, Crow? Du bist ja noch kaputter als er.« Ricky ging auf den *Hummer* zu.

»Bleib stehen!« befahl Crow.

»Fick dich ins Knie, Crow. Für diese Spielchen ist es viel zu kalt.« Er drehte sich um. »Kriege ich meinen Revolver zurück?«

Crow hielt die schwere Waffe auf ihn gerichtet. Ricky spuckte auf die Auffahrt, stieg in den *Hummer* und setzte ihn von der Ulme zurück. Er grinste Crow durch das Fenster an, zeigte ihm mit der Linken den Stinkefinger und fuhr davon. Crow sah ihm nach, bis er in den Blueberry Trail abbog und die Rücklichter verschwanden.

Die Vordertür war verschlossen.

Er wollte gerade wieder um das Haus herumgehen, als sich die Tür öffnete. Bellweather erschien, in Flanellpyjamas, eine Schrotflinte im Arm, ein teuer aussehendes doppelläufiges Stück mit einem handgeschnitzten Kolben und einem goldziselierten Lauf. »Einen Augenblick lang dachte ich, Sie würden ihn tatsächlich erschießen.«

»Das war nicht nötig«, sagte Crow. Er stampfte den Schnee von seinen Schuhen und schlug die Tür zu.

»Vielleicht das nächste Mal.«

Bellweather tat so, als mache es ihm gar nichts aus, daß Ricky vor seinem Haus erschienen war. Crow kaufte ihm das nicht ab. Die Stimme des Doktors klang anders, und um seinen Mund zeigten sich neue Falten. Der Mann hatte Angst. Crow versuchte, irgend etwas Aufmunterndes zu sagen, aber mehr als »na ja, jetzt ist er jedenfalls weg«, fiel ihm nicht ein.

Bellweathers Augen wanderten umher und suchten nach einem Halt. Sein Blick fiel auf die Waffe in Crows Hand. »Schöner Revolver«, sagte er. »Was ist es, ein Vierundvierziger?«

»Ich weiß nicht.« Er wußte nur, daß das Ding groß, schwer und kalt war.

»Darf ich mal sehen?«

Crow zögerte, doch dann reichte er dem Doktor die Waffe.

Bellweather klappte die Trommel auf. »Einundvierziger Ruger. Mit diesem Baby hätten Sie ihn glatt weggepustet.«

Er vollzog ein flinkes, sicheres Ritual – entladen, drehen der Trommel. Offensichtlich wollte er Crow zeigen, daß er mit Schußwaffen umgehen konnte, daß er diese ganze Sache hier im Griff hatte. Geschickt schob er die sechs Patronen wieder in die Trommel, schloß sie und gab Crow die Waffe zurück.

»Gutes Eisen«, sagte er und schob das Kinn vor. »Sieben-Inch-Lauf, eine Menge Stop-Power. Werden Sie ihn behalten?«

»Zurückgeben werde ich ihm den Revolver ganz bestimmt nicht.«

Ein Wagen fuhr vorbei, und Scheinwerfer blitzten zwischen den Bäumen auf. Bellweather schrak zusammen und griff nach seiner Flinte.

»Nur die Ruhe, Nels«, sagte Crow. »Das ist nur irgendein Auto. Ricky ist weg.«

Bellweather fuhr sich mit der Zunge über die Lippen, lächelte und senkte die Waffe. Er schnappte nach Luft und atmete durch die Nase wieder aus. »Jetzt glauben Sie mir, nicht wahr?« sagte er.

Crow nickte. »Ja, ich glaube Ihnen. Aber ich versteh' immer noch nicht, warum sie hinter Ihnen her sind.«

Bellweather sah Crow etwas ungehalten an. »Ich auch nicht«, sagte er. »Und ich würde es vorziehen, wenn Sie mich nicht so nennen.«

»Sie wie nennen? Nels?«

»Ja. Nennen Sie mich bitte Doktor Bellweather.«

Crow holte tief Atem. Gerade als es ihm langsam Spaß gemacht hätte, für den Mann zu arbeiten, mußte der wieder einen draufsetzen.

4

Colonel Roosevelts Sohn, Kermit, bewies bei der Verfolgung des afrikanischen Großwilds mehr Enthusiasmus als Vorsicht.

›Grosswildjagd in der Wildnis Afrikas‹
Die aufregenden Abenteuer der berühmten Roosevelt-Expedition

Die Ruger fühlte sich in seiner Hand zu schwer und zu groß an. Crow saß in Bellweathers Büro und spielte mit Rickys Revolver. Er zielte auf die Bisons und die Antilopen und machte dabei leise Knallgeräusche mit den Lippen. Der Abzug war hart und schwer zu drücken. Er zielte mit der ungeladenen Waffe auf die Schnauze des Bisons und zog durch. Das scharfe, laute Schnappen wurde von den Wildledertapeten gedämpft.

»Peng«, flüsterte er. Ricky Murphys Besuch hatte Crow die zweite Luft verschafft. Er fühlte sich aufgedreht, voll nervöser Energie. Bellweather war wieder ins Bett gegangen. Crow lud den Revolver und steckte ihn in seinen Gürtel. Wieso hatte er nur vergessen, Ricky auch gleich den Halfter abzunehmen, wo er schon mal dabei gewesen war? Zum drittenmal in dieser Stunde kontrollierte er den ersten

Stock des Hauses. Ein Teil von ihm beobachtete sich selbst dabei, amüsiert und leicht peinlich berührt. Er wußte, bald würde er zusammenbrechen. Das Gift der Müdigkeit in seinem Blut hatte langsam den kritischen Punkt erreicht, und seine nervöse Euphorie würde bald Gereiztheit, Zorn oder Schlaf weichen. Die Digitaluhr am Herd in der Küche zeigte 4:54. In drei Stunden mußte er *Doktor* Bellweather zu seiner Klinik begleiten.

Zum wiederholten Male schaute er aus dem Vorderfenster hinaus. Nichts als Schnee und Dunkelheit. Kein *Hummer*. Kein Ricky Murphy.

Noch einmal ließ er die Nacht vor sich ablaufen. Das, woran er sich am intensivsten erinnerte, war das Gefühl, das seinen Finger am Abzug durchströmt hatte. Vor sich Ricky Murphys hagere Gestalt mit dem Cowboyhut. Die Erinnerung hatte etwas Scharfes an sich, einen metallischen Geschmack, der ihn an Kokain erinnerte. Sein Gaumen fühlte sich taub an.

Crow trat vom Fenster weg. Der Revolver in seinem Gürtel störte ihn. Er zog ihn heraus, setzte sich auf einen der eisweißen Sessel im Wohnzimmer und legte die Ruger auf den Couchtisch. Das war besser. Sich zurücklehnend betrachtete er den reichverzierten Kerzenlüster und kam zu der Feststellung, daß es sich letzten Endes doch um ein wirklich schönes Stück handelte. Er schloß die Augen, öffnete sie, blinzelte in eine Galaxie von Lichtern und schloß sie wieder.

Das Geräusch fließenden Wassers weckte ihn. Frühes Sonnenlicht filterte an den Vorhängen vorbei und prallte an den weißen Wänden ab. Das Licht der Lampe wirkte düster und gelblich. Crow beugte sich vor und ließ den Kopf nach unten hängen. Er hörte Geräusche von oben. Hausschuhe, die über einen dicken Teppich schlurften. Das gedämpfte Heulen eines Haarföns. Er sah auf seine Uhr – acht. Dann ging er in das untere Badezimmer, setzte sich ohne Erfolg auf die Toilette, wusch sich das Gesicht, rieb sich mit dem Zeigefinger über die Zähne und strich sich das Haar hinter die Ohren. Es könnte kürzer sein, dachte er. Und sauberer. Nächstes Mal sollte er einen Kamm mitnehmen und eine Zahnbürste. Vielleicht sollte er sogar die Kleider wechseln.

Bellweathers Vorstellung von einem Frühstück bestand aus einem großen Glas orangebrauner Flüssigkeit, die sein lärmender *Juiceman 3000* gepreßt hatte. Crow hatte nicht darauf geachtet, was alles in der Saftmaschine gelandet war, weil er nicht im Traum daran gedacht hatte, in die Situation zu kommen, es in flüssiger Form zu sich nehmen zu müssen. Jetzt war es zu spät. Er erinnerte sich an Möhren und etwas, das ausgesehen hatte wie rote Beete.

»Haben Sie keinen Kaffee?« fragte er und beäugte den dicken Saft mißtrauisch. Er schien sich im Glas zu bewegen; seine Farbe hatte sich in ein dunkles Ocker verwandelt.

Bellweather trank einen kräftigen Schluck. »Ah«, sagte er. Versuchen Sie's, Joe. Dieses Zeug gibt Ihnen mehr Energie als eine ganze Kanne Espresso.«

»Ich glaube, so viel Energie möchte ich gar nicht haben.« Doch dann dachte er, was soll's, trank vorsichtig und schluckte schnell hinunter, wie ein Kind, das seine Medizin einnimmt. Zaghaft kostete er das, was auf seiner Zunge übriggeblieben war. Es schmeckte gar nicht schlecht, aber zugeben wollte er das nicht. Also trank er sein Frühstück und starrte dabei auf die rötlichbraunen Keramikfliesen, die mehr Würde und Charakter offenbarten als Bellweather je besitzen würde.

»Sie mögen die Fliesen?«

»Ja, in der Tat«, sagte Crow, der froh war, endlich einmal eine offene, ehrliche Antwort geben zu können.

»Spanisch. Meine Ex hat sie aus einer alten Finca besorgt, über zweihundert Jahre alt. Eine Fliese hat mich 36 Dollar gekostet. Diese Frau konnte Geld ausgeben wie die Regierung.« Er trank seinen Saft aus. »Wir müssen los. Schnell zur Klinik, ich habe einen Neun-Uhr-dreißig-Termin.« Er ging aus der Küche und kehrte kurz darauf in einem schweren grauen Wollmantel mit weißem Pelzkragen zurück. »Fertig?«

Sie fuhren rückwärts aus der Garage, hinein in das kalte,

graue Licht des Tages. Crows Rabbit, dessen rechter Kotflügel gegen den Vorderreifen gedrückt worden war, funkelte in seinem neuen Frostüberzug. Bellweather sah sich den Wagen einige Sekunden an und meinte: »Wenn wir in der Klinik sind, sage ich meiner Empfangsdame Bescheid, daß sie jemanden hierher schicken soll, der Ihnen das Blech vom Reifen biegt. Dann sollten Sie eigentlich wieder damit fahren können.« Er legte den ersten Gang ein und fuhr auf den Blueberry Trail hinaus; vorsichtig steuerte er den Jaguar durch die Orchard Estates. Als sie auf die County Road 40 kamen, beschleunigte er, und die zwölf Zylinder brachten den Jaguar schnell auf Trab. Eisiger, nach Auspuffgasen riechender Wind strömte durch das Loch im Rückfenster herein.

Crow lehnte sich zurück und beobachtete die Autos. Sie fuhren die County Road bis zur I-394, wo sich die Fahrzeuge mit dem nach Osten strömenden Verkehr vermischten. Bellweather fuhr unruhig, beschleunigte und bremste unvermittelt und wechselte die Spuren, so oft es ging, ohne wesentlich schneller vorwärts zu kommen. Er fing an, die ›Schicksalsmelodie‹ aus Dr. Schiwago zu summen. Crow versuchte erfolglos, nicht zuzuhören.

»Ich habe ein Problem«, sagte Crow.

Der Doktor hörte auf zu summen. »Welches?«

»Meinem Gefühl nach verschweigen Sie mir einiges.«

Bellweather schob die Unterlippe vor und runzelte die Stirn, hielt aber den Blick auf die Straße gerichtet. Er begann wieder zu summen. Crow verschränkte die Arme und wartete.

»Es fällt mir sehr schwer zu glauben, daß Sie wirklich keinen Schimmer haben, warum Ricky Murphy hinter Ihnen her ist.«

Der Doktor nickte. »Das kann ich Ihnen nicht verdenken.« Er schaltete in den vierten Gang und beschleunigte. Kurz darauf bremste er scharf, ein paar Zentimeter vor der Stoßstange eines grünen Minivans. Ich habe selber Probleme damit. Dieser Angriff bei *Birdy's* letzten Monat – zuerst habe ich gedacht, es sei nicht so ernst gewesen, einer von

Rickys psychotischen Anfällen. Selbst am nächsten Tag, als er mich anrief und mir mitteilte, daß er mir meine eigenen Hoden verfüttern wolle, hielt ich das Ganze noch für das Symptom irgendeines Ungleichgewichts in seiner Psyche. Ich bot ihm an, ihm ein Rezept für Prozac auszustellen, aber er hatte kein Interesse. Also beschloß ich, George anzurufen. Ich dachte, er wäre vielleicht in der Lage, seinen kleinen Bruder zu beruhigen.«

»Was hat er gesagt?«

»Amanda, seine Mutter, kam ans Telefon, und als ich ihr meinen Namen nannte ... nun, es war wirklich verblüffend.«

»So?«

»Sie begann mich zu beschimpfen, wünschte mir die Pest an den Hals, sagte, ich würde unter Schmerzen in der Asche von Gomorrha sterben. Sie kreischte förmlich, ich mußte den Hörer vom Ohr weghalten. Ich verstand von all dem kein Wort, und sie wollte mich auch nicht mit George verbinden. Die alte Dame spinnt, und das ist meine medizinische Meinung.«

»Mit George haben Sie nie gesprochen?«

»Ich habe es ein paarmal versucht, aber stets hat Amanda den Hörer abgenommen. Glauben Sie mir, es ist nicht nur Ricky. Sie alle stecken da mit drin. Einmal habe ich sogar David dort anrufen lassen. Er ist bis zu George vorgedrungen, aber George behauptete, er habe keine Ahnung, worum es eigentlich ginge. Meiner Meinung nach ist diese ganze Familie gestört.«

»Schulden Sie den Leuten Geld?«

»Ein wenig, aber ich glaube nicht, daß es darum geht. Ich schulde vielen Leuten Geld, und bis jetzt hat keiner von denen auf mich geschossen.« Er holte Luft und stieß sie zischend zwischen zusammengepreßten Lippen wieder aus. »Zumindest bis jetzt noch nicht.«

»Wieviel schulden Sie ihnen?«

»Nicht so viel. Zehn-, zwanzigtausend. Für unsere letzte Jagd hat er mir noch nicht einmal die Rechnung geschickt – diese Jagd, bei der Ricky unsere kleine Feier unterbrach, indem er mich angriff. Es geht nicht um Geld, Joe, es geht um etwas anderes, und ich wüßte genauso gerne wie Sie, worum.«

Bellweather fuhr vom Freeway ab. Am Ende der Ausfahrt bog er, ein Stopschild ignorierend, nach rechts ein.

Crow glaubte noch immer, daß Bellweather ihm etwas verheimlichten wolle. Um seine Theorie zu testen, fragte er: »Soll ich mich um die Sache kümmern? Vielleicht kann ich etwas herausfinden.«

»Das gehört nicht zu Ihren Aufgaben, Joe«, antwortete Bellweather, »aber wenn Sie etwas entdecken würden, dann wüßte ich das sehr zu schätzen. Vielleicht wissen einige Ihrer Freunde bei der Polizei von Big River mehr. Wenn Sie ein paar Stunden dafür opfern wollen, ein paar Telefonate führen, dann schreiben Sie alles auf, und ich übernehme die Kosten.«

»Ich werde mich mal umhören«, meinte Crow. Da fällt mir ein – wir haben noch gar nicht darüber gesprochen, wann ich mein Geld kriege.«

Bellweather fuhr auf einen Parkplatz. Die Klinik war nicht sehr groß, beeindruckte jedoch durch eine teure Marmorfassade. Neben der Eingangstür hing ein Kupferschild: WEST END CLINIC – PLASTISCHE UND REKONSTRUKTIVE CHIRURGIE.

»Wäre Mittwoch okay? Sie bekommen Ihren Scheck über die Klinik, und Mittwoch wäre dann unser üblicher Zahltag.«

Crow nickte stirnrunzelnd. Etwas lang hin, aber wenn er wußte, daß er das Geld bekam, konnte er es solange noch aushalten.

»Gut«, sagte Bellweather. Ich sorge dafür, daß man Ihren Wagen repariert. Sie können jetzt den Jaguar nehmen. Ich werde Nate sagen, daß er mich später abholen soll. Rufen Sie mich an, wenn Sie etwas erfahren.« Er öffnete die Tür und stieg aus. Bis heute abend.«

»Um neun.« Crow stieg ebenfalls aus, ging um den Wagen herum und setzte sich hinter das Steuer.

Shawn Murphy legte den Lauf seiner einschüssigen 22er in die Beuge eines kleinen Astes, der in Schulterhöhe vom Stamm eines ansonsten fast nackten Lindenschößlings abging. Es paßte perfekt. Er zog den Gewehrkolben an seine Schulter, neigte den Kopf und zielte auf ein Gestrüpp in zehn Meter Entfernung. Dann wartete er und versuchte, nicht an die Kälte zu denken, die durch seine Handschuhe kroch. Das Thermometer hatte zehn Grad Minus angezeigt, als er das Haus vor einer halben Stunden verlassen hatte. Allzu lange konnte er nicht hier draußen bleiben – Oma würde total wütend werden, wenn er wieder mit Frostbeulen im Gesicht nach Hause käme.

Das Kaninchen würde sich sicherlich bald blicken lassen. Er hatte es kurz zuvor aufgeschreckt, war seiner Zickzackspur gefolgt und hatte gesehen, wie es sich in dem Gewirr aus Unterholz und Gebüsch versteckte. Wenn er lange genug wartete, würde es seinen Kopf herausstrecken, und er könnte einen klaren Treffer anbringen. Es war das einzige Tier, das er den ganzen Morgen über gesehen hatte, und er wollte es unbedingt haben. Scheiß auf die Kälte – er war ein guter Jäger, und er war kein Schwächling. Jeden Jungen in seiner Klasse konnte er windelweich prügeln.

Shawn dachte an Jimmy Svengaard, der ihn einen Fettarsch genannt hatte. Shawn hatte ihn sich geschnappt, hatte ihn auf den Boden geschmissen und sich auf ihn gesetzt, bis er zu weinen anfing. Mr. Lantermann hatte ihn schließlich hochgezogen und nach Hause geschickt. Scheißegal. Shawn haßte die Schule sowieso. Keines von den Kindern konnte ihn leiden, und er konnte sie nicht leiden. Lieber ging er jagen. Es war nur so, daß Oma wütend wurde, wenn sie erfuhr, daß er rausgeschmissen worden war, und sein Dad benahm sich dann auch immer so komisch, als hätte er etwas Dummes getan, was Shawn nie verstand, denn sein Dad war ja auch fett, und wenn jemand seinen Dad einen Fettarsch genannt hätte, dann hätte sein Dad diesen Jemand ganz bestimmt auch umgehauen und sich auf ihn gesetzt – oder Schlimmeres mit ihm gemacht.

Fünf Minuten später war das Kaninchen noch immer

nicht aufgetaucht. Shawns Hände wurden immer kälter, und seine Wangen fühlten sich wie zwei harte Eisklumpen an. Na, wenn schon. Shawn griff nach einem Zweig und warf ihn zu dem Gebüsch. Er landete weit davor, aber das Kaninchen hetzte aus seinem Versteck, rannte an dem Drahtzaun vorbei und verschwand in den Wäldern, noch bevor es Shawn möglich gewesen war, zu zielen.

Er schlug sich mit der Hand gegen die Hüfte. Das war die mieseste Jagd, auf die er je gegangen war. Es war zu kalt. Die Tiere hatten sich verkrochen und warteten auf wärmeres Wetter. Er überlegte, ob er das Kaninchen weiter verfolgen sollte. Wenn er ganz leise war, keine Geräusche beim Gehen machte, dann konnte er sich vielleicht wieder anschleichen, sogar zum Schuß kommen. Er machte einen Schritt nach vorne, dann noch einen. Seine Schuhe glitten über den verkrusteten Schnee. So lange er auf dieser Kruste ging, war alles okay, aber wegen seines Gewichts brach er allzu oft ein. Er wünschte, sein Dad würde ihm Schneeschuhe kaufen. Oder besser noch ein Schneemobil. Manchmal war sein Vater ein richtiger Idiot. Shawn ging an dem Zaun entlang und hatte etwa fünfzig Meter zurückgelegt, als sein linker Fuß durch die Schneekruste brach und er bis zu den Waden im Schnee versackte. »Mist«, murmelte er. Wenn man erst einmal eingebrochen war, wurde es schwierig, wieder herauszukommen. Er hielt sich am Zaun fest, um sich daran hochzuziehen. In diesem Augenblick sah er etwas Großes, Dunkles, nur wenige Meter entfernt – er erstarrte.

Ein Bär, durchfuhr es ihn. Sein Herz schlug gegen den Brustkasten, und er hielt den Atem an. War es wirklich ein Bär? Zu groß. Das Tier stand auf der anderen Seite des Zaunes, der den nördlichen Teil begrenzte, die 440 Morgen, auf denen sie die Elchherde hielten. Dazu kamen ein paar freiwillige Kaninchen. Shawn atmete auf. Es war nur ein großer blöder Elch, der auf der Seite lag.

»He, Elch!« rief er. Die dunkle Masse bewegte sich und richtete sich auf. »Ich kriege dich, Elch!« Er stürmte durch die Schneekruste vorwärts, um das Tier aufzuscheuchen. Der Elch trat ein paar Schritte vom Zaun zurück, und nun sah Shawn ihn zum erstenmal richtig. Ein Bulle. Sein mächtiges Geweih reichte bis über den Zaun. Es war der größte Elch, den Shawn je gesehen hatte.

»Nummer Eins«, flüsterte er.

Nummer Eins, der größte, der beste Elch auf der Talking Lake Ranch, der Elch mit dem imposantesten Geweih. Jeder hätte dieses Geweih gern als Trophäe gehabt, aber Nummer Eins schien einfach verschwinden zu können, wie es ihm paßte. Er hatte gehört, wie sein Dad und Ricky über Nummer Eins redeten, daß er wüßte, wann er gejagt werde, und wie er sich dann einfach in Luft auflösen könne, in den Wäldern verschwinden würde und sich wochenlang nicht sehen ließe. Ehrfürchtig starrte Shawn das legendäre Tier an – nur durch einen Drahtzaun und ein paar Meter Entfernung von ihm getrennt. Der Elch stand einfach so da und sah ihn an. Sein Onkel Ricky hatte gesagt, Nummer Eins sei ein Weltklasse-Exemplar, der größte Elch, der je östlich der Rockies gesehen worden sei, vielleicht der größte in den USA überhaupt.

Shawn hatte das Kaninchen längst vergessen. Er hatte seine steifen Finger und seine eiskalten Wangen vergessen und dachte nur noch an Nummer Eins. Langsam hob er seine 22er, schob den Lauf zwischen den Maschendraht, zielte auf den massigen Körper des Elchs. Nummer Eins schnaubte und bewegte sich tänzelnd zur Seite, eines seiner faustgroßen Augen auf den Jungen gerichtet.

Shawn drückte ab. Er hörte den scharfen Knall, nahm den schwachen Rückstoß jedoch kaum wahr. Nummer Eins zuckte zusammen, blieb aber stehen. Shawn sah, wie dampfende Luft aus seinen Nüstern blies. Hatte er ihn verfehlt? Er zog das Gewehr zurück und suchte in seiner Jakkentasche nach einer weiteren Patrone. Seine Hände waren so kalt, daß er die Patronen kaum fühlen konnte, aber schließlich holte er eine hervor, schaffte es, das Schloß zurückzuziehen, die Patrone in die Kammer zu stecken und das Gewehr zu schließen. Shawn zielte sorgfältig auf das Blatt des Elchs und schoß. Dieses Mal reagierte der Elch; er lief davon.

»Erwischt!« rief Shawn.

Vor Erregung zitternd, lud er das Gewehr erneut, aber der Elch war verschwunden. Shawn wischte sich die Nase am Ärmel ab.

»Irre«, sagte er. »Nummer Eins.« Plötzlich wurde er von dem Gefühl überwältigt, jemandem erzählen zu müssen, was er getan hatte, und er machte sich auf den zwei Kilometer langen Weg nach Hause. Nachdem er sich fünfzig Meter durch den verkrusteten Schnee gekämpft hatte, kam er auf eine hart gewordene Spur des Schneemobils. »Nummer Eins«, sagte er immer wieder. Er stellte sich vor, wie er in der Schule den anderen Kindern davon erzählen würde. Dann konnten sie ihn nicht mehr auslachen. Sie durften ihn auch nicht mehr fett nennen. Er war fast zu Hause angekommen, als ihm aufging, daß sein Vater möglicherweise nicht besonders erfreut darüber war, daß Shawn den Preiselch von Talking Lake angeschossen hatte.

5

Sind Sie scharf auf TSETSE-FLIEGEN, GIFTSCHLANGEN und FAULIGES WASSER? Lassen Sie sich gerne VIERZIG- ODER FÜNFZIGTAUSEND DOLLAR für eine Jagdtrophäe abknöpfen? Freuen Sie sich auf ENTTÄUSCHUNGEN, DURCHFALL und die Schikanen der afrikanischen Zollbehörden? Falls die Antwort ›Ja‹ lautet, dann sollten Sie Ihre nächste Großwildjagd auf alle Fälle in Afrika buchen.

Wenn Sie jedoch ein KOMFORTABLES, GARANTIERT ERFOLGREICHES, UNGESTÖRTES JAGDERLEBNIS suchen, dann wählen Sie lieber die TALKING LAKE RANCH.

WERBEBROSCHÜRE FÜR DIE TALKING LAKE RANCH

»Dieser Bellweather ist ein verrückter Trophäensammler. Du solltest sein Haus sehen. An allen Wänden ausgestopfte Tierköpfe. Er hat einen Sessel aus Geweihen.« Crow saß auf dem billigen Bettsofa, das zu seinem möblierten Apartment gehörte, und hielt den Telefonhörer an sein Ohr.

»Hört sich an, als sei es wie für dich geschaffen«, sagte Melinda.

»Wie meinst du das?«

»Du gehst doch auch auf Jagd. Jeden Herbst hast du auf Enten geschossen. Ich mußte sie immer für dich braten.«

»Das ist was anderes. Entenjagd ist etwas anderes. Dieser Doktor ißt ja noch nicht einmal das, was er schießt. Ich glaube, er ist Vegetarier. Du solltest mal sehen, was es bei ihm zum Frühstück gibt.«

Melinda lachte. Die Erinnerung an ihre kühle Hand rieselte Crows Rücken hinab. Er beugte sich vor und preßte den Hörer ans Ohr, stellte sich Melinda am Telefon vor. Sie trug bestimmt Jeans und ein Sweatshirt, das glatte, hellblonde Haar hochgebunden, wie stets von einer oder mehreren ihrer seltsamen Haarspangen zusammengehalten. Melinda mochte Tierformen – Schlangen, Schweine, Schmetterlinge –, und sie hatte es zu einer beeindruckenden Sammlung dieser Spangen gebracht, von denen jedoch keine einzige wirklich in der Lage war, ihr feines Haar zusammenzuhalten. Crow war vor sechs Wochen aus ihrem gemeinsamen Haus ausgezogen, aber noch immer fand er dünne blonde Haare auf seinen Kleidern, einmal sogar auf einer Pizza. Er stellte sich vor, wie sie gerade am Küchentisch saß und mit der einen Hand den Telefonhörer hielt, während sie mit der anderen eine Locke um ihren rechten Zeigefinger wickelte, so wie sie es tat, wenn sie sich langweilte. Vielleicht löste sie auch nebenbei ein Kreuzworträtsel, wobei sie die leeren Kästchen mit Wörtern füllte, die ihr spontan einfielen. Die numerierten Hinweise, die, wie sie sagte, sowieso irreführend waren, ignorierte sie dabei und setzte ein, was ihr gerade in den Sinn kam. Sicherlich trug sie rosa Lippenstift, der zur Farbe ihrer gepflegten Fingernägel paßte.

»Löst du gerade ein Kreuzworträtsel?« fragte er.

»Ich bürste Felix«, antwortete sie.

Crow nickte und stellte sich das Bild vor. Sie bürstete Felix, und die weißen Haare flogen in alle Richtungen davon. Er holte tief Atem und schob das Bild fort.

»Milo ist immer noch weg.«

»Er kommt schon wieder.«

Crow wollte nicht darüber nachdenken. »Jedenfalls glaubt dieser Doktor, daß die Murphys hinter ihm her sind«, sagte er, »aber er weiß nicht, warum. Du kennst die Murphys doch auch.«

»Die Murphys? Die, mit denen du immer Ärger hattest?«

»Ja, Ricky und sein Bruder George. Ich werde wohl heute nachmittag rausfahren und mich mit ihnen unterhalten.« Diese Idee war ihm eigentlich erst in dem Moment gekommen, da er sie aussprach. »Vielleicht kann ich herausfinden, warum er meinem Klienten nachstellt.« *Ich könnte mal bei dir vorbeischauen,* fügte er stumm hinzu. »Du solltest das Auto von diesem Doktor sehen. Ein rosa Jaguar.« *Ich könnte ihn dir zeigen, wir könnten ein bißchen rumfahren. Reden.*

Als Melinda nicht sofort antwortete, fuhr er fort: »Es wird wahrscheinlich nicht lange dauern.« Die Murphy-Ranch lag nur ein paar Kilometer von ihrem Haus entfernt.

»Warum rufst du ihn nicht einfach an?«

Falsch. Falsch. Falsch.

Crow räusperte sich. »Ich will ihm dabei ins Gesicht sehen, will ihn überraschen und fragen, was eigentlich los ist.« Er hörte, wie sein Lufthauch die Sprechmuschel streifte, roch das warme Plastik.

»Das klingt nicht besonders klug«, sagte Melinda. Ihre Stimme klang, als halte sie den Hörer weit weg von ihrem Mund, so weit ihr Arm reichte.

Es gab vier schwarze Katzen im Tierheim. Eine, ein langhaariger Kater mit gelben Augen, sah Milo sehr ähnlich, aber er besaß weder Milos elegante spitze Ohren noch sein selbstbewußtes Auftreten. Die anderen drei kamen schon gar nicht in Frage. Crow spielte ein paar Minuten mit einem rotbraunen Kätzchen, steckte seinen Finger durch das Netz und ließ das Tier hineinbeißen.

Eine erschöpft wirkende Frau, wahrscheinlich die Leiterin, hörte höflich zu, als Crow ihr seine vermißte Katze beschrieb. Sie notierte sich seine Telefonnummer und versprach, ihn anzurufen, wenn eine schwarze Katze, auf die Milos Beschreibung paßte, hereinkäme. Anschließend gab sie ihm jedoch den Rat, besser selber täglich vorbeizuschauen, denn, wie sie sagte, »bei uns gibt's jede Menge Katzen.«

Crow stieg wieder in Bellweathers Jaguar ein. Melinda tauchte vor seinem geistigen Auge auf – wieder einmal. Er zwang sich, an etwas anderes zu denken. Bellweather. Rikky Murphy. Big River. Zwar fühlte er sich erschöpft, aber nicht müde. Ungeduldig fuhr er los und nahm den Highway 12 in westlicher Richtung. Nach ein paar Kilometern hielt er an, kaufte in einem Gemischtwarenladen eine Rolle durchsichtiges Klebeband und bedeckte damit das Loch im Rückfenster. Als er den Rand von Maple Plain erreicht hatte, bog er nach Süden auf eine der kleineren Landstraßen zum Highway 7 ab. Es war nicht der kürzeste Weg nach Big River, aber so kam es ihm nicht so sehr vor, als kehre er nach Hause zurück.

Als Shawn in die Küche stürmte, stand Grandy am Herd und rührte in einem Topf herum.

»Willst du einen Teller heiße Suppe, Junge?« fragte sie. Grandy nannte ihn nie Shawn. Sie sagte, das sei Grandpas Name. Allerdings buchstabierte man dessen Namen S-E-A-N, was sowieso die einzig richtige Schreibweise war. Shawn hatte seinen Großvater nicht gekannt, aber Grandy erzählte, daß der alte Sean Murphy ein großer Mann gewesen sei. Spindeldürr und eisenhart.

»Sicher, Grandy«, sagte Shawn.

Seine Großmutter schüttelte bei diesem Kosenamen stets den Kopf, aber Shawn wußte, daß er ihr im Grunde gefiel. Sonst wäre sie wahrscheinlich schon mit dem Löffel auf ihn losgegangen. Statt dessen sah sie sich aufmerksam seine Wangen an.

»Hast du dir etwa wieder Frostbeulen geholt, Junge?«

Shawn schüttelte den Kopf. Seine auftauenden Wangen

brannten wie Klumpen heißen Bleis. Grandy sah ihn böse an, ihre Lippen kräuselten sich, und Shawn fürchtete schon, daß sie sich gleich wieder aufregen würde. Grandy war meistens nett, aber sie konnte von einer Minute zur anderen furchtbar wütend werden. Mehr als einmal hatte sie ihm eins übergebraten, ohne daß es einen Grund dafür zu geben schien. Shawn blickte auf den Löffel in ihrer Hand.

Grandy zuckte mit den Schultern, und ihr Mund wurde weicher. »Zieh dir die Jacke aus und setz dich, Junge. Wie war die Schule?«

»Okay«, antwortete Shawn. Früher oder später würde sie schon erfahren, daß er nach Hause geschickt worden war, aber auf keinen Fall wollte er es ihr freiwillig erzählen. Nachdem er auf Nummer Eins geschossen hatte, war er den Rest des Tages in den Scheunen herumgelungert, hatte die Tiere gefüttert, die Wildkatze mit einem Stock geärgert und seine Initialen an interessanten Stellen eingeritzt. Gerne hätte er jemandem von Nummer Eins erzählt. Wenn er es für sich behielte, würde er explodieren. Also sprudelten die Worte nur so aus seinem Mund, auch wenn er wußte, daß das Ärger nach sich ziehen konnte.

»Ich habe Nummer Eins gesehen, Grandy. Er ist ganz dicht an den Zaun gekommen.«

»Was?« Sie stellte einen Teller mit Suppe vor ihm auf den Tisch. »Du meinst den großen alten Elch? Muß mittlerweile ja die Größe eines Hauses haben.«

»Er ist ganz schön groß.«

Shawn aß einen Löffel Suppe. Es waren viele Nudeln drin, und das gefiel ihm. Noch mehr gefiel ihm, daß Grandy nicht gefragt hatte, was er draußen im Nordrevier zu suchen habe, wo er doch in der Schule hätte sein müssen. Manchmal war sie ein bißchen vergeßlich. Er aß gleichmäßig und löffelte die Brühe so schnell in sich hinein, wie er schlucken konnte. Einen Bärenhunger, den er hatte! Grandy sah ihm beim Essen zu, und ihr kleiner Mund bewegte sich – jedesmal, wenn Shawn einen Löffel Suppe hineinschob. Er fragte sich, was sie wohl dachte. Bei Grandy wußte man das nie so genau.

Shawn hatte die Suppe gegessen und hielt den Teller hoch.

»Kann ich noch was haben?«

Grandy schüttelte den Kopf. »Nicht mehr vor dem Abendessen.«

»Dann wenigstens einen Keks?« Grandy machte tolle Schokoladenkekse.

Sie schüttelte den Kopf. »Du wirst zu dick, Junge. Wenn du noch dicker wirst, müssen wir dich bald Mädchen nennen.«

Shawn blinzelte. Mädchen? Wovon redete sie da.

»Aber ich habe noch Hunger!« Er war es nicht gewohnt, daß dieses Gefühl ignoriert wurde. Grandy hatte sich noch nie geweigert, ihm etwas zu essen zu geben.

»Wenn ein Junge zu dick wird, dann verwandelt er sich in ein Mädchen«, sagte Grandy. Falls du also noch fetter wirst, muß ich dich in eins von meinen Kleidern stecken.«

Shawn riß den Mund auf, doch dann verstand er. Sie machte Scherze. Er lachte. »Aber Grandy, sei doch nicht so dumm. Dad ist auch dick, und er ist kein Mädchen.«

Kaum hatte er das gesagt, als er erkannte, daß er einen Fehler gemacht hatte. Grandys scharfe Klauen gruben sich in seine Schultern und drückten ihn auf seinen Stuhl. Ihr Gesicht tauchte vor ihm auf, und ihr Atem, der Atem alter Frauen, streifte ihn.

»Sprich ja nicht so von deinem Vater, Junge.« Sie kniff ihn in sein fast erfrorenes Ohr. »Du bist schon ein halbes Mädchen! Hörst du mich? Ein halbes Mädchen!« Sie griff nach unten, packte ihn bei den Hoden und drückte zu. Shawn schnappte nach Luft, als der Schmerz bis in seinen Magen fuhr.

»Weißt du, wofür das hier ist, kleiner Junge?« zischte sie.

Shawn schüttelte entsetzt den Kopf.

»Es ist dafür da, Pipi zu machen und Babys. Wenn du irgend etwas anderes damit machst, dann wirst du zu einem Mädchen. Verstehst du mich?«

Voller Schmerzen nickte Shawn. Er fürchtete, seine Suppe erbrechen zu müssen. Ebenso schnell wie sie ihn gepackt hatte, ließ Grandy wieder los und stellte sich mit verschränkten Armen vor ihn.

»Geh jetzt zu deinem Vater. Er ist im Blockhaus. Erzähl ihm, daß du heute diesen großen Elch gesehen hast. Erzähl ihm, daß du im Wald und bei den Tieren warst, obwohl du eigentlich in der Schule hättest sein müssen.«

Shawn schob seinen Stuhl zurück und floh aus der Küche. Ein Strom des Schmerzes pulsierte von seinen Lenden bis zu seinen erfrorenen Wangen hoch.

6

Im Grunde ist er gut fürs Geschäft. Meine anderen Gäste sehen ihn und sagen sich, daß sie im Vergleich mit Harley ja noch alles unter Kontrolle haben.

BERDETTE WILLIAMS

Der Kaffee war schwarz, bitter und mindestens vier Stunden alt. Er erinnerte ihn an den Kaffee bei den KA-Treffen. Wenn man Zucker hinzutat, wurde er auch nicht besser, lediglich süßer. Berdette, der nichts zu tun hatte, kam rüber und warf einen fragenden Blick in Crows Kaffeetasse. Crow schüttelte den Kopf, setzte die Tasse an den Mund, nippte kurz an der schwarzen, öligen Flüssigkeit und stellte die Tasse wieder ab. Berdettes Frau, Arlene, saß an einem der Tische und las den *Big River Herald.* Es war kurz vor zwölf Uhr mittags.

Der einzige andere Gast, Harley Pike, hockte am anderen Ende der Bar, in seinen üblichen schmierigen Jeans und der Motorradjacke. Düster starrte er den letzten Rest Bier in seinem Glas an. Schaumfetzen klebten an seinem struppigen graublonden Bart. Harley war so etwas wie der Stadtsäufer, wenn es denn einen in Big River gab – Crow hatte ihn etwa ein Dutzendmal von der Straße aufgelesen. Manchmal hatte sich Harley als äußerst kooperativ erwiesen, fast froh darüber, seinen Rausch auf einer Zellenpritsche ausschlafen zu können. Manchmal allerdings hatte ihm sein Besäufnis noch soviel Spaß gemacht, daß er sich nicht unterbrechen lassen wollte, und Crow war gezwungen gewesen, Gewalt anzuwenden. Er fragte sich, ob Harley ihn wiedererkennen würde.

»He, Berdette«, sagte Crow.

Berdette drehte sich um, deutete auf die Kaffeekanne und sah Crow mit hochgezogenen Augenbrauen an. Eine Reihe horizontaler Falten stieg fast bis zum Scheitelpunkt seiner Glatze.

»Nein, bitte nicht.«

Berdette sah ihn beleidigt an, doch Crow hatte keinerlei Mitleid mit ihm. Eigentlich war er der Meinung, daß Berdette ihm etwas schuldete, nachdem er als Big River Cop so viel Geld in seiner Bar gelassen hatte. Fast jede Schicht hatte er mit ein paar Gläsern von Berdettes verwässertem Tequila beendet.

»Was hörst du denn so von den Murphys in letzter Zeit, Berdette?«

Berdettes Augen zogen sich zusammen, und seine Wangen blähten sich auf. »Nicht allzu viel Neues. Aber wenn dieser Ricky jemals wieder einen Fuß in meinen Laden setzt, dann brat' ich ihm eins über.« Berdette war fast achtzig, kleiner als Crow und wog vielleicht 65 Kilo, aber wenn Ricky in diesem Augenblick zur Tür hereingekommen wäre, hätte Crow vielleicht doch auf Berdette gewettet.

»Und die anderen?«

»Bist du deshalb zurückgekommen? Hast du was laufen mit diesen Typen?«

»Nicht *mit* ihnen«, antwortete Crow.

Berdette nickte. »Seit George die Farm von seinem Vater übernommen hat, machen sie nichts als Ärger. Sein Vater hat übrigens auch schon nichts als Ärger gemacht. Was willst du wissen, Joe?«

»Alles, was du weißt.«

Berdette sah ins Leere. »Tja«, meinte er. »Das ist nicht viel. Ich sehe George und Ricky und ihre Mama jeden Sonntag in Saint Luke's, aber das ist es auch schon. Sie stekken immer zusammen, es sei denn, Ricky hat einen in der Krone.«

»Erinnerst du dich an das letztemal, als er hier war?«

»Wie könnte ich das vergessen.«

»Du erinnerst dich auch an den Kerl, dem Ricky den Stuhl übergezogen hat?«

»Sicher, dieser Doktor Soundso aus der Stadt.«

»Weißt du, warum Ricky so auf ihn losgegangen ist?«

Berdette schüttelte den Kopf. »Ich hab' mir noch nie den Kopf drüber zerbrochen, warum Ricky tut, was er tut, bei dem Mist, den er so macht.«

»Arschloch!«

Verblüfft wandte sich Crow Harley Pike zu, dessen Blick von seinem Bierglas nach oben gewandert war. Er starrte irgendein unsichtbares Objekt an, das über der Bar zu schweben schien, nur ein paar Zentimeter über seinem Kopf. »Verdammtes Arschloch«, brummte Harley.

»Noch eins, Harley?« fragte Berdette.

Harley blinzelte und sah wieder in sein Glas – das nun leer war. Seine Vision hatte er einen Augenblick lang vergessen. Er betrachtete den kleinen Haufen Münzen, der neben ihm auf der Bar lag und schob dann drei Quarter und noch etwas Kleingeld nach vorne. Berdette füllte Harleys Glas nach, wobei er den Schaum über die Seite laufen ließ, damit die bernsteinfarbene Flüssigkeit bis an den Rand des Glases steigen konnte; ein ehrliches Bier ohne die überflüssige Schaumkrone. Er nahm die Münzen und ließ sie in die Kasse gleiten. Harley legte seine rauhen Hände um das Glas und richtete seine feuchten Augen auf den Inhalt.

Berdette goß Crow ungefragt und unerwünscht Kaffee nach. »Harley wird ein bißchen empfindlich, wenn sein Glas nicht voll ist.«

»Wenn *er* voll ist, wird er auch empfindlich.«

»Ach was, noch ein, zwei Bier, und schon ist er ganz ruhig. Ich sollte ihn eigentlich rausschmeißen, aber ich weiß nicht, was er dann anstellt. Puss kommt sicher bald und holt ihn ab. Sie weiß, wie man mit Harley umgehen muß, wenn er einen im Kahn hat. Wie dem auch sei, er ist heutzutage nur noch ein Maulheld. Nicht so wie dieser Ricky Murphy – bei dem weiß doch keiner, was mit ihm los ist.«

»Du hast also nichts gehört, irgendwas, was der Doktor vielleicht zu Ricky gesagt und was ihn so aufgeregt hat? Oder irgendeine andere Geschichte zwischen ihm und den Murphys?«

Berdette schüttelte den Kopf. »So weit ich weiß, lief alles ganz normal. George verkauft noch immer seine Konservenjagdausflüge. Mittlerweile kann man bei ihm wahrscheinlich schon ein Nashorn oder irgend so was schießen. Wenn du die Kohle hast, dann besorgt George es dir. Bist du jemals bei denen draußen gewesen?«

»Hatte bislang keinen Grund.«

»Die haben fast viertausend Morgen. Der größte Teil davon sind Flußbett und Flußtäler, aber trotzdem ist es ein prächtiges Stück Land. Es ist eine Schande, was sie damit machen, aber ich schätze, es ist ihr gutes Recht. Wie ich höre, bieten sie jetzt sogar einen echten Tiger an. 40 000 Dollar, und du kannst dir deinen eigenen Tiger schießen. Verdammt, für soviel Geld könntest du meine Arlene umlegen.«

Arlene hatte ihren Namen gehört und blickte von der Zeitung auf.

»Nichts, Schätzchen«, sagte Berdette zu ihr. Er senkte die Stimme. »Außerhalb der Jagdsaison würde ich sie auch für zwanzig anbieten.«

»Er hat wirklich einen Tiger da draußen?« fragte Crow.

»Mich würde es nicht mal wundern, wenn sie einen Dinosaurier hätten.«

»Und wer wohnt alles da?«

»Nur die drei, George, Ricky und Amanda. Und Georges Sohn. Seine Frau ist ihm vor ein paar Jahren davongelaufen, aber der Junge lebt bei ihm. Daß die Tochter, Hillary, unseren alten Orlan geheiratet hat, ist dir ja bekannt. Du siehst, ich erzähle dir nichts, was du nicht schon weißt. Sie leben noch immer in diesem großen gelben Haus in der Front Street.«

»Was für ein Typ ist George?«

Berdette schnaubte. »Hast du ihn noch nie gesehen? Er ist ein großer Kerl, sieht irgendwie ein bißchen komisch aus. Aber wundere dich nicht, wenn du ihn ganz sympathisch finden solltest.«

»Willsu Prügel?«

Crow drehte den Kopf zur Seite und sah Harley an, der seinen Barhocker verlassen hatte und ein paar Schritte vor ihm stand, die Beine weit auseinander, die Fäuste geballt. Seine roten Augen waren halb geschlossen.

»Du glaubs wohl, du bis hart ...«

Crow bemühte sich, ganz unbeteiligt zu blicken und sagte: »Nein, Harley, ich bin nicht hart.«

Harley blieb stehen, die Füße fest am Boden verankert. Sein Oberkörper dagegen schwankte, als stünde er in einem kleinen Boot auf einem unruhigen See.

»Willsu kämpfen?« wiederholte er und trat einen Schritt vor, wobei sich der Geruch von Alkohol und dentaler Nachlässigkeit intensivierte.

Crow schüttelte den Kopf und atmete flach. »Nein danke, Harley. Zum Kämpfen hab' ich heute keine Kraft mehr.

»Ich kämpf mit dir, gottverdammich. Puste dir die Lichter aus ...« Er senkte seine Augenbrauen und starrte Crow düster an.

Crow nickte. »Ich weiß. Willst du noch ein Bier, Harley?«

Harleys Miene hellte sich auf. »Du bezahlst?« fragte er mißtrauisch.

»Sicher. Mach dem Mann ein Bier, Berdette.«

Berdette schenkte bereits ein.

Crow wartete, bis sich Harley wieder zu seinem gefüllten Glas gesetzt hatte. Dann legte er drei Dollar auf die Theke. »Danke, Berdette.«

»Wie gesagt, ich hab' dir nichts Neues berichten können. Um was geht es eigentlich?«

»Das würde ich dir sofort erzählen, Berdette, aber die Wahrheit ist: ich tappe genau so im dunkeln wie unser Harley hier. Ich habe auch keinen blassen Schimmer.«

George Murphy glaubte nicht, daß sein kleines Paar Zweien es bringen würde. Orlan saß wahrscheinlich auf Buben oder besserem. Murphy seufzte und überlegte, ob er trotzdem etwas setzen sollte. Bei einem Dollar konnte er es sich leisten, herauszubekommen, ob sein Schwager etwas hatte, das Erhöhung aufs Doppelte lohnte. Und wenn er verlor? Nun, jemand, der es auf sich genommen hatte, mit Hillary zu leben, hatte es verdient, daß man ihm ab und zu ein paar Dollar auf dem Kartentisch zukommen ließ.

Andererseits haßte er es, Geld zu verlieren. Besonders an einen Kerl wie Orlan. Selbst einen Dollar. Selbst fünfzig Cent.

Ihm fiel eine andere Strategie ein. Er könnte um einen weiteren Dollar erhöhen und sich vielleicht so den Pott erbluffen. Besser noch, er könnte um zwei Dollar erhöhen. Das Limit lag eigentlich bei einem, aber wenn schon. Dann hätte Orlan was zum Nachdenken. George zählte ein paar Quarters aus seinem Münzhaufen ab, als er hörte, wie die Haustür geöffnet und geschlossen wurde. Ein Schatten fiel auf seinen Arm. George drehte sich um und sah in das Gesicht seines Sohnes.

»Dad?«

George spürte einen seltsamen Schmerz in seiner Brust, eine Melange aus Ärger, Zärtlichkeit, Ekel und Liebe. Der Junge sah so weich aus, so verletzlich. Er roch nach Hühnersuppe. Seine Nase lief, und seine Augen tränten. George ließ seinen Blick durch die Blockhütte wandern. Der Raum war zwanzig Meter lang und fünfzehn Meter breit. Die durchgehende Firstbohle, mit einem Durchmesser von über siebzig Zentimetern, stammte von einer Weißkiefer, die er und Rikky gefällt hatten, um Platz für die Blockhütte zu schaffen. Im Kamin brannte ein Feuer. Neben der Eingangstür stand ein rundbäuchiger Holzherd. Am anderen Ende des Raumes lag der bengalische Tiger, eine orange, weiß und schwarz gemusterte Masse, und sah den Kartenspielern mit zusammengekniffenen Augen zu. Aus den fünf großen Fenstern hatte man eine atemberaubende Aussicht auf das Flußtal, ein Anblick, an den George schon lange gewöhnt war. Dies war sein Lieblingszimmer, das Herz der Talking Lake Ranch. Im Herbst, wenn das Jagdfieber so richtig ausgebrochen war, fanden von hier aus fast jeden Tag fünf oder sechs Jagdausflüge statt. Mandy huschte dann in der Blockhütte herum und machte Sandwiches und Drinks. George und Ricky gingen nacheinander mit den einzelnen Gruppen auf Jagd. Während der Hauptsaison brachten ihm auswärtige Führer Kunden ins Haus, und manchmal mußten sie ein paar Einheimische zur Aushilfe anstellen.

Wenn er damit beschäftigt war, hatte er nicht mehr viel Zeit für den Jungen übrig. Vielleicht hatte der Junge deshalb getan, was er getan hatte. Vielleicht war es seine Schuld.

Jetzt befanden sich außer ihm nur Orlan und drei Entenjäger aus Sioux Falls in der Hütte. Der große Raum wirkte leer; auf den anderen drei Tischen lagen nur ein paar Jagdmagazine und die Gewehrfutterale der Jäger. Mandy war nirgendwo zu sehen. Wäre sie doch an jenem Tag bloß nicht in Shawns Zimmer gekommen. Hätte sie doch Ricky nicht alles erzählt und ihn in Rage gebracht. Er wünschte, er könnte einfach alles vergessen, es aus seinem Kopf verbannen. Jetzt, wo er mehr Zeit hatte, konnte er sich vielleicht ein wenig mit dem Jungen beschäftigen, ihn besser kennenlernen. Er könnte ihn ja auf die Jagd mitnehmen oder so etwas. Vielleicht ein Hirsch. Der Junge wurde groß, vielleicht konnte er schon mit einer 30.06 umgehen. Er legte seine Hand auf Shawns Schulter und drückte sie liebevoll. Shawn verzog das Gesicht und machte sich los. George sah ihn entgeistert an – er hatte ihn doch kaum berührt.

»Grandy hat gesagt, ich soll mit dir reden«, sagte Shawn und rieb sich die Schulter.

Orlan Johnson, dessen Bauch in der zweifarbigen Uniformjacke gegen den Tischrand drückte, trank einen Schluck Wodka Tonic und trommelte ungeduldig mit den Fingern. Er wartete darauf, daß George erhöhte oder ausstieg. Die anderen Männer nuckelten gelangweilt an ihren Budweiserflaschen. Sie hatten an diesem Tag 24 Wildenten und acht Spechte geschossen und bezahlt. Jetzt verbreitete das Feuer angenehme Wärme, und alle fühlten sich etwas schläfrig.

»Jetzt nicht, Shawn«, sagte George. »Dein Daddy ist gerade dabei, diesen Herren zu zeigen, wie der Hase läuft. Du kannst dir einen Stuhl nehmen und zusehen, wenn du willst.« Er schob eine Handvoll Quarter in die Tischmitte und beobachtete, wie sich Orlans Unterlippe vorschob.

»Ich dachte, wir hätten einen Dollar als Limit festgelegt«, protestierte er.

George hob die Augenbrauen. »Hast du etwa Angst, Orlan?« Er hörte, wie sich Shawn einen Stuhl näherzog und sich neben ihn setzte.

Orlan seufzte und betrachtete eingehend seine Karten. Schließlich schnaubte er und warf sie in den Pott. »Mein Gott, hast du ein Glück«, sagte er. »Was hattest du?«

George grinste und warf seine Karten mit dem Bild nach unten hin. Sollte Orlan doch raten.

Die Tür ging auf, und Ricky betrat die Blockhütte. Ein Wirbelwind eisiger Luft strömte in den Raum. Ricky schloß die Tür, und die kalte Luft sackte herab und sammelte sich um ihre Füße. George strich den Haufen mit Münzen ein. Orlan mischte, teilte jedoch noch nicht aus. Ricky nahm seinen Cowboyhut vom Kopf und schüttelte ein paar Schneeflocken ab.

»Da draußen ist es kälter als bei einer Hure aus Fargo«, sagte Ricky. »He, Orlan, wie geht's so?« Er setzte sich den Hut wieder auf und nickte kurz den drei Männern zu, die er noch nicht kennengelernt hatte.

»Willst du mitmachen?« fragte Orlan und hielt die Karten hoch.

Ricky schüttelte den Kopf und wandte sich an George. »Ich war gerade im Nordrevier und hab' die Zäune kontrolliert. Dabei hab' ich Nummer Eins gesehen, wie er den Bach über dem Flußtal durchquert hat.«

»Wirklich?« sagte George. »Ich hab' das Monster seit September nicht mehr gesichtet. Wie sieht der alte Junge aus?«

»Gar nicht gut. Er bewegte sich irgendwie komisch. Ich

versuchte ihm zu folgen, aber er rannte weg, und ich wollte ihn nicht noch mehr verängstigen, als er offensichtlich schon war. Er ist krank.«

Georges Miene verdüsterte sich. Schließlich hatte er Nummer Eins fünfzehn Jahre lang gehegt. »Wie krank?« fragte er.

»Macht einen schlappen Eindruck. Er geht irgendwie zusammengezogen, als hätte er was mit dem Magen. Meinst du, wir sollten ihm mal hinterher?«

Georges Halsschlagader pulsierte. Die Kartenspieler sahen ihn nervös an. Ich scheiß auf sie, dachte er. Er hatte sich im Laufe der Jahre an Nummer Eins gewöhnt – ein Elch, der so schnell, so groß und so schlau war, daß er in den letzten beiden Jahren drei Jagden mit Führer überlebt hatte. George hatte zweihundert am Tag bekommen, nur dafür, daß er Jägern die Chance eröffnete, Nummer Eins zu jagen. Dreitausend wären ihm sicher gewesen, wenn sie ihn erlegt hätten. Bis jetzt war niemand auch nur nahe dran gewesen. Nummer Eins wußte irgendwie, wenn Jagd auf ihn gemacht wurde und versteckte sich dann unten in den Flußtälern, den Mooren, wo niemand einen Schuß auf ihn abfeuern konnte. Soviel man auch den ganzen Tag lang pfiff, es war nicht möglich, ihn herauszulocken.

Noch jeder Jäger, der hinter dem großen Bullen her gewesen war, hatte sich mit einer kleineren Trophäe begnügen müssen.

Und jetzt war er krank; vielleicht starb er. Wenn ihn jetzt noch jemand schießen wollte, dann mußte das verdammt schnell geschehen. Ein Anflug von Trauer überkam ihn. Er hatte diesen verdammten Elch länger um sich gehabt als seinen eigenen Sohn. George drehte sich zu Shawn um, aber der Junge war verschwunden.

7

Von allen wilden Tieren ist ein Junge am schwersten zu bändigen.

PLATO

Die Privatstraße, die durch die Talking Lake Ranch führte, wand sich auf komplizierte und oft in die Irre führende Weise durch Ahornwälder und durch eine verworrene grauweiße Winterlandschaft, die dem Auge keinen festen Halt bot, nichts, auf das es sich konzentrieren konnte.

Bellweathers Jaguar war für gut haftenden Asphalt geschaffen. Auf der eisigen Piste rutschte der Wagen unsicher herum. Nach einem Kilometer hatte Crow den Eindruck, sich auf der falschen Straße zu befinden. Er ging auf Schritttempo herunter und suchte nach einer Stelle, an der er wenden konnte, aber zu seiner Rechten ragten mächtige Wälder auf, während es zu seiner Linken steil abwärts ging. Zudem war der Weg kaum breiter als der Wagen. Er hielt an und legte den Rückwärtsgang ein. Die Hinterräder drehten durch, der hintere Teil des Wagens rutschte zur Seite und kippte fast über den Rand dieser verlängerten Eislaufbahn, die sich Straße nannte.

Wieso habe ich das nur gemacht? fragte er sich, fuhr aber im ersten Gang vorsichtig weiter. Einige Minuten später erreichte er ein aus Holzpfählen gebautes Tor. Auf einer Tafel stand TALKING LAKE RANCH – NUR FÜR MITGLIEDER. Die Haspe war mit einem großen, runden Vorhängeschloß gesichert. Die Straße führte allerdings auch nicht durch das Tor, sondern machte einen Bogen darum herum. Offensichtlich war es den Leuten zu lästig, jedesmal aus dem Wagen zu steigen, um das Tor zu öffnen – besonders im Winter; also umfuhren die Murphys und ihre Besucher es einfach. Crow folgte der kurzen Umleitung und verzog zweimal das Gesicht, als der tiefliegende Jaguar über den steinigen Pfad kratzte.

Zweihundert Meter hinter dem Tor tauchte eine langgezogene, bunt zusammengewürfelte Ansammlung von Gebäuden zwischen den Bäumen auf. Das größte war ein Blockhaus, so groß ungefähr wie vier aneinandergereihte Garagen. Aus einem auffälligen Schornstein stieg eine Rauchwolke in die Luft. Am Ende des Gebäudes führte ein kurzer überdachter Steg zu einem zweistöckigen Holzhaus, hinter dessen Fenstern identische Gardinen hingen. Die Residenz der Murphys, wahrscheinlich. Abseits vom Haus standen drei Scheunen aus Wellblech in einer Lichtung zwischen den Bäumen.

Über dem Eingang zur Blockhütte, einer riesigen Doppeltür, hing eine Holztafel, in die der Schriftzug THE LODGE eingebrannt war. Drei Geländewagen und ein Schneemobil standen in der Nähe des Eingangs. Crow sah sich nach Rickys *Hummer* um, konnte ihn jedoch nirgendwo entdecken. Gut so. Er parkte den Jaguar neben einem schwarzen Toyota und schaltete den Motor aus.

Die plötzliche Stille drückte auf seine Ohren. Gute Ideen, dachte er, halten sich meist nicht sehr lange. Er stieg aus, eiskalte Winterluft empfing ihn, und steckte seine bloßen Hände tief in die Manteltaschen. Gedämpftes Hundegebell kam aus einer der Scheunen. Das einzige andere Geräusch war das leise Knistern und Zischen des Windes, der über die gefrorenen grauen Zweige strich.

Zu seiner Rechten führte der Weg zu einer einzelnen Metallgarage. Vielleicht stand der *Hummer* dort, dachte Crow, um sofort jeden Gedanken an Ricky zu verbannen; entweder war er hier, oder er war nicht hier. Den Hügel hinauf konnte er zwei Cottages sehen, die in den Wald hineingebaut worden waren, Gästehäuser vermutlich. Er ging auf das Blockhaus zu, blieb jedoch auf halbem Wege stehen und beschloß, sich etwas umzusehen. Er stapfte um das Haus herum und folgte einem Trampelpfad, der zwischen dem Haus und den Scheunen hindurchführte. Seine für diese winterliche Waldlandschaft fast absurden Budapester knirschten auf dem festen Schnee. Als er hinter der Scheune den Zwinger sah, hörten die drei Hunde darin zu bellen auf und wedelten mit den Schwänzen. Sie drückten ihre Nasen gegen den Maschendraht und schauten zu ihm hoch.

»Ihr seid nette Hunde«, sagte Crow.

Kaum hatte er seine Stimme erhoben, als das Gebell wieder einsetzte, dieses Mal mit erhöhter Energie. Crow schüttelte den Kopf. Das kam davon, wenn man mit Tieren redete.

Das Land hinter der Blockhütte fiel steil ab. Er konnte den Fluß durch die Bäume hindurch sehen, ein bleiernes Band, das von großen weißen, mit Schnee bedeckten Eisflächen gesäumt wurde. Ob er einen Stein so weit werfen konnte? Doch noch während er hinüberblickte, schien sich die Entfernung zu verändern, schien sich der Fluß zurückzuziehen. Ein feuchter Wind fegte den Hügel hinauf. Crow schlug den Kragen seines Mantels hoch. Als er zur Blockhütte zurücksah, fiel ihm die Reihe der fünf Fenster auf. Von dort mußte man eine tolle Aussicht haben. Dann wandte er sich dem Haus zu und entdeckte, daß sich etwas hinter einem der Fenster bewegte. Jemand, wohl eine alte Frau, beobachtete ihn vom oberen Stockwerk aus. Crow hob die Hand und lächelte. Die alte Frau trat einen Schritt zurück. Er drehte sich noch einmal zum Fluß um, und ging dann frierend den Weg zurück. Die Hunde im Zwinger stimmten erneut ihr aufgeregtes Gebell an.

Die alte Frau wartete an der Hintertür auf ihn. Sie war kaum größer als eins sechzig. Durch ihr weißes, dünnes Haar schimmerte die rosa Kopfhaut. Sie stand in der offenen Tür, in einem Hauskittel, kleine rosa Blumen auf weißer Baumwolle, die hageren, von blauen Venen durchzogenen Arme vor der Brust verschränkt. Unbewegt starrte sie Crow an. Ihre Augen hatten die Farbe von Bitterschokolade, und ihr skeptischer Mund verschwand fast in einem Gewirr von Falten. Ein paar Sekunden unbehaglichen Schweigens verstrichen, bevor Crow klar wurde, daß sie nicht als erste sprechen würde.

»Tag«, sagte er.

Die alte Frau nickte bestätigend.

»Ist George da?« fragte er. Er kam sich vor wie ein kleiner Junge, der sich erkundigte, ob George zum Spielen herauskommen könnte.

»Wer, zum Teufel, sind Sie?« fragte die alte Frau. »Ihretwegen haben sich die Hund fast die Seele aus dem Leib gebellt.«

»Mein Name ist Crow.«

»Was für ein Name soll das sein? Sind Sie Indianer?«

Crow schüttelte den Kopf. »Ich suche George Murphy. Sind Sie Mrs. Murphy?«

Mrs. Murphy nickte und betrachtete ihn mißtrauisch. »Crow«, sagte sie und schob ihre kleine, überraschend rosafarbene Unterlippe vor. »Sie sind ein Freund von Ricky, stimmt's? Er hat mal von Ihnen gesprochen.«

Das glaube ich, dachte Crow. Er neigte den Kopf etwas zur Seite und lächelte. »Ich kenne Ricky«, sagte er ausweichend. Er wünschte, die Hunde würden aufhören zu bellen. Seine Zehen erfroren langsam, und seine Ohren wurden taub. Mrs. Murphy schien die Kälte nicht das geringste auszumachen.

»Ruhe!« schrie sie und schüchterte damit sowohl die Hunde als auch Crow gehörig ein. Sie wandte sich ihm wieder zu und sah ihn an, als sei er erst jetzt vor ihr aufgetaucht. »Kann ich irgendwas für Sie tun?«

Crow schüttelte den Kopf. »Es geht um eine private Sache.«

Ihre Augen hoben sich zum Himmel. »Privat? Sein Vater Sean war der privateste Mensch, den ich kannte. Wußte nie, was er so dachte. Hat auch nie was an sich rankommen lassen, bis zu dem Tag, an dem er erfuhr, daß er sterben würde. Oh, wie hat er es gehaßt, zu sterben.«

»Das tut mir leid«, sagte Crow unsicher. Die alte Dame schien leicht exzentrisch.

»Braucht Ihnen nicht leid zu tun«, wehrte Mrs. Murphy ab. »Er ist bereits fünfzehn lange Jahre tot, Gott schenke seiner Seele Frieden. Heute denken wir meistens nur noch an den Feiertagen an ihn. Er war hundertprozentiger Ire, und der Alkohol war reines Gift für ihn. Aber Ihnen als Indianer brauche ich ja nichts über Alkohol zu erzählen. Kann ich sonst noch was für Sie tun?«

Crow war kein hundertprozentiger Ire – und hatte, soweit er wußte, auch keine Vorfahren in der amerikanischen

Urbevölkerung –, aber über das Gift Alkohol wußte er in der Tat einiges. »Ich würde gerne mit George sprechen.«

»Ricky ist nicht hier, ist mit seinem Wagen irgendwo hingefahren.«

»George, ich suche George.«

»George? Sie haben doch gesagt, Sie wollten mit Ricky sprechen. Sie finden ihn im Blockhaus.« Die Frau drehte sich um und schlug die Tür zu.

Crow ging um das Haus herum zur Blockhütte, öffnete eine der Doppeltüren und trat ein. Er entspannte seine Schultern und ließ die Wärme in sich eindringen. Intensiver Tiergeruch hing in der Luft.

Die Blockhütte bestand aus einem einzigen riesigen Raum. Direkt gegenüber dem Eingang befanden sich die Aussichtsfenster, die er von draußen gesehen hatte; sie nahmen die gesamte Frontseite ein. Der Ausblick auf das Flußtal war von hier drinnen noch beeindruckender. Er bewunderte kurz das Panorama, bevor er seine Aufmerksamkeit auf den Raum selbst richtete. Vor den Fenstern standen mehrere klobige Sessel und ein großes burgunderfarbenes Ledersofa, von denen man die Aussicht genießen konnte. Eine Ansammlung nicht zusammenpassender Stühle stand an Tischen, die auf einem großen Orientteppich und um ihn herum plaziert worden waren. Links davon ragte der runzlige, gefährlich wirkende Kopf eines Nashorns aus der Wand über dem Kamin. An den Seiten des Kamins hingen ebenfalls Trophäen, darunter ein Elchkopf, drei Schwarzbärenfelle, das eines Pumas, eines Leoparden und zweier Wildschweine. Vor dem Kamin stand ein achteckiger grüner Kartentisch, an dem vier Männer saßen, die in ihre Blätter schauten. Drei der Männer kannte Crow nicht. Der vierte Mann, der eine Polizeiuniform trug, war Orlan Johnson.

Crows Blick wanderte zum anderen Ende des Raumes. Zunächst weigerte er sich fast, seinen Augen zu trauen, dann fiel ihm ein, was Berdette Williams ihm erzählt hatte. Es stimmte, die Murphys besaßen tatsächlich einen Tiger. Das Tier lag lang ausgestreckt da und sah ihn ungerührt an. Dem Impuls seines Stammhirns zufolge wäre Crow am liebsten auf den nächsten Baum geklettert. Glücklicherweise bemerkten die von der Evolution weiterentwickelten Teile seines Gehirns die schwere Eisenkette, die von einem breiten Band um den Hals des Tigers zu einem beeindrukkenden Eisenring führte, der in die Wand eingelassen war. Der Boden war mit Stroh bedeckt. So wie es verstreut war, ließ sich erkennen, daß der Tiger sich etwa in einem Halbkreis von drei Metern bewegen konnte und nicht weiter. Ein großer Knochen – der zu einem großen Tier gehört haben mußte – lag in der Mitte dieses Halbkreises. Der Knochen war abgenagt, aber ein paar Fetzen Fleisch und Knorpel hingen noch daran. Der Tiergeruch, den er bei seinem Eintreten bemerkt hatte, schlüsselte sich auf. Stroh, Tiger, Urin, rohes Fleisch.

»Sind Sie es tatsächlich?«

Crow drehte sich um und blickte zu den Kartenspielern hinüber. Orlan Johnson grinste ihn an.

»Kaum zu glauben! Joe Crow. Was, zum Teufel, machen Sie hier?«

Crow ging zum Tisch und wünschte, sein Herz würde aufhören, so heftig zu schlagen. Er spürte noch immer, wie ihn der Tiger mit den Sinnen des Beutegreifers abgetastet hatte. Die Tatsache, daß er sich jetzt in einem Raum mit seinem alten Boß befand, dem Mann, der ihn verhaftet und gezwungen hatte, zu kündigen, brachte ihn vollends aus dem Gleichgewicht. Doch zwang er sich, ganz ruhig zu sprechen.

»Wie geht's Ihnen, Orlan?«

»Prima.« Ein Lächeln breitete sich auf Orlans feistem Gesicht aus. Eine Zigarre mit einem Mundstück aus Plastik hing zwischen seinen Lippen. »Möchten Sie mitspielen? Ein bißchen Poker?« Er war betrunken. Ein großes Glas mit perlender Flüssigkeit, Eiswürfel und einer Limettenscheibe stand neben ihm auf dem Tisch. Das mußte ein Wodka Tonic sein, erinnerte sich Crow. Johnson trank nichts anderes als Wodka Tonic, da er der Meinung war, daß man den Alkohol dann nicht riechen könne.

»Ich suche George«, sagte Crow.

»Er ist weg. Macht sich Sorgen, weil sein Elch krank ist.« Johnson lachte durch die Nase und pustete sich Asche auf die Uniform.

»Sie haben ihn gerade verpaßt«, sagte der hellblonde Mann, der neben Orlan saß.

»Wenn George ein Problem hat, geht er meistens seine Tiere füttern. Sie spielen doch noch Poker, oder, Crow?«

Crow ignorierte Johnson und wandte sich an den blonden Mann. »Hat er gesagt, wo er hingeht?«

»Nur ein Spielchen in aller Freundschaft, Joe. Ein Dollar Limit.«

Einer der anderen Männer, ein unscheinbarer, gepflegter Typ mit einem roten Wildlederhemd und einer teuren Armbanduhr, stand auf und stellte sich und die beiden anderen Männer vor. Crow schüttelte ihnen die Hände und vergaß augenblicklich ihre Namen. Alle drei tranken Budweiser. Ihr Händeschütteln war geübt, trocken und fest. Irgendwelche Manager wahrscheinlich, die bei einer Firma arbeiteten, die groß genug war, um sie auf einen Kurs im Händeschütteln zu schicken.

»Es stimmt«, sagte einer der Männer. »George ist gerade vor einer Minute gegangen. Vielleicht finden Sie ihn in einer der Scheunen.

»Warum setzen Sie sich nicht, Crow?« sagte Orlan. »Zu viert spielt sich's lausig. George kommt bestimmt bald zurück. In der Zwischenzeit können Sie doch genausogut ein bißchen Geld gewinnen. Wollen Sie ein Bier?«

Crow schüttelte den Kopf. Er sah seinen ehemaligen Chef an und stellte sich vor, wie es wäre, wenn er um den Tisch herumginge und seine Faust auf Johnsons dicke Nase krachen ließe. Zorn schoß ihn ihm hoch und verebbte, ein Gefühl zittriger Übelkeit zurücklassend. Die Luft in der Blockhütte war abgestanden, dick und warm. Der süße Duft von Johnsons Zigarre vermischte sich mit dem hopfigen Aroma des Bieres und sammelte sich in Crows Magen. Er mußte raus. »Nein danke«, murmelte er und eilte zur Tür.

Ein großer, wuchtiger Mann in einem babyblauen Schneemobilanzug stand neben Bellweathers Jaguar und starrte den Wagen an. Er drehte sich um und sah Crow blinzelnd an. Unter der blauen Kapuze hatte sein Gesicht etwas von den ungeformten, schlaffen Zügen der geistig Zurückgebliebenen. Er deutete auf den Wagen und hob die rötlichen Brauen über den trüben braunen Augen.

Crow lächelte und nickte, als erwarte er, daß der Mann gleich in die Hände klatschen und fröhlich kichern würde.

Der Mann erwiderte sein Lächeln nicht. »Kommen Sie sich nicht wie ein Idiot vor, in diesem Ding?« fragte er, und seine klare, tiefe Stimme klang alles anderes als naiv.

Crow änderte seine Einschätzung. »Sind Sie George Murphy?« fragte er.

Der Mann schob seine Kapuze nach hinten. Sein rotes Haar, das schon von einigen grauen Strähnen durchzogen war, hing bis über die abstehenden Ohren. Mitten auf seiner Stirn prangte eine große, rote Beule. »Der bin ich. Ist Nelly Bell hier?«

»Nelly Bell?« Crow mußte sich ein Lächeln verkneifen. »Wenn Sie Dr. Bellweather meinen, nein, der ist nicht hier.«

George Murphy trat drei rasche, behende Schritt nach vorne, so daß er auf Armeslänge vor Crow stand, der sich zwingen mußte, nicht instinktiv zurückzuweichen. Für seine Größe konnte der Mann sich gut bewegen. Auf kurze Entfernung schienen seine Augen nicht trübe, sondern durchsichtig. Murphy senkte den Kopf, neigte ihn leicht zur Seite und betrachtete Crow fast so, wie ein neugieriger Gorilla in eine Kamera schaut.

»Sie sind Officer Crow«, sagte er. Dampfender, nach Pfefferminz riechender Atem strömte Crow entgegen. »Rikky hat erzählt, daß Sie für diesen Hundesohn arbeiten. Und ich dachte, wir wären Sie los.« Er zögerte und preßte die Lippen zusammen. »Aber wie ich sehe, habe ich mich getäuscht.«

Während er sprach, schien Murphys Gesicht sich ständig zu verändern, als huschten kleine Tiere unter seiner Haut hin und her. Der Effekt war sowohl komisch als auch beängstigend. Auch seine Sprache irritierte Crow. Es war die eines intelligenten, aber ungebildeten Mannes, der sich bemühte, ungewohnt gewichtig zu sprechen.

»Die Welt ist klein«, sagte Crow.

»In der Tat. Was wollen Sie, Officer Crow.«

Ich möchte mit Ihnen reden. Können wir reingehen? Es ist kalt hier draußen.«

Murphy schnaubte, drehte sich um und ging auf die Scheunen zu. Crow zögerte. War dies eine Aufforderung, mit ihm zu kommen oder zu verschwinden? Er beschloß, es als Einladung aufzufassen, steckte seine Hände in die Manteltaschen und folgte dem durch den Schnee stapfenden Murphy. Als sie am Haus vorbeikamen, schaute er hoch und sah, daß die alte Frau sie von einem Fenster aus beobachtete. Crow winkte, und sofort trat sie einen Schritt zurück. Murphy öffnete die Tür zur ersten Scheune und ging hinein. Der Geruch traf Crow wie ein Schlag. Er wagte kaum zu atmen, so schwer hing der Stahlodem in der Luft.

Das langgestreckte Metallgebäude wurde von drei nackten gelben Glühbirnen beleuchtet, die an Kabeln etwa zwei Meter über dem strohbedeckten Boden hingen. Die linke Seite der Scheune war in Boxen aufgeteilt. Mit fast angehaltenem Atem folgte Crow dem rasch ausschreitenden Murphy in die Düsternis. Die drei ersten Boxen waren leer, aber die vierte von einem häßlichen, faßförmigen Tier belegt, das seine Schnauze durch die Eisenstäbe preßte und dampfend atmete. Es war ein Schwein, aber eines, das so häßlich und gemein aussah, wie Crow es noch nie gesehen hatte. Rauhes, grauschwarzes Haar, lange Beine, krummer Rükken. Murphy klappte den Deckel einer Plastiktonne hoch, holte eine Handvoll Mais heraus und warf sie in den Stall. Das Schwein quietschte heiser und begann die Körner wie ein Staubsauger vom Boden aufzunehmen. Plötzlich hörte es auf, hob den Kopf und zeigte zwei lange, gebogene Hauer, die aus seinem Unterkiefer ragten. Crow sah angewidert in die winzigen glitzernden Augen.

»Ein kleines Extra«, sagte Murphy. Er nahm einen kleinen Blecheimer, der an der Wand hing, füllte ihn mit Mais und ging zu der nächsten Box, in der ein kleineres, rötliches Exemplar der gleichen Sorte stand. Er schüttete die Körner auf den Stallboden und sah Crow an. Ein blödsinniges Grinsen überzog sein Gesicht.

»Ich füttere sie gerne.«

»Das sehe ich«, sagte Crow. »Was für eine Art Schwein ist das?«

»Russisch. Wir haben etwa zwanzig, dreißig, die unten in den Flußbetten frei herumlaufen, aber die Russen halte ich lieber hier oben, bis wir sie brauchen. Manchmal vertragen sie sich nicht besonders gut mit der einheimischen Sorte.«

»Sind ganz schön häßlich.«

»Kommt darauf an, wie man es betrachtet, Officer Crow. Was Sie betrifft – ich habe gehört, daß Sie trocken geworden sind. Das verdient meinen Respekt. Das sollten einige andere auch versuchen.«

»Woher wissen Sie das?«

Murphy lachte. »Die Welt ist klein.«

Die nächsten Boxen waren wieder leer, bis auf den letzten. In ihm stand ein grauweiß gefleckter Bock, dessen lange Hörner wie Korkenzieher aus seinem Kopf ragten. Das Tier kaute vor sich hin und schien sie gar nicht zu bemerken. Murphy warf ihm etwas Mais hin, aber der Bock zeigte kein Interesse.

»Er ist nicht glücklich«, sagte Murphy. »Diese Exoten überstehen unser Klima nicht lange, selbst wenn wir sie drinnen halten.«

»Warum sind sie dann überhaupt hier?«

Murphy sah ihn überrascht an. »Warum? Für die Jagd natürlich, Officer Crow. Sind Sie kein Jäger?«

»Das hängt davon ab, was Sie jagen nennen.«

»Schießen Sie wilde Tiere?«

»Ich bin ein paarmal auf Entenjagd gegangen.«

»Dann sind Sie ein Jäger. Wir jagen hier zehn Monate im Jahr Enten. Sie sollten uns mal ausprobieren. Ich stecke Sie in eine unsere Deluxe-Jagden, da können Sie garantiert so viel schießen, wie Sie wollen.«

»Ich weiß nicht, ob ich das noch jagen nennen würde.«

»Nicht?« Murphy lächelte. »Wie würden Sie es dann nennen?«

»Wie nennt man es, wenn Hühner im Schlachthof getötet werden?«

»Das würde ich Geschäft nennen. Sie waren noch nie in einem Jagdpark, nicht wahr? Wenn, dann würden Sie es nicht mehr mit einem Schlachthof vergleichen.«

»Sie schlachten die Tiere doch ab. Jagen kann man das jedenfalls nicht nennen.«

Murphy sah Crow amüsiert an. »Sie wissen nicht, wovon Sie reden«, sagte er. »Besser wär's, Sie halten den Mund, denn Sie haben keine Ahnung.«

Crow hatte keine Lust, weiter über die Ethik kommerziell bestellter Jagden zu diskutieren. »Reden wir über Dr. Bellweather«, sagte er.

Murphy runzelte die Stirn und schüttelte den Kopf. So leicht wollte er sich nicht von seinem Thema abbringen lassen. »Wir haben hier viertausend Morgen eines der besten Jagdgebiete, die man sich vorstellen kann, und wir haben einige verdammt gute Trophäen vorzuzeigen. Abgesehen davon glauben Sie ja nicht, daß ein Tier, das in einem Schutzgebiet aufgezogen wurde, irgendwie anders ist als ein wildes. Ich sag's Ihnen, wir haben hier diesen alten Elch, der kommt in das Boone-and-Crockett-Buch der Rekorde. Groß wie ein Landrover. Ich persönlich habe drei Jagden auf ihn geführt, und er hat jede überlebt. Schlau wie eine verdammte Katze. Hier gibt's zweihundert Kilometer an Wegen, durch Wälder, Unterholz und Moor. Sie können einen ganzen Monat hinter ihm her sein, ohne den alten Bullen auch nur einmal ins Visier zu bekommen. Wenn Sie auf Talking Lake jagen, dann ist das eine echte Herausforderung. Vielleicht bekommen Sie ihr Wild, vielleicht aber auch nicht. Und wir können es so schwer machen, wie Sie wollen. Suchen Sie eine echte Herausforderung, dann sollten Sie mal Jagd auf eines dieser Russischen machen. Wenn Sie denen mit einem Gewehr folgen, dann haben Sie ein echtes Jagderlebnis.

»Und wenn ich den Biestern mit einer Maschinenpistole auflauern will?«

Murphy sah ihn enttäuscht an und zuckte mit den Schultern. »Wenn Sie wollen, können Sie auch das tun. Wir tragen jedem Jagdstil Rechnung.«

»Und falls ich einen Tiger schießen möchte?«

Murphy lächelte verhalten. »Ich bezweifle, daß Sie sich das leisten können. Worüber wollten Sie noch mal mit mir reden?«

»Dr. Bellweather. Er sagt, sie hätten vor, ihn umzubringen.«

Murphy lachte. Es war ein volles, wohlklingendes Lachen, das nicht zu seinen gummiartigen, unruhigen Gesichtszügen paßte. »Der Mann ist offensichtlich paranoid. Mein Geschäft ist es, Tiere zu jagen, nicht Menschen. Warum sollte ich Nelly Bell denn umbringen wollen?«

»Ich weiß es nicht. Aber warum hat Ricky ihm gestern nacht einen Besuch abgestattet?«

»Hat er das? Das ist wirklich komisch, wo er doch hier im Haus die ganze Nacht in der Bibel gelesen hat.« Murphy drehte sich um und ging an den Boxen entlang, bis er zu dem russischen Schwein kam. »Ich will Ihnen mal was sagen – Sie mögen es mir vielleicht nicht glauben, aber ich habe Respekt vor Ihnen, Officer Crow. Sie hatten Ärger mit Ricky? Zum Teufel, er hat's ja regelrecht darauf angelegt. Außerdem scheinen sich die paar Stunden, die er an den *Hummer* gefesselt war, positiv auf seine Persönlichkeit ausgewirkt zu haben.« Er lächelte Crow mit schmalen Augen an. »Natürlich mußte ich Orlan bitten, Sie rauszuschmeißen, aber ich hatte Respekt vor Ihnen. Wenn ich nämlich keinen Respekt vor Ihnen hätte, dann würde ich Sie auf der Stelle diesen gottverdammten Schweinen zum Fraß vorwerfen. Und glauben Sie nicht, daß sie Sie nicht fressen würden. Sie fressen alles.«

Crow starrte in das gummiartige Gesicht und war froh, daß die Ruger in seinem Gürtel und die Taurus in seiner Manteltasche steckte. Tatsächlich konnte leicht etwas passieren. Jemand konnte erschossen werden. Oder man verfütterte ihn an die Schweine. Wenn Murphy in Joe Crow eine ernsthafte Bedrohung sähe, würde er nicht zögern, ihn auszuschalten. Crow zweifelte nicht daran, daß George, genau wie sein Bruder Ricky, fähig war, einen Menschen zu töten, so wie er Tiere tötete. Immer wieder fiel sein Blick auf die rote Beule auf Georges Stirn, die wie ein drittes Auge glühte. Allzu lange hatte George Murphy nur als Gespenst in Crows Kopf existiert. Jetzt hatte er den Mann kennengelernt. Das Gespenst war echt. Ein Schauder lief ihm den Rücken hinab. Dann ging es ihm besser.

»Jemand hat mir gesagt, daß ich Sie wahrscheinlich mögen würde«, sagte Crow.

Murphy lachte laut und warf den Kopf nach hinten. »Wer hat das gesagt?«

»Das spielt keine Rolle. Er hat sich geirrt.«

»Natürlich hat er das.« Murphy runzelte die Stirn und biß sich auf die Oberlippe. Seine unteren Zähne waren kurz und weiß und standen weit auseinander. »Nelly Bell war es nicht, oder? Das kann ich mir nicht vorstellen ... sonst noch etwas, das ich für Sie tun kann?«

»Sie haben meine Frage noch nicht beantwortet.«

Murphy warf den Rest der Körner in die Box des grauen Schweins und hängte den Eimer wieder an die Wand.

»Hören Sie zu, Crow. Wissen Sie was? Die Sache geht Sie einen Scheißdreck an, verstehen Sie? Es ist eine Familienangelegenheit, und Sie haben nicht das Geringste damit zu tun. Mein Rat an Sie: Wenn Sie Ricky das nächstemal treffen, dann lassen Sie ihn lieber in Ruhe.«

»Ich soll zusehen, wie er den Doktor kalt macht? Das werde ich nicht.«

Murphy zuckte mit den Schultern. »Ihr Pech.«

»Ricky ist ein guter Junge.«

Beide Männer drehten sich um. Wie aus dem Nichts stand Amanda Murphy vor ihnen. Sie trug noch immer den gemusterten Hauskittel. Ihre weißen Beine steckten in absurd großen Gummistiefeln. Sie hatte ihre faltigen Arme über den schlaffen Brüsten verschränkt.

»Mandy, was machst du ...«

»Ricky tut das, was man ihm sagt.«

George ging auf seine Mutter zu und faßte sie am Arm. »Mandy, laß uns reingehen. Du erkältest dich noch.«

»Der Doktor hat uns befleckt.«

»Befleckt?« fragte Crow. »Was soll das nun wieder?«

In der Scheune nebenan stand Shawn Murphy vor einem Metallkäfig, in dem ein zwei Jahre alter Schwarzbär lag. Er schlief. Shawn warf ein paar Futterreste nach ihm, aber die einzige Reaktion war ein irritiertes Zucken seines dicken Winterpelzes. Einmal hatte er ihn mit einem langen Stock ins Ohr gepiekt, und er war auf ihn losgegangen, hatte sich gegen die Gitterstäbe geworfen. Heiße Speichelfetzen waren Shawn dabei ins Gesicht geflogen. Das war aufregend gewesen. Aber heute ließ er sich nicht provozieren. Gelangweilt schlenderte Shawn zu den Pumakäfigen hinüber. Die beiden Katzen lagen zusammengerollt in den Ekken ihres Käfigs. Auch sie schliefen. Heute schienen alle Tiere schlapp.

Vielleicht würden Ricky und sein Dad Nummer Eins nicht finden. Vielleicht würde der Elch im dichten Unterholz verenden, und niemand würde ihn jemals finden. Oder vielleicht erholte er sich wieder.

Shawn trat gegen den Käfig. Einer der Pumas öffnete die Augen und sah ihn schläfrig an.

Sein Dad würde ihn umbringen. Sie würden Nummer Eins finden und sofort wissen, wer auf ihn geschossen hatte. Was sollte er tun? Der Gedanke daran war zu schrecklich. Er dachte an die Reaktion von Grandy und Dad, als er ihnen die Geschichte mit Dr. Bellweather erzählt hatte. Shawn hatte Angst. Er hatte nicht gewußt, daß sie eine so große Sache daraus machen würden, und nun wünschte er, er hätte nie etwas gesagt. Der Doc war doch sein Freund und dazu ein guter Kunde seines Dads. Er hatte gedacht, wenn er sagen würde, daß es die Idee des Doktors gewesen sei, dann wäre sein Dad nicht mehr wütend auf ihn. Aber dann hatte Grandy davon erfahren und war völlig durchgedreht. Alle fingen an durchzudrehen. Und jetzt die Sache mit Nummer Eins. Shawn lief es kalt den Rücken hinunter. Was wohl mit ihm geschehen würde?

Er konnte weglaufen. Das Problem war nur, er wußte nicht wohin. Im Sommer hätte er sich in den Wäldern verstecken können oder als Tramp durch die Gegend ziehen. Aber es war Winter, und es war kalt.

Er hatte Hunger. Vielleicht machte Grandy gerade ein Nickerchen. Vielleicht konnte er ein paar Kekse stibitzen, oder einen Laib Brot, alles mit auf sein Zimmer nehmen und dort verstecken. Das Wasser lief ihm im Mund zusammen. Als er aus der Scheune trat und zum Haus gehen wollte, stand die Lösung seiner Probleme plötzlich vor ihm.

»Doc«, murmelte er und starrte auf den rosa Jaguar, der vor der Blockhütte parkte.

Amanda Murphy blickte Crow durchdringend an. »Sind Sie ohne Nachkommen? Oder haben Sie Kinder?« Crow schüttelte den Kopf.

»Es gibt teuflische Männer unter uns, die den Kindern nachstellen. Sie wollen ihre unschuldigen Seelen verderben, sie beflecken. Das Kind ist für immer gezeichnet, und es bedarf großer Mühen, bevor es seinen Platz am Tische Gottes wieder einnehmen kann. Was soll man tun? Die Rache ist mein, sagt der Herr. Die Hand Gottes ist der Wille der Gläubigen.«

»Wovon reden wir hier eigentlich?« fragte Crow. Er sah Murphy an, dessen Gesicht plötzlich bleiern und unbeweglich schien.

»Stellen Sie sich vor, Sie hätten ein Kind«, sagte Murphy langsam. »Stellen Sie sich vor, Sie hätten einen kleinen Sohn, und Sie finden heraus, daß so ein Hurensohn Doktorspielchen mit ihm gemacht hat. Daß er ihm Sachen erzählt hat … Was würden Sie davon halten?« Murphy sprach leise und eindringlich. In seinen Augen glitzerte es feucht. »Was würden Sie tun?«

Crow begriff nicht sofort. Meinte Murphy wirklich das, was er sagte? Plötzlich spürte er einen stechenden Schmerz am Schienbein. Die alte Dame hatte ihn mit voller Wucht getreten und setzte gerade an, das ein zweitesmal zu tun. Er wich zurück. Amandas Gesicht hatte sich zu einem Gestrüpp aus Falten und Runzeln verzerrt. Sie trat mit dem rechten Fuß nach Crow und hätte ihn fast am Knie erwischt. Crow griff in seinen Mantel und ertastete den Griff der Ruger. Hastig blickte er zu George hinüber, in der Hoffnung, daß der die alte Frau aufhalten würde. Aber George ließ sie noch einmal nach Crow treten, bevor er sie bei den schmalen Schulten packte und festhielt.

»Mandy, wir müssen den Mann gehen lassen.«

»Er ist der Gesandte dieses Doktors. Hetzt die Hunde auf ihn.«

Murphy schüttelte den Kopf. Sein Kiefer mahlte so kräftig, daß sich ein anderer, schwächerer Mann dabei die Zähne ausgebissen hätte. Mit einem Zucken des Kopfes bedeutete er Crow, zu gehen.

Crow schien der Vorschlag ausgesprochen vernünftig. Als er sich an der alten Frau vorbeiwand, spuckte sie ihn an.

»Riechst du die Schande?« zischte sie. »Sie klebt an ihm, wie der Gestank an einem nassen Hund.«

Er stieß die Scheunentür auf und humpelte zu seinem Wagen. Nichts wie fort von hier. Die Hunde bellten wieder. Er lief schneller, als er sich vorstellte, wie sie über den schneebedeckten Boden auf ihn zugeschossen kämen, mit roten Augen und sabbernden Schnauzen. Sein Schienbein pochte schmerzhaft, wo die alte Frau ihn getroffen hatte. Bevor er nicht auf dem Highway war und die Landschaft an ihm vorbeiflog, würde er sich nicht mehr sicher fühlen. Als er den Jaguar erreicht hatte, drehte er sich um. Keine attackierende Hundemeute; nur George Murphy und seine Mutter, die vor der Scheune standen und zu ihm mit der Intensität von *American Gothic* hinterhersahen. Crow öffnete die Tür, stieg ein und steckte den Schlüssel ins Zündschloß. Er startete den Motor, setzte zurück, legte den ersten Gang ein und fuhr die lange, rutschige Straße hinab.

Direkt hinter Joe Crow drückte Shawn Murphy seinen Kopf gegen den Deckel des zusätzlichen Kofferraums und lugte hinaus. Den Mann, der den Wagen fuhr, kannte er nicht, aber der Wagen gehörte auf jeden Fall dem Doktor. Shawn bemühte sich, so leise wie möglich zu atmen. Der Mann mußte ein Freund vom Doc sein, sonst hätte der ihm sicher nicht erlaubt, den Wagen zu fahren. Wenn er ganz still war und der Mann ihn nicht bemerkte, war alles in Ordnung. Früher oder später würden sie zu Docs Haus kommen. Shawn könnte dann ja bei ihm wohnen, in seinem großen Haus in der Stadt. Er würde in eine neue Schule gehen, in der die Kinder ihn nicht kannten. Sein Dad würde ihn nie finden. Er dachte daran, wie wütend sein Vater wäre. Und Grandy würde noch wütender sein. Aber er war ja weg. Doc würde ihn verstecken. Das müßte er schon deshalb tun, weil sie auf Doc besonders wütend waren. Außerdem, waren sie nicht Freunde? Hatten sie nicht viel Spaß zusammen gehabt?

8

Ein multidimensionales Füllhorn an subtiler Energie, ausgestattet mit der Geomantie heiligem Licht, auf dem neuesten Stand elektromagnetischer Technologie, das Ihnen zu emotionalem, mentalem und physischem Wohlbefinden verhilft. Eine Lösung für alle Probleme. Gratis-Informationen.

KLEINANZEIGE IN *SEDONA: DAS NOTFALL-MAGAZIN*

Die ruhige, sphärische Musik Enyas waberte durch das Haus, gedämpft von Vorhängen und Webereien, reflektiert von den herabhängenden Kristallen, verstärkt durch die Glaspyramide, die auf dem Sims über dem gasbetriebenen Kamin stand. In jedem Zimmer brannten große weiße Kerzen. Auf dem Gasherd stand ein Topf mit Duftstoffen und verbreitete ein Aroma von Zimt und Gewürznelken.

Es war halb vier nachmittags. Das Sonnenlicht drängte gegen die geschlossenen Vorhänge. Dünne Streifen gelben

Lichts krochen an den Wänden entlang und über die Holzböden.

Melinda Crow tanzte mit halb geschlossenen Augen auf dem blauen Baumwollteppich, den sie aus Streifen recycelten Jeansstoffs gewebt hatte. Ihre Arme bewegten sich von links nach rechts und wieder zurück, während ihre Hüften eine fließende Acht zogen. Ihr langes blondes Haar fiel auf den Rücken und dann wieder auf ihre Brüste. Sie bewegte sich wie in Zeitlupe, und jede Bewegung schien Sekunden zu dauern.

Auch wenn die Temperaturen draußen unter den Nullpunkt gesunken waren, so war es im Haus doch behaglich warm; sie trug nur ein leichtes Kleid aus weicher, ungebleichter Baumwolle – das einzige Kleid, das sie besaß, das nicht die Schultern einengte oder ihre Brustwarzen wundscheuerte. Die Musik, die aus der Stereoanlage rieselte, war ruhig und sanft, und sie konnte hören, wie sie atmete. Sie roch den Zimtduft. Flackerndes Kerzenlicht schimmerte durch ihre kurzen, hellen Wimpern.

Der Spiegel, der sonst neben der Treppe hing, lag flach auf dem Küchentisch. Während Melinda ihre kreisförmigen Bewegungen vollführte, wanderte ihr Blick immer wieder in die Küche. Sie konnte den Spiegel sehen und die parallelen weißen Linien, die quer darüber verliefen.

Das Lied endete, und in den stummen Sekunden, bevor das nächste Stück begann, hörte sie das Geräusch ihrer nackten Füße auf dem Teppich. Ihr Atem ging schwer, ihre Brustwarzen zuckten vor der harten Baumwolle zurück. Das nächste Stück begann, ein schnellerer, rhythmischerer Sound.

»Mist«, sagte Melinda laut. Sie trat vom Teppich herunter und spürte zwischen ihren Zehen den Schmutz, der auf dem Fußboden lag. Schnell ging sie zur Stereoanlage und schaltete sie aus. In ihren Ohren spürte sie noch immer ein leises Klingeln. Sie setzte sich auf das Futonsofa, stand wieder auf, ballte die rechte Hand zu einer Faust und schlug sich damit auf die Hüfte. Ungeduldig warf sie einen Blick auf die Magazine, die auf dem Couchtisch lagen, und blätterte schließlich eine neue Ausgabe von *Sedona* durch. Ein Artikel beschrieb das Schicksal einer unglücklichen Frau und deren Katze namens Spark. Die Probleme der Frau, so stellte sich heraus, rührten daher, daß sie einige Monate zuvor mit ihrem Auto eine Katze überfahren hatte. Sparks Rolle, so ungenannte Nachbarn, die sich über den Veterinär Dr. Kuhan Lightbody zu Wort meldeten, bestand darin, der Frau durch ihre Trauerperiode zu helfen. Melinda übersprang einen Teil und las das Ende des Artikels. Es stellte sich heraus, daß Spark die tote Katze channelte, die der Frau mitteilen ließ, daß sie ihr vergeben habe und die Hoffnung ausdrückte, sie möge in Zukunft vorsichtiger fahren. Nach mehreren Monaten hypnotischer Alters-Regressions-Therapie waren die Frau und ihre Katze wieder vollständig gesund.

Melinda legte das Magazin beiseite. Hypnotische Altersregression. Wie lautete die Lösung, wo sollte man anfangen? Zehn Sekunden lang saß sie völlig unbeweglich da, die Hände auf den Hüften. Nur ihre Augen wanderten unruhig hin und her, ohne etwas zu sehen. Ihr Mund stand offen. Schließlich leckte sie sich über die Lippen, und ihr Blick wurde klarer.

»Was nun?« sagte sie mit tonloser Stimme.

Als sie keine Antwort bekam, zuckte sie mit den Schultern und ging in die Küche, wo sie sich vor den Spiegel setzte. Sie streifte ein Gummiband von ihrem Handgelenk und band sich damit die Haare nach hinten. Dann nahm sie ein goldbeschichtetes Röhrchen in die Hand. Vier fette Linien waren noch übrig, jede etwa zehn Zentimeter lang. Melinda überlegte kurz. Schließlich benutzte sie die Schneide einer Rasierklinge, um jede dicke Linie in zwei dünnere zu trennen. Penibel arrangierte sie die Linien in Zweierreihen. Sie strich über die ganze Oberfläche des Spiegels, suchte jedes Körnchen Kokain und schob es zu den Linien. Es sah aus, als habe sie vier Gleichheitszeichen auf den Spiegel gemalt. Als alles perfekt angeordnet war, steckte sie sich das Röhrchen in das linke Nasenloch, beugte sich vor und ließ eine der Linien verschwinden. Sie wechselte das

Röhrchen in das rechte Nasenloch und saugte die andere Hälfte des Gleichheitszeichens auf. Mit einem sanften Lächeln auf den Lippen lehnte sie sich zurück und starrte in den Spiegel. Besorgt registrierte sie die ungleiche Zahl der Gleichheitszeichen und schnupfte schnell noch zwei weitere Linien.

Das Baumwollkleid beengte sie, und sie zog es sich über den Kopf und ließ es auf den Boden fallen. Plötzlich kam ihr der Gedanke, daß sie seit Jahren nicht mehr ›For the Benefit of Mr. Kite‹ von den Beatles gehört hatte. In welchem Album war das noch? Sie schwankte zwischen *St. Pepper* und *Magical Mystery Tour.* Wo waren eigentlich all ihre alten Schallplatten? Nach dem Kauf des CD-Players hatten sie und Joe ihre Platten irgendwo verstaut. Ganz bestimmt hatten sie sie nicht weggegeben. Dann fiel ihr ein, daß die Platten in einer Kiste auf dem obersten Regal im Schrank des Gästezimmers standen.

Felix hatte das Bett okkupiert. In den letzten Monaten hatte er so oft dort gelegen, daß in der Mitte eine Einbuchtung entstanden war, durch weiße Katzenhaare markiert. Er begrüßte Melinda mit einem kühlen Blick aus grünen Augen und einem Zucken des Schwanzes. Melinda setzte sich auf die Bettkante und streichelte ihn, ein Vorgang, den Felix zwar tolerierte, aber nicht besonders zu genießen schien. Er war nie ein freundlicher oder ach-so-süßer-Kater gewesen. Channelte er einen toten Verwandten? Verarbeitete er etwas für sie?

»Felix? Spürst du meinen Schmerz?«

Die Katze sprang vom Bett und lief aus dem Zimmer.

Melinda fiel wieder ein, warum sie überhaupt in diesen Raum gegangen war. Sie öffnete den Schrank, in dessen Innerem es kalt und trocken roch. Beim Durchsuchen des Schranks fiel ihr ein altes High-School-Jahrbuch in die Hände. Ein Schatz! Sie setzte sich auf den Boden und schlug das in schwarzrotem Leinen gebundene Buch auf.

Eine unbestimmbare Spanne Zeit später starrte sie noch immer fasziniert auf ein Bild von sich selbst, auf die Melinda Lee Connor, wie sie vor fünfzehn Jahren ausgesehen hatte. Sie erhob sich und betrachtete in der Spiegeltür des Schranks ihren Körper. Ihr Gesicht war gar nicht so schlecht. Ihr Blick fiel auf ihre Brüste. Immer noch gut, vielleicht ein bißchen nach unten gewölbt. Sie begutachtete ihre Hüften.

Ihre Hüften. Breiter als damals, erheblich, und von Zellulitis gezeichnet. Schrecklich. Ekelhaft. Sie spürte einen Kloß im Hals. All das Böse in ihrem Leben – die schlechten Gedanken, die Drogen, die verschwendeten Jahre, die Fritos-Chips – hatten sich an ihren Oberschenkeln und darüber gesammelt und beschämten sie. Sie ging ins Bad und nahm die Dose Mountain Dove Fat Burner aus dem Schrank, das Mittel, das die Fettenergie direkt durch die Haut zog und in reine Lichtenergie verwandelte Auf dem Rand der Badewanne sitzend klatschte sie sich eine Handvoll der goldfarbenen, nach Rosmarin duftenden Creme auf ihre rechte Hüfte und begann sie in ihre Haut einzumassieren, sie förmlich durch die Poren zu pressen. Methodisch und mit all ihrer Kraft knetete sie jeden Zentimeter ihrer ausladenden Hüften durch. Ein Schweißfilm bedeckte ihren ganzen Körper. Sie hörte ihren eigenen Atem, ein lautes Schnaufen, das von den Badezimmerwänden widerhallte. Zehn Minuten später stand sie wieder vor dem Spiegel und starrte voller Entsetzen auf ihre pochenden, brennenden Oberschenkel, die breiter schienen als zuvor, hellrot glühten und nach Rosmarin rochen. Sie hätte sie am liebsten abgehackt, sich ein neues Paar wachsen lassen.

Oder das tun, was Mary Getter getan hatte. Was ihr seit einiger Zeit durch den Kopf ging. Ein neuer Anfang. Sie würde Mary anrufen und sich die Nummer von dieser Klinik geben lassen. Wie war noch Marys Nummer? Eigentlich sollte sie sie auswendig kennen.

Es klingelte an der Haustür. Melinda atmete heftig ein und hielt die Luft an. Vorsichtig lugte sie aus dem Badezimmerfenster. Ein rosa Wagen stand in der Auffahrt. Niemand, den sie kannte, fuhr ein rosa Auto. Ein Vertreter vielleicht? Gut. Sie brauchte nicht aufzumachen. Es klingelte erneut. Irgendwas war da gewesen. Ja, Joe hatte doch von einem rosa Wagen gesprochen. Noch einmal sah sie aus dem Fenster und versuchte zu erkennen, wer vor der Tür stand, aber die Kante des Schornsteins verdeckte die Sicht. Noch einmal das Klingeln. Bestimmt handelte es sich um Joe.

Sie hörte, wie sein Schlüssel sich im Schloß drehte, wie das Schloß aufging, wie der Türknauf sich bewegte, wie die Tür gegen die Kette schlug. Sie stellte sich vor, wie er zornig gegen die Tür drückte und wütend auf die schmale Lücke starrte. Er hatte die Kette selbst angebracht.

»Melinda? Ich bin's, Joe!« hallte seine Stimme durch das Haus.

»Geh fort«, flüsterte sie und lehnte ihren Kopf gegen die Wand. Sie war nicht bereit für ihn; war sie es je gewesen?

Er rief noch einmal ihren Namen. Nach einiger Zeit hörte sie, wie die Haustür geschlossen wurde, hörte, wie ein Motor ansprang. Sie sah aus dem Fenster und beobachtete, daß der Wagen davonfuhr. Das Nummernschild sprang ihr ins Auge: FETTWEG.

Da war sie. Die Telefonnummer des Arztes. Natürlich. Sie fragte sich, was es wohl kosten würde. Er hatte ihr gesagt, sie solle sich keine Sorgen machen, man könne etwas arrangieren.

Sie sah dem rosa Wagen nach und bedauerte es plötzlich, nicht an die Tür gegangen zu sein. Was war das nur mit Joe? Was an ihm machte ihr solche Angst? Sie blickte an ihren Hüften hinunter. Das Rot verwandelte sich langsam in Rosa. Sie stellte sich vor, was es wohl für ein Gefühl war, wenn sie einem das Fett aus den Beinen saugten. Dabei dachte sie an ein Geräusch, ein wirbelndes Geräusch wie bei einem Staubsauger oder einer Toilettenspülung. Bestimmt war es wie Naseputzen, ein plötzliches Entfernen überflüssiger Substanz. Was würde Joe dazu sagen? Würde er es überhaupt bemerken? Wäre es ihm ganz egal? Über ein halbes Jahrzehnt verheiratet, und doch hatte sie keine Ahnung, was in seinem Kopf vorging. Vielleicht war es das, was ihr Angst machte.

Crow dachte über das nach, was er auf der Talking Lake Ranch erfahren hatte. Aber hatte er überhaupt etwas erfahren? Das Gekeife einer verrückten Alten und die versteckten Anschuldigungen ihres korpulenten Sohnes, steckte wirklich etwas dahinter? Er versuchte sich Bellweather mit einem Jungen zusammen vorzustellen, aber das Bild blieb verschwommen und nicht überzeugend. Ein Laster tauchte hinter ihm auf, hupte und setzte zum Überholen an. Crow sah auf den Tacho. 80 km/h. Er ließ den Laster vorbei und erhöhte danach seine eigene Geschwindigkeit. Die Gedanken an die Murphys wurden von den Gedanken an Melinda verdrängt. Er war wütend. Sie hatte sich bestimmt zu Hause aufgehalten, sonst wäre die Kette nicht eingehakt gewesen. Außerdem hatte er es gespürt. Das Haus – sein Haus – war nicht leer. Er drehte das Radio an und zählte alles auf, was er je für sie getan hatte, all die kleinen Opfer, die er gebracht hatte, all den Ärger, den er ertragen, die Anstrengungen, die er unternommen hatte, um ihre Ehe zu retten. Und diese Schlampe machte ihm noch nicht mal die Tür auf. Wütend drückte er die Knöpfe am Radio, bis er einen Countrysender gefunden hatte. Eigentlich war er kein Country-Fan, aber jetzt brauchte er so etwas.
Während er durch Dassel fuhr, verflüchtigte sich sein Zorn, und ihm fielen Dinge ein, mit denen Melinda ihm eine Freude gemacht hatte. Wie mit dem Pullover, den sie ihm zu seinem Geburtstag gestrickt hatte, dick wie eine Decke. Sie hatte bestimmt 200 Stunden dafür gebraucht. Er erinnerte sich an die Zeit, als er noch mit ihr sprechen und ihr auch noch zuhören konnte. Zu den traurigen Klängen von Clint Black wanderten Crows Gedanken zu seinen Fehlern, seinen Dummheiten, seinen verschrobenen Eigenarten, und er fragte sich, was er getan, wie er sie verloren hatte. Als er sich der Stadt näherte, bewölkte sich der Himmel, und feiner, nebliger Schnee wirbelte durch die Luft. Mit dem Himmel verdüsterten sich auch seine Gedanken, und nachdem er Orchard Estates erreicht hatte – die Reifen des Jaguars rutschten über den frischen Schnee –, spürte er nur noch einen unbestimmten, namenlosen Zorn in sich. Fast

empfand er so etwas wie Enttäuschung, als er sah, daß der Rabbit wie versprochen wieder fahrtüchtig gemacht worden war; jemand hatte den Kotflügel vom Reifen weggedrückt. Mit der Fernbedienung öffnete er das automatische Garagentor und fuhr den Jaguar hinein. Dann ging er zu seinem Rabbit. Keine Schlüssel. Er hatte gehofft, die Fahrzeuge schnell wechseln zu können, in sein Apartment zu fahren und ein paar Stunden Schlaf zu finden. Jetzt würde er noch vorher Bellweather begegnen. Als er auf die Haustür zuging, fand sein Zorn plötzlich ein neues Ziel. Auf der dreistündigen Fahrt von der Talking Lake Ranch hatte er Schwierigkeiten gehabt, sich Bellweather als Kinderschänder vorzustellen. In diesem Moment, vor der Tür, tauchte ein entsprechendes Bild vor ihm auf. Er konnte es sehen.

Nate Bellweather öffnete die Tür. Crow hielt die Jaguarschlüssel hoch. »Ich brauche meine Autoschlüssel«, sagte er und trat ein.

Nate schloß die Tür. »Da müssen Sie meinen Bruder fragen.«

»Wo ist er?« fragte Crow.

»Er sieht sich Filme an.« Nate wies nach hinten.

Dr. Nelson Bellweather hatte die Füße, die in seinen Stiefeln aus Straußenleder steckten, auf seinen Schreibtisch gelegt und sah sich einen Film an, der auf einem großen, in die Wand eingelassenen Fernseher lief. Crow fiel auf, daß der Doktor jetzt anders aussah. Kleiner und weicher. Eher wie ein Päderast und nicht wie ein Chirurg.

»Joe!« sagte er. »Sind Sie nicht etwas früh dran?«

»Ich wollte meine Wagenschlüssel abholen.« Crow lehnte sich mit der Hüfte an den Schreibtisch und betrachtete das Fernsehbild. Ein grasendes Zebra, das Geräusch des Windes. Ein Naturfilm? Bellweather griff nach der Fernbedienung und drehte den Ton ab. Irgend etwas stimmte mit dem Film nicht. Hinter dem Zebra sah man eine Reihe von Kiefern. Kiefern in der afrikanischen Steppe. Plötzlich zuckte das Zebra zusammen und knickte mit den Vorderbeinen ein. Rote Punkte tauchten auf seinem Bauch auf. Es rappelte sich noch einmal hoch, um davonzulaufen, aber nach ein paar Metern brach es zusammen, stürzte mit der Schnauze nach vorne auf den Boden und blieb bewegungslos liegen. Der Rücken eines Mannes füllte den Bildschirm. Er lief auf das Zebra zu. Der Mann sah über die Schulter und grinste dem Kameramann zu. Bellweather. Plötzlich blieb das Bild stehen. Bellweather legte die Fernbedienung zur Seite.

»Wissen Sie, Joe, es gibt immer Hoffnung. Heute steht man vor dem Untergang und morgen, wer weiß, ist man der klügste Mann der Welt.« Er schlug sich auf die Brust.

»So?« Crow hatte keine Ahnung, wovon der Doktor redete.

»Haben Sie je von einer kleinen Firma namens BioStellar Game Tech gehört?«

Crow schüttelte den Kopf.

»Nun, auch sonst keiner!« Bellweather lachte, wie immer ein unangenehmes Geräusch. »Außer mir und ein paar anderen brillanten Investoren. Wollen Sie wissen, zu welchem Kurs die Aktien am ersten Handelstag angeboten wurden?«

»Eigentlich nicht.«

»Dreizehn!« Bellweather schlug sich auf den Oberschenkel. »Ich schieße mit diesen verdammten Aktien bis zum Mond, Joe!« Seine Augen waren feucht, seine Lippen weich.

Diese aufgedrehte, fast hysterische Seite Bellweathers hatte Crow noch nicht kennengelernt. Er fragte sich, ob er noch zu anderen Extremen neigte. Zum Beispiel, wenn er sich in der Nähe zehnjähriger Jungen aufhielt.

»Klingt gut.«

Bellweather nickte heftig.

»Nun, ich gratuliere. Nebenbei – ich bin heute morgen rausgefahren und habe Ihren Freund George Murphy besucht.«

Bellweather öffnete den Mund. Er blinzelte, und der Glanz schien aus seinen Augen zu verschwinden. »Sie haben was?«

»Ich habe ihm geholfen, die Schweine zu füttern«, fügte Crow hinzu.

Bellweather legte den Kopf zurück, atmete tief ein und wieder aus. Er schüttelte den Kopf, als könne er nicht glauben, was er gerade gehört hatte und atmete noch einmal pfeifend aus. »Ich hoffe, daß mein Wagen keine neuen Löcher hat«, sagte er und nahm seine Füße vom Schreibtisch.

»Ihr Wagen ist in Ordnung.«

»Ich dachte, Sie wollten nur ein paar Anrufe machen, mit Ihren Freunden reden.«

Crow zuckte mit den Schultern.

»Ich habe Sie als Leibwächter eingestellt, nicht als Detektiv. Sie hätten getötet werden können. Und was wäre dann aus mir geworden?«

»Ist da was Wahres dran?«

Bellweather sah ihn verblüfft an. »Woran?«

»An der Sache mit Georges Sohn?«

Bellweather runzelte die Stirn und schüttelte den Kopf. »Was soll mit ihm sein?«

Wäre es möglich, dachte Crow, daß er nichts weiß? Oder ahnt er nur nicht, daß George Murphy etwas weiß? Er sah dem Doktor ins Gesicht und fragte: »Er glaubt, Sie haben Doktorspiele gespielt. Mit seinem Sohn.«

Bellweather starrte ihn an. »Was soll das denn heißen? Ist das alles, was er gesagt hat?« Wenn er schauspielerte, dann konnte er es verdammt gut.

Crow räusperte sich und wandte seinen Blick von dem festgefrorenen toten Zebra auf dem Fernsehschirm ab. Er betrachtete den Kamin, den Bisonkopf über dem Sims, den Stoßzahn des Elefanten. Irgend jemand führte eine Show für ihn auf. Bellweathers Verblüffung schien echt, genauso echt wie Murphys schmerzvoller Zorn und die Wut seiner Mutter. Hatten sie die Sache mit dem Jungen nur erfunden, um Crow zu täuschen? Das schien weit hergeholt.

»Sie kennen den Jungen?« fragte Crow.

»Shawn? Sicher kenne ich ihn. Ein netter Junge. Er sagt, wenn er groß ist, will er Arzt werden. Was hat George im Sinn? Glaubt er, ich hätte dem Jungen irgendwas getan?«

»Er deutete an, daß Sie ihn mißbraucht hätten.«

Bellweather schnappte nach Luft. Dann brach er in ein nervöses Gekicher aus. »Miß-braucht?« Er stand auf und lief im Zimmer hin und her. Die Absätze seiner Cowboystiefel klickten über den Boden. »Mißbraucht ... mißbraucht!« Immer wieder murmelte er das Wort vor sich hin. Schließlich deutete er mit dem Finger auf Crow. »Was hat er gesagt?« Seine Stimme wurde lauter. »Was genau hat er gesagt?«

»Er hat keine Einzelheiten genannt.«

Bellweather schüttelte den Kopf. »George weiß, daß ich dem Jungen nichts angetan habe. Ich komme prima mit ihm aus. Shawn hing doch immer im Blockhaus rum. Ich habe ihm Gin Rommé beigebracht. Mein Gott, ich kann nicht glauben, daß George so etwas annimmt. Aber was habe ich Ihnen gesagt? Ich sagte, er sei verrückt, nicht wahr? Doktorspiele! Wissen Sie, worum es da ging? Shawn sagte mir, er wolle Arzt werden, wenn er groß ist, also erzählte ich ihm ein paar Dinge. Der Hüftknochen ist mit dem Oberschenkelknochen verbunden. Erkältungen werden durch einen Virus verursacht. Haar ist tot, aber Haut lebt. George war dabei, verdammt noch mal, die ganze Zeit. Hat mit Orlan Pinokel gespielt. Wissen Sie, was ich glaube? Der Junge mag mich, aber er hat Angst vor seinem Vater. Wer hätte keine Angst vor einem Kerl wie George?« Bellweather blieb abrupt stehen. »Darum ging es«, sagte er. »Der Junge mag mich, und damit wird George nicht fertig.«

»Er hat den Eindruck vermittelt, als ginge es um weit mehr als das.«

Bellweathers Miene verfinsterte sich.

»Warum sollte er so etwas erfinden?« drängte Crow weiter.

Der Doktor zitterte, seine feingliedrigen Hände verknoteten sich, auf seinem Gesicht tauchten hektische rote Flekken auf. Crow musterte ihn kühl. Er wußte nicht, wer hier die Wahrheit sagte, wenn es denn überhaupt jemand tat. Was war wirklich zwischen Bellweather und dem Jungen geschehen? Vielleicht würde er es nie erfahren. Spielte es denn eine Rolle? Noch vor fünf Minuten war er davon überzeugt gewesen, daß er für einen Kinderschänder arbeitete. Jetzt war er sich nicht mehr so sicher. Er hielt es noch immer für möglich, ja, vielleicht sogar für wahrscheinlich, aber er hatte seine Zweifel. Konnte er für jemanden arbeiten, der als Päderast verdächtigt wurde? Ein paar Stunden Schlaf – davon hatte er in letzter Zeit nicht allzu viel gehabt – würden ihm helfen, die Dinge klarer zu sehen. Crow ging auf die Tür zu.

»Wohin wollen Sie?«

»Ich fahre nach Hause. Wo sind meine Autoschlüssel?«

»Sie glauben ihm doch nicht, oder?«

»Ich weiß nicht, was ich glauben soll. Wo sind meine Schlüssel?«

»George Murphy ist psychisch gestört. Man darf nichts von dem glauben, was er sagt.«

Crow dachte, daß sich gleiches sehr leicht von Doktor Bellweather sagen ließe.

»Die Schlüssel«, sagte er.

»Sie sind in Ihrem Wagen, unter der Fußmatte. Sie kommen doch heute abend wieder, nicht wahr?«

»Ich komme wieder.« Ihm fiel noch etwas ein, das er den Doktor hatte fragen wollen. »Übrigens, dieser Tiger, ist das eine Art Haustier? Oder wollen die Murphys ihn an einen Trophäensammler verkaufen?«

Bellweather verschränkte die Arme. Die Frage schien ihn zu beruhigen. Er redete gerne übers Jagen. »Eigentlich sollte dieser Bengaltiger sogar für mich sein. George hat ihn mir besorgt. Jetzt werden sie ihn wohl an jemand anderen verkaufen.«

»Sie wollten ihn erschießen?«

Bellweather nickte. »Eine faire Jagd. Anders mache ich es nicht. Sie lassen das Tier frei, und dann gibt es nur noch mich und die Katze, eins zu eins. Letzten Monat war ich in Costa Rica auf Jaguarjagd. Ich bin drei Tage in dem verdammten Busch herumgelaufen, bevor ich einen zu sehen bekam, und es hat einen weiteren Tag gedauert, bevor ich einen sauberen Schuß anbringen konnte. Hat mich ein Vermögen gekostet. Dann versuche ich, das Tier mit nach Hause zu nehmen, und an der Grenze nehmen die U.S.-Fish-and-Wildlife-Leute es mir wieder ab. Eine Schande. Es war eine wunderschöne Katze. Diese Wildschützer sind schlimmer als das Finanzamt.«

»Sie reden wie George. Ich dachte, Jaguare zählen zu den gefährdeten Arten.«

»Das behaupten die Fish-and-Wildlife-Leute, aber versuchen Sie das mal denen unten in Mittelamerika zu erzählen, wenn so eine Katze ein kleines Kind in den Dschungel geschleppt und verschlungen hat.«

»Das passiert wirklich?«

Bellweather wehrte ab. »Nun, man erzählt Geschichten. Aber wenn Sie eine dieser Katzen mal von nahe gesehen haben, dann glauben Sie es auch. Tatsache ist, es gibt weitaus mehr Jaguare im Dschungel als allgemein angenommen wird. Die Wildschützer sind nichts weiter als ein Haufen eingebildeter, übereifriger Bürokraten, die nichts besseres zu tun haben, als zugelassenen Sportjägern das Leben schwer zu machen. Diese sogenannten gefährdeten Arten … Wissen Sie, daß man nicht einmal ein Tier schießen darf, das in Gefangenschaft aufgezogen worden ist?«

»So?«

»Ja, egal ob Tiger, Nashorn, Leopard oder Jaguar – wenn es auf ihrer Liste steht und sie erwischen dich, dann kann man sogar ins Gefängnis kommen. Als nächstes werden sie die Viehzüchter noch dafür belangen, daß sie ihr Vieh ins Schlachthaus bringen.«

»Ich wußte nicht, daß Rinder zu den gefährdeten Arten zählen.«

»Das ist ja genau der Punkt«, sagte Bellweather. »Dieser Tiger, den George mir besorgt hat, das ist nur ein altes Weibchen, das längst keine Jungen mehr bekommen kann. Glauben Sie, daß es der Art im geringsten schadet, wenn es stirbt? Kaum. Es gibt keinen Grund, es nicht zu schießen. Eine wunderschöne Katze, nicht wahr?«

Crow drehte sich um und ging aus dem Büro. Er kam durch das Wohnzimmer. Nate Bellweather saß auf dem weißen Sofa und las in *House Beautiful*. Die Vorstellung von der Konservenjagd auf den Tiger hing wie ein Nebel über Crow, kalt und feucht. Ekelte ihn diese Sache etwa noch mehr an als der Gedanke, daß Bellweather mit einem zehnjährigen Jungen Onkel Doktor spielte? Vielleicht.

Die Welt war sehr still und dunkel geworden. Shawn wartete und zählte beim Atemholen. Als er bei zweihundert angelangt war, richtete er sich auf und schob den Deckel beiseite. Es kam ihm vor, als verstecke er sich schon seit Tagen. Als er in den Jaguar gestiegen war, hatte er angenommen, sich nur für ein paar Minuten verbergen zu müssen. Sobald sie die Ranch verlassen hatten, wollte er den Doc überraschen. Aber dann hatte dieser andere Mann am Steuer gesessen, ein Fremder. Shawn hatte nicht gewußt, was er tun sollte, außer sich still zu verhalten und zu warten. Jetzt war der Mann fort, und es war dunkel. Der abkühlende Motor knackte leise.

Shawn kletterte über den Sitz und suchte nach dem Türgriff. Er erinnerte sich, daß der Jaguar komische Griffe hatte. Da – er öffnete die Tür, und die Innenbeleuchtung ging an. Shawn erkannte, daß er in einer Garage war. Docs Garage?

Er hoffte, daß sich Doc freuen würde, wenn er ihn sah. Während der langen Fahrt hatte er über das nachgedacht, was vor einigen Wochen geschehen war. Wie sein Dad in sein Zimmer gekommen war und ihn *dabei* erwischt hatte. Er erinnerte sich an diesen schrecklichen Augenblick, wie er seinen Zipfel in der Hand gehalten hatte, mit heruntergelassenen Hosen. Er erinnerte sich an das rote Gesicht seines Vaters. Shawn hatte sofort gewußt, daß es schweren Ärger geben würde.

»Was machst du da?« hatte sein Vater gebrüllt. »Zieh dir sofort wieder die verdammten Hosen hoch!«

Shawn riß seine Jeans so heftig hoch, daß es weh tat. Er hatte Angst. Hatte er etwas sehr Schlimmes getan? Er wußte es nicht, aber es mußte schon ziemlich schlimm sein, weil sein Vater so heftig atmete und weil sein Gesicht so rot und fleckig war. Er schob seinen steifen Penis in die Jeans und zog den Reißverschluß zu.

Sein Vater hatte den Mund zusammengepreßt und atmete durch die Nase, wie die Büffel. »Wer hat dir das beigebracht?« fragte er. »Ein Junge in deinem Alter?«

Shawn sah seinen Vater, dessen Gesicht zuckte und auseinanderzufließen schien, entsetzt an. Er wartete auf den nächsten Ausbruch. Sekundenlang standen sie sich bewegungslos gegenüber. Das einzige Geräusch war das laute Atmen seines Vaters. Er schien sich beruhigt zu haben. Zum erstenmal keimte in Shawn die Hoffnung auf, daß er ohne Schläge davonkommen könnte. »Wer hat dir das beigebracht?« wiederholte George mit sanfterer Stimme.

Shawn sah eine Gelegenheit, den Zorn seines Vaters abzulenken. »Doc hat mir gezeigt, wie man es macht«, sagte er, in der Annahme, daß die Erwähnung von Doktor Bellweathers Namen die Sache irgendwie legitimieren könne. Doc war ein wichtiger Kunde. Er dachte, sein Dad würde dann sagen: »Ach so, na ja, wenn Doc gemeint hat, daß es in Ordnung ist, dann will ich nichts gesagt haben.«

Falsch.

Kaum hatte er den Namen des Doktors genannt, sah er Grandy, die hinter seinem Vater stand. Ihr Gesicht war verzerrt, so wie sie immer aussah, wenn sie drauf und dran war, ihn zu schlagen. Aber diesmal schlug sie ihn nicht. Sie fiel auf die Knie und begann zu kreischen. Damit erschreckte sie seinen Dad noch viel mehr als Shawn, denn Dad hatte gar nicht bemerkt, daß sie die ganze Zeit hinter ihm gestanden hatte. George sprang förmlich in die Höhe, was bei so einem großen Mann gar nicht einfach war.

Aber zumindest war er nicht geschlagen worden. Nur in sein Zimmer hatte man ihn gesperrt, ein paar Stunden nur, auch wenn es ihm wie Tage vorgekommen war. Danach benahmen sich alle eine Woche lang äußerst komisch und sprachen kaum mit ihm. Auch Doc hatte er seitdem nicht mehr gesehen. Er wußte, daß er ihm Ärger gemacht hatte. Sein Onkel Ricky hatte ihm geradeheraus erklärt, daß er dem Doktor »die verdammten Eier wegschießen« würde. Grandy war natürlich nicht in der Nähe, als er das sagte, sonst hätte sie ihm eins verpaßt.

Er hoffte, daß der Doc nicht sauer auf ihn sein würde. Unruhig dachte er darüber nach. Ja, Doc würde bestimmt sauer sein. Aber lieber ein wütender Doc als ein wütender George, und wenn sein Dad erst herausfand, daß er seinen besten Elch erschossen hatte, dann würde er durchdrehen.

Er hörte, wie draußen ein Motor gestartet wurde. Shawn lauschte. Das Motorgeräusch wurde tiefer, und Reifen rollten knirschend über den festen Schnee. Shawn zog und drückte an den Knöpfen und Schaltern des Armaturenbretts, bis die Scheinwerfer aufflammten. Er befand sich tatsächlich in einer Garage. Eine Tür an der Seite schien ins Haus zu führen. Shawn ging auf die Tür zu und drückte die Klinke. Die Tür führte direkt in die Küche, und sofort fiel ihm ein, daß er Hunger hatte. Er hörte leise Stimmen, holte tief Luft und beschloß, es zu wagen.

»Hallo?« rief er.

Die Stimmen verstummten.

»Ist da jemand?«

Schritte waren zu hören, und er bewegte sich langsam durch die Küche. Eine Tür führte in einen Flur, eine zweite in ein großes Wohnzimmer. Shawn ging ins Wohnzimmer. Plötzlich tauchte eine Gestalt vor ihm auf, warf sich zur Seite und kniete dann vor ihm, ein Gewehr auf ihn gerichtet. Shaw erstarrte, wie hypnotisiert von der schwarzen Mündung der Schrotflinte. Er dachte daran, daß er vielleicht gleich tot wäre, aber alles war so schnell gegangen, daß er keine Zeit hatte, Angst zu haben. Würde er irgend etwas spüren? Eine lange Sekunde verstrich. Dann bemerkte er, daß der Lauf des Gewehres unruhig hin und her zuckte. Er schaute an dem schwarzen Loch vorbei und sah die beiden bleichen, zitternden Hände, die Schaft und Kolbenhals des Gewehrs umklammert hielten. Dem Mann, dem die Hände gehörten, lief der Schweiß über die Stirn. Sein Mund war so fest zusammengepreßt, daß die Lippen blutleer schienen. Der Mund des Mannes öffnete sich, und ein krächzendes Geräusch drang aus seiner Kehle. Er räusperte sich und versuchte es noch einmal.

»Nels, es ist ein Kind!« rief er.

Shawn hörte Schritte, und dann erschien Doc Bellweather, eine doppelläufige Schrotflinte in den Händen. Er sah Shawn an, als könne er gar nicht glauben, wen er da vor sich hatte, und ließ den Lauf des Gewehrs sinken.

Shawn grinste: »Wie geht's Doc?«

Doch Doc lachte nicht, wie er es sonst tat.

Oh, oh, dachte Shawn.

Einige Sekunden lang sagte niemand ein Wort.

Schließlich holte Doc tief Luft und sah Shawn kopfschüttelnd an.

»Was hast du deinem Dad über mich erzählt, Shawn?«

»Nichts«, antwortete Shawn.

»Na schön. Ich sollte dich jetzt fragen, was du hier willst, aber ich fürchte, du könntest mir antworten, daß du von zu Hause weggelaufen bist. Also bitte, sag das nicht – obwohl ich bezweifle, daß du mir irgendeine Antwort geben könntest, die ich hören wollte.«

Ganz offensichtlich würde ihn die Wahrheit momentan nicht weiterbringen. Er mußte sich etwas Gutes einfallen lassen. »Mein Dad wollte mich verprügeln. Er wollte mich fesseln und mich schlagen, bis ich blute.« Er wartete die Wirkung seiner Worte ab, aber der Doc zeigte nicht allzu viel Wirkung. »Weil ich diesen Elch geschossen habe, Nummer Eins.«

Das zeigte Wirkung.

»Du hast Nummer Eins geschossen?« Auf dem Gesicht des Docs zeigte sich fast so etwas wie ein Lächeln, auch wenn er ansonsten so aussah, als würde ihm jeden Moment schlecht werden. »Du willst mich auf den Arm nehmen.«

»O nein …! Sie wollten mich fesseln und verprügeln, er und Ricky, aber dann haben sie beschlossen, mich rauszuwerfen. Dad sagte, ich solle hier bei dir wohnen.«

9

Du solltest diese Katze vergessen und dir ein richtiges Tier zulegen. Einen Hund zum Beispiel. Einen großen Hund.

Sam O'Gara

Milo war noch immer nicht zurückgekommen. Keine Abdrücke von Katzenpfoten im frischen Schnee. Crow schüttelte die Dose mit dem Katzenfutter und rief seinen Namen, aber mittlerweile waren seit seinem Verschwinden drei Minnesota-Wintertage verstrichen, was Milos Rückkehr in die Kategorie ›Zweifelhaft‹ einordnete. Er hoffte noch immer, daß sich Milo bei einer netten alten Dame eingeschmeichelt hatte und jetzt schnurrend auf ihrem Schoß saß, befürchtete aber gleichzeitig, daß es sich bei dieser netten alten Dame lediglich um einen Mythos handeln könne. Verdrossen stellte er das Meow Mix zurück an seinen Platz über dem Kühlschrank und begann sich selbst etwas zu essen zu machen – was ganz nach einer Tiefkühlpizza mit Peperoni und einer überreifen Banane aussah. Pizza, Banane und ein Glas warme Milch, wenn die Milch noch nicht sauer geworden war, dann schlafen. Er schaltete den Backofen an und legte die Pizza hinein. Auf der Packung stand zwar, daß man den Ofen vorheizen mußte, aber Crow wußte aus Erfahrung, daß es keinen großen Unterschied machte, wenn man es nicht tat. Es würde immer wie Tiefkühlpizza schmecken.

Das Telefon klingelte. Crow berührte den Hörer. Es klingelte noch einmal, und er spürte die Vibration. Melinda hatte das immer getan und behauptet, man könne dadurch erkennen, wer anriefe. Manchmal hatte sie recht. Er nahm den Hörer ab, ohne die geringste Ahnung, wer dran wäre.

»Hallo?«

»Joe? Hi, ich bin's.«

»Melinda?«

»Wie geht's dir?« Sie klang zu fröhlich, zu laut – aber immerhin hatte sie sich gemeldet, redete mit ihm.

»Mir geht's gut«, sagte er und spürte eine unerwartete Erleichterung, als fiele ein schweres Gewicht von ihm ab. Daß er am Nachmittag so wütend auf sie gewesen war ... jetzt erkannte er, daß er sich Sorgen um sie gemacht hatte. Auf sich selbst war er wütend gewesen, weil er nicht in ihr – sein – Haus eingebrochen war, um nachzusehen, ob es ihr gut ging. Ob sie nicht konvulsivisch zuckend im Kokainrausch dahindämmerte. Ob sie nicht tot im Badezimmer lag. »Wie geht es dir?« fragte er.

»Mir geht's gut. Wie war deine kleine Reise?«

»Gut. Ich habe George Murphy getroffen. Wir haben die Schweine gefüttert.« Er zögerte. »Dann wollte ich dich besuchen«, sagte er.

»Wirklich? Wann denn?«

»Vor ein paar Stunden.«

»Ich werde wohl geschlafen haben.«

Sie log.

»Tja, wahrscheinlich«, entgegnete er.

»Ich wollte nur mal hallo sagen«, erklärte sie.

»Aha.« Etwas in ihrer Stimme verriet ihm, daß sie high war. Sie saß in der Küche vor dem Spiegel, zog sich die Linien rein und telefonierte. Er wollte sie fragen, wußte aber, daß er doch nicht glauben würde, was sie antwortete.

»Und ich wollte dich zum Essen einladen.«

Crow spürte sein Herz schlagen. Er konnte nicht antworten.

»Joe?«

»Zum Essen? Wann?«

»Oh, ich weiß nicht. Morgen? Gegen sieben?«

Nachdem sie ihn wochenlang ausgesperrt hatte, öffnete sie nun eine Tür. Was war geschehen? Am besten, man fragte nicht. Bei Melinda konnte es alles sein – ihr Horoskop, ihr Analytiker, eine gechannelte Botschaft von den Plejaden. Vielleicht vermißte sie ihn einfach.

»Das wäre prima«, sagte er mit hölzerner Stimme. Er mußte Bellweather mitteilen, daß er morgen später kommen würde. Ob er damit einverstanden wäre? Der Geruch der Pizza drang in seine Nase.

»Bis dann ...«

»Okay.« Er legte den Hörer mit einem unguten Gefühl auf. Während er die Pizza aus dem Ofen holte, ließ er das Gespräch noch einmal in seinem Kopf ablaufen. Er fragte sich, ob sie ihn vielleicht nur aus einer Kokainlaune heraus angerufen hatte. Würde sie morgen wieder anrufen und absagen? Oder schlimmer noch, würde er morgen abend den weiten Weg nach Big River fahren, um das Haus dunkel und verlassen vorzufinden? Kam die Einladung von der echten Melinda oder von einer anderen? Der Kokainschnupferin Melinda? Der New-Age-Irren Melinda? Der kalten, abgewandten Melinda? Er ließ sich die Möglichkeiten durch den Kopf gehen, bis sie sich zu einer Erinnerung an die Tage verbanden, als die vielen Melindas für ihn noch alle in einer vereinigt waren. Schnell aß er seine Pizza auf, ohne darauf zu achten, wie sie schmeckte, und versuchte seine Gedanken auf ihren schlanken Körper, ihr feines blondes Haar, auf ihren heißen Atem an seinem Ohr zu konzentrieren.

»Sieht aus als hätte er 'nen Magenschuß, Bruder!« rief Rikky über den Lärm seines Thundercat hinweg. Er stellte den Motor des Schneemobils ab und ging zum Schlitten zurück. Der Scheinwerfer über dem Eingang zum Blockhaus warf einen gelben Lichtkegel auf die Szenerie.

George Murphy sah auf den toten Elch hinab. Der steifgefrorene Körper von Nummer Eins lag festgezurrt auf dem Schlitten. Er und Ricky hatten schon so manches Tier hierher geschleppt; Bison, Hirsch, Antilope und auch mehr als einen Elch, aber auf den Abgang von Nummer Eins war George nicht gefaßt gewesen. Der Elch-Monarch hatte für ihn den Status eines Symbols gehabt – er war eine Gallionsfigur, der lebende Beweis dafür, daß Talking Lakes ein erstklassiges Unternehmen war.

Außerdem war Nummer Eins so etwas wie ein lebendes Sparkonto gewesen. Mit ihm hätte er leicht 25 000 Dollar gemacht – vielleicht auch mehr, kam ganz auf die Jagdgruppe an. Das Wichtigste war jedoch, daß der fast mythische Ruf des Elchs in den letzten Jahren für eine Menge Kunden gesorgt hatte. Aber in seinem jetzigen Zustand – tot – war das Tier nur noch ein paar tausend Dollar für Geweih, Fleisch und Fell wert. Im gelben Scheinwerferlicht glänzte das geronnene Blut schwarz.

»Sieh dir nur mal das Geweih an!« Ricky griff nach einem der sechzehn Enden des Elchgeweihs. »Ich wette Scheiße gegen Gold, daß es über vierundzwanzig Punkte bringt. Kommt ins Buch der Rekorde, bestimmt.«

George hockte sich hin und legte den Finger an die kleine Einschußwunde kurz vor dem rechten Hinterbein des Elchs. Wenn nicht ein gefrorener Bach aus Blut an der Flanke des Tieres geklebt hätte, wäre der Einschuß nur schwer zu finden gewesen. Ein kleines Loch nur, aber ein Schuß in den Magen. Wahrscheinlich hatte es Stunden, ja Tage gedauert, bis er gestorben war. »Ist das alles?« fragte er und deutete auf die Wunde.

Ricky schüttelte den Kopf. »Er hat noch einen zweiten Einschuß am Bein, sonst konnte ich nichts finden. Sieht so aus, als habe ihn jemand mit einer 22er erwischt. Die Kugel ist wahrscheinlich noch drin. Ansonsten könnte er sich vielleicht selbst an irgend etwas aufgespießt haben, aber ich wüßte nicht, woran, Bruder.«

George wußte es auch nicht. Er war sicher, daß die Wunde von einem Bleigeschoß stammte. Vor ihm stieg das düstere Bild der kleinen einschüssigen 22er seines Sohnes Shawn auf. Wo war der Junge überhaupt? Es war fast Essenszeit, und er hatte Shawn nicht mehr gesehen, seit der ihn beim Pokerspiel unterbrochen hatte.

»Warst du mit irgendwelchen Gruppen dort draußen? Irgendein Arschloch, daß vielleicht eine kleinkalibrige Waffe mit dabei hatte?«

»Nein. Ich hab' seit drei Wochen keine Jagd mehr da oben gemacht.«

Ein dünnes, klingelndes Geräusch kam aus der Richtung des Hauses.

»Essenszeit«, sagte George.

»Was willst du mit ihm machen?«

George öffnete den Mund, um Ricky anzuweisen, daß er den verdammten Elch einfach schlachten solle. Das Fleisch mußte man zerlegen und den Kopf zu Ollie Aamold schikken, um ihn präparieren zu lassen. Da es sich um einen Rekord-Elch handelte, würde er vielleicht für den Kopf und das Geweih allein einige tausend Dollar bekommen. Auf diese Weise hätte die alte Nummer Eins zumindest seine Futterkosten bezahlt. Doch dann kam ihm eine andere, noch unklare Idee. Er zögerte, wußte nicht genau, ob das, was er da vorhatte, überhaupt möglich war. Aber die Idee blieb. »He, erinnerst du dich an Rudolph?«

»Hä?« entgegnete Ricky.

»Erinnerst du dich an den ausgestopften Hirsch, den die Wildhüter letzten Herbst benutzt haben? Sie nannten ihn Rudolph. Also, sie stellten das ausgestopfte Tier in den Wald, um Wilderer zu fangen. Am Ende der Saison hatte Rudolph so viele Löcher, daß sie Bretter an seine Beine binden mußten, damit er nicht umfiel. Die Wilderer haben nichts gemerkt, sie haben immer weiter auf das Ding geschossen. Wahrscheinlich hätte man auch eine Pappattrappe hinstellen können, die hätten trotzdem drauflos geballert.

Das Essen war fertig. Dampfend stand der große Topf in der Mitte des Tisches, darum herum vier Teller und vier Gläser. In einem war Milch, in zweien Apfelwein und im dritten Pepsi. Amanda Murphy saß allein am Tisch. Sie hatte ihr Gebet gesprochen, und nun kochte langsam die Wut in ihr hoch. Um sich zu beruhigen, trank sie einen Schluck Cola, deren Geschmack durch einen ordentlichen Schuß Jim Beam immens verbessert wurde. Das Geräusch des Schneemobils ließ sie aufhorchen. Natürlich würden sie wieder sagen, daß sie die Glocke nicht gehört hätten. Irgendwann bekamen sie dann Hunger, stolperten herein und setzten sich zu ihr. Bis dahin wäre das Essen zwar kalt, aber um nichts in der Welt würde sie allein anfangen.

Gerade als sie ihre zweite Pepsi trank, kamen George und Ricky redend und lachend zur Küchentür herein. Als sie sahen, daß sie allein am Tisch saß, verschwand das Grinsen aus ihren Gesichtern.

»Hast du mit der Glocke geläutet?« fragte Ricky und schälte sich aus seinem schwarzen Nylonanzug.

»Das habe ich getan«, entgegnete Amanda düster.

George und Ricky setzten sich auf ihre Plätze.

»Wo ist der Junge?« fragte George.

»Ich dachte, er wäre bei euch.«

George schüttelte den Kopf. »Ich habe ihn seit heute nachmittag nicht mehr gesehen. Du, Ricky?«

Ricky schaufelte sich das Essen auf den Teller und schüttelte ebenfalls den Kopf. George runzelte die Stirn und erhob sich. »Ich sehe mal nach, ob er in seinem Zimmer ist.« Er stapfte die Stufen hinauf. Wenig später kam er zurück. Er hielt Shawns einschüssige 22er in der Hand. Am Tisch reichte er sie Ricky, der den Verschluß öffnete, daran roch und dann das Gesicht verzog.

»Er ist nicht oben?« fragte Amanda.

George schüttelte den Kopf. Ricky stellte das Gewehr auf den Boden und schob sich einen Löffel voll in den Mund. George blieb stehen.

Mit vollem Mund sagte Ricky: »Wahrscheinlich versteckt er sich inner Scheune, Bruder.«

»Entweder das, oder man hat ihn entführt«, sagte Amanda.

»Entführt?« knurrte George.

»Der Fremde heute nachmittag. Er führte nichts Gutes im Schilde, das hab' ich sofort gesehen.«

»Ich schau in den Scheunen nach«, sagte George und ging zur Tür.

»Welcher Fremde, Mandy?« fragte Ricky.

»Dieser Crow«, sagte Amanda.

»Crow?« Ricky fuhr hoch. »Hast du gehört, George?«

»Ich hab's gehört«, sagte George. »Und ich habe mit ihm geredet. Er hat den Jungen nicht mitgenommen.«

»Du hast mit ihm *geredet?* Großer Gott, warum hast du ihn nicht festgehalten, bis ich gekommen bin? Er schuldet mir noch was, verdammt noch mal!«

Georges Gesicht verdüsterte sich. »Sag nicht verdammt noch mal zu mir – verdammt noch mal.«

»Ihr sollt nicht fluchen, Jungs«, ermahnte Amanda.

»Nur weil du nicht gesehen hast, daß er Shawn entführt hat, heißt das noch lange nicht, daß es nicht doch passiert ist«, sagte Ricky. »Er arbeitet für Bellweather.«

»Das weiß ich.« George öffnete die Tür. »Ich seh jetzt in den Scheunen nach.«

»Das hat keinen Zweck«, sagte Amanda. »Ich spüre es in den Knochen. Der Junge ist entführt worden.«

George schloß die Tür hinter sich.

»Dieser Hurensohn!« Ricky schlug mit der Faust auf den Tisch. Im gleichen Augenblick sauste die Suppenkelle auf seine Knöchel. »Auu!«

»Achte auf deine Ausdrucksweise!« sagte Amanda. »Und rede nie wieder so über deinen Bruder.«

Ricky steckte beide Hände unter den Tisch und sah Amanda beleidigt an. »Ich meinte doch Crow.«

»Er ist fort.« Amanda trank den Rest ihrer Pepsi aus und mußte husten. »Spürst du es nicht?« Ihre Augen wurden feucht. »Der Junge ist fort.«

Die Minnesota Kokser waren insgesamt zurückhaltender, vorstädtischer als die von Golden Valley, aber es war das einzige Treffen, das am Samstagabend stattfand. Die alte Minnetonka Mills Middle School, von Lehrpersonal und Schülern schon lange verlassen, bot Raum für einen breiten Fächer sozialer Einrichtungen und Gruppen, von den verschiedenen 12-Schritte-Programmen bis hin zum Blumenbinden für jedermann. Crow kannte niemanden in der Gruppe, und als er an der Reihe war, sich vorzustellen, lächelte er nur und schüttelte den Kopf. Er wußte, daß es ihm wenig nutzte, wenn er schweigend dabeisaß und sich besser vorkam als die jungen aus der Mittel- und Oberschicht kommenden Drogenabhängigen, aber mehr schaffte er nicht. Immer noch besser als sich schlaflos im Bett herumzuwälzen, während in seinem Kopf die Bilder der Murphys und Melindas aufflackerten.

Ein Mann, der aussah als verdiene er seinen Lebensunterhalt mit dem Verkauf von BMWs, sprach über Schritt Elf. Crow hatte bereits vor langer Zeit erkannt und beschlossen, daß er nie bis Schritt Elf kommen würde. Schon bedauerte er es, hier zu sein. Als sich die Gruppe in kleinere Gesprächskreise aufteilte, verließ Crow den Raum, ging auf den Flur hinaus, setzte sich auf eine Bank und lauschte den Geräuschen des Gebäudes. Andere Gruppen in anderen Zimmern. Es hörte sich an wie ein dumpfes Pochen, und für Crow klang es wie ein anhaltendes leises Stöhnen. Er sollte in sein Apartment zurückkehren und versuchen, zu schlafen, aber er schaffte es irgendwie nicht, sich zu bewegen.

Den Flur hinunter öffnete sich ein Tür, und eine Gruppe von Leuten strömte heraus, an ihm vorbei, auf den Ausgang zu. Die meisten waren Männer, etwas älter als die in der Gruppe, die er gerade verlassen hatte. Alkies, dachte Crow. AA. Wieder fühlte er sich überlegen. Als sei er irgendwie schlauer gewesen, weil er sein Leben durch Kokain zerstört hatte. Ganz abgesehen davon, daß er seine Kokaintrips stets mit einem Drink begonnen hatte und sich erst dann bis zur Bewußtlosigkeit betrunken hatte, wenn das Kokain alle war. Crow wußte, daß er sowohl ein Kokser als auch ein Säufer war, aber er identifizierte sich lieber mit den Anonymen Koksern. Der Mythos, das es sich bei Kokain um ein kultiviertes, anspruchsvolles und exklusives Vergnügen handelte, besaß noch Macht über ihn.

Er faltete die Hände, starrte auf den abgewetzten Linoleumboden und wartete darauf, daß die AAs an ihm vorbeigingen.

Plötzlich blickte er auf ein paar Lederjeans, die in Motorradstiefeln steckten.

»He, wen haben wir denn da? Den Schuhverkäufer?« Eine Rauchwolke schwebte auf den Boden zu.

Crow sah auf, an einer schwarzen Lederjacke mit Ketten und Reißverschlüssen hoch bis zu einem schmalen, stark geschminkten Gesicht, das von einem struppigen Heiligenschein blonder Haare umrahmt wurde. Debrowski, die

Überraschung des letzten Treffens, grinste ihn an und zog noch einmal an ihrer Zigarette.

»Richtig – wen haben wir denn da?« entgegnete Crow. »Die Lady mit dem schrägen Outfit. Du hast das Koksermeeting verpaßt – *Bitch with attitude,* hm?«

Debrowski blies den Rauch heftig durch ihre Nase, blickte auf den schwarzroten Button mit dem entsprechenden Schriftzug an ihrer Jacke, machte ihn ab und steckte ihn in eine ihrer zahlreichen Reißverschlußtaschen. »Heute war ich in AA-Stimmung, Mr. Schuh. Ich mach das ganze Programm, AA, NA, KA, Dreifach-A. Eine Art ganzheitlicher Ansatz, um saubere mentale Software zu installieren. Aber eines muß ich schon sagen, die ewige Zwölf-Schritte-Routine wird langsam langweilig.«

Crow nickte. »Ich weiß, was du meinst.«

»Das glaube ich.« Sie setzte sich neben ihn auf die Bank. »Wieso sitzt du hier draußen. Schlecht drauf, oder was?«

»Ich konnte die da drinnen nicht ertragen.« Crow deutete auf den Raum, in dem das KA-Treffen noch weiterlief.

»Laß mich raten.« Debrowski legte ihren Zeigefinger ans Kinn. »Zu provinziell für einen Großstadtjungen wie dich, stimmt's?«

Crow grinste. »Eigentlich bin ich ein Kleinstadtjunge.«

»Ach ja? Reden sie noch immer von dir, da unten in Lake Podunk? Unser Junge ist im Schuhgeschäft ganz groß rausgekommen. Liege ich richtig, Schuh?«

»Ich mach dir einen Vorschlag«, sagte Crow. »Du hörst auf, mich Schuh zu nennen, und ich lade dich zum Essen ein.«

»Ist das eine Verabredung, oder bist du nur hungrig?«

»Hungrig«, sagte Crow.

Debrowski nickte. »Und wie soll ich dich nennen?«

»Nenn mich Crow.«

»Crow? Wie 'ne ›Krähe‹?«

»Genau. Wie der Vogel.«

10

BioStellar Game Tech-Aktien: Handel ausgesetzt. Börsenaufsicht ermittelt wegen massiven Betrugs.

WALL STREET JOURNAL

Zuhause Anrufe entgegenzunehmen gehörte zum Job, und eigentlich machte es Anderson auch nicht viel aus. Da die meisten Geschäfte in Übersee abgewickelt wurden, waren viele seiner Kunden mit ihren Computern Online gegangen, Zahlenjunkies, die die ganze Nacht vor ihrem Bildschirm saßen und auf die Grafiken starrten. Einige Kunden hatte er an das automatisierte Handelssystem verloren, aber die meisten brauchten ihn noch zum Händchenhalten, was mehr und mehr zu einem 24-Stunden-sieben-Tage-die-Woche-Job wurde. Wenn sie nur nicht immer während der spannendsten Serien anrufen würden.

»Der Anrufbeantworter soll's übernehmen«, sagte er zu Patty, die zum Telefon ging. Der Held und die Heldin kämpften gerade um ein Stück Käsekuchen. Er hörte, wie der Apparat sich einschaltete, hörte seine eigene Stimme, dann ein Piepsen, und dann eine bekannte und höchst unwillkommene Stimme.

»Stevie? Hier ist Dr. Bellweather. Sind Sie zu Hause? Ich muß mit Ihnen sprechen! Ich muß einen Teil meiner BioStellar-Aktien verkaufen, ein bißchen vor dem vereinbarten Zeitpunkt. Ich brauche, ähm, etwas Bargeld. Rufen Sie mich zurück … *bald,* okay? Wiederhören.«

Anderson stöhnte und ließ den Kopf auf die Brust sinken.

»Was ist los?« fragte Patty und schaltete mit der Fernbedienung den Ton des Fernsehers aus.

»Ich werde bald einen sehr unglücklichen Kunden haben. Erinnerst du dich an diesen Dr. Bellweather?«

Patty runzelte die Stirn und warf einen düsteren Blick auf den riesigen Bisonkopf an der Wand, der in ihr Heim eingedrungen war. »Was ist mit ihm?«

»Ich habe dir doch erzählt, daß er viel zuviel von diesen BioStellar-Aktien gekauft hat.«

Sie zuckte mit den Schultern. Patty hatte kein allzu großes Interesse an Fachgesprächen. Abgesehen von dem Geld, das ihr gefiel, und dem Bisonkopf, der ihr nicht gefiel, interessierten sie die Aktivitäten ihres Mannes nicht besonders.

»Nun, jedenfalls weiß er wohl noch nicht, was geschehen ist. Ich hab' es nicht über mich gebracht, ihn nachmittags anzurufen, als die Nachricht hereinkam. Seit heute wurde der Handel mit BioStellar ausgesetzt. Dickie hat seine ganzen Kunden noch gestern und heute morgen rausgeholt, aber ich habe erst davon erfahren, als alles zu spät war. Dem Doc habe ich noch nichts davon gesagt.« Er schüttelte den Kopf. »Er wird nicht sehr zufrieden sein.«

»Tut mir leid für ihn.«

»Übrigens ist er ein Kinderschänder. Im Grunde geschieht es ihm recht.«

»Woher weißt du, daß er ein Kinderschänder ist?« Skandale interessierten Patty schon eher.

»George Murphy hat es mir gesagt. Erinnerst du dich – ich habe dir erzählt, daß auf unserer letzten Jagd der Führer den Doc im Jagdclub angegriffen hat?«

Patty nickte.

»George hat mich ein paar Tage später angerufen und hat sich bei mir entschuldigt, hat mir eine Entenjagd angeboten, gratis. Er erzählte mir, daß Bellweather ein paar komische Sachen mit seinem Sohn ausprobiert hat. Ich hatte schon immer ein ungutes Gefühl, was diesen Doktor angeht.«

»Und jetzt hat er sein ganzes Geld verloren?«

»Alles. Und noch ein bißchen mehr.«

»Es ist total irre«, sagte Debrowski, während sie zwischen ein paar Bissen Kirschkuchen an ihrer Camel zog. »Ich sehe diese jungen Typen, die im Musikgeschäft groß rauskommen wollen, und sie schaffen es immer wieder, sich alles kaputtzumachen, egal wie. In den letzten sechs Monaten sind zwei meiner Bands dahingegangen.«

»Drogen?«

»Drogen, Egos, Freundinnen – die drei Todesengel für eine Rockband. Die meisten benutzen und mißbrauchen alle drei. Ich hab's ja selbst getan und hätte beinahe mein Geschäft damit ruiniert.« Debrowski war dabei, ihre Ein-Frauen-Firma wieder auf die Beine zu bringen. Sie organisierte Tourneen für vielversprechende Bands.

»Du hast deine Freundinnen mißbraucht?«

»Nimm nicht alles so verdammt wörtlich, Crow-wieder-Vogel. Sprechen wir mal ein bißchen über dich. Also, du verkaufst keine Schuhe. Wie überlebst du dann?«

»Ich … ähm … ich arbeite für diesen Arzt.« Diesen kinderschändenden Fettabsauger.

»Bist du Krankenpfleger?««

»So ähnlich. Ich bin Leibwächter.«

Debrowski lachte, verkniff es sich jedoch sofort, als sie sah, wie sich sein Gesicht rötete. »He, tut mir leid. Ist ja fast so, als wärst du ein Cop. Du siehst gar nicht danach aus.«

»Zu klein?«

»Das meinte ich nicht.«

»Ich war früher mal Cop.«

»Echt? Das hätte ich nie erraten.«

Die Kellnerin schenkte ihnen Kaffee nach.

»Danke«, sagte Crow zu ihr.

»Nichts zu danken«, sagte Debrowski. »Und warum bist du kein Cop mehr?«

Crow lächelte, legte einen Finger an das rechte Nasenloch und schniefte.

»Oh«, sagte Debrowski.

»Eigentlich wollten sie mich aus bestimmten Gründen loswerden, aber das Kokain spielte eine wichtige Rolle dabei. Der Grund, weswegen sie mich gefeuert haben, war nichtig, aber damals fühlte ich mich wegen all dem Dope, das ich genommen hatte, wie ein Stück Scheiße. Ich hatte nicht mehr den Mut, mich dagegen zu wehren. In gewisser Weise hatte ich es verdient, verstehst du? Wir richten unsere eigene Waage selbst aus.«

»Das stimmt.«

Draußen begann ein leichter Schnee den Parkplatz zu bedecken. Gäste kamen und gingen. Debrowski und Crow aßen Kuchen und tauschten ihre Lebensgeschichten aus. Irgendwann fragte Crow sie, wie lange sie schon clean sei.

»Ich bin nicht clean. Ich rauche noch immer Zigaretten und höre mir laute, unanständige Musik an.«

Crow wartete auf mehr. Wahrscheinlich war es erst ein paar Tage her, höchstens Wochen. Ihre Augen waren zu schmal, ihre Worte zu scharf. Sie machte ihre Zigarette aus.

»Ich habe diesen Tag überstanden«, sagte sie. »Das ist alles, was man auf dieser Erde weiß und alles, was man wissen muß.«

Crow schloß die Augen. Als er sie wieder öffnete, riß Debrowski gerade die Cellophanhülle einer neuen Schachtel Camel auf. »Ist das ein Zitat oder so was?« fragte er. Es kam ihm bekannt vor.

Sie lächelte, ohne ihn anzusehen. »Es ist aus diesem Buch von diesem Engländer. Ist mit sechsundzwanzig gestorben.«

»Drogen, Ego, oder Liebe?«

»Alles drei, Crow.« Sie zündete eine Zigarette an. Es ist, wie ich dir sagte: sie gehören zusammen.

Die Digitaluhr an seinem Armaturenbrett zeigte 9:49. Wieder zu spät. Der Rabbit startete zögerlich. Crow saß ängstlich über das Lenkrad gebeugt und wartete auf ein Lebenszeichen der Temperaturanzeige. Bevor sich die Nadel nicht bewegte, so hatte er herausgefunden, tat es der Wagen nicht. Wenn man zu früh den Gang einlegte, soff der Motor ab und sprang vielleicht nicht wieder an. Er sah, wie Debrowski in ihrem rostigen gelben Honda davonfuhr, sah, wie die Rücklichter in der Dunkelheit verschwanden.

In ein paar Minuten würde er wieder in den Orchard Estates sein, um das Leben eines Zebras schießenden, Fett absaugenden mutmaßlichen Päderasten zu schützen. Anstatt von acht Stunden Schlaf zehrte er von fünf Tassen Kaffee, einem Stück Kuchen und einem zweistündigen Gespräch mit Debrowski, Vorname Laura, ehemalige Kokserin auf dem Wege der Besserung, wie er. Es kam ihm vor, als hätte er das erste Mal seit Monaten, ja vielleicht seit Jahren, ein richtiges Gespräch geführt.

Der Motor begann gleichmäßig zu schnurren, und Crow legte den ersten Gang ein, um den Rabbit aus der Parklücke zu steuern. Als er auf die Straße fuhr, schlingerte der Wagen leicht. Der Schnee unter den Reifen schien seifig zu sein, außerdem war offensichtlich die Spur verstellt, dank Rick Murphys *Hummer*. Vorsichtig fuhr er durch die eisigen Straßen und hielt ein paar Minuten nach neun vor Bellweathers Haus. Die Fenster waren dunkel, und Nates klappriger Dodge Wagon war nirgends zu sehen. Waren Bellweather und sein Bruder ausgegangen? Was sollte er nun tun, draußen sitzenbleiben und warten, bis sie heimkamen? Crow ließ den Motor laufen, stieg aus, ging zur Haustür und drückte auf die Klingel. Nach einer halben Minute drückte er noch einmal auf den Knopf, ein paarmal. Dann setzte er sich wieder in seinen Wagen und wartete, während er sich plausible Erklärungen für die Abwesenheit des Doktors ausdachte. Er beschloß, bis halb elf auszuharren. Dann erinnerte er sich an das Gespräch mit Laura Debrowski.

Irgendwann, nach seiner dritten oder vierten Tasse Kaffee, hatte Crow erwähnt, daß er verheiratet sei. Ohne zu zögern hatte Debrowski gesagt: »Dann können wir uns ja beide entspannen, okay?« Das hatte ihm gefallen. Crow brauchte eine Ansprechpartnerin, keine Geliebte, und offensichtlich fuhr Debrowski die gleiche Schiene.

Um zwanzig nach zehn, als er wieder einmal gelangweilt seinen Blick am Haus entlangwandern ließ, fiel Crow das offene Fenster auf. Die Holunderbüsche, die vor der Ecke des Hauses wucherten, verdeckten es zum größten Teil, aber wenn man genau hinsah, merkte man, daß es offenstand. Crow spürte, wie sein Herz schneller schlug, gefolgt von einem Gefühl der Taubheit und der Verwirrung. Als Cop hatte er sich oft so gefühlt. Das war die Furcht. Denk nicht darüber nach. Mach, was du machen mußt. Er knöpfte seinen Mantel zu und stieg aus dem Wagen. Fußspuren, die er zuvor nicht bemerkt hatte, führten von der

Auffahrt über den Rasen zum Fenster. Das Glas war zerschlagen, das Fenster geöffnet und hochgeschoben worden. Crow schaute vorsichtig hindurch. Er wischte ein paar Scherben von der Fensterbank und schwang sich dann hinein, in das kleine Gästezimmer neben Bellweathers Büro. Die Tür war verschlossen. Crow blieb eine ganze Minute lang bewegungslos stehen und lauschte. Er hörte keinen Ton. Leise öffnete er die Tür, trat in den Flur hinaus und blieb eine weitere Minute angestrengt lauschend stehen.

Nichts.

Crow erkundete das Haus. Bellweathers Büro sah etwas mitgenommen aus. Der Bisonkopf war von der Wand gerissen worden, ein Stuhl lag auf dem Boden, ein Bild in einem zerborstenen Glasrahmen auf dem antiken Schreibtisch. Es wirkte nicht so, als ob das Büro nach etwas durchsucht worden sei, eher als habe hier jemand eine Wut abreagiert. Das Ganze sah nach Ricky Murphy aus. Crow griff unter seine Achsel und berührte die Taurus, verließ das Büro und stieg die Treppe hinauf.

Bellweathers Schlafzimmer machte den Eindruck, als habe hier ein Innenarchitekt den Auftrag bekommen, dem Hausherrn ein ultramännliches Image zu verleihen. Überall Abbildungen von Enten, Hunden, Löwen, Bären und Pferden, von den gerahmten Reproduktionen britischer Fuchsjagdszenen an den Wänden bis hin zu den Graugänsen, die auf Kissen und Bettbezüge gestickt waren. Selbst die Bettpfosten endeten in stilisierten Löwenköpfen. Eine Reihe von Einschüssen zierte das mit aufwendigem Schnitzwerk versehene Kopfteil. Aber nirgendwo Blut. Crow starrte das perforierte Holz an und versuchte, das Relief darauf zu identifizieren. Eine Safari; ein großer weißer Jäger, eine Reihe schwarzer Träger, Giraffen im Hintergrund. Er ging wieder nach unten und sah in der Garage nach. Sie war leer. Der Jaguar war verschwunden.

Langsam, ein Muskel nach dem anderen, begann er sich zu entspannen. Er ging zum Telefon in der Küche, kramte die Nummer aus seinem Gedächtnis hervor und tippte sie ein.

Es klingelte achtmal, bevor seine Schwester Mary mit einem verhuschten »hallo« den Hörer abnahm.

»Hier ist Joe.« Er wartete drei Sekunden.

»Joe?«

»Joe, dein Bruder«, sagte er. »Ich muß mit deinem Mann sprechen.«

Eine Minute später meldete sich Getter. »Was gibt's, Joe?« Er räusperte sich. »Irgendwas nicht in Ordnung?«

»Warum sollte was nicht in Ordnung sein?«

Getter brauchte einen Augenblick für die Antwort. »Ich habe geschlafen, deshalb.«

»Dein Freund ist verschwunden.«

»Welcher Freund? Wovon redest du?«

»Ich bin bei Bellweather. Er ist verschwunden. Niemand ist zu Hause, und ein Fenster wurde eingeschlagen.«

»Warum erzählst du mir das? Warum holst du nicht einfach die Cops?«

»Weißt du, wo er ist?«

»Nein. Willst du sagen, jemand ist eingebrochen? Oder was denkst du?«

»Jemand ist eingebrochen, aber ich glaube, Bellweather war schon weg. Er hat mir übrigens noch keinen Pfennig bezahlt.«

»Ich bin sicher, er kommt zurück, Joe. Jedenfalls habe ich mit dem Ganzen nichts zu tun. Ich habe euch einander nur vorgestellt.«

Crow zerquetschte fast den Hörer in seiner Hand. »Was weißt du über diesen Kerl?«

»Nichts. Ich habe nur ein paar juristische Dinge für ihn erledigt. Also, wenn es nicht hinhaut, tut mir leid. Vielleicht finde ich was anderes für dich.«

»Nein danke. Sag mir eins, Dave: Hat Bellweather eine Schwäche für kleine Jungs?«

»Was? Nein. Also wirklich ...«

»George Murphy behauptet, daß Bellweather sich an seinem Sohn vergangen hat.«

»Nun ... du weißt, wie so etwas passiert. Eine weit hergeholte Beschuldigung, und schon drehen alle durch.«

»Was für juristische Dinge hast du für ihn erledigt? Hat er vorher schon Ärger gehabt? Ging es schon mal um kleine Jungs?«

Getter zögerte. »Ähm – meines Wissens nach nicht. Unsere Sachen hatten nichts mit kleinen Jungs zu tun. Ich beschäftige mich im allgemeinen auch nicht mit den sexuellen Vorlieben meiner Klienten. Außerdem, glaubst du nicht …« Er zögerte kurz und sprach dann mit tieferer Stimme weiter. »Wenn man es logisch betrachtet, Joe, und wenn an der Geschichte etwas Wahres dran sein sollte – hätte er sich dann nicht ein anderes Gebiet der Medizin ausgesucht?«

Crow konnte ihm nicht folgen. »Wovon redest du?«

»Du mußt das große Ganze sehen, Joe. Deine Theorie steht auf schwachen Füßen. Erstens kann ich mir Dr. Bellweather einfach nicht als Kinderschänder vorstellen. Und wenn er einer wäre, hätte er sich dann nicht als Kinderarzt oder Kinderpsychologe versucht? Oder wäre Priester oder Sportlehrer geworden? Irgendwas in der Richtung. Schließlich ist er ein intelligenter Mann. Wenn er auf Jungs stände, hätte er sich einen Beruf ausgesucht, in dem er viel mit Kindern zu tun hat. Ich meine, wenn du ein Fußfetischist wärst, würdest du doch einen Schuhladen aufmachen, meinst du nicht auch?«

Crow hielt den Telefonhörer weiter weg und rümpfte die Nase, als verbreite er einen unangenehmen Geruch. Warum nur wurde er in letzter Zeit ständig mit Schuhen in Verbindung gebracht? Er legte den Hörer auf und fragte sich, warum er Dave überhaupt angerufen hatte.

Durch die Vordertür verließ er das Haus und stieg wieder in seinen Wagen. Die Scheiben waren bereits leicht vereist. Er startete den Motor und fuhr davon. Wenn Bellweather noch lebte, würde er sich melden. War er tot, war Crow arbeitslos. Egal wie, er konnte gar nichts machen. Also beschloß er, nach Hause zu fahren. Lange duschen und dann ins Bett. Wenn er sich große Mühe gab, wenn er ganz ruhig dalag und seiner Fantasie keinen Zentimeter Raum gab … dann würde er vielleicht sogar etwas Schlaf finden.

Crow öffnete die Tür zu seinem Apartment, schaltete das Licht an und ließ seinen Blick über die düstere Einrichtung wandern. Das aufgeklappte Bettsofa mit den zerwühlten Laken, die Kleider auf dem Boden. Die Umzugskartons, Fragmente seines früheren Lebens. Die nackten Wände. Der anhaltende Geruch nach Latexfarbe. Ihm fiel ein, daß er in achtzehn Stunden zu seinem Haus in Big River zurückkehren würde. Essen mit Melinda. Der Gedanke daran beunruhigte ihn, aber es war das einzig Positive, was sich in seinem Leben entwickelte. Er warf seinen Trenchcoat aufs Bett und streifte seine Schuhe ab. Es war kalt in der Wohnung.

Vielleicht hatte er keinen Job mehr, aber zumindest hatte er Rickys Ruger. Er nahm die Waffe aus seinem Gürtel und betrachtete sie. Wahrscheinlich kostete sie fünf- oder sechshundert Dollar. Ließ sich bestimmt gut verkaufen. Der Gedanke gefiel ihm. Er legte die Waffe auf die dünne Matratze, löste seinen Schulterhalfter mit der Taurus und legte ihn vors Bett. Dann setzte sich auf die Bettkante und zog sich die Stümpfe aus. Seine Zehennägel mußten geschnitten werden. Er zog sich ganz aus, warf seine Kleider auf die Taurus, ging in das winzige Badezimmer, stellte sich unter die Dusche und drehte das Wasser an, so heiß, wie er es eben aushalten konnte.

Zwanzig Minuten später drehte er das Wasser ab und schob die Duschtür zurück. Ohne zu wissen warum, spürte er sofort, daß etwas nicht in Ordnung war. Er nahm ein Handtuch und trocknete sich ab, den Blick auf die Badezimmertür gerichtet. Sie stand ein paar Zentimeter offen, genauso wie vorher. Hatte er etwas gehört? Nein, gerochen – es war ein Geruch nach nassen Zweigen. Er band sich das Handtuch um die Hüften, legte eine Hand auf die nasse, kühle Klinke und schob die Tür weiter auf.

Der Geruch wurde stärker. Crow stand in der Tür und sah an seinem Bettsofa vorbei in die Küchenecke.

Dort bückte sich George Murphy vor dem offenen Kühlschrank und begutachtete Crows Sammlung von Ketchup, saurer Milch und versteinerter Pizza. Er drehte den Kopf zu Crow und bedachte ihn mit einem schwachsinnigen Grinsen.

»Sie ernähren sich nicht sehr gut, Officer Crow«, sagte er. Auf seine blaue Baseballkappe war ein leuchtend gelber Maiskolben gestickt.

Ricky Murphy lehnte an der Wand, auf der anderen Seite des Bettes. Er trug einen schwarzen Staubmantel, dessen Lederkragen hochgeschlagen war. Seinen Stetson hatte er tief in die Stirn gezogen. Ein Stück Kautabak bewegte sich in seinem Mund. Die altbekannte Ruger in seiner Hand war auf Crow gerichtet. Crow sah ihn eine Sekunde an und schaute dann wieder zu George hinüber.

»Im Gefrierfach ist noch Eiscreme«, sagte er. »Bedient euch.« Langsam ging er in das Zimmer. Er wünschte, er hätte zumindest Hosen an. Seine verwaschenen marineblauen Baumwollhosen lagen auf dem Bett, fast in Reichweite. Er stellte sich vor, wie er danach griff – und gleich darauf tot war. Ricky würde bei einer plötzlichen Bewegung sofort schießen, das war ihm klar. Er würde noch ein wenig zucken, und dann wäre alles vorbei. Unter den gegebenen Umständen schien es ratsamer, als Statue zu verharren.

George öffnete das Eisfach. »Oh, noch mehr Pizza.« Er holte einen zylindrischen Behälter hervor. »Und Schokoladeneis, meine Lieblingssorte. Wo sind denn Löffel?«

»Schauen Sie in der Spüle nach«, sagte Crow.

George fand einen Löffel, wischte ihn an seinem Mantel ab und setzte sich an den kleinen Tisch. Er zog den Deckel der Packung ab, zwinkerte Crow zu und steckte sich einen Löffel Eiscreme in den Mund. Das Eis ließ er auf der Zunge schmelzen, dann schluckte er es hinunter.

»Das ist eine gute Eiscreme«, sagte er, hielt die Packung hoch und las die Aufschrift. »Haygun Days? Nie davon gehört. Ricky, hast du je von Haygun Days gehört?«

Ricky schüttelte den Kopf, ohne Crow dabei aus den Augen zu lassen. Ein faseriger Batzen tabakdunkler Spucke flog aus seinem Mund und landete auf dem Kissen. Crow sah, daß dort schon ein Klumpen das Laken durchnäßte.

Das war es, was er gerochen hatte. Nasses Laub. Mit einer heftigen Zungenbewegung schob Ricky das Stück Kautabak von einer Wange in die andere. Crow sah weg.

George nahm einen zweiten Löffel Eiscreme. »Nur die Ruhe, Crow. Warum kommen Sie nicht rüber und setzen sich? Reden wir. Sie reden doch gerne, oder?« Er deutete mit dem Löffel auf den Stuhl an der anderen Seite des Tischs.

Langsam ging Crow um das Bett herum. Er trat auf seine Kleider, um mit den Füßen zu ertasten, ob die Taurus noch darunter lag. Sein Zeh traf auf etwas Hartes. Sie lag noch immer unter seinem Hemd, im Schulterhalfter. Nicht daß es ihm irgendwas genützt hätte. Ihm fiel auf, daß die Wohnungstür unbeschädigt war. »Wie seid ihr hereingekommen?« fragte er, ohne wirklich eine Antwort zu erwarten. Die Schlösser in diesem Mietshaus waren so billig, daß man wahrscheinlich nicht mehr als eine Kreditkarte brauchte. Er setzte sich auf den Hocker, George gegenüber, der ihn mit einem Mund voller Eiscreme anlächelte. Crow hörte, wie Ricky sich bewegte, wie er von hinten an ihn herantrat. Er entschied sich dafür, wenn man es eine Entscheidung nennen konnte, den Mann mit der Waffe zu ignorieren und sich auf den Mann mit dem Eis zu konzentrieren.

»Was kann ich für euch tun?« fragte er.

George sah Crow eindringlich an. »Ich suche meinen Sohn«, sagte er.

»Hier?« fragte Crow. »Das kapiere ich nicht.« Er hatte die Worte kaum gesprochen, als Ricky den Lauf des Revolvers mit aller Wucht unterhalb der Taille in seinem Rücken stieß. In Crows Nierengegend explodierte etwas vor Schmerz, sein Körper klappte nach hinten. Seine Schienbeine knallten gegen die Unterseite des Tisches, bevor der Stuhl zur Seite fiel und Crow mit der Schulter auf dem Boden landete. Der Schmerz wühlte sich durch seinen Körper, bis er mit fast hörbarer Gewalt die Schädeldecke erreichte. Der kleine Teil seines Gehirns, der noch arbeitete, fragte sich, ob Ricky auf ihn geschossen hatte. Er konnte Stimmen hören.

»Das war nicht nötig, Ricky.«

»Quatsch, dieser Hurensohn hat es verdient. Und zwar noch mehr.«

»Also komm, beruhige dich erst mal. Reden wir mit dem Mann, finden wir raus, was er zu sagen hat, okay?«

Crow hörte die Laute und versuchte sie zu entschlüsseln. Nur ein Gedanke drang durch: Wenn er auf mich geschossen hat, warum klingelt es dann nicht in meinen Ohren? Mühsam öffnete er die Augen und sah graugrünen Teppichboden. Der Schmerz konzentrierte sich auf eine bestimme Stelle.

Er griff nach hinten, erwartete das heiße Fließen von Blut. Nichts. Jetzt wurde ihm klar, daß er gerade einen gewaltigen Nierenhaken abbekommen hatte. Er würde Blut pissen, okay, aber die Gewißheit, daß keine Kugel in seinem Körper steckte, machte den Schmerz erträglicher. Er rappelte sich auf Hände und Knie hoch und sah zu George hinauf.

»Sind Sie okay?« fragte George. Er klang ernsthaft besorgt. »Können Sie aufstehen?«

Crow drückte seinen Rücken durch, drehte sich um und sah Ricky an.

»Er regt sich manchmal etwas auf«, sagte George. »Machen Sie sich deswegen keine Sorgen. Nehmen Sie diesen Stuhl und setzen Sie sich. Ich muß Ihnen nur ein paar Fragen stellen.«

Crow rappelte sich auf, den Körper nach links geneigt. Während er Ricky im Blick behielt, nahm er den Stuhl und setzte sich. Das Holz fühlte sich auf seinem nackten Hintern kalt wie Eis an. Sein Handtuch hatte er verloren, aber das schien nicht länger wichtig.

George beugte sich über den Tisch. Die Sätze zwängten sich zwischen seinen wulstigen Lippen hindurch. »Ich will nur meinen Sohn. Ich will wissen, wo er ist.«

»Ich weiß nicht, wo er ist«, sagte Crow und beobachtete Ricky dabei.

»Ich will ihn zurückhaben.«

»Hören Sie, ich weiß wirklich nichts davon.« Crow sprach eindringlich. »Ich habe Ihren Jungen noch nie gesehen. Ich weiß über ihn nur das, was Sie mir erzählt haben.«

George griff nach hinten und holte eine Brieftasche aus der Hose. Er klappte sie auf und zeigte mit einem dicken Finger auf das Foto eines korpulenten, dunkelhaarigen Jungen. »Shawn«, sagte er.

Crow schüttelte den Kopf.

George lehnte sich zurück und steckte sich einen weiteren Löffel Eiscreme in den Mund. Seine Augen wurden schmaler. »Dann sagen Sie mir, wo ich Nelly Bell finde.«

»Ich habe keine Ahnung«, sagte Crow. »Ich sollte mich heute abend mit ihm treffen, aber als ich kam, war er verschwunden. Jemand hatte bei ihm eingebrochen. Ein Fenster war eingeschlagen.«

»Ja, er hat bessere Schlösser an seinen Türen als Sie. Wo ist er?«

»Ich weiß es nicht.«

»Er hat Shawn.«

»Das ist mir neu. Warum glauben Sie, daß er ihn hat?«

»Wir haben seine Vikings-Kappe gefunden. Auf Nelly Bells Küchentheke. Wo ist er, Crow? Wo ist Bellweather?«

Crow wiederholte sich nicht gerne. »Ich hab' es Ihnen doch schon gesagt«, antwortete er kopfschüttelnd. »Ich weiß nicht mal ...« Er sah, daß Ricky sich bewegte und riß den Arm hoch. Dieses Mal traf ihn die Waffe auf dem rechten Oberarm, ein harter Schlag. Sein Arm fühlte sich taub an, als er zurückstolperte. Der Stuhl fiel auf den Boden. Rikky holte erneut aus und traf Crow am Kinn. Dann brachte er seinen Stiefel genau zwischen Crows Beine. Crow klappte zusammen und schlug mit dem Gesicht zuerst auf dem Boden auf. Ricky nutzte die Gelegenheit zu ein paar gemeinen Tritten in Magen und Rippen, die Crow kaum noch bemerkte – im Augenblick begann und endete sein Universum zwischen seinen Beinen.

»Das reicht, Ricky. Laß ihn in Ruhe.«

»Machen wir ihn fertig.«

»Raus mit dir! Sofort! Laß mich mit ihm reden, okay? Das Wichtigste ist, daß wir Shawn finden. Wenn du ihn tötest, nützt uns das gar nichts.«

Crow hörte das Geräusch von Stiefeln auf dem Teppich,

hörte, wie die Tür aufging und geschlossen wurde. Ihm war nach Kotzen zumute, aber das hätte sicher auch sehr weh getan. Jeder Muskel in seinem Körper hatte sich verkrampft. Er spürte, wie sein Herz Wellen des Schmerzes in seinen Körper und jedes einzelne Glied pumpte. Dann hörte er George Murphys Stimme.

»Das tut mir jetzt wirklich leid, Officer Crow. Ricky macht sich Sorgen um seinen Neffen, das ist verständlich. Möchten Sie etwas Eiscreme? Ein Glas Wasser?«

Tage oder Sekunden später öffnete Crow die Augen und schaffte es, eine sitzende Position einzunehmen. Er blickte zwischen seine Beine. Alles saß noch an seinem Platz, aber der Schmerz tobte in seinem Bauch. Er hob den Kopf, und der Raum verschwamm vor seinen Augen. Er kniff die Augen zusammen, was weh tat, und öffnete sie wieder, was ebenfalls weh tat. George Murphys Gesicht – freundlich, besorgt, mitfühlend – hing über ihm.

»Sind Sie in Ordnung?«

Crow sah sich um. Sein Apartment sah ganz normal aus. Die Wände waren nicht blutverschmiert. Aus irgendeinem Grund überraschte ihn das. Das einzig Unpassende war der große Mann, der in seiner Küche saß.

»Ricky ist weg«, sagte George.

Crow berührte sein Kinn. Es fühlte sich weich und matschig an. Ricky fort? Ein leises Gefühl des Bedauerns stieg in ihm auf. Wie konnte er einen Mann töten, der nicht da war?

»Sind Sie sicher, daß Sie nicht doch etwas Eiscreme wollen?« George hielt ihm den Löffel hin. Eis tropfte auf den Küchentisch. Crow starrte auf den Löffel, antwortete jedoch nicht. Murphy zuckte mit den Schultern und aß das Eis selbst. »Ich möchte Sie etwas fragen«, sagte er. »Arbeiten Sie noch für Nelly Bell?«

Crow schüttelte langsam den Kopf und bewegte seinen Kiefer. Er schien nicht gebrochen zu sein. »Ich glaube nicht«, sagte er, eine ehrliche und vor allem vorsichtige Antwort. Seine Stimme klang schrecklich und fühlte sich auch so an, wie Luftblasen, die durch Sand aufstiegen.

»Dann brauchen Sie also einen Job, stimmt's?«

»Nein.«

»Ich möchte, daß Sie meinen Sohn finden.«

»Ich weiß nicht, wo Ihr Sohn ist«, sagte Crow.

»Das glaube ich. Ich glaube Ihnen wirklich. Wenn nicht, hätte ich Ricky weitermachen lassen. Ricky regt sich schnell auf. Das muß man wissen, um ihn zu verstehen. Er ist davon überzeugt, daß Sie Shawn entführt haben. Ich persönlich glaube das nicht. Ich glaube nicht, daß Sie so etwas tun würden. Außerdem habe ich Sie wegfahren sehen, und Sie waren allein.« Murphy zögerte, seine Augenbrauen zogen sich zusammen. »Vielleicht wissen Sie nicht, wo er ist, aber ich glaube, Sie könnten ihn finden. So etwas ist doch Ihr Job, oder? Sie finden Leute.«

»Rufen Sie die Cops«, schlug Crow vor. »Das ist deren Job.« Sein linker Arm schmerzte, ein Schmerz, der noch stärker war als der in seinem Unterleib. Er stand auf und hielt sich am Küchentisch fest.

»Ganz die Ruhe«, sagte George und streckte einen Arm aus, um ihn zu stützten. Crow schob ihn weg. Traurig schüttelte George den Kopf. »Ich möchte die Polizei lieber außen vor lassen. Um diese Sache müssen wir uns selbst kümmern – ich, Sie und Ricky. Natürlich bezahle ich Ihnen Ihre Zeit.«

»Das hat Bellweather auch gesagt.«

»Wirklich? Er hat Sie nicht bezahlt? Dann haben Sie ja sowieso einen Grund, nach ihm zu suchen. Das ist gut. Lassen Sie mich wissen, wenn Sie ihn gefunden haben.« Murphy grinste und schlug ihm auf die Schulter. Crow brach fast zusammen. »Ich sag Ihnen was«, meinte Murphy, die Hand auf dem Türgriff. »Wenn ich ihn zuerst finde, treibe ich Ihr Geld für Sie ein. Wieviel schuldet er Ihnen?«

Crow stolperte auf das Bettsofa zu und ließ sich vorsichtig darauf nieder. »Zweihundert Dollar.«

»Zweihundert? Sie arbeiten für wenig.«

Crow beugte sich vor, als müsse er sich übergeben, schob die Hand in den Kleiderhaufen und brachte die Taurus zum Vorschein. Er zielte auf George Murphys Bauch.

»Fick dich«, sagte er. Nicht gerade brillant, aber auf den Punkt gebracht.

Murphy lachte. »Ich kann mir vorstellen, daß Sie ein bißchen aufgebracht sind. Wir reden morgen noch mal über die Sache.« Er öffnete die Tür. »Ich muß jetzt gehen. Lassen Sie es mich wissen, wenn Sie etwas herausfinden, okay?«

»Fick dich«, sagte Crow noch einmal. Es machte ihm Spaß, das zu sagen, auch wenn er sich wiederholte.

»Gute Nacht, Officer Crow«, sagte Murphy und schloß die Tür.

11

Sie kann mit ihren Augen direkt in meinen Hinterkopf sehen.

SEAN MURPHYS TAGEBUCH

Amanda machte die besten Pfannkuchen; schmackhafte und dicke Viertelpfünder. Zwei davon genügten, einen Mann bis zum Mittagessen nicht mehr hungrig werden zu lassen, und wenn seine Verdauung träge war, dann brachten sie sie ebenfalls auf Trab. George Murphy schnitt sein Stück in Dreiecke, verteilte eine halbe Tasse Log-Cabin-Sirup darüber und schaufelte alles zielbewußt in seinen Mund. Ricky trennte mit der Gabel jeweils ein Stück von seinem Pfannkuchen ab, bestrich es mit Butter und streute etwas Zucker darüber; kein Sirup. Amanda stand am Herd und beobachtete sie. Sie sah ihren Jungs gerne beim Essen zu. Nachdem beide ihre Portionen verschlungen hatten, schenkte sie ihnen wortlos Kaffee nach.

George hatte üble Laune.

Jedermann wußte, daß bei Ricky schnell die Sicherungen durchbrannten, und über sie sagten die Leute das ebenfalls. Aber auch George hatte seine Launen. Schon als kleines Kind. Er war meistens gutmütig, machte, was man ihm sagte, arbeitete hart – und doch steckte ein Teufel in ihm.

Amanda hatte gelernt, ihn in Ruhe zu lassen, wenn er in dieser Stimmung war. Sollte er ruhig vor sich hin brüten, dann würde er schon wieder zur Vernunft kommen. Bloß keine Fragen stellen, keine Ratschläge erteilen.

Sie wußte, daß er sich Sorgen machte. Die Jungs waren spät nach Hause gekommen gestern, ohne Shawn. Bislang hatten sich weder George noch Ricky durchgerungen, ihr etwas zu erzählen. George trank seinen Kaffee und starrte düster auf seinen mit Sirup verschmierten Teller. Er machte nicht den Eindruck, als würde er in naher Zukunft redseliger werden; also richtete sie ihre Frage an Ricky.

»Wie ist es gestern abend gelaufen?«

»Nelly Bell hat Shawn. Wir haben seine Kappe gefunden«, entgegnete Ricky.

George senkte den Kopf. Seine Halsschlagader pulsierte. Er tauchte seinen Finger in den Sirupsee auf seinem Teller und leckte ihn ab. Amanda erkannte die Warnzeichen. Dies war nicht der Erdnußbutter mampfende George Murphy, dem man mit einem Löffel auf die Stirn schlagen konnte. In seiner jetzigen Stimmung würde er ihr dafür womöglich eine verpassen. Dennoch drängte sie weiter.

»Habt ihr mit deinem Freund gesprochen? Diesem Crow?«

»Er ist nicht mein Freund«, sagte Ricky. »Und er hat uns nichts erzählt.«

»Er weiß nichts«, knurrte George.

»Quatsch«, sagte Ricky.

George ließ seine Tasse los und holte aus. Mit dem Handrücken schlug er Ricky auf die Wange. Die Tasse fiel auf den Rand der Untertasse und zerbrach.

Ricky schrie etwas Unverständliches, sprang auf und wich einige Schritte zurück. Er hielt sich mit der Hand das Gesicht. Sein Stuhl fiel krachend um. Amanda griff nach ihrem Pfannenwender. Ricky nahm die Hand vom Gesicht und betrachtete sie.

»Du solltest dir mal die Nägel schneiden, Bruder.«

George schaute auf das Durcheinander auf dem Tisch, als habe er keine Ahnung, wie es entstanden war.

Amanda sah, wie der Kaffee vom Tisch tropfte. Ihre momentane Furcht verwandelte sich in Zorn. »Wenn du willst, daß der Junge zu einem Mann heranwächst, dann finde ihn besser ganz schnell, George Washington Murphy«, sagte sie. »Hast du meinen fetten Schwiegersohn eingespannt?«

»Orlan? Was könnte der uns schon nützen! Nelly Bell ist in Minneapolis oder sonstwo. Er hält sich nicht mal in Orlans Bezirk auf.«

»Dann schick ihn nach Minneapolis.«

»Wer weiß, in was für Schwierigkeiten Orlan gerät, wenn wir ihn in die Großstadt schicken.«

»Zumindest würde er bei der Suche helfen.« Mit erhobenem Kinn holte Amanda mit dem Pfannenwender aus, aber George packte sie beim Arm und nahm ihn ihr weg.

»Wir finden ihn, Mandy, wir finden sie beide.« Er legte seine Hand auf den Unterarm seiner Mutter und drückte ihn sanft. »Ich habe diesen Crow auf die Sache angesetzt. Vielleicht hat er den Jungen schon gefunden.«

»Nun, wenn du Orlan nicht anrufst, dann werde ich es tun. Wozu hat man schließlich einen Polizisten in der Familie?«

»Ruf ihn meinetwegen an. Ich muß jetzt versuchen, einen toten Elch zu verkaufen.« George drehte sich um und ging aus der Küche. Sie hörte, wie er den Flur hinabging und die Tür zu seinem Büro zuschlug.

»Was ist los mit ihm?« Ricky betupfte den Kratzer auf seinem Kinn mit einer Serviette.

Amanda schüttelte den Kopf und machte sich daran, die Teile der Kaffeetasse aufzusammeln. »Ich weiß es auch nicht genau«, sagte sie. »Aber ich werde ihm vorsichtshalber mal ein paar Pflaumen aufkochen.«

Beim dritten Klingeln wachte Crow auf. Er zählte mit, ohne sich zu bewegen oder die Augen zu öffnen. Das Telefon klingelte achtmal. Nachdem die Echos verklungen waren, öffnete Crow langsam den Mund und bewegte seinen Kiefer hin und her. Ja, das tat weh. Er öffnete die Augen und blinzelte, ließ die Augen zur Decke wandern, von links nach rechts, bis er einigermaßen scharf sehen konnte. Dann drehte er den Kopf zur Küchenecke. Keine Murphys. Das Sonnenlicht strömte durch das Fenster über der Spüle. Er hob den Kopf und sah zu der verschlossenen und verriegelten Tür hinüber. Er sah nach rechts. Nichts. Niemand da, außer Joe Crow. Er sah an seinem rechten Arm herab. In seiner Hand lag ein Revolver, die Taurus. Sein Zeigefinger am Abzug. Er zog den Finger zurück und ließ seinen Kopf zur Seite fallen. Was für ein Glück, daß er sich in der Nacht nicht in den Fuß geschossen hatte. Er stellte sich vor, wie es wäre, wenn man so aufwachen würde, zwei oder drei Zehen plötzlich zu Hamburgern und Knochensalat zerfetzt.

Noch wollte er sich nicht bewegen. Wahrscheinlich würde es weh tun, wenn er sich bewegte. Sehr weh.

Das Telefon klingelt erneut. Dieses Mal drehte er den Kopf und sah es an. Es stand dicht neben ihm auf dem Couchtisch. Es veränderte sich nicht, wenn es klingelte. Diesmal klingelte es zehnmal. Crow schloß die Augen.

Schließlich siegte die Langeweile über die Trägheit. Er rollte sich auf die Seite, brachte die Füße über die Bettkante und richtete sich auf. Seine Verletzungen schmerzten nicht ganz so sehr, wie er befürchtet hatte, aber dann überraschte ihn eine plötzliche, heftige Welle der Übelkeit. Er stolperte ins Badezimmer und erbrach hellen Schleim in die Toilette.

Das Telefon klingelte. Crow saß nackt auf dem kalten Boden, fasziniert vom Muster der Badezimmerfliesen. Er lauschte.

Die Moderatorin hatte zwei Ehepaare entdeckt, die seit über zehn Jahren verheiratet waren, ohne jemals die Ehe vollzogen zu haben. Aus irgendeinem Grund hatten sie das Verlangen, im Fernsehen aufzutreten und ihren Lebensstil zu verteidigen. Die beiden Männer hatten allerdings nicht viel zu berichten. Mit hölzernem Gesicht sagten beide nur soviel, daß sie an Sex einfach nicht interessiert wären. Sie wollten eine Freundin, eine Köchin und eine Gefährtin. Die Frauen nahmen eine etwas kompliziertere Position ein. Sie behaupteten, an Sex durchaus interessiert zu sein, nicht jedoch an Geschlechtsverkehr. Sie gaben an, gerne zu ›kuscheln‹, was immer sie damit meinten, und wünschten sich, ihre Ehemänner würden das öfter tun. Eine der Frauen war begeisterte Leserin von Liebesromanen, die andere war Familienberaterin.

Das Studiopublikum geriet aus dem Häuschen. Der Anblick von vier verheirateten jungfräulichen Menschen mittleren Alters erzeugte eine Woge des Mitgefühls. Hatten sie schon Ärzte konsultiert? Wollten sie keine Kinder? Hielten sie Sex für etwas Schlechtes? Die beiden Paare wurden immer mehr in die Defensive gedrängt und begannen, zornig zu reagieren. Die Moderatorin sah müde aus.

Hillary Johnson wußte gar nicht, was die ganze Aufregung überhaupt sollte. Sie verstand die vier vollkommen. Bei denen lief es genau so ab wie bei ihr und Orlan, auch wenn diese Dinge in den ersten paar Jahren ihrer Ehe noch unklar geblieben waren. Hätte sie ihm schon in ihrer Hochzeitsnacht ganz deutlich gesagt, daß Sex von jetzt an kein Thema mehr sei, hätte es vielleicht noch weniger Schwierigkeiten gegeben. Selbst heute noch mußte sie ab und zu seine trunkenen Annäherungsversuche abwehren. Sie beneidete diese Fernsehpaare um die Reinheit ihrer Beziehung. Es hatte etwas Heiliges an sich.

Zum Glück läutete das Telefon genau in dem Augenblick, in dem die Moderatorin eine Werbepause ankündigte. Hillary schaltete den Ton ab und griff zum Hörer. Es war ihre Mutter.

Ich weiß nicht recht, George. Ich meine, ich weiß es zu schätzen, daß Sie mich anrufen, aber …« Steve Anderson preßte den Telefonhörer gegen sein Ohr und hörte nickend zu. »Aha. Aha. Ist er wirklich so groß? Mein Gott, wo sollte ich den hinhängen? Einen Augenblick mal, bleiben Sie dran.« Er drückte die Mikrofontaste seines Telefons und lehnte sich zurück, um die Sache zu überdenken. Ein solch großer Elch – garantierte 400 Boone and Crockett-Punkte – sein Name in den Annalen der Nordamerikanischen Großwildjagd. Er sah es schon vor sich, das riesige Geweih, das über dem Kamin hing. Wie würde Patty wohl damit fertig werden? Er lächelte und sah aus dem Fenster seines neuen Büros. Der zugefrorene Mississippi schlängelte sich durch Downtown-Minneapolis. Es war ein gutes Jahr gewesen. Wenn er weiterhin das große Geld nach Hause brachte, würde er mit Patty schon klarkommen. Mit dem Bisonkopf hatte es auch zuerst Schwierigkeiten gegeben, aber nachdem er ihn erst mal im Haus hatte, machte es ihr nicht mehr allzu viel aus. Es war ja nicht so, daß er verlangte, sie solle das verdammte Ding im Schlafzimmer aufhängen. Es schien ihr sogar zu gefallen, wenn er Gästen erzählte, wie er das Tier mit einem einzigen wohlplazierten Schuß erlegt hatte, aus über zweihundert Metern. Ollie, der Tierpräparator, hatte es hervorragend verstanden, die vierzehn Einschußlöcher zu kaschieren, die das MAC-10 am Kopf des Bisons hinterlassen hatte.

Diese erste Jagd hatte ihn süchtig gemacht, trotz des seltsamen Nachspiels, bei dem Dr. Bellweather von Ricky Murphy niedergeschlagen worden war. Anderson war danach wieder zur Talking Lake Ranch zurückgekehrt, um Fasanen und Enten zu jagen, dieses Mal als Gastgeber mit einem seiner anderen Kunden. Es hatte Spaß gemacht, aber es war nichts im Vergleich zu etwas Großem, etwas wirklich Beeindruckendem, das man schießen und an die Wand hängen konnte. Er hatte schon seit Wochen daran gedacht, mal wieder eine Großwildjagd zu arrangieren, vielleicht auf ein russisches Wildschwein, das für unter tausend Dollar zu haben war, aber bei diesem Elch handelte es sich um eine einmalige Gelegenheit, mit seinem Namen im Rekordbuch und allem drum und dran.

Natürlich konnte er alles absetzen. Und außerdem blieb bestimmt Zeit, ein bißchen vom Geschäft zu reden. Vielleicht konnte er sogar George oder Ricky zu einer Anlage überreden.

Was die Anlage von Doc Bellweather betraf, das war natürlich eine verdammt traurige Sache. Anderson fühlte sich richtig schlecht, wenn er an diese Katastrophe dachte.

Nur der Gedanke an die achtzig Riesen Kommission, die er kassiert hatte, machte es ihm etwas leichter.

Das Telefon piepste und meldete ihm, daß er sein Gespräch für sechzig Sekunden unterbrochen hatte. Anderson drückte auf den blinkenden Knopf.

»George? Tut mir leid, daß ich Sie habe warten lassen. Okay, wieviel sagten Sie, wollten Sie haben? Oha! Ja, ich weiß, ich weiß. Früher haben Sie dreißig verlangt, ich erinnere mich. Und wieso jetzt dieser Rabatt? Ach so … weil Sie ihn nächste Woche in den Büchern haben wollen … Ach so, sie meinen die Safari Club-Bücher. Okay, ich verstehe. Ja, großartig. Muß ich jetzt sofort annehmen oder kann ich Sie morgen zurückrufen? Ja, ich bin ziemlich sicher. Also gut, ich bin Ihr Mann. Ich rufe Sie heute abend an, um alles zu bestätigen, und teile Ihnen mit, wann ich kommen kann. Und das ist garantiert – wenn wir den Elch nicht kriegen, brauche ich nichts zu bezahlen, okay? Gut. Danke, daß Sie an mich gedacht haben, George. Bis dann!«

Anderson legte auf. Er genoß das atemberaubende Gefühl eines Mannes, der gerade zwanzigtausend Dollar für einen Egotrip ausgegeben hat. So ähnlich hatte er sich gefühlt, als er den Kaufvertrag für den Siebener-BMW unterschrieben hatte. Natürlich konnte er mit einem toten Elch nicht in der Gegend herumfahren. Andererseits konnte er auf seine Karosse auch nicht schießen.

George legte den Hörer auf, rutschte in seinem Ledersessel hin und her und wartete auf das warme, sprudelnde Gefühl, das normalerweise den Abschluß eines guten Geschäfts begleitete. Vorsichtig verlagerte er eine Pobacke, auf der Suche nach der bequemsten Stelle. Der grob gefertigte Sessel, den noch sein Vater gebaut hatte, war nicht besonders gemütlich. Die Ausbuchtungen schienen heute noch härter als sonst, und er hatte das merkwürdige Gefühl, als summten irgendwo unsichtbare Fliegen umher.

Gerade hatte er einen toten Elch für zwanzigtausend Dollar verkauft, und eigentlich hätte er sich freuen können, aber er tat es nicht. Da waren Shawn und der Doktor.

George schloß die Augen und versuchte sich vorzustellen, wo sie waren und was sie taten. Shawns Gesicht tauchte vor ihm auf, daneben das des Doktors mit diesem überheblichen Lächeln. Dann wurden beide Bilder von einer Woge des Zorns überrollt, ein grelles gelbes Licht mit roten Flekken an den Rändern. George zwang sich zur Ruhe und beschloß, nüchtern nachzudenken.

Was hätte sein eigener Vater an seiner Stelle getan? Angenommen er, George Murphy, wäre als Kind entführt worden. Was hätte der alte Sean unternommen? George versuchte sich seines Vaters Zorn vorzustellen, aber alles, was er sah, war ein alter Mann, der seinen Viertelliter Cabin Still schlürfte, sich den Mund an der Schulter abwischte und mit den feuchten Augen blinzelte. Sein Alter hätte das getan, was er immer getan hatte, er hätte sich besoffen. Vielleicht wäre er rüber zu *Birdy's* gefahren und hätte sich damit großgetan, so als würde ihn die Entführung seines Sohnes in Big River zu einem großen Mann machen.

Georges Muskeln spannten sich bei dem Gedanken daran an, aber dann beruhigte er sich wieder. Er war ein besserer Mann als sein Vater. Soviel stand fest.

Fast erwartete er, daß der Junge jeden Augenblick auftauchen könne, daß er gleich ins Zimmer treten und sagen würde, daß er in den Wäldern gewesen wäre. Oder vielleicht käme ein Anruf von Orlan Johnson. »Ja, George, wir haben ihn gefunden ... er ging den Highway entlang. Es geht ihm gut, er ist nur ein bißchen verfroren und verängstigt ...« Shawns Verschwinden schien irgendwie unwirklich. So unwirklich wie seine Geburt, wie die ersten Worte, die er gesprochen hatte. George hatte eigentlich nie ganz geglaubt, daß der Junge existierte – und jetzt sollte er glauben, daß er verschwunden war.

Shawn war davongelaufen. Dafür hatte George Verständnis. Er selbst war in diesem Alter von zu Hause weggelaufen, zwei- oder dreimal. So waren Kinder eben. Aber warum war er zu Bellweather gegangen? Der Gedanke, daß sein Sohn zu diesem Dokor geflohen war, ließ das helle Licht wieder aufblitzen. Was sollte er tun, wenn Shawn zurückkehrte? Als George damals weggelaufen war, hatte es bei seiner Rückkehr immer eine Tracht Prügel von seinem Vater und ein warmes Essen von Mandy gegeben, und dann war das Leben weitergegangen. Warum dachte er immer wieder an seinen Vater? Diesen faulen, unverantwortlichen Säufer, der die Hälfte seines Lebens pleite gewesen war. Als Kind hatte George ihn nie respektiert. Warum dachte er jetzt an ihn?

Vielleicht weil er nicht wußte, was er tun sollte. Er hatte sogar daran gedacht, sich tatsächlich an die Polizei von Minneapolis zu wenden, aber was sollte er ihnen sagen? Mein Sohn ist mit diesem tuntigen Doktor weggelaufen? Und was, wenn sie den Doktor fanden und ihn festnahmen? Als Arzt würde Bellweather wahrscheinlich behaupten, daß er den Jungen aus einem Elternhaus befreit habe, in dem er mißbraucht worden sei.

George zwang sich, nicht mehr an Bellweather zu denken, sondern an die zwanzigtausend Dollar, die er von Steve Anderson bekommen würde. Er öffnete die Augen und blickte über seinen Schreibtisch hinweg zu Louise, dem ausgestopften Wildschwein, das sein Vater '44 geschossen hatte. Er erinnerte sich, daß ihm der alte Sean, noch besoffener als sonst, versprochen hatte, daß Louise eines Tages ihm gehören würde. »Mein Erbe an dich, George. Die verdammte Louise.« Damals hatte ihm sein Vater den Safe gezeigt, den er in das hohle Innere des ausgestopften Tieres eingebaut hatte. »Du bis' mein äldester Sohn, Georgie. Sie wird dein. Jeder verdammte Penny. Selbs deine Mama weiß nichts davon.«

Nachdem der alte Sean gestorben war, mit gelber Haut, von der kranken Leber aufgeblähtem Bauch und einem Herzen, das einem schlafen Sack glich, hatte George drei Stunden gebraucht, um die Kombination des Safes zu finden.

Schließlich hatte er die magische Zahl in einem Umschlag entdeckt, den Sean unter eine Schreibtischschublade geklebt hatte. Er erinnerte sich, wie aufgeregt er gewesen war, als er die Tür zum Büro seines Vaters aufgeschlossen, mit zitternden Händen den Bauch des Schwein geöffnet und die Kombination gewählt hatte.

Bei dem Gedanken daran sackten seine Mundwinkel herab.

Das Erbe seines Vaters: eine halb volle Halbliterflasche Cabin Still, ein Schuldschein über zehn Dollar von jemand namens Fred, und eine Handvoll Pennys, Nickels und Dimes – nicht mal Quarters –, die zusammen einen Dollar und neun Cents ergaben. Ein Notizkalender mit kaum lesbaren Einträgen. Die wertvollen Gedanken seines Vaters. George erinnerte sich an die ersten Sätze, die er in dem Tagebuch gelesen hatte:

Heute habe ich mit dem Hirsch im Süden ein paar Dollar gemacht. Es war ein Sechsender, und er war groß. Später hab ich George eine runtergehauen, weil der kleine Scheißer nicht still sein wollte. Amanda ging der Hut hoch, weil ich ihm dabei einen Zahn ausgeschlagen habe. Aber es war nur ein Milchzahn. Das Problem mit Frauen ist, sie regen sich über alles auf. Ein Junge braucht manchmal Schläge.

George erinnerte sich an diesen Tag. Brauchte Shawn Schläge? Vielleicht, aber bevor er nicht zu Hause war, hatte es keinen Sinn, daran zu denken. Der nächste dahingekritzelte, kaum leserliche Eintrag bedeckte fast eine ganze Seite:

Wenn Gott nicht gewollt hätte, daß ein Mann trinkt, dann hätte er Amanda nicht erfunden.

Dann und wann hatte sich Sean Murphy auch in der Kunst des Dichtens versucht.

Einst gab's ein Mädchen namens Mandy,
die war so süß wie Candy,
und auch als sie wurde älter
und faltig und kälter
verging kaum eine Weil, und Mandy wurd' geil.

George fühlte sich von solchen Beobachtungen seiner Mutter verunsichert. Er bewahrte das Heft noch immer im Safe auf. Von Zeit zu Zeit zwang er sich, es herauszunehmen und ein paar Zeilen weiterzulesen, aber nie fühlte er sich danach besser. Der einzige Teil des ins Wildschwein eingeschlossenen ›Erbes‹, den George nützlich fand, war der Safe selbst. Die Idee eines riesigen, haarigen Sparschweins amüsierte ihn, genauso wie sie seinen Vater amüsiert hatte. Hier bewahrte George sein Bargeld auf. In seinem Geschäft mußte man immer Bargeld parat haben. Man wußte nie, wann sich die Gelegenheit bot, ein gutes Tier zu kaufen.

Wie den Tiger zum Beispiel.

Wenn an dem Tag, an dem Jack Wilds ›Show der wilden Tiere‹ durch Alexandria gezogen war, kein Bargeld dagewesen wäre, hätte er ihn niemals bekommen. Jack Wild, der Direktor des kleinen Wanderzirkus, hatte George an dem Morgen angerufen, als seine Truppe ihre wilden Tiere und Requisiten in zwei heruntergekommenen Wagen verstaute. Es sollte nach Wisconsin gehen.

»Ich höre, Sie suchen eine große gestreifte Katze«, hatte Jack gesagt.

Natürlich hatte George Interesse gezeigt. Er hatte seit Monaten versucht, an einen Tiger zu kommen. Dr. Nelson Bellweather – zu jener Zeit einer seiner besten Kunden – rief ihn alle zwei Wochen an und fragte nach, wann er denn endlich einen Tiger schießen könne. Nelly Bell kriegte beim Anblick dieser großen Katzen einen Steifen. Er wollte von jeder Sorte eine. George hatte ihn immer wieder vertrösten müssen. Es gab einfach nicht so viele Tiger.

»Was haben Sie denn?« fragte er Jack.

»Ein altes Weibchen, sieht gut aus, ist aber fies wie die Hölle. Gestern abend hat sie einen meiner Männer drangekriegt, hat ihm mit einer Klaue den ganzen Arm aufgerissen. Kostete mich hundertachtzig Dollar, die Scheiße nähen zu lassen. Jetzt will keiner mehr mit ihr arbeiten.«

»Wieviel?«

»Wenn Sie in den nächsten zwei Stunden hier mit einem Laster und einem Käfig anrücken, dann gehört sie für zehntausend Ihnen.«

George rechnete geschwind nach. Er hatte dem Doktor gesagt, daß ihn ein Tiger etwa vierzigtausend kosten würde. Dazu der bewährte ›Bedrohte Arten‹-Zuschlag ... trotzdem wollte er den Preis noch etwas drücken.

»Ich kann bis acht gehen«, sagte er.

Jack zögerte kurz, bevor er antwortete: »Sie bringen mir das Geld in bar und kommen vor elf, dann haben Sie die Katze.«

Ein Bündel Bargeld im Haus zu haben, war mehr als nur praktisch. Es war eine geschäftliche Notwendigkeit. Ricky wußte natürlich nichts von dem Safe. George erzählte ihm immer, daß das gesamte Vermögen der Familie in Wertpapieren und Immobilien angelegt wäre. Ricky war ein Idiot, was Geld betraf – hätte er von dem Safe gewußt, hätte er dauernd um Dollars gebettelt.

Das einzige Familienmitglied, das außer George von dem Safe wußte, war Shawn. Er hatte sich vor Jahren einmal unter dem Schreibtisch versteckt, als George das Schwein öffnete und etwas hineintat.

Shawn. Dieses Kind brachte sich immer wieder in Schwierigkeiten. Als George den Jungen unter dem Schreibtisch entdeckt hatte, gab er ihm zuerst eine ordentliche Ohrfeige – und bedauerte seine Tat augenblicklich. Er mußte das Kind beruhigen, ihm einen Lutscher oder sonst was versprechen; dann zeigte er ihm, wie der Safe funktionierte.

»Man hebt einfach diese Klappe hoch, und da ist die Tür, siehst du?«

»Wie macht man sie auf?«

»Dazu braucht man die Geheimkombination.«

»Was ist das?«

»Ein Geheimnis. Aber eines Tages, wenn ich nicht mehr bin, wirst du sie kennen. Dann wird es dein Geheimnis sein. Alles wird dir gehören.«

Um halb drei nachmittags hatte Crow geduscht, sich angezogen, eine halbe Pizza gegessen und siebenmal das Klingeln des Telefons ignoriert. Er hatte die tabakverschmutzte Bettwäsche abgezogen und nach unten in den Waschraum gebracht. Jetzt saß er auf dem zusammengeklappten Bettsofa und überlegte, ob er Melinda anrufen solle. Er wünschte, er würde sich ein bißchen besser fühlen – oder schlechter. Wie krank war er? Zu krank, um einen Versöhnungsversuch mit seiner Frau zu unternehmen?

Krank genug, um in ein Krankenhaus zu gehen? Tödlich verwundet?

Die Wahrheit war, daß er sich nach ein paar Aspirin schon wesentlich besser gefühlt hatte. In seinem Urin war kein Blut zu sehen. Seine Rippen fühlten sich wund an, aber er spürte nicht den stechenden Schmerz, der auf gebrochene Knochen hindeutete. Selbst seine Genitalien schienen sich langsam zu erholen.

Er wünschte nur, er würde sich ein bißchen besser fühlen.

Immer wieder mußte er an George Murphy denken, nicht an Ricky, sondern an George. Wie er sein ›Haygun Days‹ gegessen hatte. Jedesmal, wenn er an George dachte, begannen seine Wunden noch heftiger zu schmerzen. Dachte er an Melinda, schmerzten andere Wunden.

Über eine Stunde hatte er auf dem Sofa gesessen, als die Klingelanlage schrillte. Das Telefon ließ sich leicht ignorieren, aber mit jemandem, der vor der Tür stand, mußte man sich irgendwie befassen. Er stand auf und drückte den Knopf der Sprechanlage.

»Ja?«

»Crow? Bist du okay?«

»Wer ist da?«

»Debrowski.«

Crow starrte die Sprechanlage an.

»Läßt du mich rein?«

Crow zögerte. Er kannte diese Frau kaum und wollte nicht, daß sie ihn in diesem Zustand sah.

»Crow?«

Er ließ sie rein. Als er die Wohnungstür öffnete, dauerte es einige Sekunden, bis sie sein zerschlagenes Gesicht verkraftet hatte.

»Ich hab' versucht, dich anzurufen«, sagte sie. »Keine Antwort. Jetzt war ich gerade in der Nähe, also dachte ich, schau mal vorbei. Also, was, zum Teufel, ist mit dir geschehen?«

Crow schüttelte den Kopf. »Was willst du hier?« fragte er.

»So ist's richtig, Crow, zeig mir nur, wie sehr du dich freust, mich zu sehen. Bis jetzt gelingt es dir großartig.«

»Tut mir leid. Ich bin ein bißchen durcheinander.«

»Dann versuch mal abzuschalten. Ich hatte so ein Gefühl, das ist alles.«

»Ein Gefühl?«

»Ja, du weißt schon, weibliche Intuition.« Sie steckte sich eine Camel an. »Was dagegen, wenn ich rauche?«

»Ja«, sagte Crow.

»Okay, dann rauch ich nur diese hier zu Ende.«

»Schön.« Komischerweise tat ihm der Rauch ganz gut. Er setzte sich wieder auf sein Sofa. »Nimm Platz.«

Debrowski blieb stehen und zog an ihrer Zigarette. Eine blaue Rauchsäule stieg zur Decke auf. »Wirklich, es war so – ich habe heute morgen an dich gedacht, und plötzlich hatte ich dieses Gefühl, daß du Scheiße gebaut hast oder so.« Sie kniff die Augen zusammen und verschränkte die Arme.«

»Und?«

»Es war nur so ein Gefühl ... Manchmal denke ich mir etwas aus, von dem ich weiß, das es wahrscheinlich nicht stimmt, und doch komme ich nicht davon los. Weißt du, was ich meine? Ich wollte einfach nur anrufen, hören, wie's dir so geht. Du hast nicht abgenommen. Ich dachte, du wärst vielleicht noch in der Arbeit. Dann kam mir plötzlich der Gedanke, doch mal vorbeizuschauen. Hast du Kaffee?«

»Ich baue keine Scheiße«, sagte Crow. »Und wenn, geht es dich nichts an.«

Debrowski nickte. »Ich verstehe.«

»Gut.«

»Also, Crow, was ist mit deinem Gesicht passiert?«

»Ich bin gegen eine Tür gelaufen. Willst du Kaffee?«

»Das sagte ich doch schon.«

Crow stand auf und mußte sich alle Mühe geben, den Schmerz, der durch seinen Körper jagte, nicht auf seinem Gesicht zu zeigen. Er stellte einen Kessel mit Wasser auf den Herd. Laura Debrowski folgte ihm in die Küche. Ihr Blick fiel auf die Dose mit Katzenfutter auf dem Boden.

»Du hast 'ne Katze?«

»Ich hatte. Sie ist weggelaufen.«

»Echt? Wann? Wie heißt sie?«

»*Er* heißt Milo. Ich habe ihn jetzt vier Tage nicht mehr gesehen.«

Debrowski nickte. »Ich hatte auch mal 'ne Katze. Schon im Tierheim gefragt?«

»Gestern.«

»Du solltest noch mal fragen. Hast du irgendwelche Zettel ausgehängt?«

Crow schüttelte den Kopf.

»Das solltest du aber, Crow. Wenn du eine gute Katze hast, solltest du alles tun, um sie wiederzubekommen.«

»Ich weiß. Ich hatte zu viel um die Ohren.« In Wahrheit hatte er an Zettel überhaupt nicht gedacht. Er hatte Milo immer für ziemlich selbstständig gehalten.

»Wahrscheinlich kommt er wieder zurück. Daran erkennt man schließlich einen Freund. Egal, wieviel Scheiße man baut, er kommt immer wieder zurück.«

»Reden wir eigentlich noch immer über meine Katze?« fragte Crow.

»Wie sieht er aus?«

»Schwarz. Schwarz und groß.« Crow tat einen Papierfilter in die Melittakanne und schüttete drei Löffel nicht mehr ganz frischen Folger's hinein. »Gelbe Augen.«

Die Sprechanlage summte.

»Willst du antworten?« fragte Debrowski.

Crow zuckte mit den Schultern. Er stellte den Wasserkessel ab und sah aus dem Küchenfenster auf den Parkplatz herunter. Ein bekannt aussehendes Polizeiauto stand direkt vor dem Eingang. Er goß Kaffee in zwei Plastikbecher. Die Sprechanlage summte beständig. Debrowski kam zum Fenster, um zu sehen, was Crow sah.

»Hast du ein Problem mit der Polizei?«

»Ich weiß nicht. Irgendein Problem habe ich auf alle Fälle.« Crow versuchte einen Grund dafür zu finden, warum die Polizei von Big River ihn besuchen sollte. Ihm fiel keiner ein. Er preßte die Lippen zusammen und reichte Debrowski einen Becher.

Sie roch daran und nahm einen vorsichtigen Schluck.

»Willst du darüber reden?«

»Eigentlich nicht.«

Die Anlage meldete sich ein letztes Mal und schwieg dann. Debrowski steckte sich noch eine Zigarette an. Kurz darauf sahen sie, wie Orlan Johnson zu seinem Wagen zurückging und von dem vereisten Parkplatz wegfuhr.

»Gehst du heute abend zur Gruppe?«

Crow starrte in seinen Kaffee. »Ich glaube nicht. Meine Frau hat mich zum Essen eingeladen.«

»Oh, ich dachte, ihr wärt getrennt.«

»Sind wir auch.«

»Oh.« Sie hob ihren Becher. Crow hörte das Knirschen ihrer Lederjacke. »Sag mal, könntest du mir einen Gefallen tun«? fragte sie.

»Und welchen?«

»Wenn du reden willst oder so, ruf mich an – okay?«

12

Wenn was Gutes passiert, führt das oft nur dazu, daß die schlechten Zeiten einem noch schlechter vorkommen.

Joe Crow

Wenn er nicht aufmachte, dann machte er eben nicht auf, verdammt noch mal. Und wenn das so war, was sollte er dann, zum Teufel, tun? Wer war er denn, Dirty Harry? Sollte er die gottverdammte Tür eintreten?

Außerdem glaubte er sowieso nicht, daß dieser Joe Crow ein Kind entführt hatte. Wenn George Murphy nicht auf sein verdammtes Balg aufpassen konnte, war er selbst schuld. Irgend jemand würde den kleinen Hurensohn schon finden. Verdammt, er haßte Familienpolitik.

Diese verdammten Murphys.

Mein Gott, was erwarteten sie eigentlich von ihm? Nur weil er der verdammte Polizeichef war, bedeutete das noch lange nicht, daß er nur mit dem Finger schnippen mußte, damit der Junge wie ein gottverdammter Hund angelaufen kam. Dieser neunmalkluge kleine Scheißer. Ein Haufen Arschlöcher.

Mein Gott, was für eine Fahrt! Fast drei verdammte Stunden, nur damit er an jemandes Haustür klingeln und sagen konnte, er hätte es versucht. Und jetzt den ganzen Weg zurück.

Diese verdammte Hillary.

Er hielt an einem Schnapsladen in Cokato und kaufte eine kleine Flasche Pfefferminzschnaps und ein paar Dosen Bud.

Die Biere brachten ihn bis Litchfield. An einer Tankstelle machte er eine kurze Pause und ging aufs Klo. Nachdem er wieder im Polizeiwagen saß, machte er die Schnapsflasche auf.

Eine halbe Stunde später riß Orlan Johnson das Lenkrad des Wagen scharf nach rechts, um wieder halbwegs in die Nähe des rechten Fahrstreifens zu kommen.

Gottverdammte kurvige Straßen.

Ein grünes Schild zischte vorbei – Big River – 24 Meilen. Johnson nahm einen letzten Schluck aus der Schnapsflasche, kurbelte das Fenster herunter und warf seinen nun nutzlosen Begleiter in den Straßengraben. Dann suchte er in seiner Tasche nach einer El Producto. Hill haßte zwar billigen Tabakgeruch, aber wenn er sich ordentlich einnebelte, würde sie vielleicht den Alkohol nicht bemerken. Er zündete die Zigarre an und zog ein paarmal kräftig.

Es funktionierte nicht. Er war nicht einmal zwei Minuten zu Hause, da kam Hillary schon dahinter.

»Und?« fragte sie, kaum daß er seinen gottverdammten Mantel ausgezogen hatte.

»Und was?«

»Was hast du herausgefunden? Hast du mit Officer Crow gesprochen, wie ich dir gesagt habe?« Sie hielt eines ihrer Bücher in der Hand, ein gebundenes. Hatte ein Vermögen gekostet, weil sie nicht auf das gottverdammte Taschenbuch warten konnte. Sie verschränkte die Arme.

Johnson sah sie böse an und bedachte sie mit seinem Polizeichef-Blick. Eine Art von fehlgeleiteter schnapsgeförderter Intelligenz verleitete ihn zu der Antwort: »Er ist kein Officer mehr, Hill. Ich habe seinen gottverdammten Arsch gefeuert.«

Hillary trat auf ihn zu und rümpfte die Nase. »Du hast nicht mal mit ihm gesprochen, stimmt's?«

»Ich hab' ihn nicht gefunden, verdammt noch mal.« Er hatte ihr diesen Satz mitten ins Gesicht schleudern wollen, aber ihr zorniger Blick veranlaßte ihn, den seinen zu senken. »Ich hab' den ganzen verdammten Tag damit verschwendet, deinen Neffen zu suchen. Also laß mich gefälligst in Ruhe.«

»Was ist mit seiner Frau?«

»Wessen Frau?«

»Joe Crows Frau. Vielleicht ist er bei seiner Frau.«

Johnson konnte ihr nicht ganz folgen. »Du weißt nicht, was du redest. Die beiden sind doch auseinander.«

»Vielleicht weiß sie trotzdem, wo er ist. Ich will, daß du hinfährst und sie fragst.«

»Den Teufel werde ich tun!«

»O doch, du wirst«, sagte sie. »Und zwar als allererstes morgen, wenn du wieder nüchtern bist.«

Johnson richtete sich auf, machte sich ein paar Zentimeter größer und suchte verzweifelt nach einer originellen Entgegnung. Leider fiel ihm nur sein alter Spruch ein. »Was, zum Teufel, soll denn das nun wieder heißen?«

»Du bist besoffener als tausend Russen. Und du stinkst nach Zigarre.«

»Verdammt noch mal!«

An dieser Stelle schlug sie ihn mit dem gottverdammten Buch. Hätte ihm verdammt noch mal fast die verdammte Nase gebrochen.

In Crows Vorstellung war es immer noch *das Haus.* Nicht ihrer beider Haus, denn er war vor über einem Monat ausgezogen, und ganz bestimmt nicht Melindas Haus, denn immerhin gehörte ihm noch eine Hälfte davon, aber trotzdem *das Haus*. Manchmal, wenn er mit Melinda sprach, nannte er nur die Adresse. »Wie sieht's aus in 3410?« fragte er dann.

Ein merkwürdiges Gefühl, an der Haustür zu stehen und zu klingeln. Fast hoffte er, daß sie nicht da sein würde. Daß sie vergessen hatte oder vorgezogen hatte zu vergessen, daß er zum Essen eingeladen war. Aus welchem Anlaß? Er zog es vor, nicht darüber zu spekulieren.

Sie öffnete die Tür und trat etwas zurück, ließ ihm viel freien Raum.

Seit seinem letzten Besuch hatten sich ein paar Dinge geändert. Das Sofa, das früher an der Wand gestanden hatte, befand sich jetzt in der Mitte des Zimmers, gegenüber dem Kamin. Eine gerahmte Lithografie, die in die antarktische See springende Pinguine zeigte, stand auf dem Sims, neben einer Pyramide aus Kupfer und Glas.

Finchley, einer der beiden Finken, die sie zusammen in der ›Vogelscheune‹ gekauft hatten, saß nicht mehr im Käfig. Finchster, der andere Fink, war bereits vor einem Jahr gestorben. Ansonsten sah das Haus aus wie früher – es fiel ihm leicht, sich daran zu erinnern, daß er hier gelebt hatte. Die Tapete war die gleiche, die gewebten Wandbehänge, die Möbel, die sie zusammen gekauft hatten, billiges Zeug, das meiste von Wicke's oder Sears. Er dachte daran, wie er die Decke gestrichen und Farbe in die Augen bekommen hatte.

Melinda hatte ihr langes, helles Haar zu einem unordentlichen Knoten hochgesteckt, der aussah, als würde er sich jeden Moment auflösen. Zwei Sticker, die Eßstäbchen ähnelten, hielten das Ganze zusammen. Sie trug kein Make-up, soweit er sehen konnte. Vielleicht ein bißchen was auf den Lippen. Und sie hatte eine Menge an – einen langen, lose herabhängenden Rock von der Farbe unbehandelter Fichte, einen ihrer handgewebten Stoffgürtel, einen gerippten rostfarbenen Rollkragenpullover, und über all dem eine absurd lange beige Strickjacke mit mindestens zwanzig Knöpfen, die ihr wie ein Staubmantel über die Knie hing. Ihre Füße steckten in einer geflochtenen Stoffkreation, die aussah wie eine Mischung aus Slippern und Jagdstiefeln. Crow fragte sich, ob sie Leder jetzt grundsätzlich ablehnte. Ein großer Quarzkristall, gefaßt in einer Traube aus Sterlingsilber, hing um ihren Hals. Er beschloß, ihn zu ignorieren.

Lieber hätte er sie in Jeans und T-Shirt gesehen – einfach, unkompliziert und frisch –, aber er nahm an, daß dieses Outfit etwas besonderes sein sollte, etwas das sie extra für ihn angezogen hatte. Entweder das, oder sie fühlte sich wieder dick, eine Manie von ihr, die kam und ging wie das Wetter; manchmal von Bulimie-Anfällen begleitet, die sie stets leugnete.

»Du siehst hübsch aus«, sagte er.

»Danke«, entgegnete sie mit dem Anflug eines Lächeln und wandte ihre sanften blauen Augen ab.

Er war jetzt – wie lange? – vielleicht eine Minute hier, und sie hatten sich noch kein einziges Mal berührt. Er hatte sie nicht umarmt, was vor 59 Sekunden die leichteste und natürlichste Sache der Welt gewesen wäre, aber der Augenblick – wenn es ihn gegeben hatte – war verstrichen. Crow ging durch das Zimmer und setzte sich in einen Sessel, seinen Sessel. Der Schmerz in seinem Magen ließ ihn zusammenzucken. Sein ganzer Körper tat weh, aber nicht mehr so wie vor ein paar Stunden.

»Geht's dir gut?« fragte sie und betrachtete seinen geschwollenen Kiefer, während sie mit den Fingerspitzen über ihre Wange fuhr.

»Ein bißchen wund, aber das wird schon wieder.«

»Was ist passiert?« Sie verschränkte die Arme, nahm sie wieder auseinander, trat einen halben Schritt zurück.

»Ich bin gegen eine Tür gelaufen.« Er hatte keine Lust, über die Murphys zu sprechen.

Melinda biß sich auf die Unterlippe und ging in die Küche. »Möchtest du was trinken?« fragte sie über die Schulter.

»Saft. Irgend so was.«

Um sich zu beschäftigen, zählte Crow die Kerzen, die im Wohnzimmer brannten. Sechzehn. Zweifellos eine bedeutsame Zahl.

Melinda kam zurück. Sie hatte ihm ein Glas Cider mitgebracht und ein Glas Weißwein für sich. Crow versuchte, den Blick von dem Wein abzuwenden, nicht weil er gerne auch welchen gehabt hätte, sondern weil er nicht wollte, daß sie ihm seine Mißbilligung ansah. Melinda zog einen Stuhl heran und setzte sich vor ihn.

»Cheers«, sagte sie, und das Kerzenlicht leuchtete in ihren Augen, in ihrem Weinglas und dem Kristallanhänger.

Als die Lasagne auf dem Tisch stand, hatten sie über die Nachbarn gesprochen, Melindas neueste Webereien und über nationale Politik. Irgendwie hatte das zu Big River-Gemeinde-Problemen geführt, was wiederum zur Talking Lake Ranch überleitete. Gleich darauf fand sich Crow beim Thema Wildparkjagen im Vergleich zu ›richtigem‹ Jagen. Melinda hatte nur ein Glas Wein getrunken, aber sie wurde langsam lockerer.

»Es geht doch nur ums Töten, Joe«, sagte Melinda, während sie mit einem Messer durch die Schichten aus Käse und Pasta schnitt. »Die Tiere spüren den Unterschied nicht. Sie sterben in allen Fällen im Zustand der Todesangst.«

»Es gibt einen Unterschied«, sagte Crow. »In der Wildnis sind die Tiere frei. Jeder Tag bedeutet für sie Kampf, um zu überleben. Es gibt einen Ausgleich zwischen Freiheit und Risiko. Die Jäger sind ein Teil des Ganzen. So läuft das schon seit Millionen von Jahren, und es ist die natürlichste Sache der Welt. Aber was die Murphys machen, ist völlig unnatürlich. Sie kaufen und verkaufen domestizierte wilde Tiere. Das ist kein Sport. Wenn man dort auf Entenjagd geht, dann gibt es Enten, die darauf *trainiert* sind, über einen hinwegzufliegen. Es ist wie auf einem Schießstand. Nicht viel anders, als würde man auf einem Hühnerhof Hühner schießen.«

Er wartete auf ihre Antwort. Melinda konnte sich sehr aufregen, wenn es um die Rechte hilfloser Tiere ging. Er mochte es, wenn sie sich so leidenschaftlich einsetzte. War sie zornig, kam sie ihm so lebendig vor.

»Ich sehe keinen Unterschied«, sagte Melinda, und das

klang eher erschöpft als aufgebracht. »Eine zahme tote Ente ist genau so tot wie eine wilde tote Ente.«

Beim Essen trank sie ein zweites Glas Wein, einen australischen Chardonnay. Die Lasagne war herrlich. Dazu ein Cäsar-Salat, selbstgemacht, das Dressing aus Bioeiern. Spanische Anchovis, selbstgemachte Croutons. Gute Butter. Melinda, die Vegetarierin, hatte kein Problem, wenn es um Tiere ging, die in Gefangenschaft gehalten wurden. Man durfte sie nur nicht um ihres Fleisches willen töten. Bei Sardellen machte sie eine Ausnahme. Crow wollte sie fragen, warum sie ihn zum Essen eingeladen hatte, aber ihr Gespräch ging in andere Richtungen. Sie sprachen über Filme, die keiner von beiden gesehen hatte, über die sie sich jedoch eine Meinung gebildet hatten. Über Bücher, die Familie. Sie fragte ihn nach seinem Vater, und Crow fiel ein, daß er den alten Mann seit August nicht mehr gesehen hatte. Sie erzählte ihm, daß seine Schwester Mary mit der Töpferei angefangen habe.

»Sie hat genau das richtige Gefühl dafür, Joe. Sie macht Kaffeebecher.«

»Wie schön für sie.« Crow war mit seiner Schwester kaum noch zusammengetroffen, seit sie Dave Getter geheiratet hatte. Er hatte sich nie an die Vorstellung gewöhnen können, Dave als Schwager zu haben – eigentlich nahm er es seiner Schwester übel, daß sie mit diesem Idioten verheiratet war –, und er nahm es übel, daß ihre Freundschaft zu Melinda so innig war, so fest. Es betrübte ihn, sie sich zusammen vorzustellen, ohne daß er genau wußte, warum.

»Also, aus was für einem Anlaß?« platzte er heraus.

Melinda sah ihn an, als habe er sie geschlagen. »Was meinst du?«

»Ich meine, warum hast du mich zum Essen eingeladen?«

Melinda zuckte mit den Schultern und erhob sich. »Ich dachte, es könnte nett werden«, sagte sie. »Ist es nicht nett?« Sie ging in die Küche. »Magst du noch immer Spumoni?«

Es war nett. Crow rutschte in seinem Sessel hin und her.

Der Schmerz zuckte in seinen Lenden auf und verschwand wieder, und er erkannte, daß er seine Verletzung eine Stunde lang völlig vergessen hatte. Er beschloß, das Ganze positiv zu sehen und gute Miene zu allem zu machen.

»Es ist nett«, sagte er leise und sah in die Küche hinein, wo Melinda gerade eine Packung mit Eis öffnete. »Es ist nett«, wiederholte er lauter.

Melinda nickte und fuhr mit einem Löffel in die Eiscreme.

»Du warst so süß«, sagte Melinda lachend. Ihre Augen leuchteten wehmütig. »Wir hatten eine Menge Spaß, nicht wahr? Wir hatten es schön miteinander.« Ihr Gesicht, gerötet vom Wein und den Erinnerungen, glühte im Schein des Kamins.

Sie hatte einen Fichtenscheit ins Feuer geworfen. Das krachende, knackende Harz sorgte für ein Miniaturfeuerwerk im Kamin. Er hatte ihr oft gesagt – wie oft eigentlich –, daß sie kein Fichtenholz nehmen solle. Es war nicht gut für den Kamin, weil es ihn mit Harz verklebte. Aber sie hatte ihm nie zugehört, und in dieser Nacht sah er sowieso nur Melinda, sagte nichts und freute sich darüber, wie sie sich freute. Melinda war in manchen Momenten der größten Freude fähig, und schon oft hatte sich Crow dann wehrlos ihren Gefühlen ergeben.

Crow öffnete die Augen. Im Halbdunkel hing irgend etwas über ihm. Er blinzelte und erinnerte sich. Kupferröhren – ein pyramidenförmiges Gebilde, das von der Decke hing. Langsam richtete er sich auf, schob das Federbett beiseite und schwang seine Beine über die Bettkante. Sein Körper schmerzte. Welche Kräfte auch immer die Pyramide freisetzte, sie hatten nicht ausgereicht, um seinen wunden Körper zu heilen. Nun ja, diese Pyramide schien jetzt unwichtig, eine kleine Schrulle, auf ihre Art eigentlich charmant. Wenn sie an solche Dinge glaubte, warum nicht? Er würde ihr sagen, daß er sich viel besser fühlte.

Er befand sich in ihrem alten Schlafzimmer, in Melindas

Schlafzimmer. Die Tür stand ein paar Zentimeter offen, und er hörte, daß unten eine von Melindas spacigen New-Age-Cassetten lief. Vorsichtig öffnete er den Mund und schloß ihn wieder. Die langen, hungrigen Küsse hatten seine Lippen anschwellen lassen. Er schloß die Augen und hörte der Musik zu, stellte sich vor, wie Melinda in ihrem Bademantel auf dem Sofa saß, mit untergeschlagenen Füßen, und ein Buch las, ein Buch über Channeling oder Tarot, etwas, das zu der Musik paßte. Zwar fühlte er sich müde und wund, aber entspannt.

Vielleicht hatte es doch etwas Therapeutisches, wenn man unter der Pyramide schlief.

Er stand mühsam auf, streckte sich noch mühsamer und ließ den Abend Revue passieren. Die Erinnerungen kamen mit einem warmen, rosigen Schimmer. Melinda, die für ihn kochte, sein Lieblingsessen. Melinda – so entspannt, wie er sie seit Monaten nicht mehr gesehen hatte; sie lächelte, redete, hörte zu, lachte. Melinda, wie sie vor dem Kamin gesessen hatte, umgeben von Kerzen, und ein drittes Glas Wein trank – aber das ging in Ordnung. Die noch halb volle Flasche stand auf dem Boden des Eßzimmers, während sie sich zuerst im Wohnzimmer vor dem Kamin liebten und danach, langsamer, auf ihrem weichen Bett. Wie war es geschehen? Er war sich nicht sicher. Sie hatten geredet, und dann war ein Augenblick gekommen, in dem er sie berührt, ihr weiches Haar in seiner Hand gespürt hatte, zum erstenmal seit … es kam ihm wie Jahre vor. Er erinnerte sich daran, mit ihr gelacht zu haben, gesagt zu haben, was ihm in den Sinn kam. Ja, sie hatten sich an die guten Zeiten erinnert. Er sah an seinem Körper hinab, an seiner kompakten, muskulösen Brust, und fühlte sich größer; fast so, als wäre er die ganze Zeit zuvor mit eingezogenen Schultern gegangen. Im Badezimmerspiegel sah sein Gesicht jünger aus – die blauen Flecken auf seinem Kiefer waren nur noch ein kleiner, jugendlicher Makel. Stirnrunzelnd betrachtete er seine Bartstoppeln, ließ das heiße Wasser laufen und rasierte sich mit Melindas Rasierapparat; sehr vorsichtig, weil die Klinge für die Beine und nicht fürs Gesicht gedacht war und schon lange nicht mehr scharf genug. Er schnitt sich nicht ein einziges Mal. Dann putzte er sich die Zähne mit Melindas Zahnbürste, spülte sie gründlich ab und legte sie auf den Rand des Waschbeckens. Als er sich im Spiegel betrachtete, mußte er lächeln. Ich bin gar kein schlecht aussehender Kerl, dachte er.

Wieder auf der Bettkante sitzend überlegte er sich, was er ihr sagen wollte. Sie hatte ihn mit zitternden Lippen gebeten, ihren Körper zu betrachten. Er hatte ihr gesagt, daß er perfekt sei, und so schien es ihm auch. Sie meinte, daß ihre Hüften fett würden. Er hatte gesagt, nein, deine Hüften sind wunderschön. Er stand auf, stellte sich vor, wie er die mit Teppichboden belegten Stufen hinunterging, sich leise zu ihr aufs Sofa setzen und sie mit einem sanften Kuß beim Lesen stören würde. Dann konnte er ihr sagen, daß er sie liebte, daß er sie vermißte, daß er sie wollte. Daß er ihr Ehemann bleiben wollte. Daß er wieder von vorn anfangen wollte, sich mehr Mühe geben, alles richtig machen wollte. Er holte tief Luft und atmete den letzten Duft ihrer Liebesnacht ein. Melindas Frottee-Bademantel hing an einem Haken an der Tür. Crow zog ihn an. Die Ärmel waren zu kurz, aber es war ein schönes Gefühl.

Das erste, was ihm auffiel, war die leere Weinflasche auf dem Eßtisch. Dann sah er Melinda, in der Küche. Sie saß am Tisch und beugte sich vor. Ihre Augen waren auf ihn gerichtet, ihr Kinn erhoben. Sie sah ihn mit knisternder, gnadenloser Kälte an, trotzig, irgendwie aufgedreht und voller Energie. Der große Spiegel, der sonst neben der Treppe hing, lag auf dem Küchentisch, und auf dem Spiegel zogen sich vier vollkommen parallele Puderlinien entlang wie eisige Spuren. Melinda war nackt, ihre nackten Brüste ruhten auf der Tischkante. Winzige blaue Venen schimmerten durch die transparente Haut. Sie hielt eine goldene Rasierklinge in der einen Hand, das passende goldene Röhrchen in der anderen. Er hatte ihr beides zu Weihnachten geschenkt, vor zwei Jahren.

Crow suchte seine Kleider. Er fand sie in einem Haufen vor dem Kamin. Sein Mantel lag über dem Sessel an der Tür. Ohne sich umzudrehen, ging er in die bitterkalte Nacht hinaus, und nach dem dritten Versuch sprang der Rabbit an. Während er durch die Stadt in Richtung Süden fuhr, dann auf den Highway bog, beobachtete er sich selbst. Er fuhr perfekt, makellos, präzise, hielt das Lenkrad in der idealen Position, atmete ein und atmete aus.

13

Der Löwe selbst sucht keinen Streit. Ihm geht es einzig und allein darum, seine Haut zu retten. Wenn man plötzlich und unerwartet einer Gruppe von sechs oder sieben Löwen gegenübersteht, unbewaffnet, so muß man – nach meinen Informationen – lediglich mit fester Stimme auf sie einreden, und sie werden sofort zurückweichen. Wirft man außerdem ein paar Steine nach ihnen, treibt sie das zur Eile an. Diese Methode wird von allen Experten empfohlen.

GROSSWILDJAGD IN DER AFRIKANISCHEN WILDNIS – DIE AUFREGENDEN ABENTEUER DER BERÜHMTEN ROOSEVELT-EXPEDITION.

Der Raum war kleiner als die meisten Gefängniszellen in der Dritten Welt, und weitaus kälter. Die Wände aus Sperrholz, das Dach aus gewelltem, durchsichtigem Plastik. Ein kleiner Kerosinofen verbreitete etwas Wärme, da die Außentemperatur aber etwa minus zehn Grad betrug, wurde es nie warm genug. Der Boden bestand aus einer festen, dreißig Zentimeter dicken Eisschicht.

»Sohn, du mußt so tun, als wärst du selbst ein Fisch«, krächzte Sam O'Gara, dessen Stimme nach zwei Tagen Kerosindämpfen, kalten Füßen und Pall Malls so klang, als hätte man sie durch einen Shredder geschickt. Seine kleine, drahtige Gestalt steckte in einem zerlumpten, schmierigen Overall, unter dem mehrere Lagen Unterkleider die Körperwärme festhielten. Auf dem Kopf trug er eine fleckige Kordkappe, deren Ohrschützer nach oben geklappt waren. Einige Tage alte weißgraue Bartstoppeln verliehen seinem faltigen Gesicht einen silbrigen Glanz. Seine Knopfaugen funkelten hinter dem blauen Dunst einer Zigarette.

»Ich brauche gar nicht so zu tun, Sam.« Crow hatte Sam O'Gara, seinen leiblichen Vater, erst mit achtzehn kennengelernt. Seitdem pflegten sie einen freundschaftlichen, wenn auch sporadischen Kontakt. Crow mochte Sam, aber sie hatten einfach nicht sehr viel gemeinsam. Er blickte durch das klare Winterwasser in sein Angelloch hinab. Drei Meter unter sich sah er den felsigen Boden des Sees. Er bewegte seine kurze Angelrute hin und her, um festzustellen, ob der Köder noch am Haken hing. Nicht daß er noch etwas hätte fangen wollen. Er hatte schon mehr Barsche und Elritzen, als in seinen Kühlschrank paßten.

In den letzten 48 Stunden hatte sich seine Welt auf ein gemietetes Blockhaus am Südweststrand von Lake Mille Lacs beschränkt, und auf diese zwei mal drei Meter große Hütte zum Eisfischen, einen halben Kilometer vom Strand entfernt. Am ersten Tag war das Ganze etwa drei Stunden lang interessant gewesen. Doch dann wurde ihm klar, daß er noch nie so lange Zeit mit Sam verbracht hatte, schon gar nicht in solch beengten Verhältnissen. Der alte Mann hatte begonnen, sich zu wiederholen. Crow machte dafür hauptsächlich den halben Liter Jack Daniel's verantwortlich, den Sam intus hatte. Am Nachmittag bestanden ihre Gespräche nur noch aus Wiederholungen. Selbst seine Fragen blieben die gleichen.

»Schon was angebissen, Sohn?«

»Nein.«

»Mußt dranbleiben. Die Scheißer werden schon kommen.«

»Hoffentlich.«

»Kannst drauf schwören.«

»Mhm.«

»Hab' schon wieder so eine verdammte Elritze verloren ... bei dir schon was angebissen?«

Wie eine Endlosschleife zogen sich die Gespräche dahin. Sam vergaß immer wieder, wie es um Joes Ehe stand und fragte immer wieder nach.

»Wie geht's denn dem Mädchen, mit dem du zusammen warst, dieser Melinda?«

»Ihr geht's gut, Sam. Wir haben uns getrennt.«

»Das dachte ich mir. Verdammt schade.«

»Ich weiß.«

»Aber sie sind es nicht wert, daß man ihnen zweimal hinterherläuft.«

»Mhm. »

»Deine Mama konnte es nicht ertragen, wenn ich um sie rum war. Immer so pingelig ... Hab' ich dich!«

»Mhm.«

»Ach, zur Hölle mit den Weibern.«

Dieser Gesprächsteil mußte wohl schon ein halbes Dutzendmal abgelaufen sein. Crow war sich nicht sicher – war Sam nun betrunken, senil, oder wollte er ihn auf etwas hinweisen. Ein anderer beliebter Teil lief etwa so ab:

»Weißt du, Sohn, ich bereue nichts.«

»Mhm.

»Nicht, daß sich ein Mann alles, was er getan hat, in Stein gemeißelt wünscht, du verstehst schon.«

»Klar.«

»Hab' mich von keinem rumschubsen lassen.«

»Mhm.«

»Immer zurückgeschlagen.«

»Alles klar, Sam.«

»Verdammte Arschlöcher. Ich bereue nichts.«

Das Eisfischen war Sams Idee gewesen. Nach dem Abend mit Melinda war Crow in sein Apartment zurückgekehrt und hatte eine lange, unruhige Nacht verbracht. Immer wieder tauchten Bilder vor ihm auf, und er versuchte sie zurückzudrängen. Als um Viertel nach sieben das Telefon klingelte, hatte er den Hörer abgenommen. Sams Raspelstimme bot eine willkommene Ablenkung.

»Hallo, Sohn!«

»Hi, Sam.«

»Wieso rufst du mich eigentlich nie an?«

Crow hatte sich aufgerichtet und bewegte sich langsam. Sein ganzer Körper pochte vor Schmerzen. »Ähm ...«, sagte er.

»Verdammt, ich habe dich so lange nicht mehr gesehen, daß ich gar nicht mehr weiß, wie du aussiehst, Sohn! Ich hätte nicht übel Lust, heute nach Milly zu fahren und ein bißchen zu angeln. Hast du Lust, mitzukommen?«

Sam lud ihn jedes Jahr zum Eisfischen ein, und jedes Jahr lehnte Crow ab. Eisfischen? Ein Sport, der höchstens dazu taugte, die geistig Minderbemittelten drei Monate im Jahr von der Straße wegzukriegen. Doch zu seiner eigenen Überraschung hatte Crow zugestimmt. Und warum auch nicht? Was gab es sonst schon zu tun?

Jetzt saß er nun hier, mitten auf dem Eis, hielt eine Schnur ins Wasser und starrte in das dunkle Loch, während ein runzliger, kettenrauchender, whiskeytrinkender Gnom ihm einreden wollte, er solle so tun, als wäre er ein beschissener Fisch.

Irgendwann am Morgen ihres zweiten Tages auf dem Eis hörte Sam dann auf zu reden. Zunächst war Crow erleichtert. Sie hatten Glück mit den Fischen und fingen jeder drei kleine Elritzen. Danach herrschte lange Zeit Stille, nur unterbrochen, wenn Sam sich eine Pall Mall anzündete oder den Verschluß von seiner Flasche Jack Daniel's abschraubte. Crow beugte sich über das Loch und blickte in die dunkle Wasserwelt hinunter. Sein Köderfisch, auf den Haken gespießt, hing bewegungslos dicht über dem Boden des Sees. Das Schweigen breitete sich aus. Crow hob den Kopf. Sam rauchte und starrte in sein Loch. Eine dünne blaue Schicht aus Rauch umhüllte seinen Oberkörper. Crow spürte eine seltsame Taubheit in den Ohren und fragte sich, ob er vielleicht sein Gehör verlor. Er räusperte sich. Ein weit entferntes, dumpfes Geräusch. Plötzlich überkam ihn der Wunsch, seine eigene Stimme zu hören. Er fing an zu reden. Zuerst erzählte er Sam von dem Doktor. Er sprach langsam. Es gefiel ihm, wie seine Stimme von dem Plastikdach echote. Sam hörte zu, nickte und brummte an den richtigen Stellen. Crow erzählte ihm von Ricky Murphy, erzählte ihm, wie er mit George Murphy die Schweine gefüttert hatte. Er erzählte von Melinda und von den Prügeln, die er von Ricky Murphy bezogen hatte. Sam gab keinerlei Kommentar von sich, trank Whiskey und rauchte Pall Mall. Nach einer scheinbar sehr langen Zeit fiel Crow nichts mehr ein. Er fühlte sich, als habe er stundenlang Wasser gelassen und sei völlig ausgetrocknet. Abwesend sah er in sein Loch hinab. Der Köderfisch zuckte. Wie konnte er so lange überleben? Er stellte sich vor, wie er selber an einem riesigen Haken hing, aufgespießt. Wie lange würde er überleben? Fünf Minuten? Zehn? Der Haken hing praktisch vor ihm, also nutzte er die Gelegenheit, ein paar andere Leute daran aufzuhängen. Bellweather, Ricky Murphy und Orlan Johnson hauchten schon nach Sekunden ihren Geist aus; George Murphy dagegen wirkte nur total sauer.

Seine Gedanken trieben davon, und bevor er sie einfangen konnte, fand er sich anderthalb Jahrzehnte früher wieder. Im Alter von neunzehn hatte er sich – für kurze Zeit – dem Studium des Zen Buddhismus verschrieben. Es dauerte jedoch nur ganze drei Wochen, bevor ihn die gemächliche Gangart der östlichen Philosophien langweilte und er sich den dramatischeren Effekten eines kleinen Tropfens des richtigen Stoffs zuwandte. Ein LSD-Trip, und der Zen Buddhismus schien irrelevant. Einige der Geschichten hatte er jedoch nicht vergessen. In einer hatte sich ein junger japanischer Zen-Schüler auf der Suche nach Erleuchtung einen Lehrer ausgesucht, der allein in tiefster Wildnis lebte. Er traf den Lehrer dabei an, wie er im Wald das Laub zusammenfegte, so vertieft in seine Arbeit, daß er den jungen Mann gar nicht zu bemerken schien. Der Schüler sprach den Meister an, wurde jedoch vollkommen ignoriert. Schließlich begab sich der Schüler in einen anderen Teil des Waldes und begann dort selbst, Laub zusammenzufegen. Jahre später kam ihm die Erleuchtung. Er rannte durch den Wald zu dem Lehrer und rief: »Ich danke dir!«

Crow wandte seinen Blick von dem Loch im Eis ab und sah zu seinem Vater hinüber, der wie gebannt auf die Angelschnur starrte, die im Wasser verschwand.

Niemals, dachte er.

Etwas zerrte an seiner Schnur. Crow riß sie nach oben, spürte jedoch keinen Widerstand. Er zog die Leine hoch. Kein Köder mehr.

»Was angebissen, Sohn?«

»Hatte.« Crow nahm einen weiteren Fischköder aus dem Eimer und spießte ihn auf seinen Haken.

Sam zog seine eigene Schnur hoch und betrachtete den unversehrten Köder. Dann ließ er ihn wieder in das eisige Wasser gleiten und sah zu, wie er sank. »Dieser George Murphy, ist das nicht der, der dafür gesorgt hat, daß du verhaftet wurdest?«

Sam hatte also doch die ganze Zeit zugehört.

»Johnson hat mich auffliegen lassen«, sagte Crow, »aber George steckte hinter dem Ganzen. Es ging nur darum, daß man mir heimzahlen wollte, was ich mit Ricky gemacht hatte. Ich wußte schon immer, daß George im Hintergrund die Fäden zog, habe ihn aber persönlich erst vor ein paar Tagen kennengelernt.« Vor ein paar Tagen? Es kam ihm vor wie Wochen. »Wenn ich heute daran denke, dann geschah es mir ganz recht. Hätten George und Orlan mich nicht in die Scheiße geritten, dann hätte ich das selbst besorgt.«

»Du bist also nicht mehr sauer deswegen?«

Crow überlegte. »Oh, ich bin schon noch sauer«, sagte er. »Das Schlimmste daran war, daß ich diesen Hundesohn Getter um Hilfe bitten mußte.«

Sam grinste und zeigte eine Reihe langer, gelber Zähne. »Du kannst den alten Dave nicht besonders leiden, was?«

Crow schüttelte den Kopf.

»Ziemlicher Schleimscheißer, stimmt's?«

»Kommt so hin.«

»Und dieser Doktor ... Meinst du, er hat den Jungen entführt?«

»Ich weiß nicht, ob er ihn entführt hat, aber ich glaube,

daß er jetzt bei ihm ist. Murphy sagt, sie hätten die Kappe des Jungen in Bellweathers Haus gefunden. Ich weiß nicht, warum er das sagen sollte, wenn's nicht so wäre.«

»Trotzdem komische Geschichte. Selbst wenn der Kerl ein gottverdammter Perverser ist, macht es keinen Sinn. Überall laufen kleine Jungen herum. Warum sich einen schnappen, wenn man dafür getötet werden könnte.«

»Ich weiß es nicht.«

»Wohin ist er, glaubst du?«

»Ich schätze, er hat die Stadt verlassen.«

»Macht auch keinen Sinn. Du sagst, er ist reich?«

»Zumindest macht er den Eindruck.«

»Aber stimmt das auch? Reiche Typen laufen nicht einfach weg, sie haben verdammt noch mal einfach zuviel, um es im Stich zu lassen. Es ist so, als hingen sie an einer Leine.

»Du klingst wie Debrowski.«

»Wer?«

»Jemand, den ich kenne.«

»Ist er Pole?«

»Keine Ahnung.«

»Klingt polnisch. Ich wette, er ist stark behaart.«

Sam verfügte über eine riesige Sammlung solcher Allgemeinplätze. Polen sind stark behaart. Finnen tragen immer Messer bei sich. Schotten sind unverbesserliche Lügner. Crow lenkte das Gespräch wieder auf Bellweather.

»Irgend etwas muß geschehen sein, was dem Doktor mächtig Angst eingejagt hat, Sam. Deswegen hat er sich den Jungen geschnappt und ist einfach abgehauen. Vielleicht hält er den Jungen für eine Art Lebensversicherung. Vielleicht denkt er, daß er mit George Murphy etwas aushandeln kann. Aber was es auch immer ist, es geht mich nichts an. Ich bin draußen.«

Sam nickte und fiel wieder in seine Angel-Trance. Nach einigen Minuten hob er sein stoppeliges Kinn und fragte: »Spielst du noch oft Karten?«

»Nicht sehr oft, Sam. Dafür braucht man Geld.«

»Tatsächlich? Hab' ich dir schon erzählt, wie ich Amarillo Slim mal ein ganzes Bündel abknöpfen konnte?«

»Ich dachte, es wäre Johnny Moss gewesen.«

»Ach ja? Nun, ich hab' gegen beide gespielt.«

Sam behauptete stets, in seiner Jugend ein brillanter Pokerspieler gewesen zu sein. Angeblich hatte er in den Bordellen in Brownsville, Texas, bis hin zu den Spielclubs in Gardena, Kalifornien, Hunderttausende von Dollars abgezockt. Crow glaubte vielleicht zehn Prozent dieser Geschichten, manchmal weniger. Sam sagte, er habe das Leben als Spieler wegen seines Magens aufgeben müssen. »Eines braucht man, wenn man am Pokertisch sitzt, man braucht einen Magen aus Eisen. Meiner fing an, langsam durchzurosten, und wenn ich ein paar knappe Spiele durchzustehen hatten, dann verknotete sich alles bei mir. Poker ist für euch junge Kerle.« Crow glaubte, daß der Whiskey und die Zigaretten etwas mit den Magenproblemen seines Vaters zu tun haben könnten, aber er hütete sich, ihm zu widersprechen.

»Damals, in Tulsa, muß wohl so 1962 gewesen sein, spielten wir Poker in einer Raststätte, ich und Slim und zwei Rancher aus der Gegend, und der alte Kerl, dem die Raststätte gehörte. Ich seh uns noch da sitzen, fünf Typen mit diesen riesigen Hüten auf dem Kopf. Wir trugen da unten immer unsere Stetsons. Jeder wollte wie ein verdammter Texaner aussehen. Jedenfalls kriegt dieser Trucker mit, daß da ein Spiel stattfindet und möchte einsteigen. Wir spielten um 50 Dollar Mindesteinsatz – und du mußt wissen, das war eine Menge Geld damals –, aber dieser Typ hat nur 300 Dollar, will nur für ein paar Runden mitmachen. Ich hab' natürlich was dagegen, aber Slim meint, na klar Junge, rüber mit den drei Scheinen. Slim konnte nie nein sagen. Also sage ich zu dem Trucker, setz dich hier auf meinen Platz und spiel. Ich geh' solange spazieren. Und das habe ich, verdammt noch mal, auch getan.«

Sam zog an seiner Schnur und zündete sich eine Zigarette an. War die Geschichte schon vorbei? Crow wußte es nicht. Sams Geschichten verloren sich oft genug, ohne daß er zum Punkt gekommen wäre. Crow schraubte den Deckel seiner Thermoskanne ab und goß den letzten Rest Kaffee in einen Plastikbecher. Die Flüssigkeit war noch immer etwas wärmer als seine Körpertemperatur. Nach ein paar Minuten, als habe jemand auf einen Knopf gedrückt, fuhr Sam mit seiner Geschichte fort.

»Also, ich komme eine Stunde später zurück, und wer hätte das gedacht, der Trucker hat Glück gehabt und sitzt auf dem dicksten Batzen am ganzen Tisch. Slim ist runter bis auf Ein-Dollar-Noten und zieht die Scheine aus der Rolle wie ein Zahnarzt, der sich seine eigenen Zähne ziehen muß. Also setze ich mich wieder dazu und steige ins Spiel ein, und in einer Stunde habe ich den Jungen fertiggemacht.«

»Slim?«

»Nein. Den Trucker. Er hatte soviel neues Geld vor sich liegen, daß er nicht mehr wußte, was er tat. Denn siehst du, eins mußt du immer wissen: Bei wem sitzt das Geld? Der alte Slim ist auch noch mal eingestiegen, aber mir hat er nicht einen Dime abgenommen. Bei dem Spiel hab' ich fast zwanzigtausend gewonnen.«

»Toll, Sam.«

»Hab' nur aus einem einzigen Grund gewonnen: Ich wußte, daß man nicht gegen kleines Geld spielt. Wenn ein Typ mit wenig Geld am Tisch sitzt, welchen Grund hast du dann, gegen ihn anzutreten? Was glaubst du, kannst du gewinnen? Er hat nichts zu verlieren, aber du sitzt da und hast einen Haufen Geld zu verteidigen. In neun von zehn Fällen wirst du ihm die dreihundert Bucks trotzdem abnehmen, aber beim zehntenmal raubt er dich aus.«

»Versuchst du mir etwas zu sagen?«

»Die Sache ist die – wenn ein Kerl nichts zu verlieren hat, dann kann er es sich leisten, Aufruhr zu machen. Man weiß nie, was man bei so einem findet.«

»Vielleicht findet man ihn – tot.«

Sam zuckte mit den Schultern. »Geht's dir heute besser, Sohn?«

Crow dachte ernsthaft über die Frage nach. Körperlich fühlte er sich ganz gut, nur ein leichtes Ziehen in der Seite war übriggeblieben. Und es gab tatsächlich Minuten, in denen er nicht an die Murphys, an Bellweather oder Melinda denken mußte. Eigentlich ging es ihm ganz gut, wenn man davon absah, daß er kein Geld und keine Hoffnung hatte. Immerhin besaß er noch seinen VW, zwanzig Pfund gefrorene Barsche, fünfzig und noch was Dollar in bar – oh, und auch noch eine kleine Hoffnung: Vielleicht kam seine Katze doch noch zurück. Er hatte eine Schüssel mit Futter auf den Balkon seines Apartments gestellt.

»Mir geht's gut, Sam.«

»Beschissen geht's dir. Wenn's dir gut ginge, würdest du hier nicht mit deinem alten Vater in einem gottverdammten Eishaus hocken. Du würdest in das verdammte Spiel einsteigen. Und wenn du gegen einen New Yorker spielst, dann paß auf, daß er nicht den Pott nimmt.« Sam sah ihn an. Er wartete offensichtlich auf eine Anwort, wie sie auch ausfallen würde.

Crow zog seine Schnur hoch. »Okay, Sam.« Er lächelte und mußte an ein Gedicht denken, das ein japanischer Mönch geschrieben hatte, nachdem er nach jahrelangen Studien endlich sein geistiges Ziel erreicht hatte:

Jetzt da ich erleuchtet bin,
fühle ich mich so elend wie zuvor.

DRITTER TEIL

1

Gib einem Kunden niemals einen Rat hinsichtlich einer Entscheidung, die er schon für sich getroffen hat.

RICH WICKY

George Murphy reichte ihm ein Bier. »Damit sie bei der Jagd ein bißchen lockerer sind. Sie wissen ja, was man so sagt. Mit einem Glas sieht man gut.« Er lachte. »Mit zweien sieht man gut aus ... Schon mal gehört, den Spruch?«

»Welchen Spruch?« fragte Anderson.

»Drei Bier, und ich bin brillant. Vier, und ich bin kugelsicher.« Murphy tippte sich an den Hut, und sein fleischiges Gesicht schien dabei nach links zu rutschen. Er grinste. »Fünf, und ich bin unsichtbar.«

Anderson lachte höflich und trank einen Schluck Bier. Es schmeckte süßlich und war nicht besonders kalt, aber er hatte eh vor, es schnell auszutrinken. Immerhin war es schon später Nachmittag, und ihnen blieben nur noch zwei Stunden Tageslicht. Er wollte endlich auf die Jagd.

Murphy schien es jedoch überhaupt nicht eilig zu haben. Er lehnte mit dem Hintern am Schreibtisch und richtete seine trüben Augen auf Anderson.

Anderson hielt dem Blick ein paar Sekunden stand und wandte sich dann ab. Murphy schien eigentlich ganz okay, aber trotzdem fühlte er sich in seiner Gegenwart nicht richtig wohl. Er sah sich in dem Büro um, das es irgendwie schaffte, sowohl spartanisch als auch unordentlich auszusehen. Außer dem alten Schreibtisch, dem selbstgemachten Ledersessel, hunderten alter Magazine, Tüten mit Kartoffelchips, leeren Kaffeetassen und einem Waffenschrank gab es in dem Zimmer nur noch ein riesiges, ausgestopftes Schwein zu bewundern.

»Das ist ein großes Schwein«, sagte Anderson.

»Einer von den wahren Keilern. Ein Sechs-Incher.«

»Und sie glauben wirklich, daß dieser Elch auf über vierhundert Punkte kommt?« fragte Anderson.

»Das garantiere ich.« Dann begann das Verhör. »Was gibt's denn Neues von unserem Freund, dem Doktor?« fragte Murphy.

Anderson sah ihn fragend an.

»Bellweather«, ergänzte George.

»Oh!« Er hatte versucht, Dr. Bellweather so vollständig wie möglich aus seinem Gedächtnis zu tilgen.

»Haben Sie in letzter Zeit mit ihm gesprochen?« fragte Murphy mit einem merkwürdigem Gesichtsausdruck.

»Seit mehreren Tagen nicht mehr«, antwortete Anderson.

Murphy verschränkte die Arme. »Sind Sie sicher?«

Anderson blinzelte. Was ging hier vor? Murphys Stimme hatte einen schneidenden Ton angenommen. »Natürlich. Wir haben keine geschäftlichen Beziehungen mehr miteinander.«

»Oh. Wie kommt das?«

Das Gespräch begann äußerst unangenehm zu werden. Anderson trank einen kräftigen Schluck Bier. Er war hierhergekommen, um zu jagen, nicht um über Dr. Bellweather zu sprechen. Das Bier schäumte in seinem Magen.

»Hat er jetzt andere Geschäftspartner?« fragte Murphy.

Anderson schüttelte den Kopf, nicht so sehr als Antwort auf Murphys Frage, sondern bei dem Versuch, seine Fragen abzuwehren.

»Ich weiß nicht«, sagte er und mußte rülpsen. »Entschuldigen Sie.«

»Schon okay, Steve«, sagte Murphy. »Wir sind ja unter uns. Also, was ist passiert? Gab es einen Streit? Hat er sich vielleicht an Sie rangemacht?«

Anderson zog die Schultern hoch. Ihm gefiel dieses Gespräch ganz und gar nicht. Es war nie gut, Informationen über einen Kunden weiterzugeben, selbst wenn Bellweather ein Kinderschänder war, wie Murphy behauptet hatte.

Außerdem hatte er sich nicht gerade in Freundschaft von Dr. Bellweather getrennt. Sein Ruf als Börsenberater hatte empfindlich darunter gelitten. Nachdem die Finanzbehörden die Firmenunterlagen von BioStellar beschlagnahmt hatten, waren die Aktien und damit der Wert von Bellweathers Depot ins Bodenlose gestürzt und erst bei einem sechsstelligen Bereich im Minus zum Stillstand gekommen. Dadurch wurde die Zahlung einer Sicherheitssumme nötig, was der Doktor jedoch ignoriert hatte. Eine sehr unangenehme Sache, die noch nicht beendet war. Und die Murphy außerdem nicht das geringste anging. Anderson beschloß, sich bedeckt zu halten.

»Das ist vorbei, George. Dr. Bellweather und Litten Securities arbeiten nicht mehr zusammen, und ich bin nicht befugt, die Einzelheiten preiszugeben.«

»Wissen Sie, wo ich ihn finden kann? Er ist weder zu Hause noch in der Klinik. Ich habe versucht, mit ihm Verbindung aufzunehmen.«

Anderson zuckte mit den Schultern. »Tut mir leid.«

»Es ist wichtig«, sagte Murphy leise. »Sie wissen doch, was für einer er ist, nicht wahr?«

»Ich weiß nur, was Sie mir erzählt haben. Abgesehen davon bin ich zur Elchjagd hier, nicht dazu, aus dem Nähkästchen zu plaudern.«

Murphy beugte sich vor. »Ich muß Ihnen etwas sagen, das sie noch nicht wissen. Er hat etwas, das mir gehört.«

»Es tut mir leid, George, aber ich darf nichts sagen.

»Er hat meinen Sohn – Shawn.«

Anderson schluckte. Er hielt die Bierflasche mit beiden Händen und fragte: »Ihren Sohn?«

»So ist es.«

»Das verstehe ich nicht.«

»Es ist so, wie ich sage. Er hat meinen Sohn. Sie haben ihn doch kennengelernt, nicht wahr? Shawn – ein guter Junge.«

»Um Himmels willen! Hören Sie, ich weiß nicht, wo er ist. Ich würde es Ihnen wirklich sagen.«

»Sie wissen also nicht, wo er ist?«

»Das sagte ich doch.«

Murphy hielt die Hände hoch. »Okay, okay, ich glaube Ihnen. Ich habe nur gefragt, Steve. Wenn Sie's mir nicht sagen wollen, dann verstehe ich das. Ist schon gut.«

»Es geht nicht darum, daß ich es Ihnen nicht sagen will. Ich weiß wirklich nicht, wo er ist.« Er blickte auf die Bierflasche in seinen Händen und stellte sie neben den Kaffeetassen und den alten Ausgaben von *Outdoor Life* ab.

Murphy wandte den Kopf und sah aus dem Fenster, konnte jedoch durch die frostbeschlagene Scheibe nichts erkennen. »Wie sieht's da draußen aus? Schneit's noch immer?«

»Es schneit.«

Murphy nickte. »Gut für die Elchjagd. Dann sehen die Biester einen nicht kommen.«

»Haben Sie die Polizei verständigt?«

»Sie können ihn nicht finden. Denken Sie daran, was er meinem Sohn antun könnte, Steve. Fällt Ihnen wirklich nicht ein, wo er sein könnte?«

Anderson schüttelte den Kopf und versuchte sich zu erinnern, wie der Murphy-Junge eigentlich aussah.

»Kennen Sie irgendwelche von seinen Freunden? Leute, bei denen er sich aufhalten könnte?«

Anderson überlegte. »Nun ja, er hat einen Bruder.«

»Ah. Wie heißt er?«

»Na ja – Bellweather, Ned, glaube ich. Oder Nate.«

Murphy beugte sich so tief zu Anderson herab, daß der das Gefühl hatte, gleich ließe er sich auf ihn fallen. »Und wo wohnt dieser Ned oder Nate?«

Anderson neigte den Kopf nach hinten und umklammerte die Sessellehnen. »Nate heißt er. Irgendwo in Minneapolis, glaube ich.«

Die Bürotür ging auf, und Ricky kam herein. Sein Gesicht war gerötet. Schmelzende Schneeflocken klebten an seinem Stetson. Er schlug seine behandschuhten Hände zusammen, nickte Anderson zu und sagte zu George: »Am besten gehen wir los, Bruder. Es wird ziemlich dicht da draußen.«

»Ich habe noch nie einen Jungen gesehen, der so viel ißt, Nels. Schon beim Zusehen muß ich meinen Gürtel lockern.«

Shawn schob sich das letzte Stück Käse-Pizza in den Mund und tat so, als höre er nicht zu. Er fand es blöd, wie Nate über ihn redete – als wäre er gar nicht da. Als wäre er ein Hund oder so was.

»Der Junge wächst, Nate«, sagte Dr. Bellweather. »Er braucht seine Kalorien – stimmt's, Shawn?«

Shawn blickte auf und nickte. Er kaute auf dem Käse herum. Er mochte weder Peperoni, Salami, Champignons noch das ganze andere Zeug. Shawn liebte eine Pizza mit Käse, mit viel Käse.

»Die Pizza hast du wirklich verputzt«, sagte der Doktor. »Willst du noch Nachtisch?«

Shawn nickte mit vollem Mund. Es war komisch, mit dem Doc zusammenzusein. Manchmal war er total sauer und dann wieder richtig nett, wie jetzt.

»Wie wär's mit Nachtisch für alle? Ich habt doch bestimmt Kekse oder so was da, Nate.«

Nate rief: »He, Ginny! Haben wir Kekse da?«

Nates Frau tauchte mit verkniffenem Gesicht in der Küchentür auf. Sie trug violette Stretchhosen und ein besticktes Sweatshirt.

»Haben wir Kekse da?« wiederholte Nate.

Ginny sah ihn finster an. Dann öffnete sie den Schrank, holte eine Dose mit Oreos hervor und knallte sie auf den Tisch.

»Du mußt mir mal eben helfen«, sagte sie zu Nate.

»Hat es nicht Zeit, Schatz?«

»Nein.«

Nate zuckte mit den Schultern und folgte seiner Frau ins Wohnzimmer. Shawn brach ein Oreo auseinander und leckte die Füllung heraus, bevor er den dunklen Keks aß. Er war bei seinem sechsten Oreo, als Nate zurückkehrte. Sein Gesicht hatte sich merklich verdüstert.

»Wie lange willst du eigentlich bleiben, Nels?« fragte er.

»Gibt es Eheprobleme, Nate?«

»Hör zu, du wolltest nur für eine Nacht bleiben. Jetzt

sind es schon drei Tage. Ginny wird langsam nervös. Es gefällt ihr nicht, daß der …« Er nickte zu Shawn hinüber. »Du weißt schon. Und vielleicht suchen diese Kerle dich. Ich meine, sie hat wirklich Grund, sich Sorgen zu machen.«

Doc rollte mit den Augen, sah Shawn an und zwinkerte. »Frauen«, sagte er.

»Ich finde, sie hat nicht unrecht, Nels. Was ist, wenn sie dich hier suchen?«

»George weiß nicht einmal, daß ich einen Bruder habe. Er weiß gar nicht, daß es dich gibt.«

»Warum machst du nicht Urlaub? Vielleicht solltest du eine Weile untertauchen, bis Gras über die Sache gewachsen ist.«

»Was, soll ich mir einen Bart wachsen lassen und den Touristen Armbanduhren verkaufen? Es wird ›kein Gras über die Sache wachsen‹, Nate. Und wenn ich schon verschwinden muß, dann bestimmt nicht pleite.«

»Ich kann es noch immer nicht glauben. Bei all dem Geld, das du verdient hast. Und du besitzt wirklich gar nichts mehr?«

»Ich habe es dir doch schon erklärt, Nate. Mein Besitz ist gepfändet. Du weißt doch sicher, was das bedeutet.«

»Ich verstehe trotzdem nicht, warum du nicht einfach den Bankrott erklärst. Kannst du nicht einmal das Haus behalten? Schützen dich die Gerichte nicht vor deinen Gläubigern?«

»Nicht vor dem Finanzamt, ganz sicher nicht. Und auch nicht vor George Murphy. Du weißt doch, was mir in den letzten drei Jahren passiert ist. Die Scheidung hat mich ein Vermögen gekostet. Dann hatte ich ein paar Klagen wegen Kunstfehlern am Hals, die ich auch nur mit einer Menge Geld aus der Welt schaffen konnte. Und dann gehen die vom Finanzamt fünf Jahre zurück und erklären eine halbe Million, die ich steuerlich abgesetzt hatte, für unzulässig.«

Nate schnaubte. »Na stell dir vor. Durftest du etwa deine Jagdreisen gar nicht von der Steuer absetzen?«

»Ich habe diese Reisen dazu genutzt, für meine Praxis zu werben und um medizinische Techniken zu studieren, die

Chirurgen in anderen Ländern anwenden. Du würdest nicht glauben, was für große Tittenimplantate sie in Buenos Aires verwenden. Aber egal, ich wäre auch mit der Steuernachforderung klargekommen, wenn es diesem Idioten Anderson, der mein Geld eigentlich vermehren sollte, nicht gelungen wäre, jeden letzten Pfennig, den ich eingesetzt hatte, zu verlieren. Ich verpasse die letzte Frist der Finanzbehörden, und siehe da, plötzlich schlafe ich auf dem Sofa meines Bruders.«

Shawn verstand nicht alles von dem, was gesagt wurde, aber der Teil mit den Titten hatte ihm gefallen. Doc sah so wütend aus, wie er ihn noch nie gesehen hatte. Nate war auch wütend. Wenn Ricky und sein Dad sich stritten oder wenn Grandy sauer war, dann hatte er immer Angst bekommen. Aber wie der Doc sich mit seinem Bruder stritt, das war irgendwie witzig.

»Ach ja, na gut, ab jetzt brauchst du nicht mehr drauf zu schlafen.«

»Tatsächlich? Willst du mich lieber tot sehen?«

»Ich weiß nur, daß du hier mit dem Jungen nicht bleiben kannst.«

Der Doktor lehnte sich in seinem Sessel zurück und trommelte mit den Fingern auf die Tischplatte. »Ich muß nur genug Geld zusammenbringen, damit ich das Land verlassen und mich in Guttmanns Klinik einkaufen kann.«

»Guttmann?«

»Ein Arzt, den ich während der Jaguarjagd in Costa Rica kennengelernt habe. Er hat eine Praxis für kosmetische Chirurgie in San José, macht Augenlider und Kinne für jede reiche Schlampe zwischen Guatemala und dem Panamakanal. Seit einiger Zeit praktiziert er auch Fettabsaugung und hat mir angeboten, mich in seine Klinik einzukaufen.«

Nate verschränkte die Arme. »Ich habe jedenfalls kein Geld zu verschenken.«

Der Doktor schüttelte den Kopf. »Ich brauche etwa hunderttausend, dazu Geld zum Leben, bis ich meine eigene Praxis eröffnen kann. Dort unten ist es nicht gerade billig. Ich brauche Geld, damit es klappt. Hör zu, ich benötige nur noch ein, zwei Tage, um die Sache einzufädeln. Vielleicht kann ich den Jungs, mit denen ich zur Schule ging, etwas aus dem Kreuz leiern.«

»Hast du die nicht längst alle angepumpt?«

Bellweather seufzte. »Ja, ich schätze, das habe ich.«

Shawn kapierte nicht. Der Doc behauptete ständig, pleite zu sein, dabei hatte er doch ein ganzes Haus voller *Zeug*. »Ich dachte, du wärst reich?« sagte er.

»Tut mir leid, dich enttäuschen zu müssen, Junge.« Er tippte sich mit dem Zeigefinger gegen das Kinn und sah Shawn nachdenklich an. »Andererseits«, sagte er langsam, »habe ich ein oder zwei Sachen, die tatsächlich etwas wert sein könnten.«

»Dein Auto?«

Doc lachte und strich Shawn mit der Hand über den Rücken. »Ach ja«, sagte er. »Das kommt auch noch dazu.«

Shawn stopfte sich weitere Kekse in den Mund, bis er merkte, daß Nate mit herabgezogenen Mundwinkeln auf die fast leere Packung Oreos starrte. Shawn grinste verlegen, mit schckoladeüberzogenen Zähnen.

Dr. Nelson Bellweathers Haus machte nicht den Eindruck, als sei es in irgendeiner Form bewohnt. Eine dünne, unberührte Schneeschicht bedeckte die Auffahrt. An die Haustür war ein offiziell aussehender weißer Zettel geheftet worden. Crow stieg aus seinem Wagen, ging die Stufen hinauf und las ihn.

Er ging wieder zu seinem Wagen zurück, fuhr aus den Orchard Estates hinaus und nahm die Küstenstraße, die um die Maxwell Bay und über eine kleine Landenge führte. Nachdem er mehrere Male falsch abgebogen war, fand er schließlich Applewood Curve und folgte der Straße bis zu einem niedrigen, großflächigen Haus, von dem aus man auf die Stubbs Bay sehen konnte. Auf der aufs sorgfältigste schneegepflügten Auffahrt parkte er und blieb eine Minute im Wagen sitzen. Er versuchte sich vorzustellen, wie es war, in einem solchen Haus zu wohnen. Es hatte etwas Kaltes an sich, das ihn an Bellweathers Wohnzimmer erinnerte. Hellgrauer Stein, ein flaches weißes Dach, riesige Glasfronten mit in Weiß gehaltenen Vorhängen und Gardinen. Der schneebedeckte Vorgarten sah beängstigend symmetrisch aus. Crow holte tief Atem und stieg aus. Der geflieste Weg war mit Enteisungssteinen getupft. In Minnesota lebte man sicher. Die Hausnummer stand in Kupfer an der Wand: 1087. Zwei identische, vier Fuß hohe Urnen, glatt, weiß und leer, flankierten die Tür. Crow drückte auf den Klingelknopf.

Mary Getter öffnete die Tür und lächelte. »Joe! Was für eine Überraschung!« Es war kein schlechtes Lächeln, auch wenn es ein paar Fältchen mehr um die Augen hätte vertragen können. »Komm rein. Dich habe ich wirklich nicht erwartet. Wie geht's dir?«

»Mir geht's gut, Mary.« Crow ging hinein, und wie immer wirkte das Innere der Getter-Residenz, als wolle man jeden Augenblick Aufnahmen für *House Beautiful* machen.

Der sterile Vorstadtstil. Plötzlich wurde er sich seines eigenen Aufzugs bewußt, der sich seit seiner Angelreise zum Lake Mille Lacs nicht verändert hatte. Bart, Jeans und Jacke, alles drei Tage alt. Seine Hände rochen noch immer nach Fisch, obwohl er sie an der Amoco-Tankstelle in Garrison tüchtig abgeschrubbt hatte. Vielleicht hätte er doch erst nach Hause fahren und sich umziehen sollen. Ach, zum Teufel. Sie war seine Schwester. Sie hatte ihn schon in üblerem Zustand gesehen.

»Wie geht's dir?« fragte er.

»Uns geht's gut«, antwortete sie.

»Ist Dave zu Hause?«

Sie schüttelte den Kopf. »Er ist noch im Büro.«

»Gut. Ich wollte nämlich mit dir reden.«

»Oh?« Sie lächelte tapfer, brachte aber nur eine Parodie ihres üblichen strahlenden Lachens zustande. Er glaubte hören zu können, wie die inneren Fallgitter heruntergelassen wurden.

»Hast du zufällig einen Kaffee da?«

»Ich kann welchen machen.«

»Dann nicht, mach dir keine Mühe.«

Mary trat einen Schritt zurück, drehte sich um und ging nach hinten. »Es macht keine Mühe.«

Crow folgte ihr in die geräumige Küche, die aussah, als würde Essen in dieser sterilen Umgebung nicht gerne gesehen.

»Ich war angeln«, sagte er. Sie hätte ihn nie gefragt, warum er nach Schweiß, Kerosin, Zigaretten und toten Fischen roch. Sie hätte ihn auch niemals nach der langsam abschwellenden Beule an seinem Kinn gefragt. Was sie betraf, hätte er in Kimono und Zylinder bei ihr aufkreuzen können, sie wäre immer noch desinteressiert geblieben. Trotzdem fühlte er sich bemüßigt, eine Erklärung abzugeben. »Ich war mit Sam am Mille Sacs.«

»Oh?« sagte sie. Mary hatte für Sam nichts übrig. Ihre Mutter, Virginia Crow, hatte sie ohne Vater großgezogen. Kurz nach ihrem Tod – Joe war achtzehn, Mary zwei Jahre älter – war Sam O'Gara aufgetaucht und hatte behauptet, ihr leiblicher Vater zu sein. Joe glaubte ihm, Mary nicht. Er *konnte* nicht ihr Vater sein, egal was er vorbrachte.

»Wir waren Eisangeln.«

Mary nickte, füllte die Kaffeemaschine, schaltete sie ein und betätigte den Schalter für die Dunstabzugshaube über dem Herd. Ein leises Brummen strich durch den Raum. Mary stand neben der Kaffeemaschine und wartete, die Hände ineinandergepreßt. Crow tat so, als bemerke er ihre Nervosität nicht und betrachtete sie. Seine Schwester war fünfunddreißig, aber sie kleidete und gab sich wie eine gut erhaltene Fünfundvierzigjährige. Ihr helles Haar war kurz geschnitten, ein teurer Friseur offensichtlich, und mit einigen goldenen Strähnen aufgefrischt, die so natürlich wirkten, als fiele die Augustsonne gerade in diesem Augenblick auf sie herab. Weite, cremefarbene Baumwollhosen, eine teuer aussehende gelblich-graue Strickjacke, graue Leinenschuhe – das Ganze hätte eine Studie im eleganten, aber lässigen Freizeitlook sein können, etwas, in dem auch Martha Stewart die Perserkatze der Nachbarn empfing. Doch wirkte seine Schwester immer innerlich angespannt, und sie verbreitete stets eine Atmosphäre der Besorgnis, der

Unsicherheit, der Angst und der Ablehnung. Meist machte sie den Eindruck, als channele sie eine leicht hysterische June Cleaver. Crow hätte ihr das vielleicht sogar gesagt, aber wahrscheinlich hätte sie ihn dann darüber informiert, daß June Cleaver eine Figur aus einer Fernsehserie sei und daher nicht gechannelt werden könne. Marys Sinn für Humor hatte in den letzten Jahren sehr gelitten.

Sie war nicht immer so gewesen. Früher hatte Mary über eine scharfe Zunge und ein ansteckendes Lachen verfügt. Sie beinhaltete Kraft und eine praktische Ader. Nachdem sie an der Universität ihren Abschluß in Kunst gemacht hatte, arbeitete sie in einer Reihe von Jobs und verbrachte ihre Zeit mit einer Sammlung von Künstlern, Musikern, Dichtern und anderen schludrigen, beohrringten, schrägen Typen. Sie probierte neue Dinge aus und wollte Spaß haben. Eine Reihe interessanter Freunde trugen dazu bei, außerdem ein Studio in einem heruntergekommenen Lagerhaus am Rand von Downtown, Minneapolis. Dort hatte sie sogar einige der bunt bemalten Holzcollagen verkauft, die sie in den frühen Morgenstunden anfertigte.

Crow hatte seine große Schwester gemocht. Damals waren sie prima miteinander ausgekommen. Wenn er in der Stadt war, gingen sie zusammen in Konzerte, tranken einen und tauschten die letzten Neuigkeiten über ihre chaotischen Liebschaften aus.

Aber mit Ende zwanzig begann Mary sich zu ändern. Zuerst dachte Crow, daß es sich nur um eine Phase handele, eine kaputte Liebesgeschichte, finanzielle Probleme, auf alle Fälle etwas, das sich einrenken würde. Aus ihren Lachfältchen wurden Sorgenfalten, und ihre großen, neugierigen Augen wurden schmaler. Sie bewegte sich langsamer und trauriger und kam mit der lässigen Haltung ihrer Freunde nicht mehr zurecht. Eine Wolke der Verzweiflung schien über ihr zu schweben. Eines Tages, sie saßen in der New French Bar und tranken Bier, hatte sie zu ihm gesagt: »Joe, ich bin dreißig Jahre alt, ich will endlich erwachsen werden. Ich will in einem richtigen Haus wohnen. Ich will ein Baby.«

Crow, der nie eines dieser Dinge hatte haben wollen, erklärte sofort: »Du spinnst. Was willst du mit einem Kind? Du bist nicht mal verheiratet.«

Etwas Dümmeres hatte er kaum sagen können. Kurze Zeit später gab sie ihr Studio auf, trat einer Unitarier-Gemeinde bei und begann, sich konservativer zu kleiden. Sie hörte auf, sich das Haar zu färben und kaufte ihre Kleider – keine schwarzen Sachen mehr – bei Land's End und L. Bean. Die neue Mary lernte Dave Getter bei einer von der Kirche veranstalteten Singles-Party kennen. Ein paar Wochen später arbeitete sie als Sekretärin in seinem Büro, und nach drei Monaten waren sie verheiratet.

Crow hatte versucht, seinen Schwager zu mögen, aber er war katastrophal gescheitert.

Je besser Getters Anwaltspraxis lief, desto mehr verwandelte sich Mary. Sie ließ sich helle Strähnchen ins Haar färben, kaufte ihre Kleider nun bei Saks und Cedric's und erschuf so eine elegantere Mary. Ihr Gesicht glich einer Maske, und die Lachfältchen verschwanden aus Mangel an Übung. Sie wurde erwachsen, und sie bekam auch ihr Haus, aber ein Kind bekam sie nicht. Offenbar gab es entweder bei ihr oder bei Dave ein Problem, aber sie sprach nie darüber, und Crow fragte nicht. Bald hatte er den Verdacht, daß ihre Unfruchtbarkeit die neueste Phase in ihrer Entwicklung auslöste – sie hatte New Age entdeckt.

Crow wußte nicht mehr, ob es zuerst Mary oder Melinda gewesen war, die sich von den heilenden Kräften der Kristalle faszinieren ließ, die homöopathische Heilmittel und die gechannelten Worte der erhabenen Meister aufsaugte. Als Melinda dann begann, sich ernsthaft mit dem Tarot zu beschäftigen, hatte Crow es für ein neues, harmloses Hobby gehalten. Und ihren gemeinsamen Ausflug nach Sedona, wo sie an einem Wochenendworkshop über ›Synchronharmonisches Verschmelzen‹ teilgenommen hatten, hielt er für die weibliche Version eines Angelausflugs.

Aber jetzt, da Melinda immer seltsamer wurde, kam ihm ihr gemeinsames Interesse an alternativen Philosophien immer mehr wie eine Bedrohung vor. Sie sprachen eine Sprache, die er nicht verstand, sie schienen miteinander kommunizieren zu können, aber nicht mit ihm. Melinda hatte ihm erzählt, daß sie und Mary in einem früheren Leben Schwestern gewesen seien. Und sie meinte auch, daß seine Anziehungskraft auf sie ein Echo dieser früheren Zeit wäre. »Es hat fast etwas von Inzest, daß wir verheiratet sind«, hatte sie gesagt.

Bald kam es so weit, daß Crow nicht an die eine denken konnte, ohne daß sich die andere dazugesellte. Die beiden Frauen verschmolzen zu einer Person, und er erwischte sich dabei, wie er Mary statt Melinda sagte oder umgekehrt. Um den peinlichen Fehler zu vermeiden, begann er von ›meiner Frau‹ und ›meiner Schwester‹ zu sprechen. Vielleicht hatte Melinda recht. Auf einer Ebene, die er nicht verstand, waren sie einander absolut gleich.

Die Kaffeemaschine blubberte. Ein dünner, dunkler Strahl floß in die Glaskanne.

»Der Kaffee kommt aus Kenia«, sagte Mary. »Wir sind in so einem Club, von dem wir jeden Monat eine andere Sorte Kaffee zugeschickt bekommen. Der Kaffee wird noch am gleichen Tag verschifft, an dem man ihn röstet.«

»Riecht gut.« Der Kaffee roch tatsächlich gut, nach all den Litern Instantkaffee, die er auf dem Eis des Mille Lac getrunken hatte, um warm zu bleiben. Mary goß einen blauen Becher voll und reichte ihn Crow.

»Selbstgemacht«, sagte sie.

»Ich weiß«, sagte Crow. »Ich war ja dabei.«

Mary verzog die Lippen. »Ich meine den Becher.«

»Oh!« Er hielt den Becher hoch und betrachtete ihn. Ebenmäßig, dünnwandig, mit einem großen, geschwungenen Henkel und einer glänzenden Glasur. »Hübsch. Melinda hat mir erzählt, daß du mit Töpfern angefangen hast. Ich war vor ein paar Tagen zum Essen bei Melinda.«

Mary sah auf den Boden. »Ich weiß.«

»Hast du mit ihr gesprochen?«

Mary öffnete den Schrank unter der Spüle, nahm einen großen rosa Schwamm aus dem Drahtregal an der Innenseite der Tür, befeuchtete ihn und wischte damit einen unsichtbaren Fleck vom Fliesenboden. Sie nickte.

»Sie nimmt es noch immer«, sagte Crow.

Mary beschäftigte sich mit einem weiteren Fleck. »Sie macht eine schwere Zeit durch, Joe. Sie ist aus dem Gleichgewicht.« Sorgfältig spülte sie den Schwamm, wrang ihn aus und legte ihn wieder an seinen Platz zurück.

»Das bin ich auch.«

»Sie hat mir erzählt, daß du mitten in der Nacht einfach verschwunden bist.«

»Verschwunden? Sie saß an ihrem Küchentisch und zog sich die Linien rein. Was hätte ich tun sollen – ihr den Stoff unter die Nase halten?«

Mary führte ihren Becher an die Lippen. »Also du warst angeln.«

»Willst du mir irgend etwas sagen? Was hat sie sonst noch erzählt?«

Mary schüttelte den Kopf. »Sie sagte, nachdem du gegangen warst, hätte ein Polizist an ihre Tür geklopft und hätte nach dir gefragt. Steckst du schon wieder in irgendwelchen Schwierigkeiten, Joe? Sie sagte, er habe sehr bedrohlich gewirkt. Kannst du dir vorstellen, wie das für sie gewesen sein muß? Mitten in der Nacht? Hast du wieder Ärger?«

»Nicht mehr als sonst. Was für ein Polizist?«

»Sie meinte, es sei der Mann gewesen, für den du gearbeitet hast.«

»Johnson.« Eine Welle des Mitgefühls und der Besorgnis erfaßte Crow, die er jedoch sofort mit ein paar nüchternen Gedanken stoppte. Wahrscheinlich saß sie gerade vor ihren Coke-Linien, als er klingelte. Hatte sich sicherlich zu Tode erschrocken. Geschah ihr recht. Er sah sie vor sich, wie sie am Küchentisch saß und ihn mit ihren hellen Augen herausfordernd ansah. Aber wieso? Er ließ ihr Bild in schwarzweiß übergehen und verkleinerte es auf Brieftaschengröße.

»Sie sollte sich lieber zusammenreißen«, sagte er.

Mary schwieg.

Crow umklammerte seinen Becher mit Kaffee. Er verstand einiges von dem, was er hier erlebte, nicht mehr. Sie war seine Schwester, sie war Melindas beste Freundin. Sie hätte ihn packen, schütteln müssen und ihm sagen, was er zu tun habe. Oder ihm sagen, daß er nichts machen könne. Endlich wieder einmal ehrlich zu ihm sein. Irgendwo in dieser New Age-Kristallkopf-Stepford-Ehefrau steckte seine wahre Schwester, die alte Mary Crow. Er hatte seit einem halben Jahrzehnt nichts mehr von ihr gesehen, aber sie mußte da noch irgendwo sein.

Abgesehen davon wollte er nicht länger über Melinda nachdenken. Andere Dinge waren wichtiger. Er war drei Tage lang fort gewesen. Hatte George Murphy inzwischen seinen Sohn zurück? Warum hämmerte Orlan Johnson an Melindas Tür? Und wo, zum Teufel, steckte der Doktor?

»Ich war gerade bei Dr. Bellweathers Haus«, sagte er unvermittelt.

Marys Schultern sackten herab. Erst jetzt bemerkte er, daß sie ebenso angespannt gewesen war wie er selbst. Ihre Hände zitterten, als wäre sie einer großen Anstrengung ausgesetzt gewesen. Sie sank am Küchentisch auf einen Stuhl.

»Ach ja?«

»An seiner Haustür hängt eine Mitteilung von der Steuerbehörde. Sein Eigentum wurde beschlagnahmt.«

Sie neigte den Kopf zur Seite und runzelte verwundert die Stirn. »Das wußte ich nicht«, sagte sie und ließ die Hände seitwärts sinken.

»Hat Dave irgendwas gesagt?«

Sie schüttelte den Kopf. »Ich habe für morgen einen Termin bei ihm. Vielleicht ist er dann in seiner Klinik.«

»Du hast einen Termin bei Bellweather?«

»Einen Nachtermin. Er hat mich vor ein paar Wochen behandelt.« Sie stand auf und trat einen Schritt vom Tisch zurück. Dann glättete sie die Hose über den Hüften und setzte ein Kataloglächeln auf. »Ist dir gar nichts aufgefallen? Ich habe zehn Pfund abgenommen!«

Das Schneemobil kämpfte sich ächzend und schaukelnd durch den Sturm. Es folgte einer kaum sichtbaren Spur durch das Gewirr von grauen Bäumen, abgesplitterten Ästen, Baumstämmen und Gestrüpp. Der graue Himmel senkte sich immer tiefer und dunkler herab und spuckte dicke Schneeflocken auf sie. Anderson versteckte sich hinter George Murphys breitem Rücken und wartete auf das Ende der Fahrt, das gnädigerweise schneller kam, als er gedacht hatte. Kaum fünf Minuten, nachdem sie die Lodge verlassen hatten, hielt George Murphy das Schneemobil an und schaltete den Motor ab.

»Von hier aus gehen wir zu Fuß«, sagte er.

Anderson sah zum Himmel. Das Schneetreiben wurde immer stärker. Wie sollte man bei diesem Wetter einen Elch finden, geschweige denn einen schießen?

»Vielleicht sollten wir es lieber morgen probieren«, sagte er.

Murphy lachte. »Glauben Sie mir, Steve, das ist das ideale Wetter für Elche. Ich wette, wir kommen ganz nah ran an den alten Bastard. Nehmen Sie Ihr Gewehr, und los geht's.«

Anderson schulterte seine Weatherby und trottete hinter Murphy her. Immer wieder brach er durch die Schneekruste und versank bis zu den Knien. Zwanzigtausend Dollar? dachte er. Er folgte Murphys dunkler Gestalt einen von Bäumen bedeckten Hügel hinauf. Als sie die Spitze erreicht hatten, gab Murphy ihm ein Zeichen zum Stehenbleiben. Die andere Seite des Hügels fiel steil ab und mündete in einem Flußbett, in einem schmalen Tal, das so eng und steil war, daß der Schnee sich nicht halten konnte und den Blick auf Geröll und nackte Erde freigab.

Murphy sagte leise: »Ich glaube, wir haben Glück, Steve. Da drüben – schauen Sie.« Er deutete über die Schlucht auf den gegenüberliegenden Hügel. Anderson kniff die Augen zusammen. Durch das dichte Schneetreiben sah alles aus wie ein Puzzle aus verdrehten grauen Teilen. Wie weit war es bis zur anderen Seite der Schlucht? Er schätzte etwa fünfzig Meter.

»Da, auf dem Felsvorsprung, unter der alten Eiche.«

Anderson sah genauer hin und konnte eine Form ausmachen, die irgendwie nach einem Elch aussah, unter den sich ausbreitenden Ästen eines Baumes. Plötzlich spürte er, wie sein Herz schneller schlug, wie sich die Nackenhaare aufrichteten. Seine Hände zitterten.

»Sehen Sie ihn jetzt?« flüsterte Murphy.

Anderson nickte.

»Sie schießen besser sofort. Eine zweite Chance werden Sie nicht mehr kriegen.«

»Sind Sie sicher, daß er es ist? Ich kann ihn kaum erkennen.«

»Natürlich ist er es, auf alle Fälle.«

Anderson legte das Gewehr an. Das Jagdfieber schüttelte ihn förmlich durch, Adrenalin jagte durch seinen Körper, er atmete zu schnell. Murphys Stimme klang, als sei sie weit entfernt. »Nur die Ruhe, Steve. Lassen Sie sich Zeit. Ganz leicht und locker abdrücken. Er gehört Ihnen ...«

Er spürte nicht einmal den Rückstoß. Der Knall des Schusses wurde augenblicklich von den dicht treibenden Schneeflocken in Watte gehüllt. Einige Sekunden lang tat sich gar nichts, doch dann brach der Elch zusammen wie eine Marionette, deren Drähte man plötzlich gekappt hatte.

2

Nach einer erfolgreichen Jagd entspannen Sie sich in der freundlichen und urgemütlichen Atmosphäre der Talking Lake Lodge. Sie können sich an unserer Sammlung erstklassiger Jagdtrophäen erfreuen, mit anderen Jägern Erfahrungen austauschen und Cocktails oder Bier genießen – auf Kosten des Hauses. Talking Lake bietet Ihnen ein Jagderlebnis, das keine Wünsche offen läßt.

WERBEPROSPEKT DER TALKING LAKE RANCH

»Es tut mir leid, Mr. Crow. Mr. Getter ist augenblicklich beschäftigt.«

»Wirklich? Womit?«

»Ich weiß es nicht. Möchten Sie warten?«

»Nein. Sagen Sie ihm, daß ich hier bin.«

Andrea, David Getters Empfangsdame, Sekretärin und Türbewacherin betrachtete ihre Fingernägel und ließ Crow nicht im Zweifel darüber, daß sie den Zustand ihres Nagellacks für wichtiger hielt als einen schäbig gekleideten, nach Fisch riechenden Joe Crow. Andrea arbeitete seit fünf Jahren für Getter, lange genug, um jede menschliche Empfindung verloren zu haben. Während dieser Jahre hatte sie sich mit einer dicken Schicht Fett, Make-up und Abgestumpftheit umgeben. Sie sah aus, als habe sie schon ihr ganzes Leben an diesem Schreibtisch verbracht und dort dicke nylonüberzogene Wurzeln geschlagen. Crow konnte sie sich in einer anderen Umgebung überhaupt nicht vorstellen.

»Er will nicht gestört werden.«

»Das ist mir egal.« Crow setzte sich auf die Kante von Andreas Schreibtisch und spielte mit dem Briefbeschwerer, einem Klumpen Kristallimitat mit einer Rosenknospe in der Mitte.

»Bitte, setzen Sie sich nicht auf meinen Schreibtisch«, sagte sie und lehnte sich angewidert zurück. Ihre Stimme hatte einen reibenden, nasalen Klang, etwas Kindlich-Weinerliches, das Verbindung mit einem Nebelhorn eingegangen war.

Crow nahm den Telefonhörer ab und reichte ihn ihr. »Rufen Sie ihn an«, sagte er.

Andrea seufzte, nahm ihm den Hörer mit einem säuerlichen Ausdruck ab und drückte zwei Knöpfe. »Mr. Getter? Mr. Crow ist hier. Er möchte Sie gerne sprechen.«

Sie hielt den Hörer kurz in der Hand und legte ihn dann wieder auf.

»Er ist nicht da«, sagte sie.

»Ach, wirklich? Wann ist er gegangen?«

»Ich weiß es nicht. Ich glaube, er hatte einen Termin.«

»Ich werfe mal einen kurzen Blick in sein Büro.« Crow ging auf die Tür zu.

»Sie können da nicht rein!« tutete sie, verließ aber ihren Posten nicht.

Getters Büro war leer. Eine Anzugjacke hing über der Lehne des Schreibtischsessels. Crow setzte sich hinein. Der Stuhl paßte sich seinem Körper an wie ein weicher Lederhandschuh. Er war noch warm. Crow blätterte den Rolodex durch. Alle Karten waren sauber getippt.

›Bellweather, Dr. Nelson.‹ Es gab nur eine Adresse – das Haus – und zwei Telefonnummern – Haus und Büro – nichts, was Crow nicht schon kannte.

Für Nate Bellweather gab es keine Karte.

Er schlug Getters Schreibtischkalender auf und sah sich die Einträge für den heutigen Tag an. Getters Handschrift war bestechend penibel. 9:30 – Friseur. 11:00 CPA. 4:30 – Sinnamon. Sah nach einem angenehmen Tag aus.

Crow warf einen Blick auf die Schreibtischuhr aus Marmor. Wenn Getter wirklich einen Termin hatte, dann war er ihm nicht wichtig genug gewesen, ihn zu notieren. Nicht so wichtig wie zum Beispiel ein Haarschnitt. Oder so wichtig wie Sinnamon, wer oder was auch immer das sein mochte.

Er griff in die Innentasche des Sakkos, das Getter über dem Stuhl hängengelassen hatte, holte Getters Brieftasche aus irgendeinem exotischen Leder, das er nicht kannte, hervor und sah ihren Inhalt durch. Achtzig Dollar in bar, eine Sammlung von Kreditkarten, Visitenkarten und Quittungen. Crow war enttäuscht. Er hatte auf etwas Peinliches und Belastendes gehofft. Die beiden Seitentaschen des Sakkos waren zugenäht, damit sie nicht ausbeulten, genau wie die Brusttasche. Die Uhrentasche enthielt allerdings eine Visitenkarte des Myokas Health Clubs.

»Aha«, sagte Crow. Er drehte die Karte um. Auf der Rückseite stand in einer mädchenhaften Handschrift: Sinnamon, mit einem kleinen Herzen statt des Punktes über dem i. Crow lächelte.

Daß Getter ohne sein Sakko und seine Brieftasche fortgegangen war, konnte nur bedeuten, daß er sich in der Nähe aufhielt. Es gab eine zweite Tür in seinem Büro. Crow öffnete sie und stand in einem kleinen Nebenraum, in dem ein Fotokopierer und Aktenregale standen. Aus diesem Zimmer führte eine andere Tür auf den Flur hinaus. Es paßte zu Getter, daß er zwei Schlupflöcher hatte. Stinktiere wendeten eine ähnliche Strategie an. Crow ging den Flur entlang. Vor der Herrentoilette blieb er stehen, öffnete die Tür und trat ein. Als er unter die Türen der drei Kabinen spähte, entdeckte er unter der mittleren ein Paar italienischer Herrenschuhe mit dünner Sohle und Troddeln. Das war sein Stil. Er betrat die Kabine daneben, kletterte auf den Toilettendeckel und sah über die Trennwand auf David Getters schütteren Haarkranz hinab.

Auf Getters Schoß lag das Wall Street Journal, in das ein Sexmagazin eingeschoben war. Zwei gelangweilt aussehende, großbusige Blondinen probierten aneinander so etwas wie Amateurgynäkologie aus.

»Du hast was vergessen«, sagte Crow.

Getter fuhr zusammen. Dann zuckte sein Kopf nach oben, und er starrte mit düsterem Blick zu Crow hinauf.

»Joe, was, zum Teufel ...«

»Du mußt zuerst die Hosen runterziehen, Dave. Den Teil hast du ganz vergessen.«

Getter stand auf, faltete die Zeitung um das Magazin, steckte es unter seinen Arm und verließ die Kabine.

»Was willst du, Joe?«

»Wo ist Bellweather?«

»Keine Ahnung.«

»Ich glaube dir nicht. Ich dachte, du weißt alles.«

Getter drehte den Wasserhahn auf, seifte seine Hände ein und wusch sie sorgfältig. Als er ein Papierhandtuch aus dem Spender zog, rutschten ihm Zeitung und Magazin unter dem Arm weg und fielen auf den Boden. *Hustler.* Er hob sie nicht auf.

»Wo ist er?« fragte Crow.

»Ich sagte dir doch schon, ich weiß es nicht.« Getters Stimme klang so nüchtern und ruhig, daß Crow ihm geglaubt hätte. Aber er kannte ihn.

»Wie steht er sich mit dem Finanzamt?«

Getter lächelte. »Er ist ein Klient, Joe. Das darf ich nicht mit dir besprechen.«

»An seiner Haustür hängt eine Mitteilung«, sagte Crow. »Irgend etwas in der Richtung, daß sein Besitz beschlagnahmt ist. Der Mann schuldet mir Geld, Dave, und das hätte ich gerne.«

»Da kann ich gar nichts machen, Joe.« Getter stand mit dem Rücken zum Waschbecken und hielt sich mit beiden Händen daran fest. Leicht nach vorne gebeugt gab er sich alle Mühe, ganz entspannt zu wirken. Er lächelte mit zusammengepreßten Lippen.

Crow sah den Anwalt an und stellte sich vor, was für ein Gefühl es wohl wäre, ihm ein bißchen wehzutun. Er spürte, wie sich seine Muskeln lockerten, wie seine innere Kontrolle einbrach und erkannte überrascht, wie nahe er daran war, seinen eigenen Schwager zusammenzuschlagen. Hastig trat er einen Schritt zurück und wandte den Blick ab. Sobald er Getter nicht mehr ins Gesicht sah, fühlte er sich besser.

Getter bückte sich und hob sein *Journal/Hustler*-Sandwich auf. Er schob die Zeitschriften unter den Arm und legte den Kopf etwas nach hinten.

Crow stellte sich vor, wie seine Faust genau auf Getters Kinnspitze landete.

Das würde sehr, sehr viel Spaß machen.

Aber wahrscheinlich würde er sich dabei die Hand brechen.

Hölzern drehte er sich um und ging aus der Toilette hinaus.

Bislang hatte Dave Getter, Rechtsanwalt, einen sehr unangenehmen Nachmittag verbracht. Das Clubmenü, das er mittags gegessen hatte, lag ihm schwer im Magen, und die Konfrontation mit Marys Bruder – diesem kleinen Arsch war es doch tatsächlich gelungen, ihn auf dem Klo zu überraschen – hatte ihn völlig nervös gemacht. Auf der anderen Seite hatte er gewonnen und hatte dem kleinen Arsch nichts in die Hand gegeben. Was glaubte der Kerl, wer er war? Informationen zu verlangen, die ihn nichts angingen! Getter verspürte heimliche Freude über seinen Erfolg. Vielleicht, wenn dieser kleine Wichser nett gefragt hätte, dann hätte er ihm etwas gesagt.

Kaum saß er wieder an seinem Schreibtisch, da stellte Andrea einen Anruf von Bellweather durch, dem anderen kleinen Arsch in seinem Leben.

»Ihr Leibwächter war gerade hier«, sagte Getter.

»Wer, Crow? Was hat er gewollt?«

»Ich glaube, er will sein Gehalt.«

»Aber sicher. Habe ich Ihnen erzählt, was er gemacht hat? Er ist raus auf die Ranch gefahren und hat mit George gesprochen. Hat mir einen Haufen Mist erzählt, als er zurückkam. Sie haben ihm doch nicht erzählt, wo ich bin, nicht wahr?«

»Sind Sie noch immer bei Nate?«

»Im Augenblick schon.«

»Ich habe ihm nichts gesagt. Wohin werden Sie gehen?«

»Ich weiß es noch nicht, aber hier können wir nicht mehr bleiben. David, hätten Sie Lust, etwas Geld zu verdienen?«

»Heißt das, Sie wollen meine Rechnungen endlich bezahlen?«

»Natürlich werde ich das. Aber jetzt spreche ich von etwas anderem. Etwas schnellem.«

»Ich hoffe sehr, daß das nichts mit dem Murphy-Jungen zu tun hat.«

»Vielleicht doch.«

»Ich habe Ihnen geraten, daß Sie ihn so schnell wie möglich an der nächsten Straßenecke absetzen sollen. Haben Sie noch nicht genug Ärger?«

»Also, wollen Sie es hören oder nicht? Sie sollen lediglich ein paar Anrufe für mich tätigen.«

»Na schön.«

»Hören Sie zu?«

»Ich höre zu.«

Nachdem er den Hörer aufgelegt hatte, starrte Getter auf seine Schreibtischunterlage und überlegte, ob Bellweathers Plan das Risiko lohnte. Er schaltete seinen Computer ein, aktivierte seinen Bankservice und betrachtete besorgt sein dahinschwindendes Aktiendepot. In den letzten Stunden hatten sich die Dinge nicht verbessert. Alsace Technologies waren noch immer im Keller, genau wie Eastwest Computer. Beide Werte waren ihm von Steve Anderson, Bellweathers Exbörsenmakler, aufs wärmste empfohlen worden. Damals hatte Anderson dem Doc noch haufenweise Geld eingebracht. Er hatte Anderson geglaubt und hatte das ganze Geld, das schnell verfügbar war, in die beiden Papiere gesteckt. Immerhin hatte er sich nicht durchringen können, in BioStellar zu investieren. Im Gegensatz zu seinem Klienten, dem Doc, war er nur halb pleite.

Bellweathers *Idee* – Getter leugnete jeden Gedanken an Entführung oder Erpressung – war genau zum richtigen Zeitpunkt aufgetaucht. Wenn sie funktionierte. Seine Rolle in diesem Spiel sollte eher die des Vermittlers als die des Teilnehmers sein. Er hatte die Sache nicht geplant, und er hatte sich das Kind auch nicht geschnappt. Nicht einmal der Doc hatte das getan. Der Junge war aus freien Stücken weggelaufen. Getter rechtfertigte seine Absichten damit, daß sein Klient in Schwierigkeiten war und daß er ihm helfen mußte. Eine Einigung zwischen Bellweather und den Murphys herbeizuführen, darin bestand sein Job. Und nichts anderes taten Rechtsanwälte schließlich.

Dennoch brannte er nicht darauf, mit George Murphy zu reden. Seine juristische Position würde nicht gerade die eindeutigste sein, um es vorsichtig zu formulieren. Behutsam vorzugehen wäre sehr wichtig. Er mußte Murphy die Botschaft übermitteln, ohne als Mitwirkender zu erscheinen. Er war die neutrale dritte Partei. Wenn die Summe nicht so verlockend gewesen wäre, hätte er sowieso strikt abgelehnt, sich einzumischen. Getter ließ sich in seinem Sessel zurücksinken und dachte an das Geld, gab es im Geiste bereits aus. Dann nahm er den Telefonhörer in die Hand.

Anderson kippte seinen vierten Scotch mit Soda und sagte strahlend. »Du meine Güte, ich hab's getan!«

»Das haben Sie«, entgegnete George Murphy.

»Ich hab' den Hundesohn erwischt!«

»Mit einem Schuß«, sagte Murphy. »Bei einem Elch dieser Größe ist das nicht einfach. Muß ein Herzschuß gewesen sein, so wie es ihn gefällt hat.«

»O Gott, ich kann mich nicht einmal daran erinnern, richtig gezielt zu haben. Meine Hände zitterten wie sonstwas.«

»Ich fand, Sie wirkten ziemlich gelassen«, meinte Murphy. Diesen Teil mochte er nicht besonders, aber er gehörte zum Geschäft. Er haßte es, mit seinen Kunden zusammenzusitzen und zuzusehen, wie sie sich langsam betranken, wie sie die Jagd noch einmal erlebten und das verdammte Ding immer und immer wieder erschossen – es war, als sähe man sich eine Wiederholung auf Video an. Aber es gehörte dazu, damit sich das Erlebte tief in ihre Köpfe einbrannte. Immer das gleiche. Er wünschte, Anderson würde voranmachen und verschwinden.

»Ich kann's gar nicht erwarten, das Biest aufzuhängen. Es kommt genau über den Kamin, egal was Patty sagt.«

George bezweifelte das, entgegnete aber nichts. Es fiel ihm schwer, Andersons Jubelstimmung zu teilen. Jetzt, da er das Elchproblem gelöst hatte, bedrückte ihn das Verschwinden Shawns plötzlich um so mehr. Unangenehme Bilder spukten wie Fledermäuse in seinem Kopf herum. Er konnte sie wegwischen, aber sie kehrten schnell wieder zurück. Blitzlichtbilder von Shawn und Bellweather. Er brannte darauf, etwas von Ricky zu hören, der Nate Bellweather gerade einen Besuch abstattete. Mit etwas Glück würde er beide Bellweathers und Shawn dort finden.

»Glauben Sie, er kommt auf über vierhundert Punkte?«

»Das habe ich Ihnen doch garantiert, oder?« Schließlich hatte er das Geweih von Nummer Eins vermessen, an dem Tag, an dem sie ihn tot im Nordgelände gefunden hatten. Die Messung hatte 418 Punkte ergeben. »Ich wette, er geht noch über vier fünfzehn.«

Anderson schluckte. »Kein Scheiß? Vier fünfzehn. Das kommt ins Rekordbuch.« Er goß sich noch einen Schluck Scotch ein. Dieses Mal verzichtete er auf Soda. »Was für eine großartige Jagd«, sagte er.

George Murphy lächelte und dachte an den Morgen zurück, als er zusammen mit Ricky den toten Elch präpariert hatte. Zwei Stunden hatten sie gebraucht, bis das Tier in einer Art Geschirr am Ast eines Eichbaums gehalten wurde. Es hatte perfekt funktioniert, weil ihnen der Schneesturm zur Hilfe gekommen war. Bei gutem Wetter hätte man selbst einen Idioten wie Anderson nicht zum Narren halten können. Er dachte daran, wie Nummer Eins das erstemal getötet worden war, mit einer einzigen Kugel aus einer einschüssigen 22er. Das war schon für sich genommen bemerkenswert, daß ein 1500 Pfund schweres Tier von einem Geschoß getötet werden konnte, das aus weichem Blei bestand und nicht größer als eine Erbse war. Er wurde von einer plötzlichen Welle des Stolzes auf seinen Sohn, den Jäger, überrollt.

Anderson fragte, wie lange es mit dem Präparieren dauern würde.

»Sagen Sie Ollie, ich hätte Sie geschickt«, entgegnete George. »Sie werden zufrieden sein.«

Amanda Murphy betrat die Lodge, das schnurlose Telefon in der Hand. Sie sah George mit einem seltsamen Blick an. Sein Herz schlug heftig. War es Ricky? So bald schon? Er war erst vor anderthalb Stunden aufgebrochen, aber so wie Ricky fuhr, war alles möglich.

Mandy gab ihm das Telefon. Murphy lächelte Anderson entschuldigend zu, hielt das Telefon ans Ohr und nuschelte ein »Hallo« hinein.

»George Murphy?«

»Der bin ich.« Mandy beobachtete ihn.

»Hier ist David Getter. Ich bin Rechtsanwalt.«

»So?« Er sah Mandy an. Sie verschränkte die Arme und erwiderte seinen Blick. »Was kann ich für Sie tun?« fragte er. »Will mich jemand verklagen?«

»Ich habe gehört, daß Ihr Sohn davongelaufen ist«, sagte Getter.

Murphy fuhr hoch. »So?« Er stand auf und ging auf sein Büro zu. Auch wenn er nicht genau wußte, wie sich dieses Gespräch entwickeln würde, war es doch auf alle Fälle besser, wenn Anderson nichts davon mitbekam.

»Ich rufe im Namen eines Klienten an, der sich nach der Belohnung erkundigen möchte.«

»Belohnung? Welche Belohnung?« Er hatte das Büro betreten und schloß die Tür hinter sich.

»Sie bieten keine Belohnung für den Fall, daß Ihr Sohn unversehrt nach Hause zurückkehrt?«

»Verraten Sie mir doch den Namen Ihres Klienten.«

»Er zieht es vor, anonym zu bleiben.«

»Aber wir wissen doch beide, von welchem Stück Mist wir hier reden, Mr. Getter.«

»Es tut mir leid, aber ich kann über die Identität meines Klienten nichts sagen.«

Murphy setzte sich in seinen Sessel und schloß die Augen. »Sagen Sie mir, was Sie wollen, Mr. Getter.«

»Nun ... mein Klient hat Grund zu der Annahme, daß es sehr gut möglich ist, Ihren Sohn ausfindig zu machen, falls eine Belohnung von, sagen wir, 300 000 Dollar angeboten würde.«

Murphy wollte es nicht glauben. Der Hundesohn verlangte ein Lösegeld. »Darf ich fragen, wie Sie auf diese Zahl gekommen sind?«

»Es handelt sich um den Vorschlag meines Klienten, den ich lediglich weitergebe.«

»Sind Sie sicher, daß Sie das tun wollen, Mr. Getter?«

»Ich verstehe nicht ...«

»Ich möchte Ihnen folgendes sagen: Falls mein Sohn plötzlich hier vor meiner Tür stehen sollte, wäre ich nicht undankbar. Ich würde sogar eine kleine Belohnung zahlen. Aber wenn ich den Eindruck haben müßte, daß man ihn entführt hat und daß ich gezwungen wäre, ihn gegen ein Lösegeld freizukaufen ... nun, das könnte ich persönlich übelnehmen. Sie verstehen, was ich meine.«

Getter räusperte sich. »Mein Klient bat mich, Ihnen mitzuteilen, daß ... äh ... eine Diskussion nicht in Frage kommt.«

»Ach? Ich werde darüber nachdenken. Wie kann ich Sie erreichen?«

»Ich rufe Sie zurück.« Die Verbindung wurde unterbrochen.«

Murphy sah auf. Seine Mutter stand mit funkelnden Augen in der Tür des Büros.

»Ich konnte ihn spüren«, sagte sie. »Ich roch den Schmutz.«

3

Es gibt in billigen Horrorfilmen schaurige Gestalten, die Eishokkeymasken tragen. Trotzdem gehen sie mit einem scharfen Instrument sorgfältiger und genauer um als manche Ärzte. Es sah aus, als spiele eine Horde Schuljungen mit Götterspeise.

DAS URTEIL EINES MEDIZINERS NACH EINER FETTABSAUGUNG

Die Empfangsdame in der West End Clinic wollte wissen, ob er einen Termin hatte.

»Habe ich nicht«, antwortete Crow. »Es handelt sich um eine persönliche Angelegenheit. Ich suche Dr. Bellweather. Es ist wichtig.«

Die Empfangsdame schürzte ihre collagengeblähten Lippen und bat ihn, Platz zu nehmen. Crow tat es, nahm sich ein Heft des *Architectural Digest* und blätterte es durch. Er sah wenig, das ihm gefiel und nichts, das er sich leisten konnte. Kurz darauf betrat ein müde aussehender Mann mit einer Brille aus Schildpatt das Wartezimmer und kam auf ihn zu.

»Ich bin Dr. Neal. Was kann ich für Sie tun?«

Crow legte das Magazin beiseite. »Ich suche Dr. Bellweather.«

»Sind Sie einer seiner Patienten?«

»Ich habe für ihn gearbeitet.«

»Es tut mir leid, aber Dr. Bellweather ist unserem Haus nicht mehr verbunden.«

»Wissen Sie, wo ich ihn finden kann?«

Dr. Neal schüttelte langsam den Kopf. »Leider nicht.«

»Hat es Probleme gegeben?«

»Dazu kann ich Ihnen wirklich nichts sagen.«

»Ich verstehe«, sagte Crow, auch wenn es nicht der Wahrheit entsprach.

Dann kam ihm ein anderer Gedanke. »Ach ja, Dr. Bellweather hat mir gesagt, daß ich über die Klinik bezahlt würde. Könnten Sie vielleicht nachsehen, ob hier ein Scheck für mich liegt?« Es war wenig erfolgversprechend, aber zumindest konnte er es versuchen.

Dr. Neal schüttelte langsam den Kopf.

»Heißt das, daß Sie nicht nachsehen wollen oder daß kein Scheck für mich da ist?«

»Beides«, sagte der Arzt. Er schaltete ein Lächeln an und ließ es leuchten, bis Crow sich umdrehte und die Klinik verließ.

Shawn stieg in den Jaguar und begann sofort am Radio herumzuspielen, während Dr. Bellweather seine Tasche im Kofferraum verstaute. Nate stand mit ausdruckslosem Gesicht in der Auffahrt, die Arme über seinem karierten Flanellhemd verschränkt.

»Ihr kommt zurecht?« fragte er.

»Ich schick dir 'ne Postkarte«, sagte Bellweather.

Die Haustür ging auf, und Ginny steckte ihren Kopf heraus. »Nate, komm rein. Du holst dir den Tod, wenn du ohne Mantel da rumstehst.«

Nate drehte sich um.

»Sie hat dich gut erzogen«, sagte der Doktor.

»Du kannst mich mal, Nels.« Nate ging ins Haus zurück, ohne sich umzusehen. Der Doktor stieg in seinen Wagen, startete ihn und fuhr rückwärts auf die Straße.

»Weißt du, was du tun solltest?« fragte Shawn.

»Nein, was denn?«

»Du solltest es mit deinem Geld machen wie mein Daddy.«

Bellweather lächelte geduldig und fuhr in Richtung Freeway. »So? Und wie macht es dein Daddy?«

»Du solltest dein Geld sparen. Wenn mein Daddy einen Haufen Geld bekommt, dann spart er einen Teil. Dann hat er immer Geld, wenn er welches braucht.«

Doc sah Shawn interessiert an. »Steckt er es in seine Matratze, oder was?«

Shawn wußte, daß er die Geheimnisse seines Vaters nicht verraten durfte, aber Doc schaute ihn so beeindruckt und neugierig an, daß er es nicht für sich behalten konnte. »Er steckt es in seinen Safe«, sagte er.

»George hat einen Safe?«

Shawn nickte. Der Doc hing jetzt förmlich an seinen Lippen. »Da liegt das drin, was ich mal erbe. Ich habe ihn beobachtet, wie er Geld hineingetan hat, und ich mußte ihm versprechen, meinem Onkel und auch Granny nichts davon zu sagen. Ich wette, er hat eine Million Dollar. Was glaubst du, wo es ist?«

Bellweather zuckte mit den Schultern.

»Du kennst doch Louise, sein Schwein? Es hat so eine kleine Tür in der Seite.«

Doc nahm den Fuß vom Gaspedal. »Louise? Meinst du etwa dieses ausgestopfte Wildschwein, das in seinem Büro steht?«

Shawn nickte. »So etwas solltest du auch haben. Besorg dir einen Safe für dein Geld, dann hast du immer welches. Das ist schlau.«

Andrea stellte einen weiteren Anruf von Bellweather durch.

»Und?«

»Ich habe mit ihm gesprochen«, sagte Getter. »Er hat sich sehr aufgeregt.«

»Das glaube ich.« Bellweather lachte, in einem so unangenehm hohen Ton, daß Getter gezwungen war, den Hörer etwas von seinem Ohr wegzuhalten. »Also, was hat er gesagt?«

»Was glauben Sie? Er will seinen Jungen zurück.«

»Und?«

»Ich teilte ihm mit, was es kosten würde, und er sagte, er würde darüber nachdenken.«

Bellweather entgegnete nichts. Getter ließ ihn ein paar Sekunden zappeln, bevor er weitersprach. »Ich habe ihn zurückgerufen.«

»Spannen Sie mich nicht auf die Folter, Dave.«

»Tue ich nicht. Er hat sich mit unseren Bedingungen einverstanden erklärt – mit einer Ausnahme.«

»Und welche ist das?«

»Er will, daß wir mit dem Jungen zur Ranch kommen.«

»Sehr witzig. Haben Sie gelacht?«

»Ich sagte, wir würden uns wieder mit ihm in Verbindung setzen.«

»Gut. Lassen wir ihn ein paar Stunden im eigenen Saft schmoren. Dann rufen Sie ihn an und teilen ihm mit, daß wir uns auf halber Strecke treffen werden. Teilen Sie ihm mit, daß Sie sich mit ihm bei *Birdy's* treffen wollen.«

»Ihn treffen? Ich sollte nur die Telefonate führen, ich dachte, das wäre klar.«

»Nur für Telefonate bezahle ich Ihnen bestimmt nicht so viel. Sie müssen da hin.«

»Ich will keinesfalls mit diesem Kind in Verbindung gebracht werden.«

»Machen Sie sich darüber keine Sorgen. Sie verabreden sich mit George bei *Birdy's*. Ich befinde mich in der Nähe, an einem Telefon. Kurz nach zehn rufe ich an. Sie brauchen mir dann nur zu sagen, ob er da ist und ob er das Geld dabei hat. Dann teilen Sie ihm mit, daß ich unterwegs bin, und Sie können verschwinden.«

»Und was werden Sie tun?«

»Sind Sie sicher, daß Sie das wissen wollen?«

»Sie haben recht. Ich will überhaupt nichts wissen.«

»Ganz der Anwalt.«

»Und wie bekomme ich meinen Anteil?«

»Ich setze mich mit Ihnen in Verbindung.«

»Ich weiß nicht, ob mir dieser Gedanke so sehr gefällt.«

Bellweather lachte. »Sie können auch bei *Birdy's* warten.«

Getter räusperte sich. »Ich werde darüber nachdenken.«

»Schön, denken Sie darüber nach. Aber vergessen Sie nicht, währenddessen das Treffen zu arrangieren.« Bellweather legte auf.

Getter saß an seinem Schreibtisch und starrte auf die Diplome an der Wand. Alle paar Minuten sah er auf seine Uhr. Um Viertel nach vier zog er sein Jackett und seinen Mantel an. Zum Teufel mit Bellweather, er hatte wichtigere Dinge zu tun. Vielleicht würde er Murphy später anrufen, wenn ihm danach war.

»Ich bin für den Rest des Tages unterwegs, Andrea«, sagte er. »Bleiben Sie bis fünf am Telefon, okay? Wenn Mary wieder anruft, sagen Sie ihr, ich sei bei einem Treffen.«

Andrea sah ihm wortlos hinterher.

Dreißig Minuten später fühlte sich Getter schon erheblich besser, und kurz nach 16 Uhr 53 genoß er fünfeinviertel Sekunden Orgasmus-Ekstase. Er war so zufrieden mit sich, daß er Sinnamon zwanzig Dollar Trinkgeld gab und sich nicht die Mühe machte, seine Krawatte anzuziehen oder seinen Mantel zuzuknöpfen, bevor er aus den dampfenden Räumen des Myoka Health Club wieder in die kalte Winterdämmerung hinaustrat. Ein paar Schneeflocken fielen auf den schwarzen, mit Salz bestreuten Asphalt und lösten sich augenblicklich auf. Er bemerkte einen Mann, der auf ihn zukam, sich ihm in den Weg stellte und ihm einen kleinen gelben Kasten vors Gesicht hielt. Getter rätselte noch, als ihn ein helles Licht blendete.

»Diese Dinger sind großartig«, sagte Crow. »Man geht in einen Laden, zahlt neun fünfundneunzig plus Steuern und geht mit einer aufnahmebereiten Kamera raus. Sogar einer mit Blitz.« Er grinste, sah durch die Linse und machte eine zweite Aufnahme von Dave Getter vor dem Eingang des Myoka Health Club. »Was die Qualität anbetrifft, bin ich mir natürlich nicht so sicher. Aber wenn sie was werden, kriegen du und Mary ein paar Abzüge.«

Langsam knöpfte Getter seinen Mantel zu. »Das ist schäbig, selbst für dich, Joe.« Er ging um Crow herum, auf seinen Mercedes zu, der am Straßenrand parkte.

Crow steckte die Wegwerfkamera in seine Manteltasche und folgte ihm. »Ich habe mich in letzter Zeit auch ziemlich schäbig gefühlt. Was erwartest du?«

Getter blieb stehen und drehte sich um. »Was willst du?«

»Du weißt, was ich will. Ich will wissen, wo Bellweather

ist. Ich will wissen, wieso der Kuckuck an seinem Haus klebt.«

»Ich erledige einige juristische Dinge für Myoka. Die Bilder, die du gemacht hast, sind völlig bedeutungslos.«

Crow lächelte. Wenn Getter sich herabließ zu betonen, daß ihm die Bilder egal waren, bedeutete das nur das Gegenteil. »Das weiß ich doch, Dave. Ich werde mir wahrscheinlich nicht einmal die Mühe machen, sie entwickeln zu lassen.«

»Gut.« Getter vergrub die Hände in den Taschen seines Mantels und ging weiter. Der Schnee verdichtete sich und malte weiße Flecken auf seine Schultern.

Crow schloß zu ihm auf und sagte: »Es soll noch heftiger schneien. Im Westen soll es sie richtig schwer erwischt haben.«

»Wie furchtbar.« Getter blieb neben seinem Mercedes stehen. »Weißt du, eigentlich ist Bellweather ja auch dein Klient. Uns beiden liegen seine Interessen doch irgendwie am Herzen, stimmt's?«

»Natürlich«, sagte Crow.

»Ich schätze, wenn wir uns ein paar Informationen teilen, hätten wir beide etwas davon.«

»Glaubst du das wirklich?«

Getter nickte nachdenklich, als habe er einen wirklich bewegenden Vorschlag gemacht. »Hör zu, ich kann dir nicht sagen, wo er ist, weil ich das nicht weiß. Wie dir sicher bekannt ist, hat er ein paar Probleme mit dem Finanzamt.«

»Nachdem ich den Kuckuck gesehen habe, bin ich auf den Gedanken auch selbst gekommen.«

»Ja, diese Sache macht ihm zu schaffen.«

»Willst du damit sagen, daß er sich vor dem Finanzamt versteckt?«

»Ich weiß es nicht, ich weiß es wirklich nicht. Er hat drei Verfahren am Hals, eine halbe Million Steuerschulden und eine Reihe von Gläubigern, außer dir und mir. Ich würde nicht gerne in seiner Haut stecken.«

»Aber du bist doch sein Anwalt. Steckst du nicht irgendwie in seiner Haut?«

»Nicht so ganz. Vor ein paar Monaten wurde er von einer seiner Patientinnen böse verklagt und bat mich, die Sache zu übernehmen.«

»Ich dachte, diese Ärzte wären gegen so etwas versichert.«

»Mit diesem Fall wollte er nicht zu seiner Versicherung gehen. Er hat eine Fettabsaugung bei einer Frau vorgenommen, eigentlich Routine, aber danach fing ihr Bauchnabel an zu wandern.«

»Was?« Crow sah seinen Schwager ungläubig an.

»Sie hat behauptet, ihr Nabel sei nach der Prozedur um zwei Zentimeter verrutscht. So eine große Sache war es nicht, aber er hatte schon vorher ein paar Probleme gehabt und fürchtete, daß man ihm seine Kunstfehlerversicherung kündigen würde. Ich konnte eine schnelle und diskrete Einigung herbeiführen, zwanzigtausend plus Gebühren. Das hat ihn schwer beeindruckt. Es hätte ihn vielleicht seine Praxis gekostet, wenn ich nicht gewesen wäre. Ihm gefiel, wie ich die Sache aus der Welt geschafft hatte. Deshalb hat er mir wohl auch von seinen anderen Problemen erzählt.«

»Noch mehr wandernde Bauchnabel?«

»Nein, nichts, was sich so schnell vergessen läßt. Einmal hat er bei einem Mädchen Fett von den Hüften abgesaugt. Keine Probleme mit der Sache an sich, aber als das Mädchen aufwachte, hatte sie Knutschflecken auf den Brüsten. Egal wie es passiert ist, das kostete ihn jedenfalls fünfzig Riesen. Es gibt noch zwei ähnliche Fälle, an denen ich arbeiten soll, aber ich kann dir sagen, daß ich nicht besonders wild darauf bin, für einen Klienten tätig zu werden, dessen Finanzen außer Kontrolle geraten sind. Eine seiner Patientinnen behauptet, daß sie aus der Narkose erwachte und den Doc sah, der gerade an ihren Geschlechtsteilen eine orale Handlung vornahm. So stand es in der Klage. Man hätte auch sagen können, daß er sie geleckt hat.«

»Glaubst du, daß er den Murphy-Jungen mißbraucht hat?«

Getter schob den Mantelkragen hoch. »Die Patienten,

mit denen er Ärger hatte, waren alle junge Frauen. Ich glaube nicht, daß er auf Jungen steht.«

»Vielleicht spielt das Geschlecht keine Rolle. Vielleicht liebt er nur das Junge, Hilflose.«

Getter grinste. »Wer nicht?«

Crow wandte den Blick ab. Schneeflocken streiften seine Wange.

»Kann ich dir sonst noch irgendwie helfen, Joe?«

»Hat er den Murphy-Jungen?«

»Ich weiß es nicht. Ich weiß nur eines ganz genau, daß er ernste finanzielle Probleme hat. Wenn er dir Geld schuldet, würde ich nicht mehr unbedingt damit rechnen. Mir schuldet er auch Geld. Einen Teil davon mußte ich mit Dienstleistungen verrechnen.«

»Was meinst du damit?«

»Mary wollte ihre Hüften ein bißchen verbessern. Dr. Bellweather bot an, die Sache zu übernehmen, um seine Rechnung so etwas zu verkleinern.«

»Du schickst deine Frau zu einem Chirurgen, der Bauchnabel verschiebt? Einem Kerl, der seinen Mund nicht von seinen Patientinnen lassen kann?«

»Er hatte kein Geld.«

»Ich glaube es einfach nicht! Ist sie mit einem Knutschfleck nach Hause gekommen?«

Getter lachte; Crow nicht. Der Wind wurde heftiger, der Schnee dichter. Crow fror.

»Was ist mit seinem Bruder Nate? Weißt du, wo ich ihn finden kann?«

»Schon mal im Telefonbuch nachgesehen?« fragte Getter.

Crow schwieg. Das Telefonbuch? Das klang zu einfach. Er war gar nicht darauf gekommen.

Getter streckte seine Hand aus. »Gibst du mir jetzt die Kamera, Joe?«

Crow schüttelte den Kopf. »Sind ja noch ein paar Bilder drauf, Dave. Ich sag dir Bescheid, wenn ich sie entwickeln lasse.«

Getter schüttelte voller Abscheu den Kopf, stieg in seinen

Wagen und fuhr davon. Als er außer Sichtweite war, warf Crow den Apparat in einen Mülleimer, ging zur nächsten Telefonzelle und schlug Nate Bellweathers Adresse nach.

4

Du glaubst, du weißt, was du willst. Aber das Wichtigste ist, sich daran erinnern zu können, was es war, nachdem du es endlich bekommen hast.

LAURA DEBROWSKI

Crow schloß die Tür seines Apartments ab und hängte die Kette vor. Er duschte und zog eine saubere Baumwollhose und einen Wollpullover an. Dann bereitete er sich eine Mahlzeit aus Crackern und Sardinen zu, aß ohne irgend etwas zu schmecken und saß dann am Fenster.

Schließlich nahm er das Telefon, wählte und ließ es klingeln.

Crow sah sie wieder vor sich, wie sie mit blutleerem Gesicht und glänzenden, verstörten Augen vor dem Spiegel saß. Als sich das Bild formte, sah er, wie sich ihre Mundwinkel zu einem seltsamen Lächeln verzogen. Sie streckte ihre blasse Hand aus, strich mit dem Zeigefinger über die Reste der weißen Puderlinie auf dem Spiegel, steckte den Finger in den Mund und rieb sich die letzten Körnchen Coke auf den Gaumen. Dabei sah sie ihn die ganze Zeit mit dem gleichen geisterhaften Lächeln an. Crow spürte, wie sich seine Bauchmuskeln zusammenzogen, als schnüre etwas seine Eingeweide ab. Er dachte daran, was Mary ihm gesagt hatte. Orlan Johnson hatte ihn bei Melinda gesucht. Unruhig rutschte er auf seinem Stuhl hin und her. Warum ging sie nicht ans Telefon? Je länger er darüber nachdachte, desto schneller mußte er es wissen.

Nachdem das Telefon fünfunddreißigmal geklingelt hatte, zog er seinen Mantel an und verließ das Apartment.

Crow entschloß sich, auf dem Weg aus der Stadt bei Nate Bellweather vorbeizuschauen, auch wenn er nicht erwartete, den Doktor dort zu finden. Die Adresse, die er im Telefonbuch gefunden hatte, erwies sich als bescheidener Bungalow im Nordosten von Minneapolis, nur ein paar Kilometer von der Gegend entfernt, wo Crow aufgewachsen war. Das Haus unterschied sich kaum von den anderen Bungalows in der Straße, die allesamt während des Baubooms nach dem Zweiten Weltkrieg für wenig Geld errichtet worden waren. Jetzt alterten sie würdelos vor sich hin. Nates Stationwagon nahm die kleine Auffahrt ganz für sich in Anspruch. Crow drückte die Klingel und schlug kurz mit der Faust gegen die Tür.

Ein paar Sekunden später wurde die Gardine am Türfenster einen Spalt zur Seite geschoben und sofort wieder fallengelassen. Nate Bellweather öffnete die Tür etwa zwanzig Zentimeter.

»Er ist nicht hier.«

Eine Frau in den Fünfzigern mit gefärbtem braunem Haar und einem wie angeboren wirkenden Stirnrunzeln tauchte hinter Nate auf.

»Wissen Sie, wo er ist?« fragte Crow.

»Er ist weg«, sagte die Frau.

»Es ist kalt hier draußen. Darf ich einen Augenblick hereinkommen?«

Die Frau schob Nate beiseite. »Wir wissen nicht, wo er ist. Gehen Sie.«

»Ich mache mir Sorgen um ihn.« Crow richtete seine Worte an Nate. »Ich glaube, er bekommt Ärger mit den Murphys. Wissen Sie, wie ich mich mit ihm in Verbindung setzen kann?«

»Er ist weg,« wiederholte die Frau.

»Halt den Mund, Ginny.«

»Sag mir nicht, ich soll den Mund halten.«

»Er ist nicht hier, Crow«, sagte Nate. »Ihr Job ist zu Ende.«

»Wo ist er hin?«

»Er hat es mir nicht gesagt.«

»Was dagegen, wenn ich reinkomme?« Crow drückte gegen die Tür. Nate hielt einen Moment stand, bevor er den Weg freimachte. Crow schloß die Tür und sah sich in dem sauber aufgeräumten, ganz normalen Wohnzimmer um. Es sah fast aus wie das Haus, in dem er seine Kindheit verbracht hatte.

Nippes, Bilder an der Wand, ein billiger Überwurf auf der unförmigen Couch, einige Stapel Magazine – *Reader's Digest, People, Sports Afield* – lagen auf einem Beistelltisch mit einer Platte aus Eichenfurnier.

Nate Bellweather verschränkte die Arme und bezog vor dem Sofa Stellung.

»Schönes Zimmer«, sagte Crow.

Nate ließ seinen Blick durch den Raum wandern und schüttelte leicht den Kopf. »Was wollen Sie, Crow?«

»Um ehrlich zu sein, Ihr Bruder hat mich nie für die Zeit bezahlt, die ich aufgewendet habe. Ich will nur meinen Lohn.«

»Den Lohn für einen Tag? Sie machen Witze!«

»Es ist eine Frage des Prinzips.«

»Nun, das Prinzip besteht darin, daß Sie am Ende einer lange Reihe von Leuten stehen, die ihr Geld haben wollen.« Er setzte sich auf das Sofa und verschränkte die Hände im Schoß. »Wie dem auch sei, mein Bruder ist nicht hier. Er ist vor ungefähr zwanzig Minuten gegangen.«

»Allein?«

Nate zuckte mit den Schultern. »Was mein Bruder macht, geht mich nichts an.«

Ginny kam in das Zimmer zurück. Sie hielt eine Schrotflinte in den Händen und richtete sie auf Crow.

»Um Himmels willen, Ginny«, seufzte Nate. »Leg das Ding weg.«

»Ich sage Ihnen das gleiche, das ich schon zu Nelson gesagt habe.« Ihre Stimme zitterte. »Raus aus meinem Haus! Raus aus meinem Haus, und kommen Sie nie wieder.«

Crow hob die Hände und ging rückwärts zur Haustür. »Okay, ich gehe ja schon«, sagte er.

Nate seufzte noch einmal und sank immer tiefer in das Sofa.

Crow öffnete die Tür und trat hinaus. Ginny folgte ihm und hielt das Gewehr auf ihn gerichtet, bis er seinen Wagen erreicht hatte.

Crow war gerade zwei Minuten fort, als wieder jemand gegen die Tür hämmerte.

»Sicher ist er's noch mal«, sagte Ginny. »Mach bloß nicht auf.«

Nate starrte seine Frau düster an. Es kotzte ihn an. Es kotzte ihn an, Botengänge für seinen Bruder zu erledigen, sich für seine verrückten Pläne einspannen zu lassen. Und es kotzte ihn an, wie Ginny keifte, nörgelte und ihn herumkommandierte. Mit dem Gewehr hatte sie es endgültig übertrieben. Wenn da wirklich Crow vor der Tür stand, der zurückgekommen war, um noch eine Frage zu stellen, dann hatte er nicht übel Lust, sich bei ihm zu entschuldigen.

»Hast du mich verstanden?« krächzte Ginny.

Nate schob sein Kinn so weit vor, daß es schmerzte. Leck mich, hätte er fast gesagt. Er stemmte sich aus dem Sofa, ging zur Haustür und riß sie auf.

Es war nicht Crow. Es war ein Kerl mit einem grauen Stetson.

Nate öffnete den Mund, ohne zu wissen, was er sagen sollte. Die Mühe des Nachdenkens wurde ihm dadurch erspart, daß ihm der Mann an der Tür mit seinem Cowboystiefel in den Bauch trat, so daß er ins Wohnzimmer zurücktaumelte, wo er gegen den Couchtisch krachte. Nate hörte Ginny aufschreien. Dann folgte ein dumpfer Schlag und ein Schluchzen. Er zwang sich die Augen aufzureißen und sah, daß der Cowboy das Schrotgewehr in Händen hielt. Ginny lehnte am Türrahmen und hielt sich die Hand vors Gesicht. Der Cowboy wandte sich Nate zu.

»Wie geht's?« sagte er grinsend. »Würden Sie mir wohl verraten, wohin sich Nelly Bell abgesetzt hat?«

Nate bekam kaum Luft. Er konnte nur mit dem Kopf schütteln.

Das Grinsen verschwand. Der Cowboy stieß die Mündung des Gewehrs an Nates Kinn.

»Und jetzt?« fragte er.

»Ich weiß nicht«, keuchte Nate. »Er ist gerade erst mit dem Jungen davon. Er hat nicht gesagt, wohin sie gehen.«

Der Cowboy nickte, nahm den Lauf des Gewehres etwas zur Seite und schlug ihn mit Wucht gegen Nates Schläfe.

»Und jetzt?«

Fünf Minuten und mehrere Schläge später hörte Nate, wie der Cowboy telefonierte. Helle Blitze zuckten vor seinen Augen, passend zu dem Läuten in seinen Ohren.

»Er ist nicht hier«, hörte er ihn sagen. »Ganz recht. Nein, ich habe mit ihm und auch seiner Frau gesprochen. Die wissen nichts. Okay?«

Nate hörte, wie der Cowboy den Hörer auflegte, über den Teppich ging und die Tür zuschlug. Er hörte, wie ein Wagen gestartet wurde und davonfuhr. Dann öffnete er die Augen, um nach seiner Frau zu sehen. Sie lag vor ihm auf dem Rücken und schaute ihn an. Auf ihrer Wange zeigte sich ein Schnitt, ihre Nase und ihre Unterlippe bluteten. Ihr Blick sagte, na los, gib's schon zu.

Darauf fiel er nicht herein.

Nach ein paar Sekunden sagte sie es trotzdem: »Ich hab' doch gesagt, mach die gottverdammte Tür nicht auf.«

Die Sonne war untergegangen. Crow hatte schleudernd, schlingernd und rutschend den Highway 12 in westlicher Richtung erreicht. Immerhin waren die Highways gestreut. Er brachte den Rabbit auf hundert Stundenkilometer. Daß Melinda den Hörer nicht abgenommen hatte, konnte viele Gründe haben. Er versuchte nicht, an die schlimmsten zu denken, aber egal in welche Richtung er seine Gedanken lenkte, jedesmal endeten sie mit einem Bild von Melinda auf dem Boden, völlig ausgeflippt oder tot. Oder – auch eine Möglichkeit – sie hatte Probleme mit Orlan Johnson bekommen und war im Gefängnis gelandet. Crow begann sich die wildesten Geschichten auszudenken, die Augen fest auf die Straße gerichtet. Vielleicht hatte George Murphy, außer sich vor Wut, systematisch jeden entführt, der irgend eine Verbindung zu Dr. Bellweather hatte. Vielleicht hatten die Murphys Melinda als Geisel genommen. Bald würden sie ihn kontaktieren und drohen, seine Frau dem Tiger zum Fraß vorzuwerfen.

Zwar wußte er, daß solche Vorstellungen absurd waren, aber da ihm niemand widersprechen konnte, ließ er seinen Fantasien freien Lauf. Er fühlte echten Zorn, stellte sich vor, wie er Melinda befreite und dabei alle Murphys erschoß, stellte sich immer neue Variationen der gleichen Geschichte vor und kostete sie bis zum Letzten aus.

Als er Howard Lake erreichte, hatte das Salz seinen Kampf gegen den immer heftiger fallenden Schnee verloren. In Crows Hinterkopf kroch ein dumpfer Schmerz hoch. Schneewehen türmten sich an den Straßenrändern auf, und die Schneeflocken, die vor seinen Scheinwerfern tanzten, wurden zu hellen Schmerzensblitzen. Crow beugte sich mit zusammengebissenen Zähnen über das Lenkrad und hielt die Geschwindigkeit bei achtzig. Zehn Kilometer weiter schaffte er nur noch fünfzig. Er mußte Schneewehen auf dem Highway ausweichen und hatte Mühe, die Straße von der flachen, weißen Umgebung zu unterscheiden. Die Gedanken an Melinda verschwammen mit dem Schmerz in seinem Kopf, und nur das Gefühl, einem Auftrag zu folgen, trieb ihn weiter.

In Big River rollte der Wagen langsam durch zehn Zentimeter tiefen Schnee. Melindas Auffahrt wurde von einer fast ein Meter hohen Schneewehe versperrt; Crow parkte auf der anderen Straßenseite. Er spürte keine Erleichterung darüber, sein Ziel erreicht zu haben, auch wenn das Pochen in seinem Kopf etwas schwächer wurde. Das Haus war dunkel. Kein Lebenszeichen. Er stapfte zur Haustür, während sich seine Schuhe mit Schnee füllten. Schnee war bereits hoch gegen die Haustür geweht worden. Er drückte den Klingelknopf und hörte, wie es im Haus läutete. Als er den Knopf losließ, wurde es im Haus noch dunkler und stiller.

Der Briefkasten steckte voller Post, vielleicht die von

drei Tagen. Crow leerte ihn und hielt die verschiedenen Umschläge in der Hand, wie ein Besucher, der Blumen oder eine Schachtel Pralinen mitbringt. Er lauschte, hoffte auf den Klang weicher Schritte; Melinda in ihren Hausschuhen. Nichts. Crow schob die Briefe unter den Arm und suchte seinen Schlüsselanhänger durch, bis er den richtigen Schlüssel gefunden hatte, mit dem er das Sicherheitsschloß öffnen konnte, das er selbst vor einem Jahr angebracht hatte. Er schloß die Tür auf. Diesesmal war sie nicht durch eine Kette gesichert. Langsam betrat er das Haus.

Die Luft roch abgestanden. Er warf die Briefe auf einen Stuhl, schaltete eine Lampe an und atmete tief durch. Erst in diesem Augenblick wurde ihm klar, daß er schon einige Zeit die Luft angehalten hatte. Im Wohnzimmer schien alles perfekt. Die Möbel standen genau am richtigen Fleck, die Magazine lagen sorgfältig arrangiert auf dem Couchtisch, und die Bücher standen ordentlich aufgereiht im Regal. Alles befand sich quer oder längs zu den Wänden. Der Spiegel hing an seinem alten Platz, sauber und glänzend. Er ließ sich aufs Sofa fallen. Wo war sie hin?

Verreist? Crow versuchte sich eine Rum trinkende Melinda am Strand von Cancun vorzustellen. Ich halluziniere, dachte er.

Schattenwesen krochen von allen Seiten auf ihn zu.

Ein neues Bild: Melinda auf ihrem Bett, tot. Herzschlag. Sie lag schon drei Tage dort. Würde die Kraft ihrer Kupferpyramide ihren Körper konservieren? Wahrscheinlich war er eher grotesk angeschwollen. Er erhob sich und stieg langsam die Treppe hinauf, gegen die Bilder in seinem Kopf ankämpfend. Während seiner Zeit bei der Big River Police hatte er einige Leichen gesehen. Jetzt wunderte er sich, wie viele Details ihm im Gedächtnis geblieben waren. Auf halbem Wege schien er vor einer unsichtbaren Barriere zu stehen. Dann stellte er sich vor, er sei noch immer Polizist, und dies sei nur ein fremdes Haus, in einer anderen Straße, einer anderen Stadt. Die Schlafzimmertür war zu. Er öffnete sie. Das Bett war ordentlich gemacht. Keine verdächtigen Erhebungen, kein Geruch nach verwesendem

Fleisch. Die Pyramide war auch da. Es gab keinen aufgedunsenen Leichnam, auch nicht im Bad, im Gästezimmer oder irgend einem der anderen Räume.

Er verwandelte sich wieder in Joe Crow und rief nach Felix, aber Felix war auch nicht zu Hause. Sein Napf stand leer auf dem Küchenboden.

Sie hatte ihr Bett gemacht und die Magazine arrangiert. Also hatte sie vor, wiederzukommen. Sie war nicht vergewaltigt oder entführt worden. Crow blickte auf das Sofa und dachte daran, wie oft er dort geschlafen hatte, zu betrunken, um die Stufen zum Schlafzimmer hinaufzusteigen. Er tat einen Schritt darauf zu, drehte sich jedoch plötzlich um und ging zur Tür. In diesem stummen, verlassenen Haus wollte er nicht aufwachen.

Bevor er wieder davonfuhr, schaufelte er die Auffahrt und den Bürgersteig frei. Melinda haßte Schnee. Während er schaufelte, dachte er an Orlan Johnson. Auch wenn alles danach aussah, als habe Melinda freiwillig und geplant das Haus verlassen, so sah er doch immer wieder Orlans grinsendes Gesicht mit der Zigarre im Mund vor sich. War er vielleicht doch verantwortlich für Melindas Verschwinden? Hatte sein Besuch sie so in Angst versetzt, daß sie das Haus verlassen hatte? Warum fuhr Orlan durch den ganzen Staat und suchte nach Joe Crow? Es mußte irgendwas mit dem Murphy-Jungen zu tun haben. Glaubten sie immer noch, daß er an Shawns Verschwinden beteiligt wäre?

Crow stieß die Schaufel in die Schneebank. Zwei Dinge wußte er: Der letzte, der Melinda gesehen hatte, war höchstwahrscheinlich Orlan – und Melinda war fort.

Er würde verrückt werden, wenn er nicht herausfand, wieso.

Mary Getter mixte noch einen Manhattan und brachte ihn ihrem Mann, der düster in seinem ledernen Clubsessel hing. Es handelte sich um Nummer vier, drei mehr als er normalerweise vor dem Essen trank. Er nahm den Drink aus ihrer Hand, ohne sie anzusehen, und stürzte die Hälfte in einem Schluck herunter. Mary setzte sich ihm gegenüber in ihren hellen Lederstuhl. Sie empfing beunruhigende Schwingungen von Dave, und als sie ihn direkt ansah und dann die Augen schloß, erschien auf ihrer Netzhaut das Nachbild einer erschreckend blauen Aura – ganz und gar nicht Davids Farbe.

Der Caesarsalat – ohne Ei – stand schon eine halbe Stunde auf dem Tisch im Speisezimmer. Der Lammbraten in Senfsauce, nach einem Rezept aus dem letzten *Minnesota Monthly,* wurde langsam kalt und fettig. David aß normalerweise gern, aber heute rührte er nichts an. »Hast du noch immer keinen Hunger?« fragte sie.

Getter schüttelte den Kopf.

Mary lächelte und nickte mit zusammengezogenen Brauen. Ein schwieriger Fall, dachte sie. Sie überlegte sich, ob sie allein essen und ihn in Ruhe lassen sollte. Aber das wäre nicht richtig. Vielleicht sollte sie ihm helfen, seine Gedanken zu rechanneln. Sie ließ den Tag an sich vorbeiziehen, auf der Suche nach einem Thema, das ihn interessieren könnte.

»Joe ist heute vorbeigekommen«, sagte sie.

Getter schreckte auf, und ein paar Tropfen seines Cocktails schwappten über den Rand des Glases auf sein Hemd. Sonst hätte er sich furchtbar darüber aufgeregt, aber heute schien er es kaum wahrzunehmen. Sein Blick richtete sich noch immer auf eine ferne Landschaft.

Nach einer Weile sagte er: »Was wollte er?«

Mary betrachtete den Fleck auf seinem Hemd. »Nichts besonderes. Er hat sich nur nach Melinda erkundigt.« Sie hielt es für besser, nicht zu erwähnen, daß Joe auch nach Dr. Bellweather gefragt hatte. Was immer David Sorgen machte, sie wollte es nicht noch verschlimmern.

»Ist das alles?«

»Ja. Er erzählte, er sei angeln gewesen, mit diesem schrecklichen alten Mann.«

Getter stürzte den Rest seines Cocktails hinunter.

»Ich sage es nur ungern, Mary, aber dein Bruder ist ein verkommener kleiner Hurensohn. Und nicht nur das – er ist auch ein zwanghafter Lügner. Vergiß das nie, Mary. Fast alles, was er sagt, ist gelogen. Ich glaube, er sollte in psychiatrische Behandlung. Der Typ ist jetzt – wie alt? – dreißig und noch was? Und was hat er aus seinem Leben gemacht? Dauernd steckt er seine Nase in die Geschäfte anderer Leute. Eines Tages wird er vielleicht getötet, und es täte mir nicht besonders leid.«

Mary preßte die Lippen zusammen, entgegnete aber nichts. Sie konnte kaum glauben, was sie gehört hatte. Zwar wußte sie, daß David Joe nicht mochte, aber er hatte es noch nie so kraß ausgedrückt. Außerdem irrte er sich. Joe hatte in der Vergangenheit Ärger gehabt, und er verschloß sich einigen Dingen, aber er war immer ehrlich zu ihr gewesen. Für Mary war das sogar ein Teil seines Problems. Seine Ehrlichkeit ging den Leuten auf die Nerven.

Getter erhob sich leicht schwankend.

»Willst du jetzt essen?« fragte Mary hoffnungsvoll.

»Ich muß telefonieren«, sagte Getter, mit dem Kopf wakkelnd.

Amanda Murphy machte sich keine Illusionen über ihre Kochkünste. Alles, was sie zubereitete, wurde mächtig, klebrig und nahrhaft. Zum Beispiel ihr Apfelkuchen. Die untere Kruste war daumendick, unten angebrannt und oben schleimig. Darauf lag eine lockere Schicht übersüßes Apfelmus. Die obere Kruste war besser, bis auf einige Klumpen. Nicht der schlechteste Apfelkuchen, den sie je gemacht hatte, aber verdammt nahe dran. Zum Glück war Georges Geschmackssinn nicht besonders ausgeprägt, und er hatte ihre Kuchen schon immer gegessen. Er beschwerte sich nicht mal über die Rosinen.

»Schmeckt prima, der Kuchen«, grummelte er mit dem Mund voller Apfelbrei.

Auf alle Fälle war es nahrhaftes Essen. Ein so schwerer Kuchen mußte nahrhaft sein. Amanda nahm sich auch ein kleines Stück und gönnte sich dazu ein Glas mit Bourbon gespritzter Pepsi.

Der Anruf des Anwalts am späten Nachmittag hatte George in gefährliche Stimmung versetzt. Als Ricky dann anrief und ihm mitteilte, daß Bellweather sich nicht bei seinem Bruder versteckte, verschlechterte sich diese Stimmung noch. Er hatte das Telefon mitten durchs Bürofenster geworfen; beide, Apparat und Scheiben, gingen zu Bruch. Amanda war den ganzen Abend auf Zehenspitzen um ihn herumgelaufen. Bis jetzt hatte der Anwalt nicht wieder angerufen, so wie er es versprochen hatte, und mit jeder Minute, die verging, schien George sich mehr aufzublähen, als könne er jeden Augenblick explodieren. Sie wünschte, Rikky würde nach Hause kommen, damit George jemanden zum Anschreien hatte.

Als das Telefon in der Küche klingelte, reichte Amanda George den Hörer.

»Murphy.«

Er hörte zu, brummte, hörte wieder zu.

»Okay«, sagte er. »Ich werde da sein.« Eine Pause. »Ja, ich habe Ihre gottverdammte Belohnung dabei … und Sie bringen den Jungen mit … egal, Hauptsache irgend jemand bringt ihn.« Er legte auf.

Jetzt passiert's, dachte Amanda, gleich platzt ihm der Kragen.

George atmete tief aus und setzte sich wieder an den Küchentisch. »Das war der Anwalt«, sagte er. »Er will, daß ich das Geld morgen ins *Birdy's* bringe. Nelly Bell wird mit Shawn dorthin kommen.«

»Wieviel Geld sollst du ihnen geben?« fragte Amanda.

»300 000 Dollar.«

Amanda hustete in ihr Pepsi. »So viel?«

George zuckte mit den Schultern. »Ist vollkommen egal«, meinte er. »Ich hab's sowieso nicht.«

»Wohin fahren wir?« fragte Shawn.

Doc Bellweather lächelte. »Wohin willst du?« fragte er.

Shawn überlegte. Das Abenteuer, sich bei Nate und Ginny zu verstecken, war schnell langweilig geworden. Er war froh, daß er nicht in dem Haus sitzen und fernsehen mußte. Ginny hatte ihn immer so komisch angesehen, als sei er ein Hund, der sie gleich beißen würde.

»Mall of America«, sagte Shawn. »Oder Camp Snoopy. Du kannst mit mir Karussell fahren.«

»Ach nein, das möchtest du doch gar nicht.«

»Doch.«

»Wir fahren sowieso in die andere Richtung. Willst du nicht nach Hause? Zu deinem Dad?«

Shawn sah aus dem Fenster. Sie fuhren auf dem Highway. Ein Schild: HWY 12 WEST. Wollte er nach Hause? Er dachte an sein Zimmer und seine Tiere. Er dachte an den angeketteten Tiger in der Lodge, den Geruch von Grandys Essen. Er dachte daran, wie es wäre, wenn er den Kindern in der Schule erzählen könne, wie er weggelaufen war.

»Mein Dad wird furchtbar wütend sein«, sagte er. »Aber die Tiere würde ich gerne wiedersehen.«

»Das ist okay. Ich rede mit ihm.«

»Auf dich ist er vielleicht auch wütend.«

»Ich glaube, davon kannst du ausgehen«, sagte Doc.

5

Der Mann, der dich verletzt hat, wird dir nie verzeihen.

SPANISCHES SPRICHWORT

Dee Dee McCall steckte mächtig in der Klemme. Sie hatte Undercover als Prostituierte gearbeitet und eine Gang von langhaarigen, mordlustigen südafrikanischen Schutzgelderpressern infiltriert. Einer der Bösen, der Albino, versuchte, ihr gerade eine Probe der Heroinladung zu spritzen, die sie einem schmierigen, juwelenbehängten, sadistischen Drogenhändler namens Slash gestohlen hatten. Hunter folgte indessen in seinem zerbeulten grünen Plymouth dem Signal des Senders, den sie am Leib versteckt hatte. Leider war dem Albino der Sender zwischen die Finger geraten, als er versucht hatte, sie zu befummeln, worauf er ihn am Halsband eines tollwütigen deutschen Schäferhundes befestigte. Hunter hielt an einer Seitenstraße, stieg aus und folgte den Signalen seines Handsenders auf einen überquellenden Müllcontainer zu, hinter dem der Schäferhund hockte. Aus dessen Maul tropfte eine weiße Flüssigkeit, die aussah wie Rasierschaum.

Orlan Johnson war fasziniert. Er konnte sich selbst gut in einer solchen Situation vorstellen.

Es klingelte an der Tür.

»Verdammt noch mal!«

Er blieb sitzen. Es war so gemütlich – einen Drink in der Hand, Hunter in der Glotze, in seinem neuen dunkelbraunen Fernsehsessel mit echtem Lederbezug. Er würde sich nicht vom Fleck rühren. Es klingelte erneut, diesmal einige Sekunden. Selbst der tollwütige Hund wurde übertönt.

»Hill! Mach doch mal die verdammte Tür auf!«

Seine Frau antwortete nicht. Sie war unten im Keller und machte die Wäsche. Der Idiot an der Tür gab keine Ruhe.

»Verdammt, ich komme ja schon!« rief Johnson. Er stellte seinen Drink auf dem kleinen Tisch neben sich ab, suchte nach dem Rad an der Seite des Liegesessels und drehte daran, bis der untere Teil des Lazy-Boys herunterklappte. Schwerfällig richtete er sich auf. »Ich komme! Nur die Ruhe!«

Er öffnete die Tür. »O nein – Crow. Was wollen Sie denn hier?«

Crow schob sich an ihm vorbei und ging ins Haus.

»He! Wer hat Sie eingeladen?« protestierte Johnson.

»Ich habe gehört, daß Sie mich suchen«, sagte Crow. Er zog seine Handschuhe aus und steckte sie in die Manteltasche.

»Von wem?«

»Was wollten Sie?«

»Das hat sich erledigt. Ich hatte ein paar Fragen, aber jetzt brauchen wir Sie nicht mehr, Crow.« Er sah zum Fernseher, aus dem der Lärm einer Schießerei tobte. Hunter in Hochform.

»Nun, dann habe ich ein paar Fragen an Sie«, sagte Crow. »Was wollten Sie von Melinda?«

»Von wem?« Johnson wandte seinen Blick vom Fernseher ab.

»Meiner Frau.« Crow nahm die Fernbedienung und schaltete den Fernseher aus.

»He, was, zum Teufel, soll das? Sind Sie betrunken?«

Johnson spürte, wie ihm die Galle hochstieg, eine grüne Masse, die seine Kehle hinaufkroch. Er griff nach der Fernbedienung. Crow trat einen Schritt zurück und hielt sie hoch.

»Nur eine einfache Frage. Ich weiß, daß Sie nach ihr gesucht haben. Was haben Sie zu ihr gesagt? Haben Sie Sie bedroht?«

»Ich weiß überhaupt nicht, wovon Sie reden, Mann. Und jetzt geben Sie mir dieses Ding, bevor ich Sie damit in den Knast befördere.«

»Sagen Sie mir einfach, was Sie dort wollten.« Crows Stimme war flach und leise. Er sprach jedes Wort besonders betont aus, wie jemand, der den Atem anhält und gleichzeitig spricht. »Sagen Sie mir, ob Sie wissen, wo sie jetzt ist.«

Johnson kniff seine Augen fest zusammen, bis er kaum noch etwas sehen konnte. Er legte die Hände an die Seiten, wie ein Revolverheld beim Duell.

»Sie geben mir jetzt sofort dieses Ding zurück! Was, zum Teufel, ist los mit Ihnen, Crow? Sind Sie von einem Todeswunsch beseelt?« Orlan merkte, daß er schneller sprach, daß seine Stimme schriller klang als sonst. Er spürte, wie sich seine Kehle zusammenzog, wie das Blut in sein Gesicht stieg. »Verschwinden Sie, bevor ich Ihren Arsch ins Gefängnis schleife.« Er deutete mit dem Finger auf Crow. »Wenn Sie sich mit mir anlegen ...«

Crow schlug den Finger beiseite, als handele es sich um ein lästiges Insekt. Verblüfft trat Johnson einen Schritt zurück und starrte entgeistert auf seinen Finger. Sein Gesicht hatte einen vollen Rotton erreicht.

»Crow, Sie haben soeben einen Polizeibeamten angegriffen.« Johnson trat noch einen Schritt zurück, breitete seine

Arme aus, ging etwas in die Knie, senkte den Kopf und griff seinerseits an.

Für Joe Crow verkörperte die auf ihn zustürmende Masse Orlan Johnsons den ganzen Mist, der ihm in seinem Leben passiert war – die Murphys, seine verschwundene Frau, Bellweather, Getter und verschiedene andere persönliche Dämonen. Er hätte Johnsons Angriff gerne frontal abgewehrt, aber die unbestreitbare Tatsache, daß Johnson über 100 Pfund schwerer war als er, veranlaßte ihn, wie ein Matador zur Seite zu springen.

Er war nur beinahe flink genug. Johnsons Fülle war trügerisch wie die eines Nashorns. Er war schnell. Seine rechte Faust fuhr heraus und erwischte Crow an den Rippen. Crow stolperte nach hinten und prallte mit der Schulter gegen den Türrahmen. Die Fernbedienung flog ihm aus der Hand. Er wirbelte gerade noch rechtzeitig herum, um einem zweiten Schlag auszuweichen. Johnsons Faust krachte gegen die Wand. Das Ergebnis war eine Delle in der Wandverkleidung und ein Schmerzensschrei.

Crow nutzte die Gelegenheit und schlug einen kurzen Haken in Johnsons Magen. Die darauffolgende Gerade war weniger erfolgreich, weil sie von Johnsons schütterem Schädel abglitt. Johnsons antwortete mit einem wilden Schwinger, der Crows Kinn jedoch nur streifte. Crow wich zurück. Er hatte keine Lust, von diesen kräftigen Armen umfangen zu werden. Brüllend griff Johnson ihn an, aber dieses Mal war Crow bereit. Er wich aus und konterte mit einem gut gezielten Tritt ins Johnsons üppig gepolstertes Hinterteil. Mit dem Gesicht zuerst stürzte der schwere Mann in seinen Entspannungssessel, der sich auch sofort entspannte. Die Fußstütze fuhr hoch, und die Rückenlehne klappte nach hinten. Der Kopf des Sheriffs wurde gleichsam gegen die Wand katapultiert.

Einen Augenblick lag der Mann angeknockt da und schlug mit den Armen gegen die Sessellehnen. Während er zusah, wie Johnson sich abstrampelte, erlebte Crow einen Augenblick relativer Klarheit, in dem er sich überlegte, was er als nächstes tun sollte. Gerade hatte er den Boß der Polizei in dessen eigener Wohnung angegriffen. Vielleicht war es schon ein Fehler gewesen, überhaupt hierher zu kommen.

Ein Schauder lief durch Johnsons korpulenten Körper. Er wälzte sich herum, brachte sich in die eigentlich vorgesehene Entspannungslage und starrte Crow düster an. »Du kleiner Bastard, ich werd's dir beibringen, du kleiner Scheißer du ...« Mühsam wuchtete er sich aus dem Sessel hoch und stürzte sich erneut auf Crow.

Es machte Crow nichts aus, Bastard genannt zu werden – schließlich war er einer. Auch Scheißer fand er nicht so schlimm. Aber gegen den Zusatz ›kleiner‹ hatte er etwas, und sobald Johnson in seine Reichweite kam, landete Crow seinen besten Schlag, hart und gerade wie ein Stück Stahl, mitten auf Johnsons dicken Bauch. Seine Faust vergrub sich tief darin – einen Augenblick hatte er das Gefühl, als gehe sie mittendurch –, und Orlan Johnson sackte auf den Teppich, atemlos und wie gelähmt.

Crow dachte noch, wie gut das doch tat. Er wünschte sich, Johnson würde ihn noch mal angreifen, als er eine Bewegung hinter sich wahrnahm. Während er sich umdrehte, zischte etwas auf seinen Kopf zu, das wie ein schwarzes Loch aussah. Er hörte ein Geräusch, als habe jemand einen Gong geschlagen, und seine Beine knickten ein. Er spürte den Nylonteppich an seiner Wange.

All seine Anstrengungen richteten sich nur noch darauf, einen einzigen zusammenhängenden Gedanken zu formen.

Es gab eine Lösung für seine Probleme; wenn sie ihm doch nur einfiele ...

Über sich, in der Ferne, hörte er Stimmen.

Irgend etwas schlug regelmäßig gegen seine Seite. Er zwang das schlingernde Schiff, das sich Gehirn nannte, wieder auf Kurs, damit es diesen wunderbaren Gedanken, der alles lösen würde, auch herauskristallisierte. Als er endlich merkte, daß es Orlan Johnsons Schuh war, der mit unschöner Regelmäßigkeit gegen seine Rippen schlug, kam ihm endlich ein Gedanke, der jedoch wenig hilfreich war. Das ist nicht fair, dachte Crow, mir tut noch alles vom letztenmal weh, als man die Scheiße aus mir rausgeprügelt hat.

»Hör auf, Orlan! Das ist genug.« Hillary packte ihren Mann am Arm und zog ihn weg. »Du willst ihn doch nicht umbringen.«

Orlan Johnson sah seine Frau an. »Warum nicht?«

»Weil es nicht nötig ist. Er ist fertig. Sieh ihn dir doch an.« Sie deutete mit ihrer gußeisernen Bratpfanne auf Crow. Crow hockte auf allen vieren und schwankte hin und her. Sein Kopf hing herab. »Wenn er allein gehen kann, dann laß ihn. Du willst ihn doch nicht noch selbst rausschleppen müssen, oder?«

»Ich will seinen Arsch hinter Gittern sehen, das will ich. Dieser Hurensohn hat mich geschlagen.«

Hillary schüttelte den Kopf. »Das willst du nicht. Laß ihn gehen. Wenn du ihn ins Gefängnis steckst, mußt du dich bloß wieder mit diesem Anwalt herumschlagen.«

Johnson verzog das Gesicht.

»Was wollte er überhaupt hier?« fragte Hillary.

»Ich weiß es nicht. Er dachte, ich wüßte, wo seine Frau steckt oder so was.«

»Und, weißt du es?«

»Nein, woher auch, zum Teufel. Ich bin zu ihrem Haus gefahren, um nachzusehen, ob sich dieser Idiot vielleicht dort aufhalten würde, aber sie wußte von gar nichts. Sieh ihn dir nur an – er krabbelt herum wie ein Tier.«

Crow bewegte sich auf die offene Haustür zu. Sie sahen ihm zu, während er sich am Türknauf hochzog. Er blickte noch einmal zu ihnen zurück, blinzelte verständnislos und griff nach der Tür, als wäre sie ein Stück Holz, das in der wütenden See trieb.

Johnson nahm seiner Frau die Bratpfanne aus der Hand und brüllte: »Scher dich aus meinem Haus!«

Crows Augen wanderten umher, bis sie schließlich die schwarze Eisenpfanne ins Visier nahmen. Er schauderte, ließ die Tür los und wankte in das Schneetreiben hinaus.

Augenblicke, Minuten oder Stunden später erlangte Crow in seinem Wagen das Bewußtsein wieder. Er saß aufrecht auf dem Fahrersitz. Die Fenster waren vereist. Er fror und suchte in seinen Taschen nach dem Schlüssel, bis ihm auffiel, daß er steckte. Taubheit umhüllte ihn, als stecke er unter einem Panzer aus Eis. Er drehte den Zündschlüssel – der Motor sprang an. Dann schaltete er das Innenlicht an und betrachtete sein Gesicht im Rückspiegel. Über seiner linken Augenbraue formte sich eine Beule von der Größe, Farbe und Form einer überreifen Tomate. Er erinnerte sich unangenehm deutlich daran, wie der Boden der Pfanne auf ihn zugekommen war. Wie er in seinen Wagen gekommen war, daran konnte er sich nicht erinnern.

»Du siehst beschissen aus«, sagte er laut. Daraufhin vibrierte sein Schädel so sehr, daß ihm fast schlecht wurde. Er schloß die Augen, atmete vorsichtig und wartete darauf, daß es vorbei ging. Als er das Gefühl hatte, sich bewegen zu können, ohne kotzen zu müssen, schaltete er den Enteiser an und wartete, bis das Eis an den Fenstern geschmolzen war. Es dauerte Minuten, bis die dicke Eisschicht verschwand, aber er hatte es nicht mehr eilig. Er war sich nicht einmal sicher, ob er wissen wollte, wo er war, und wenn er es wußte, hatte er keine Ahnung, wohin es dann gehen sollte. Crow legte den Kopf nach hinten und beobachtete distanziert, wie sein Bewußtsein sich langsam wieder verabschiedete.

Das Sea Breeze Motel, 1200 Kilometer vom nächsten Ozean entfernt, bot Klimaanlage, Telefon und Kabelfernsehen. Shawn blieb im Wagen sitzen, während der Doc ins Büro ging und den Schlüssel holte. Als er wieder in den Wagen stieg, fragte Shawn ihn: »Wieso bleiben wir gerade hier?«

»Weil es von hier nur ein paar Kilometer bis Big River sind und weil man hinter dem Haus parken kann.«

»Ich dachte, du bringst mich nach Hause?«

»Es schneit zu stark. Heute nacht bleiben wir hier. Ich bringe dich morgen zurück.« Doc fuhr den Jaguar um das langgestreckte niedrige Gebäude herum. »Da ist unseres – Nummer 16.«

»So schlimm schneit es doch gar nicht. Du könntest meinen Dad anrufen. Ich wette, er kommt und holt mich ab.«

»Das glaube ich auch. He, die haben hier Kabelfernsehen. Wir finden bestimmt einen guten Film.«

»Was für einen?«

»Keine Ahnung. Gehen wir rein, dann werden wir ja sehen, was es gibt.«

Der Elf-Uhr-Film hieß *Daytona Dolls.*

»Kenne ich nicht«, sagte Shawn.

Bellweather las aus der Programmzeitschrift vor: »Ein Rennmechaniker und seine drei Freundinnen vereiteln einen Mafiaplan, die Renntribüne in die Luft zu jagen. Zwei Brüder, die Rennen fahren, verlieben sich in die beiden Gewinnerinnen eines Schönheitswettbewerbs. Eine Rennfahrerin zeigt, was sie hat.« Er blickte auf. »Hört sich nach Busen und Benzin an, Kleiner. Sollen wir uns das anschauen?«

»Klar«, sagte Shawn. Er wollte noch immer nach Hause, aber das mit dem Film klang ziemlich gut. Doc griff zum Telefon und wählte eine Nummer.

»Hi, ich bin's. Haben Sie ihn angerufen?«

Shawn schnappte sich die Fernbedienung und schaltete den Fernseher ein.

»Gut. Dann wäre soweit alles klar. Sie treffen sich morgen um zehn mit ihnen, okay?«

Shawn zappte sich durch die Kanäle. Ein Kochkurs. *Hunter. Cheers.*

»Erzählen Sie mir keinen Mist, Dave. Wir haben eine Vereinbarung. Sie werden schon Ihren Teil bekommen. Wenn Sie Ihre Arbeit erledigt haben, können Sie verschwinden, okay?«

Ein Einkaufskanal. *Star Trek.* Er sah sich einige Sekunden Mr. Spock an, bevor er weiterschaltete, bis er einen Zeichentrickfilm gefunden hatte.

»Seien Sie pünktlich.« Doc legte auf. Er grinste Shawn zu. »Er ist ein Schlappschwanz.«

»Wer?«

»Der Typ, mit dem ich gerade telefoniert habe.«

»Oh.« Shawn griff zum Telefon.

»Was machst du da?« Docs Hand sauste auf die Gabel herab.

»Ich will meinen Dad anrufen«, sagte Shawn. Ihm gefiel nicht, wie Doc ihn ansah. Er lächelte zwar, aber es sah irgendwie unecht aus.

»Du kannst morgen mit ihm sprechen.«

Shawn gefiel das gar nicht. »Ich will jetzt mit ihm sprechen.«

Doc schloß die Augen und schüttelte den Kopf. »Schauen wir ein bißchen Fernsehen.«

»Warum darf ich ihn nicht anrufen?«

»Ich will nicht darüber diskutieren, Shawn.«

Shawn fühlte sich plötzlich sehr unbehaglich. Der Wunsch, nach Hause zu kommen, weg von Doc, wurde immer stärker.

»Ich hab's mir überlegt«, sagte er. »Ich will jetzt sofort nach Hause.«

Doc schüttelte den Kopf.

Shawn rollte sich übers Bett und stand auf. »Ich gehe jetzt«, sagte er, zog seine Jacke an und trottete zur Tür. Was dann geschah, traf ihn völlig unerwartet. Er hatte schon die Hand am Türgriff, als Doc ihn am Handgelenk packte, ihm eine Ohrfeige versetzte, ihn aufs Bett warf, noch einmal schlug und ihm drohend einen Finger vors Gesicht hielt.

»Du bleibst hier! Du bleibst so lange hier, bis ich dir sage, daß du gehen darfst.« Docs Gesicht war knallrot, die Adern an seinen Schläfen traten hervor. »Hast du mich verstanden?«

Shawn war entsetzt. Seine Wange und sein Handgelenk schmerzten. Jetzt wühlte Doc in seiner Tasche herum. Shawn wagte nicht, sich zu bewegen. Doc holte ein Paar Handschellen hervor, packte Shawn wieder beim Handgelenk und schloß eine der Schellen darum.

»He!« rief Shawn.

»Ich will nur sichergehen, daß du hier bleibst«, sagte Doc. Er suchte am Kopfende und an den Seiten des Bettes nach einer Stelle, wo er die andere Handschelle befestigen konnte. Schließlich entschied er sich für eines der hinteren

Beine. Shawn lag mit dem Gesicht nach unten auf der Matratze. Sein rechter Arm hing an der Bettseite herab.

»So, das sollte reichen«, sagte er. »Bequem?«

Shawn sagte nichts. Doc fragte ihn, ob er auch gut sehen könne. Er konnte sehr gut sehen, denn der Apparat stand nur einen Meter von ihm entfernt. Gemeinsam schauten sie sich *Daytona Dolls* an. Shawn gefiel der Film, trotz seiner mißlichen Lage. Es gab ein paar coole Schlägertypen und einen Nasses-T-Shirt-Wettbewerb. An einer Stelle wurde ein Typ von einer Dampfwalze überrollt. Kurz nach dieser Szene stand Doc auf und ging ins Bad. Shawn lauschte, bis er hörte, wie der Urinstrahl in die Toilette plätscherte. Dann rollte er sich von der Matratze, hob das untere Ende des Bettes hoch, zog die Handschelle unter dem Bettpfosten weg, öffnete die Tür und lief davon.

Als Bellweather die Tür klappern hörte, brach er beinahe zusammen. Seine Knie gaben nach und prallten gegen den Rand der Kloschüssel. Er war ein toter Mann. Er dachte, Ricky Murphy habe sie gefunden. Es war ihm egal, daß er sich über die Beine pinkelte. Einem toten Mann machte das nichts mehr aus. Schließlich zwang er sich, zur Tür zu gehen und einen Blick in das Zimmer zu werfen. Die Tür stand weit offen. Kein Ricky Murphy. Niemand. Shawn war fort.

Seine Erleichterung währte jedoch nicht lange. Der Junge war weg! Er lief auf die Tür zu, als ihm auffiel, daß sein Penis noch aus der Hose hing. Ohne stehenzubleiben, zog er den Reißverschluß zu … und stand gleich darauf in der klassischen Pose eines Mannes da, der sich seinen Penis im Reißverschluß eingeklemmt hat. Mit zusammengebissenen Zähnen fummelte er herum, bis alles in Ordnung war. Den Schmerz spürte er kaum.

In der Tür blieb er stehen. Er hatte keine Schuhe an. Der Junge war bereits nicht mehr zu sehen. Er beugte sich vor und rief Shawns Namen.

Stille.

Eine Schicht glänzenden Schnees, noch einmal mindestens zehn Zentimeter hoch, hatte bereits den Jaguar umhüllt. Shawns tiefe Fußspuren führten zum Empfang, von dort in Richtung Highway. Wo wollte er bloß hin? Zwischen dem Motel und den Außenbezirken von Big River gab es so gut wie nichts. Big River war acht Kilometer entfernt, die Talking Lake Ranch sogar fünfzehn. Die kalte Luft verursachte ihm eine Gänsehaut. Sein Hodensack zog sich zusammen. Mit nackten Füßen schlüpfte er in seine Schuhe, zog sich den Mantel über die Schultern und stapfte zu seinem Wagen. Er verfluchte den Schnee, der sofort in seine Schuhe drang und inzwischen bis an den unteren Rand der Wagentür reichte. Ganz egal wie – er mußte den Jungen finden, bevor ihn jemand anderes fand; bevor er an ein Telefon kam und seinen Dad anrief. Der Jaguar sprang sofort an, aber er sah nichts. Hektisch stieg er wieder aus und wischte den Schnee von der Windschutzscheibe. Dann setzte er sich erneut hinters Steuer und legte den Rückwärtsgang ein. Der Wagen bewegte sich, wirbelte eine Schneefontäne in die Luft – und wurde wieder langsamer. Die Räder verloren die Bodenhaftung, und schließlich blieb er stehen, als die breiten Sportreifen hilflos durchdrehten. Er schaltete den Motor ab, stieg aus und betrachtete den gefangenen Jaguar. Selbst wenn er ihn noch einmal zum Laufen brachte, würde er nach wenigen Metern hoffnungslos feststecken. Die Beine hoch anhebend ging er über den Parkplatz, blieb aber bald stehen. Es hatte keinen Zweck. Mit seinen Straßenschuhen kam er hier nicht weiter. Andererseits würde auch Shawn nicht weit kommen. Er würde bestimmt umkehren.

Bellweather ging wieder zum Jaguar, öffnete den Kofferraum und zog das Futteral heraus, in dem sein Gewehr steckte. Wenn der Junge nicht zurückkam, wenn er irgendwie den Weg nach Hause fand, dann könnte sich das Gewehr als ganz nützlich erweisen.

6

Ich suche keinen Ärger, ich suche Ausgleich.

JOE CROW

Als Crow wieder zu Bewußtsein kam, waren die Scheiben des Rabbit zu neunzig Prozent aufgetaut. Der Motor lief, die Tankanzeige stand auf ein Viertel. Als er das letztemal darauf gesehen hatte, war der Tank noch halbvoll gewesen. O Gott, dachte er, ich kann von Glück sagen, daß ich nicht an Kohlenmonoxydvergiftung gestorben bin. Die Taubheit in seinem Kopf hatte sich in ein langsam rotierendes Messer hinter seiner Stirn verwandelt. Mit einer möglichst sparsamen Kopfbewegung sah er sich in der glitzernden, schneebeckten Nachbarschaft um. Er parkte noch immer vor Orlan Johnsons Haus. Auf allem, was eben war, lag Schnee. Die Briefkästen trugen dicke weiße Mützen, Stromkabel wurden von zerbrechlichen eisigen Gebilden gekrönt, und Büsche und Bäume ächzten unter ihrer winterlichen Last.

Nur noch wenige Flocken trieben durch die Luft. Crow legte den ersten Gang ein und fuhr langsam los. Die Vorderreifen fanden in dem neuen Schnee guten Halt, und der Wagen bewegte sich aus der Parklücke auf die Straße. Crow umklammerte das Lenkrad. Er konnte kaum glauben, daß er vorankam. Deutlich konnte er hören, wie unter dem Wagen der Schnee mitgeschoben wurde. Wenn er nicht steckenbleiben wollte, mußten sich die Räder ständig weiterdrehen.

Zwanzig Minuten später fuhr er auf den Highway. Die Schneepflüge hatten ganze Arbeit geleistet, und die Straße fast freigekratzt. Crow ließ seine Schultern auf ihre normale Stellung sinken und erhöhte die Geschwindigkeit. Der Schmerz in seinem Kopf ließ etwas nach; das rotierende Messer hinter seiner Stirn war von einem hölzernen Kinderhammer ersetzt worden, der beständig zuschlug. Als er Big River langsam hinter sich ließ, erlaubte er es sich endlich, seinen Besuch im Heim der Johnsons Revue passieren zu lassen. Zwei Dinge behielt er von seiner Begegnung mit den Johnsons zurück: eine leichte Gehirnerschütterung und die Erinnerung an das, was Johnson zu seiner Frau gesagt hatte, als er zur Tür hinausgestolpert war: »Ich bin zu ihrem Haus gefahren, um nachzusehen, ob sich dieser Idiot vielleicht dort aufhalten würde, aber sie wußte von gar nichts.«

Wo immer Melinda war, Orlan Johnson hatte sie nicht weggebracht.

Acht Kilometer hinter Big River fuhr Crow an einem Jungen vorbei, der am Rande der gegenüberliegenden Fahrbahn in seine Richtung lief. Komisch, dachte er. Es war mitten in der Nacht, überall lag tiefer Schnee, es war kalt wie am Nordpol, und der Junge trug nicht einmal eine Mütze. Crow fuhr einen halben Kilometer weiter. Er dachte daran, wie es gewesen war, wenn er als Kind gefroren hatte. Als er das Sea Breeze, ein kleines Motel, erreicht hatte, wendete er und fuhr zurück. Es würde ihm keine Ruhe lassen, wenn er sich nicht um den Jungen kümmerte. Als seine Scheinwerfer die kleine Gestalt erfaßten, drehte sich der Junge um. Dann sprang er in den Graben neben der Straße, wo er bis zu den Hüften im Schnee versank. Crow hielt an und kurbelte das Beifahrerfenster herunter.

»He, alles in Ordnung?« rief er.

Der Junge blieb stehen und sah zu ihm hoch.

»Soll ich dich mitnehmen?«

»Mir ist kalt«, sagte der Junge.

»Im Wagen ist es warm«, entgegnete Crow. »Los, spring rein.«

Der Junge zögerte kurz. Dann watete er durch den Schnee zum Wagen, öffnete die Tür und stieg ein. Er war etwa zehn, elf Jahre alt. Sein Gesicht war von der Kälte und der Anstrengung gerötet. Seine Augen tränten. Er hatte keine Handschuhe an. Zitternd und nach Atem ringend saß er neben Crow, die Hände um den Körper geschlungen. Crow drehte die Düse des Heizungsgebläses in seine Richtung.

»Halte deine Hände dran«, sagte er, »dann werden sie

schneller warm. Und mach die Jacke auf, laß die Wärme hinein. Was, zum Teufel, hast du da draußen gemacht?«

»Nichts.« Der Junge hielt seine Finger vor die Heizung und rieb sie aneinander. Eine Handschelle baumelte von seinem Handgelenk. Er war ziemlich füllig, und seine Wangen sahen aus, als habe er Frostbeulen – rote Flecken, umgeben von einem Ring heller Haut.

»Nur einen kleinen Spaziergang gemacht, was?«

Der Junge zuckte mit den Schultern und schien sich nur darum zu kümmern, so viel Wärme wie möglich aufzunehmen.

»Woher hast du denn dieses schicke Armband?«

»Weiß nicht.«

»Hast du einen Schlüssel? Soll ich sie dir abmachen?«

»Ist schon okay« sagte der Junge.

Crow lenkte den Wagen wieder auf den Highway und fuhr einige Minuten, ohne ein Wort zu sagen. Er wollte warten, bis sein Passagier sich aufgewärmt hatte. Das Pochen in seinen Schläfen, das schon vergangen schien, wurde wieder heftiger und vermischte sich mit dem Geräusch des Heizungsgebläses.

»Wohin willst du denn?« fragte er. Er hoffte nur, den Jungen nach Hause bringen zu können, bevor er ohnmächtig wurde.

Der Junge wandte sich ihm zu und sah Crow zum erstenmal direkt an. »Ich weiß nicht.«

»Wohnst du hier in der Gegend? Willst du nach Hause?«

»Denke schon.« Er zog die Schultern hoch.

»Wo wohnst du?« Crow hörte, wie die Worte aus seinem Mund kamen, aber er spürte sie nicht. Der Schmerz in seinem Kopf schien tiefer zu wandern.

Der Junge zeigte in die Richtung, in die sie fuhren. »Da lang geht's.«

»Wie weit ist es?«

»Ich weiß nicht. Aber ich weiß, wo man abbiegen muß. Kennen Sie die Talking Lake Ranch?«

Crow nahm den Fuß vom Gaspedal und sah seinen Beifahrer kopfschüttelnd an.

»Du bist *der* Junge!« sagte er.

Der Junge wich zurück.

»Du bist der Murphy-Junge! Wie heißt du?«

»Shawn.«

Crow holte tief Atem und fuhr schneller. Das war zuviel für sein armes Hirn, das vor kurzem püriert worden war.

»Was ist mit Ihrem Kopf?« fragte der Junge.

»Ich bin mit deiner Tante aneinandergeraten.«

»Sie kennen meine Tante?«

»Besser als mir lieb ist.«

»Jetzt erkenne ich Sie auch«, sagte Shawn. »Sie sind der Mann.«

»Welcher Mann?«

»Der Mann in Docs Auto.«

»Du meinst sicher jemand anderen. Und wenn du von Dr. Bellweather sprichst, das ist kein Freund von mir.«

»Sie sind es aber.«

»Wie du meinst.« Crow hatte keine Ahnung, wovon der Junge sprach. Es fiel ihm sehr schwer, gleichzeitig zu fahren und zu denken.

»Sie bringen mich doch nicht wieder zu ihm zurück, nicht wahr?« fragte der Junge.

»Zurück zu wem?«

»Doc.«

Crow schüttelte den Kopf. »Ich bringe dich nach Hause«, sagte er. »Was hast du bei Bellweather gemacht? Hat er dir die Handschellen angelegt?«

Shawn öffnete den Mund und schloß ihn wieder.

»Du willst nicht darüber reden?«

»Ist mir egal«, sagte Shawn.

»Hat Bellweather an dir rumgemacht?«

»Was meinen Sie?«

»Du weißt schon – Anfassen und solche Sachen.«

Shawn brauchte eine Zeitlang, bis er antwortete:

»Nein«, sagte er schließlich.

Crow nickte vorsichtig, damit sich nichts in seinem Schädel löste. Er hielt die Geschwindigkeit auf achtzig und wich dann und wann den Schneewehen aus, die wieder begonnen hatten, den gerade gesäuberten Highway zu bedekken. Der Wagen schien so leicht wie nie zu laufen, als schwebe er ein paar Zentimeter über der eisigen Straße. Das Lenkrad fühlte sich dicker an als sonst, die Bremsen weicher. Auf eine seltsame Art und Weise genoß Crow dieses Gefühl der Entfremdung. Es kam ihm vor, als seien sie schon stundenlang gefahren. Er kannte diesen Highway. In seiner Zeit als Polizist von Big River war er ihn tausendmal entlanggefahren. Aber jetzt sah er anders aus, eine weiße, schwarze, stumme, surreale Landschaft. Er konzentrierte sich aufs Fahren. Es war erstaunlich schwierig, das Ding auf einer geraden Linie zu halten.

»He, Sie sind auf der falschen Seite.«

Crow drehte seinen Kopf, der vierzig bis fünfzig Pfund zu wiegen schien, und starrte den Jungen an. Einen Augenblick lang hatte er vergessen, daß er einen Beifahrer hatte. Er zwang das Lenkrad herum, und der Wagen schlitterte wieder auf die richtige Seite.

Sein Kopf fühlte sich an wie eine Wassermelone, seine Finger wie Bratwürste. Der Schmerz in seinem Kopf machte Geräusche – wsshh, wwsssh, wwsssh. Von Zeit zu Zeit blickte er auf den Tachometer. Manchmal las er weniger, manchmal mehr. Er merkte keinen Unterschied. Die Landschaft rollte auf jeden Fall an ihnen vorbei.

»He, Mister!«

Er wollte etwas sagen, fand es jedoch zu anstrengend. Das Lenkrad löste sich auf …

»He! Vorsicht!«

Die Straße verschwamm.

Crow lächelte. Er war so müde, daß es ihm egal war.

Die Landschaft drehte sich.

7

Ein Schwein, das man auf Kredit gekauft hat, hört nicht auf zu grunzen.

SPANISCHES SPRICHWORT

Irgendwann nach drei schlief Bellweather ein, im Bett sitzend, angezogen. Das Gewehr lag in seinem Schoß. Er schlief etwa eine Stunde. Gegen halb fünf schreckte er hoch, rollte sich aus dem Bett, schlich zum Fenster und spähte durch die Vorhänge. Nichts. Nur sein eingeschneiter Jaguar und die anderen Fahrzeuge, die dort schon bei seiner Ankunft gestanden hatten. Keine Murphys, weder kleine noch große. Er ging zum Waschbecken, schüttete sich ein paar Handvoll kaltes Wasser ins Gesicht, trocknete sich ab, nahm das Telefon und wählte eine Nummer.

Nachdem es achtmal geklingelt hatte, meldete sich eine schläfrige Stimme: »Hallo?«

»Aufgewacht, Dave! Hier ist Ihr Weckdienst!«

»Was? Wer ist da? Sind Sie es, Bellweather?«

»Doktor Bellweather am Apparat. Sind Sie schon auf?«

»Wie spät ist es, halb fünf morgens?«

»Fünf nach halb fünf. Zeit aufzustehen.«

»Wovon reden Sie? Das Treffen findet um zehn statt.«

»Ein dicker Schneesturm hier draußen, Dave. Sie sollten eine Menge Fahrzeit einkalkulieren. Daß sie mir auch pünktlich da sind, nicht wahr?«

»Machen Sie sich keine Sorgen«, sagte Getter und legte auf.

Bellweather warf einen weiteren Blick aus dem Fenster. In diesem Motel zu sitzen und darauf zu warten, was das Schicksal ihm bringen würde, zerrte an seinen Nerven. Außerdem hatte er ein ernsthaftes Beförderungsproblem. Neben dem Motelbüro entdeckte er einen weißen Geländewagen. Er zog seinen Mantel an und trat hinaus. Es hatte aufgehört zu schneien, und die Temperatur war gefallen. Er spürte, wie die Feuchtigkeit in seiner Nase gefror, als er die eiskalte Luft einatmete. Die Lobbytür war verschlossen. Bellweather stapfte durch den Schnee um das Motelbüro herum zur Hintertür. Hier wohnte wahrscheinlich der Manager. Er klopfte so lange gegen die Tür, bis er sah, wie das Licht anging. Die Tür öffnete sich einen Spalt, und eine ungehaltene männliche Stimme sagte: »Ja?«

»Ich bin Dr. Bellweather aus Zimmer 16.«

»Ja?«

»Sind Sie der Manager?«

»Vielleicht.«

»Ist das Ihr Fahrzeug?« Er deutete auf den Geländewagen. Die Tür öffnete sich einige zusätzliche Zentimeter, und der Mann blickte in die Richtung, in die Bellweather zeigte.

»Das ist mein Isuzu. Was haben Sie für ein Problem?«

»Eine ernste Sache. Ich bin soeben zu einem medizinischen Notfall gerufen worden und muß so schnell wie möglich nach Alexandria. Unglücklicherweise komme ich bei diesem Wetter mit meinem Wagen – dem Jaguar dort drüben – nirgendwo hin.«

»Was für eine Art von Notfall ist es denn? Kann das nicht warten?«

»Ich fürchte nicht. Es handelt sich um eine multiple thorazische Lipektomie, ein Notfall. Ich sollte die Operation eigentlich erst morgen vornehmen, aber die Patientin, ein sechsjähriges Mädchen, hat einen ernsthaften Anfall erlitten.«

Der Manager öffnete die Tür weiter und machte das Licht an. »Ein Anfall? Kommen Sie rein und machen Sie die Tür hinter sich zu.«

Bellweather trat ein. Das kleine Apartment, im Grunde nur ein weiteres Motelzimmer mit einer winzigen Küchenecke, roch nach altem Schweiß, Zigaretten und Blähungen.

»Loyal Fitz«, stellte sich der Manager vor. »Und jetzt soll ich Sie den ganzen Weg nach Alexandria fahren?«

»Eigentlich«, sagte Bellweather, »wollte ich Sie bitten, mir Ihren Wagen auszuleihen.«

»Meinen Isuzu?« Fitz kratzte sich hinterm Ohr. »Mann, den hab' ich erst seit ein paar Monaten.«

»Ich fahre sehr vorsichtig«, sagte Bellweather. »Und ich lasse Ihnen ja den Jaguar hier. Mittags bin ich wieder zurück.« Er lächelte. »Das wäre doch auch viel bequemer für Sie. Sie könnten noch ein bißchen schlafen.«

Fitz blickte sehnsüchtig auf sein zerknülltes Bett.

»Natürlich zahle ich Ihnen etwas für das Benutzen Ihres Wagens. Sagen wir, 200 Dollar?«

Loyal Fitz nickte langsam.

Kurz nach Sonnenaufgang versammelten sich die Murphys in ihrer Küche. Amanda machte Pfannkuchen. Alle hatten schlecht geschlafen. Ricky hatte früher aufbrechen wollen, damit er schon gegen neun bei *Birdy's* warten könne, aber George hielt das für sinnlos.

»Am besten tust du einfach, was sie sagen, Ricky.« Schlürfend trank George einen Schluck Kaffee und stellte die Tasse sorgsam auf den Tisch zurück.

»Du meinst, du willst diesem Hundesohn das Geld geben?«

»Welches Geld? Wir gehen zu *Birdy's* und tun alles, was nötig ist, um Shawn zurückzubekommen. Alles außer zu bezahlen.«

»Wie soll das funktionieren.«

»Wir machen es einfach. Du weißt doch, wie diese Typen sind. Ein paar Stadtjungs. Sie denken, weil sie in einer öffentlichen Bar sind, kann ihnen nichts passieren. Wir gehen einfach rein und bringen Sie dazu, uns Shawn wiederzugeben. Wenn du etwas Nützliches tun willst, dann nimm dir den Ford und mach die Auffahrt frei.«

Ricky brummte mürrisch vor sich hin. Er aß seine Pfannkuchen auf, dann machte er seinen Parka zu und ging hinaus, um die Straße freizupflügen.

»Ich bin noch immer der Meinung, du solltest Orlan anrufen«, sagte Amanda.

George rollte mit den Augen.

»Der wäre doch nur im Weg.«

»Ich will nicht, daß einem von euch was passiert.«

»Passiert? Wir haben es mit dem feisten Doc und seinem

öligen Anwaltsfreund zu tun. Mach dir keine Sorgen, Mandy. Kümmere dich nur ums Mittagessen. Der Junge wird mächtig hungrig sein, wenn er nach Hause kommt.«

Obwohl Berdette seine Bar jeden Tag um neun Uhr öffnete, verkaufte er vor elf kaum einmal einen Drink. Eigentlich machte er nur wegen der Lieferanten so früh auf. Außerdem hatte er auf diese Weise täglich ein, zwei Stunden nur für sich. Arlene schlief gerne länger, und das kam ihm gerade recht. Er mußte noch den ganzen restlichen Tag mit ihr auskommen. Meist saß er dann hinter der Bar, trank seine dritte Tasse Kaffee und ließ die Gedanken an sich vorbeigleiten. Früher hätte er nie einfach so dasitzen können, er war immer der Meinung gewesen, etwas tun zu müssen – putzen, irgendwas reparieren, fernsehen, telefonieren, Kreuzworträtsel lösen. In den letzten Jahren, seit er die fünfundsiebzig überschritten hatte, brauchte er das nicht mehr. Seine Energie hatte sich fast gänzlich aufgelöst, und mit ihr die Nervosität. Er konnte dasitzen und Kaffee trinken, oder auch einfach nur dasitzen, und es reichte ihm. Er reagierte auf seine Umwelt nicht mehr so wie früher, und das machte ihm nicht das geringste aus. Die beste Zeit, zu dieser Überzeugung war er gekommen, war die, wenn ein Mann das Leben einfach an sich vorbeigleiten lassen konnte, ohne es zu berühren, ohne etwas zu fühlen.

Überrascht sah er auf, als ein paar Minuten vor zehn die Tür aufging. Noch überraschter und ungehaltener war er, als er sah, daß es die Murphys waren, die sein Lokal betraten. Er regte sich in letzter Zeit so schnell über nichts mehr auf, aber über diese beiden schon.

Berdette stellte seinen Kaffee ab.

»Morgen, George«, sagte er.

George senkte seinen großen Kopf.

Berdette sah Ricky an. »Ich dachte, wir hätten eine Vereinbarung, Ricky.«

»Ach ja? Was für eine?«

»Ich dachte, wir hätten vereinbart, daß du deinen faltigen Arsch meiner Kneipe fernhältst.«

Ricky setzte sich an das andere Ende der Bar. »Schätze, das hab' ich vergessen.«

»Nun ja, jetzt erinnere ich dich daran.«

»Nur mit der Ruhe, Berdette«, sagte George. »Ricky wird nichts anstellen. Er wird noch nicht mal ein Bier trinken, stimmt's, Ricky?«

Ricky zuckte mit den Schultern.

»Verdammt richtig, er wird kein Bier trinken«, sagte Berdette. »Und wenn er kein Bier trinkt, dann hat er ja gar keinen Grund, hier zu sein, nicht wahr?«

George setzte sich Berdette gegenüber und legte seine Hand auf den Arm des alten Mannes. »Ist schon gut, Berdette. Wir wollen hier nur jemanden treffen. Das ist alles. Ricky wird keinen Ärger machen.«

»Er schuldet mir noch immer das Geld für den Stuhl.«

Ricky lachte. »He, der Kerl hat ihn mit seinem Kopf zerbrochen. Ich habe den Stuhl nur gehalten.«

Berdette sah ihn düster an und dachte an das alte Gewehr, das unter der Theke lag. Ob es wohl noch funktionierte? Er hatte seit Jahren nicht mehr damit geschossen, war nur ein paarmal gezwungen gewesen, damit herumzufuchteln.

George schien seine Gedanken zu erraten, denn er verstärkte den Druck auf Berdettes Arm. »Was war denn der Stuhl wert, Berdette? Fünfzig Dollar?« Er ließ den Arm los, holte seine Brieftasche hervor und legte zwei Zwanziger und einen Zehner auf die Theke. »Okay?«

Berdette blickte säuerlich das Geld an.

»Wir sind hier bald wieder weg, Berdette. Versprochen.«

Berdette sah ihn an. Gegen George hatte er eigentlich nichts. Mit Ricky, der mit seinem beschissenen kleinen Grinsen an seiner Bar hockte, war das eine andere Sache. »Achte nur darauf, daß der Junge an der Leine bleibt«, sagte Berdette und nahm das Geld.

»Das werde ich. Keine Sorge, okay?«

Berdette drehte sich um, nahm ein sauberes Handtuch und begann die Biergläser abzutrockenen, die er zuvor gespült hatte. Er konnte verdammt wenig tun, außer die Sache auszusitzen, was immer es auch sein würde. In diesem

Geschäft gab es immer ein paar unangenehme Augenblikke, aber sie gingen vorüber. George und Ricky warteten schweigend.

Um punkt zehn betrat Dave Getter die Kneipe. Es dauerte eine Weile, bis sich seine Augen an das trübe Licht gewöhnt hatten. Der Wirt, ein alter Mann in einem weißen Hemd, stand hinter der Theke und polierte Gläser. Ein großer, schwerer Mann, der eine Baseballkappe trug, thronte auf einem Barhocker und sah ihn ausdruckslos an. Das mußte George Murphy sein. Am anderen Ende der Theke starrte ihn ein hagerer junger Mann unter der Krempe seines Cowboyhuts hervor an. Ricky. Getter zog seine Handschuhe aus und ging auf George zu.

»Guten Morgen«, sagte er. »George Murphy? Ich bin Dave Getter.« Seine Stimme klang gut. Herzlich und vertrauenerweckend. Der erste Schritt bestand darin, sie durch sein sicheres Auftreten zu beeindrucken. Er streckte seine Hand aus.

George bewegte sich nicht, sah ihn nur an.

»Also.« Getter schlug die Hände zusammen. »Da wären wir.«

»So?« sagte George. »Mir scheint, als würde einer fehlen.«

Getter sah sich um. »Oh ... Sie meinen Dr. Bellweather. Wir müßten jeden Augenblick etwas von ihm hören. Warum trinken wir nicht erstmal eine Tasse Kaffee und setzen uns. Kann man bei Ihnen einen Kaffee bekommen?« fragte er den Wirt.

Der alte Mann schnaubte leise, zeigte aber ansonsten keine Reaktion. Getter spürte etwas hinter sich und drehte sich um. Ricky stand unangenehm nahe vor ihm. Getter trat einen halben Schritt zurück. »Alles in Ordnung?« Er nickte Ricky zu, als begrüße er einen Mann, den er kannte und schätzte, dann sah er den Revolvergürtel, sah Rickys Hände, deren Daumen in dem Gürtel mit der riesigen Schnalle hingen.

»Cowboys machen es mit Kaliber 45«, las er laut. Er lachte. »Das ist gut.«

Ricky richtete seinen starren Blick auf Getters Stirn.

»Wo ist mein Sohn?« knurrte George.

Das Telefon hinter der Theke klingelte.

»Das sind sie wahrscheinlich«, sagte Getter. Er beugte sich über die Bar und sah den Wirt, der abgehoben hatte, fragend an. »Mein Name ist Getter«, sagte er. »Ist der Anruf für mich?«

Der Alte reichte ihm das Telefon.

»Hallo?«

»Sind sie da?« Bellweathers Stimme klang nervös.

»Sie sind hier. George und Ricky.«

Er hörte, wie Bellweather ausatmete. »Gut, das ist gut. Sonst noch jemand?«

»Nur der Wirt.«

»Schön. Fragen Sie George, ob er das Geld mitgebracht hat.«

Getter hielt den Hörer von seinem Ohr weg. »Er möchte wissen, ob Sie das Geld mitgebracht haben.«

»Sicher«, sagte George.

»Er sagt, er hat es dabei.«

»Hat er eine Tasche oder einen Koffer mit?«

»Ich sehe nichts.«

»Okay. Sie machen jetzt folgendes. Sagen Sie ihnen, daß ich unterwegs bin. Ich bringe den Jungen mit. In fünfundvierzig Minuten bin ich da. Sie bleiben bei ihnen und sorgen dafür, daß sie ruhig und friedlich sind.«

»Was? Das war nicht verabredet! Ich habe meinen Teil erledigt. Ich verschwinde.«

»Gut. Verschwinden Sie, wenn die Murphys Sie weglassen.«

»Wenn sie mich weglassen? Ich ...« Bellweather hatte aufgelegt. Getter schüttelte entrüstet den Kopf.

»Wo ist mein Sohn?« wiederholte George.

»Er kommt. Dr. Bellweather bringt ihn. Sie sind in fünfundvierzig Minuten hier.«

»Fünfundvierzig Minuten? Das ist aber lang«, sagte George.

»So lang ist es auch nicht ...«, entgegnete Getter.

Eine Hand packte ihm im Nacken, und er sah die Oberfläche der Theke auf sich zuschießen. Seine Nase explodierte beim Aufprall auf die dunkle Eichenplatte, und er hörte Georges tiefe Stimme: »Falsch, Dave. Fünfundvierzig Minuten können sehr lang sein.«

Zehn Kilometer von *Birdy's* entfernt legte Bellweather den Hörer eines Münztelefons auf. Er saß in dem winzigen Büro von Clint's Big River Amoco.

»Danke«, sagte er zu Clint.

»Es war Ihr Quarter«, entgegnete Clint, zwischen dessen Lippen eine Zigarette baumelte. »Gehen Sie jetzt?«

Bellweather hockte schon seit vier Stunden in dem verrauchten, nach Öl riechenden Büro von Clints Tankstelle. Clint blickte mittlerweile alle fünf Minuten auf seine Uhr. Zunächst war er durchaus freundlich gewesen, ein bißchen Gesellschaft an diesem toten, verschneiten Morgen kam ihm ganz recht, aber in den letzten beiden Stunden hatte er sich deutlich reservierter gezeigt. Bellweathers Jagdgeschichten konnten ihn nicht mehr fesseln.

»Ich gehe«, sagte Bellweather. »Danke, daß ich hier warten durfte.«

Clint brummte und winkte ab.

Bellweather ging zum Isuzu, stieg ein und fuhr davon. Nach zwei Kilometern auf dem Highway bog er auf die Straße ab, die zur Talking Lake Ranch führte. Der Wagen schlidderte über den vereisten Weg. Als er vor der Lodge parkte, begannen die Hunde zu bellen. Solange sie in ihrem Zwinger blieben, konnten sie seinetwegen so lange bellen, bis ihnen der Kopf abfiel. Die Tür der Lodge stand offen. Als er den Raum betrat, hörte er das Klirren von Ketten. Der Tiger lag auf seinem Bauch. Er hatte seinen riesigen Kopf gehoben und sah ihn an. Bellweather achtete sorgsam darauf, nicht in seine Reichweite zu kommen und ging durch den Flur in Georges Büro. Es war nicht verschlossen; das einzige Fenster erhellte es nur schwach. Bellweather suchte nach dem Lichtschalter und knipste ihn an.

»Da bist du ja«, flüsterte er. Das ausgestopfte Wildschwein, das ihm noch nie besonders hübsch vorgekommen war, schien ganz neue Reize zu entwickeln. Bellweather strich mit der Hand über die Borsten und suchte nach dem Eingang zu den Schätzen.

Als hinter ihm eine harsche Stimme ertönte, setzte sein Herz fast aus.

»Ich habe dich gerochen.«

Amanda Murphy stand in der Tür, die Hände in die Hüften gestemmt.

Bellweather schlug sich mit der Hand auf die Brust. »Mrs. Murphy! Sie haben mich fast zu Tode erschreckt.«

»Ich werde noch weitaus mehr tun.«

Bellweather ging einen Schritt auf die alte Frau zu und setzte sein bestes Patientenlächeln auf. »George bat mich, etwas für ihn zu holen.«

»Unsinn! Ich weiß, was du für einer bist. Wo ist der Junge?«

»Er ist bei George und Ricky. Ich habe ihn bei *Birdy's* abgesetzt. Es war alles nur ein Mißverständnis.« Er stand jetzt dicht vor ihr, dicht genug, um sie zu packen und ... »Aaah!«

Bellweather taumelte zurück, die Hände zwischen die Beine gepreßt. Die alte Hexe hatte ihm voll in die Eier getreten, schneller als er es je für möglich gehalten hätte. Er versuchte, die Schmerzen zu ignorieren, damit er sie aufhalten konnte, bevor sie am Telefon war. Aber sie lief gar nicht davon. Sie wollte ihn fertigmachen. Mit ausgefahrenen Krallen kam sie auf ihn zu. Bellweather trat nach ihr, verfehlte sie jedoch und erwischte eine Handvoll scharfer Nägel im Gesicht. Er schrie auf, wich ihr aus und brachte Georges Schreibtisch zwischen Amanda und sich. Erneut holte sie aus, aber ihre Arme waren zu kurz. Sie umkreisten den Tisch. Bellweather konnte kaum gehen, so sehr schmerzten seine Eier. Seine Wange brannte wie Feuer. Seit er erwachsen war, hatte ihm niemand mehr zwischen die Beine getreten – der Schmerz war unvorstellbar. Das Gesicht der alten Frau war wutverzerrt. Er hatte keine Lust, noch einmal in ihre Nähe zu kommen. »Ich kratze dir die Augen aus«, zischte sie. »Ich schneide dir dein Ding ab und werfe es den Schweinen zum Fraß vor.«

Angst und Panik verliehen ihm ungeahnte Kräfte. Er hob Georges Sessel hoch und warf ihn nach Amanda. Sie war schnell, wurde aber trotzdem an der Schulter erwischt und zu Boden geschleudert. Bellweather lief um den Schreibtisch herum und an ihr vorbei, doch ihr Arm schoß hervor, und sie erwischte ihn am Bein. Ihre Nägel bohrten sich durch den Stoff seiner Hose. Verzweifelt schlug Bellweather um sich und traf sie ein paarmal am Kopf und an den Armen. Er schlug zu, bis ihr das Blut aus Mund und Nase tropfte und ihr Griff sich so weit lockerte, daß er sie abschütteln konnte. Die alte Frau sank zur Seite. Blutiger Schaum quoll aus ihrem Mund. Entsetzt wich Bellweather zurück. Er keuchte und schnappte nach Luft. Sein Instinkt riet ihm, so schnell wie möglich zu verschwinden und sich nicht mehr umzudrehen, aber dann fiel sein Blick wieder auf das Wildschwein. Er zögerte und sah auf die alte Frau herab. Sie lag zusammengerollt auf der Seite, leise hustend. Ein Strom blutigen Schleims troff von ihrem Mund zum Bretterboden. Sie schien weggetreten. Er konnte sich immer noch holen, was er haben wollte, machte aber für alle Fälle einen weiten Bogen um sie herum. Nicht zu unrecht, denn plötzlich rappelte sie sich wieder auf und kroch hinter ihm her, wie eine Vogelspinne hinter der Beute. Dieses Mal war er jedoch wachsamer. Die Spitze seines Cowboystiefels traf sie an der Schläfe. Sie fiel auf den Boden, als habe er einen Vorschlaghammer benutzt.

Laut atmend beobachtete Bellweather mißtrauisch ihren leblosen Körper. Nachdem dreißig Sekunden verstrichen waren, beugte er sich zu ihr herunter und schob ein Augenlid hoch. Der Augapfel warm hochgerollt, ein gutes Zeichen, daß sie so schnell nicht wieder zur Besinnung kommen würde. Ihr Puls schlug schwach, aber regelmäßig.

»Na schön«, sagte er laut. Er richtete seine Aufmerksamkeit wieder auf das Schwein und suchte mit den Fingern nach dem Zugang. Die Beine des Wildschweins waren fest mit einem schweren Holzsockel verbunden. Bellweather versuchte, das Tier in die Mitte des Raumes zu schieben. Es wog soviel wie ein großes Sofa, aber er konnte es so weit von der Wand wegziehen, daß es ihm möglich war, auch die andere Seite zu inspizieren. Bald hatte er ein Stück hochklappbares Fell gefunden, hinter dem sich eine Metalltür mit einem Kombinationsschloß befand. Seit seinem Anruf bei *Birdy's* war fast eine halbe Stunde vergangen. Er hatte keine Zeit mehr, den Safe aus dem Wildschwein herauszubekommen, geschweige denn, ihn zu öffnen. Ratlos über die Schulter schauend sah er Georges Waffenschrank.

Der Schrank war verschlossen.

Mit einem Stuhl schlug er das Glas ein und griff nach dem Metallbehälter, in dem sein guter Freund ruhte, die alte MAC-10. Amanda hatte sich nicht gerührt. Er öffnete den Behälter, schob ein Magazin in die MAC, lud durch, zielte auf das Wildschwein und feuerte.

Er brauchte zwei Magazine, um alle vier Beine abzuschießen. Der Schußlärm hatte ihn fast taub gemacht. Er schob ein neues Magazin ein, packte die vierfach amputierte Wildsau bei den Ohren und schleifte sie aus dem Büro hinaus, durch die Lodge, vorbei an einem völlig durchgedrehten Tiger und nach draußen in den Isuzu.

8

Wenn ich darüber nachdenke, fallen mir vier Gründe für das offensichtliche Mißbehagen am Alter ein: Erstens, es hindert uns an aktiver Tätigkeit; zweitens, es schwächt den Körper in seiner Leistung; drittens, es bringt uns um fast alle Formen des Vergnügens; viertens, es befindet sich nicht allzu weit vom Tod entfernt.

CICERO

Irgendwas riecht komisch, dachte Crow.

Er lag auf dem Rücken, auf etwas Weichem. Er hörte Atmen. Sein Kopf tat weh. Ein fauliger Wind strich über sein Gesicht.

Dicht neben seinem Ohr sagte eine wohlbekannte, heisere Stimme: »Er kommt zu sich, Puss. Ich hab' dir doch gesagt, er ist okay. Siehst du, er rümpft schon die Nase.«

Eine hellere, weiter entfernte Stimme antwortete: »Weil du ihm deinen stinkenden Atem ins Gesicht pustest, Harley.«

»Mein Atem stinkt nicht.«

»Ja, genau so wenig wie meine Fürze.«

»Quatsch.«

Crow hoffte, das alles nur zu träumen. Das letzte, woran er sich erinnern konnte, war die Fahrt auf dem Highway, mit Shawn neben sich. Oder hatte er auch das geträumt? Er öffnete seine Augen einen Spalt breit. Ganz wie er befürchtet hatte, schwebte die von Schnaps und Zeit zerstörte Visage Harley Pikes nur ein paar Zentimeter über seinem Gesicht.

»Seine Augen sind offen!« rief Harley und blies Crow das volle Aroma seines verrottenden Zahnfleischs in die Nase. Crow schnappte nach Luft und wandte sich ab. Er packte den Rand der Matratze, auf der er lag, und zog sich hoch, bis er saß. In seinem Kopf schlugen verschiedene Dinge gegeneinander und produzierten bunte, leuchtende Farben. Nach kurzer Zeit blieb nur noch ein allgemeiner, farbloser Schmerz übrig. Er öffnete die Augen und musterte seine Umgebung. Er saß auf einem schmalen Bett an einem Ende eines langgestreckten, niedrigen, unaufgeräumten, schlecht beleuchteten Raums. Die Luft war warm und feucht und roch nach Tabak. Harley Pike, der nur mit einer speckigen, abgewetzten schwarzen Motorradjacke aus Leder und einem Paar fleckiger Boxershorts bekleidet war, stand grinsend über ihm.

Am anderen Ende des Raumes saß Shawn Murphy an einem schmalen Klapptisch und trank Old Milwaukee. Ihm gegenüber, mit langem strähnigem, graublondem Haar hockte Gloria Schwep, besser bekannt als Puss. Sie sahen sich *Familienduell* im Fernsehen an.

Crow schloß seine Augen, zählte bis drei und öffnete sie wieder. Nichts hatte sich geändert. Er saß noch immer im heruntergekommenen Trailer von Harley und Puss. Seinerzeit hatte der Wohnwagen noch auf einem Stück Land in der Nähe der Murphy-Ranch gestanden.

»Willst'n Bier?« schnauzte Harley.

Crow zuckte unter dem erneuten Gasangriff zusammen. »Danke nein«, krächzte er und befühlte seine Stirn. Die Beule schmerzte, aber sie schien kleiner, als er sie in Erinnerung hatte.

»Das beste Mittel gegen einen Kater.«

Er hatte natürlich recht. Damit kannte Harley sich aus. Seine Liebe zum Alkohol war hier in der Gegend fast sprichwörtlich. Crow dachte an seine letzte Begegnung mit Harley zurück – war das wirklich erst vier Tage her? Vielleicht schon länger. Er hatte keinen Schimmer, wie lange er bewußtlos gewesen war.

»Du mußt wirklich voll gewesen sein, Crow. Was meinst du, wo dein Wagen ist?«

»Wo denn?«

Harley deutete aus einem nikotingelben Fenster. Crow beugte sich vor und suchte die schneebedeckte Landschaft ab. Sein Rabbit stand dicht neben dem Highway, umgekippt und mit dem Vorderteil tief in einer Schneewehe. Das Dach lehnte an einem Mast. Er sah zu Shawn hinüber.

»Bist du okay?« Es hatte ihn immer wieder fasziniert, wenn Menschen völlig unverletzt aus entsetzlich aussehenden Wracks herauskrabbelten.

Shawn nickte. »Nur ein kleiner Schnitt, mehr nicht.« Er hatte ein Pflaster auf dem Kinn. Crow fiel auf, daß die Handschellen an seinem Arm verschwunden waren.

»Wie habt ihr die Handschellen abbekommen?«

»Ich hab' sie abgemacht«, sagte Puss und blies einen Schwall Rauch durch die Nase. »Sogar an Koffern gibt's bessere Schlösser.« Die Leute von Big River hatten nie verstanden, warum Gloria Schwep, ein nettes Mädchen aus der Nachbarschaft, ausgerechnet an Harley Pike geraten war. Crow kannte die Antwort. Harley brauchte sie, neben Harley kam sie sich normal vor. Puss hatte ihr Leben der Aufgabe gewidmet, Harley aus jedem Schlamassel herauszuholen. Sie besorgte ihm immer wieder Jobs, wenigstens für ein paar Tage, und bezahlte die Kaution, wenn es nötig war. Stets trug sie den gleichen grimmigen Ausdruck im Gesicht. Sie hatte eine Aufgabe im Leben, und das konnten die wenigsten von sich sagen.

»Ich hab' selbst schon ein paar Unfälle gebaut«, sagte Harley. »Aber so auf die Nase gesetzt hab' ich noch keinen Wagen. Ich wußte schon immer, daß du nicht besser bist als ich, Crow.«

Crow bewegte seinen Kopf, seine Arme und Beine. Er probierte sie aus, und alles schien zu funktionieren. Sein Kopf fühlte sich noch immer nicht besonders gut an, aber besser als letzte Nacht. Zumindest konnte er klar denken.

»Was ist passiert?« fragte er Shawn.

»Weiß nicht. Sie sind ohnmächtig geworden oder so, und wir sind von der Straße runter.«

»Dieser Junge kommt mitten in der Nacht hier an und hämmert gegen unsere Tür. Hat Glück gehabt, daß ich ihm nicht eine verpaßt hab'.« Harley öffnete einen kleinen Kühlschrank und holte eine Dose Bier heraus. »Willste wirklich keine haben?«

»Nein danke.« Crow sah zu Shawn hinüber. »Bist du nicht noch ein bißchen zu jung, um zum Frühstück Bier zu trinken?«

»Er war durstig«, sagte Puss verteidigend. »Und wir hatten nichts anderes.«

»Wir wußten schließlich nicht, daß wir Gäste bekommen.« Harley riß seine Dose auf, nahm einen kräftigen Schluck und rülpste. »Ohne uns wärt ihr da draußen erfroren. Ich und Puss mußten dich hier hereinziehen, du warst völlig weg.«

»Ja, danke. Ich weiß das zu schätzen.«

Harley prostete Puss mit seiner Bierdose zu. »Hast du das gehört, Puss? Er weiß es zu schätzen! Verdammte Scheiße. So oft wie er meinen Arsch ins Gefängnis geschleift hat, kann er froh sein, daß ich seinen Arsch nicht in dem beschissenen Schnee hab' stecken lassen.«

Harley wurde langsam warm.

»He«, sagte Puss, »geh und wisch den Schnee von der Antenne. Dieser Empfang ist Scheiße.«

Harley starrte sie an und atmete durch die Nase. »Beschissener Schnee«, knurrte er. Dann nahm er eine schmutzige Jeans, die neben dem Bett lag, zog sie sich über seine behaarten weißen Beine und zwängte seine nackten Füße in ein Paar uralter, salzverkrusteter Arbeitsstiefel. Eine Minute später hörten sie, wie er fluchend auf dem Aluminiumdach herumhantierte.

»Wie viele hat er heute schon gehabt?« fragte Crow. Er runzelte die Stirn. »Es ist doch morgens, oder?«

»Er hatte ein paar«, antwortete Puss. »Eine Zeitlang wird er noch ganz okay sein. Momentan ist er meistens nur mit dem Mundwerk dabei.«

»Wie spät ist es?«

»Zehn oder elf.« Sie sah zum Fernseher. »Wann immer *Familienduell* läuft, so spät ist es.«

»Ich nehme an, Harley hat momentan keinen Job.«

»Heute hat er ganz bestimmt keinen mehr.«

»Ja, hör zu, ich muß diesen Jungen hier nach Hause bringen. Habt ihr einen Wagen, den ihr mir leihen könntet?« Crow erhob sich. Er trug noch immer Mantel und Schuhe. Seine Beine zitterten ein bißchen, aber sie schienen nicht nachzugeben. Das war gut. »Oder habt ihr ein Telefon?«

Puss steckte sich eine neue Zigarette an. »Kein Telefon. Hinten im Schuppen steht Harleys Jeep. Die Heizung funktioniert nicht richtig, aber er läuft. Du könntest auch den alten Polaris nehmen. Wenn du zu den Murphys willst, kannst du damit querfeldein fahren, wäre weitaus kürzer. Es gibt einen Weg, der am Fluß entlanggeht und der direkt zu ihrer Ranch führt. Auf der Straße mußt du erst ganz außen rum fahren.«

»Ich glaube, mit einem Schneemobil komme ich heute nicht zurecht, Puss. Was dagegen, wenn ich's mit dem Jeep probiere?«

»Von mir aus schon, aber ich weiß nicht, was Harley sagt. Du kennst ihn ja.«

»Fragen schadet nicht.«

»Darf ich dich was fragen, Crow? Warum, zum Teufel, bist du nach Big River zurückgekommen? Hast du hier nicht schon genug Ärger gehabt?«

»Geschäftlich.«

Sie blies einen Schwall Rauch aus. »Ich sage Harley dauernd, daß wir von hier wegziehen sollten. Er könnte sich irgendwo einen ordentlichen Job suchen, am besten mit Krankenversicherung, damit er sich endlich mal seine Zähne richten lassen kann. Aber er will hier nicht weg.«

Crow sagte nichts. Eine Reihe metallischer Schläge kündigte Harleys Rückkehr vom Dach an. Als er den Trailer betrat, fragte Crow: »Wie läuft dein Jeep denn so, Harley?«

»Läuft gut«, sagte Harley mißtrauisch. »Warum?«

»Ich wollte mal fragen, ob ich ihn ausleihen kann, um diesen Jungen nach Hause zu bringen.«

»Ich mag's nicht, wenn ein anderer meine Karre fährt.«

»Ich brauche ihn nicht lang. Nur eine Stunde oder so.«

»Hm ...«

»Harley«, sagte Puss. »Leih dem Mann deinen gottverdammten Jeep.«

Harley sah sie wütend an. Er hob eine Faust und fuchtelte drohend in der Luft herum.

Puss verschränkte die Arme. »Wenn du mich anrührst, wirst du keinen Schlaf mehr finden. Hast du mich verstanden?«

»Du schlägst dich immer auf die andere Seite.«

»Nur, wenn du dich wie ein Idiot benimmst. Verdammt noch mal, Harley, willst du, daß diese beiden hier den ganzen Tag rumhängen, oder willst du ihm kurz deinen beschissenen Jeep leihen?«

Harley brummte etwas, dann hellte sich sein Gesicht auf. »Ich kann die beiden ja fahren.«

»Du fährst nirgendwo hin, Harley.«

»Ich mach, was mir paßt, Schlampe.«

»Wenn du mich noch einmal Schlampe nennst, dann pinkel ich in dein beschissenes Bier, sobald du nicht hinsiehst. Sag schon, wo hast du die Schlüssel hingesteckt?«

»In meinen verdammten Arsch. Willst du nachschauen?«

Fasziniert beobachtete Crow dieses Beispiel ganz persönlicher Streitkultur, während Puss den Jeep für ihn erhandelte. Er stellte sich ein solches Gespräch mit Melinda vor, schmutzig und ehrlich, ohne falsche Rücksichtnahme. Vielleicht tat es gut, wenn man es überlebte. Für Harley und Puss schien es zu funktionieren – die beiden waren immerhin noch zusammen.

Die Diskussion ging noch minutenlang weiter, wobei sie immer lauter und hitziger wurde. Shawn saß mit seiner Bierdose in der Hand am Tisch und verfolgte das häusliche Drama mit offenem Mund. Crow bekam gar nicht genau mit, warum und wann plötzlich alles endete – vielleicht waren ihnen die Schimpfwörter ausgegangen. Jedenfalls saß Harley schmollend auf dem Bett, und Puss hielt Crow die Schlüssel für den Jeep vor die Nase.

»Zwei Dinge«, sagte sie. »Du mußt ihn volltanken und uns einen Kasten Bier mitbringen.«

Crow nahm die Schlüssel.

»Zum Teufel damit«, lallte Harley. »Bring mir 'ne Flasche Jack Daniel's mit. Eine große.«

»Kommt nicht in Frage, Harley«, sagte Puss. »Wenn ich dich mit 'ner Flasche J. D. erwische, dann ziehe ich sie dir über deinen dummen Schädel. Ich habe genug von dieser Scheiße. Du bleibst bei Bier.«

»Also, ein Kasten Bier. Auf geht's, Junge«, sagte Crow.

Nach mehreren Versuchen sprang der Jeep, ein Veteran der U.S. Post mit dem Lenkrad auf der falschen Seite, endlich an. Crow fuhr aus dem Schuppen, und sie krochen durch den dichten Schnee auf den Highway zu.

»Glaubst du, daß dein Dad sich freut, dich zu sehen?«

»Ich weiß nicht«, sagte Shawn. »Vielleicht ist er auch sauer auf mich.«

»Warum? Du kannst doch nichts dafür, daß Bellweather dich entführt hat.«

»Nein, aber richtig entführt hat er mich ja nicht.«

»Was meinst du damit?«

»Naja, eigentlich bin ich weggelaufen, zuerst.« Er wischte sich die Nase mit dem Ärmel ab.

»Warum hast du das gemacht?«

Shawn zuckte mit den Schultern. »Weiß nicht.«

»Wie bist du in die Stadt gekommen, per Anhalter?«

»Sie haben mich mitgenommen.«

»Was? Ich? Das kann nicht sein.«

»Ich bin hinten in Docs Wagen geklettert, und Sie haben mich zu Docs Haus gefahren.«

»Bitte sag mir, daß du Witze machst.«

»Und dann haben wir bei Nate und Ginny gewohnt. Und dann hat Doc gesagt, daß er mich nach Hause bringt, aber er hat es nicht getan. Er ist wirklich komisch.«

Crow kam nicht darüber hinweg, daß er Shawn zum Doc gefahren hatte. Dann erinnerte er sich, wie Doc ihm den großen Stauraum im Jaguar gezeigt hatte, Platz genug für einen zehnjährigen Jungen.

»Wissen Sie, was er macht?«

Crow räusperte sich. »Nein. Was?« Er war sich nicht sicher, ob er es wirklich hören wollte.

»Er hat so eine kleine Maschine, so ein kleines Ding, in das man Batterien steckt, wissen Sie?«

»Ja?« Crow wußte es nicht, aber er befürchtete das Schlimmste.

»Er nimmt es und steckt es sich in die Nase. Er schneidet sich die Haare in der Nase.«

»Er schneidet sich die Nasenhaare?« wiederholte Crow langsam.

»Ja. Ist das nicht krank?«

»He, ich sagte, Schluß damit!« rief Berdette.

Ricky schüttelte seine Faust aus. »Tut mir leid, alter Mann. Ich hatte einen Krampf.«

Dave Getter schlang die Arme um den Bauch und hustete. Seine Nase war durch den Kontakt mit der Theke grotesk angeschwollen. Zusätzlich hatte Ricky ihm ein paarmal in die Rippen geschlagen.

»Solange du in meiner Bar bist, läßt du deine verdammten Hände von ihm. Und nenn mich nicht ›alter Mann‹.«

»Alles klar, Bird.«

»Und nenn mich auch nicht Bird.« Berdette wollte diese drei Männer nicht mehr in seinem Lokal haben, und es gefiel ihm nicht, was die Murphys mit dem Mann in dem Anzug machten. Eine seltsame Situation. Sie saßen am Tisch und redeten, und plötzlich hatte Ricky ohne ersichtlichen Grund auf den Mann eingeschlagen. Seltsam, aber typisch Ricky Murphy.

George Murphy hockte an der Bar und starrte düster in sein Bier.

»Wo ist er?« fragte er. »Es ist fast elf, und ich sehe keine Spur von meinem Sohn.«

»Ich weiß es nicht«, jammerte Getter unglücklich.

»Die Warterei kotzt mich an«, sagte Ricky.

Das Telefon klingelte. Voller Hoffnung hob Getter den Kopf.

»Hoffentlich gute Nachrichten«, sagte George.

Berdette nahm den Hörer ab und hörte eine Weile zu. »Nein, Schatz, hier unten ist nichts los. Reicht, wenn du gegen zwölf kommst.« Er legte auf. »Arlene«, sagte er.

George stöhnte auf. Dann sah er Getter an, ebenso wie Ricky. Getter wich zurück und rief mit hoher Stimme: »Was denn? Was ist denn los?«

Rickys Faust krachte gegen seine Wange und schleuderte ihn vom Hocker.

»He!« rief Berdette. Langsam geriet hier alles außer Kontrolle. Sie würden den Kerl noch umbringen. Zorn stieg in ihm hoch. So hatte er sich seit Jahren nicht mehr gefühlt. »Ich rede mit dir, Junge!«

Ricky ignorierte ihn.

»Gehen wir.« George war aufgestanden und ging Richtung Tür. »Nimm ihn mit«, sagte er über die Schulter. Ricky packte Getter am Kragen, riß ihn hoch und zerrte ihn zum Ausgang. Getter schrie und versuchte sich loszumachen. Ricky schlug ihn noch einmal in den Magen und wirbelte ihn herum. Getter stürzte neben der Theke zu Boden und umklammerte mit den Armen die Fußleiste. Ricky trat ihn in die Rippen.

»Los, hoch, verdammter Kerl!«

»He!« Berdette kam um die Theke herum. »Jetzt reicht es mir. Laß ihn in Ruhe.« Er hielt das Gewehr in der Hand, ohne auf jemanden zu zielen. Aber sie sollten wissen, daß er eins hatte. »Hörst du mich?« Die Patronenhülsen waren mit Steinsalz geladen, eine schmerzvolle, aber nicht tödliche Alternative zu Schrot. Er hatte seit Jahren nicht mehr geschossen, aber es fehlte nicht mehr viel, dann würde er Ricky Murphy eine Ladung verpassen.

Ricky sah ihn mit zusammengekniffenen Augen an. Grinsend half er Getter auf die Beine und klopfte ihn ab. »Alles okay?«

Getter nickte mit schmerzverzerrtem Gesicht und hielt sich die Rippen.

»Siehst du, es geht ihm gut«, sagte Ricky.

»Und jetzt raus mit dir, Ricky«, sagte Berdette.

»Aber klar, Bird. Komm, Dave, bist du soweit?«

Getter schüttelte den Kopf. »Bitte ...«

Ricky versetzte ihm einen kurzen Schlag auf die geschwollene Nase. »Hier, damit du wirklich was zu jammern hast.«

Das brachte das Faß zum Überlaufen. Berdette hob das Gewehr und richtete es auf Ricky, in dessen Hand plötzlich ein langläufiger Revolver aufgetaucht war. Berdette hörte einen zweifachen Knall und merkte, daß er mit einemmal rückwärts ging. Der Anwalt schrie. Warum gehe ich rückwärts, wunderte sich Berdette. Das Gewehr fiel ihm aus der Hand. Ricky Murphy und sein Grinsen wurden kleiner, rasten in die Ferne davon. Dieser Hurensohn hat auf mich geschossen, dachte Berdette. Noch vor einer Sekunde hatte er sich voller Leben gefühlt. Jetzt fühlte er gar nichts mehr.

9

Diese Typen, die man auf der Straße sieht und die mit sich selbst reden – denen scheint der Gesprächsstoff nie auszugehen.

JOE CROW

Loyal Fitz, der Manager des Sea Breeze Motel, war froh, seinen Isuzu wiederzuhaben. Das beinlose Wildschwein beunruhigte ihn dagegen sehr.

»Was ist das?«

»Wonach sieht es aus?« fragte Bellweather.

»Nach einem ausgestopften Wildschwein«, meinte Fitz. »Sie hatten doch gesagt, Sie wollten einem kleinen Mädchen das Leben retten.«

»Das habe ich auch getan«, sagte Bellweather.

»Und was ist mit dem Schwein?«

»Helfen Sie mir einfach, es in mein Zimmer zu tragen«, knurrte Bellweather unwirsch. Er zog das Schwein an den Ohren aus dem Isuzu, bis es mit einem lauten Krachen auf den eisbedeckten Asphalt knallte.

»Es hat keine Beine«, meinte Fitz.

»Das weiß ich. Ich mußte amputieren, ein weiterer Notfall. Helfen Sie mir bitte, fassen Sie hinten an.« Bellweather packte mit beiden Händen die Schnauze des Tieres.

Fitz verzog das Gesicht, griff jedoch trotzdem nach dem Ringelschwanz und half dem Doktor, das Wildschwein über den Parkplatz zu Zimmer 16 zu tragen.

»Danke«, sagte Bellweather, als sie das Schwein aufs Bett gehievt hatten.

»Was wollen Sie damit machen?«

»Nichts.«

Fitz betrachtete das auf dem Rücken liegende beinlose Schwein stirnrunzelnd, aber er konnte sich nicht erklären, was es in einem seiner Motelzimmer für einen Zweck erfüllen sollte. »Sie sind doch nicht einer von diesen Satansanbetern oder so was?«

»Nein, bin ich nicht«, entgegnete Bellweather.

Fitz nickte langsam. »Verlassen Sie uns heute noch?«

»Ja, schon sehr bald. Wenn Sie mich jetzt entschuldigen ...«

Fitz nickte noch etwas langsamer, ging aber noch nicht.

»Würden Sie jetzt bitte gehen?« Bellweather nahm Fitz beim Arm und führte ihn zur Tür.

Fitz machte sich los. »Was ist mit meinen zweihundert Dollar?«

Bellweather holte seine Brieftasche heraus und gab ihm eine Handvoll Zwanziger. »Fürs Zimmer und den Wagen, okay?«

Fitz nahm das Geld. »Ich hab' Ihren rosa Wagen freigeschaufelt. Sie können fahren.«

»Ich weiß, ich hab's gesehen. Danke.«

»Was werden Sie mit dem Schwein machen?«

Bellweather schob ihn aus dem Zimmer. »Schinken«, antwortete er, als er die Tür zuschlug. Durch den Vorhang sah er, wie Fitz in sein Büro zurückging. Er mußte sich beeilen. Vielleicht war der Junge doch schon zu Hause und hatte alles ausgeplaudert. Bellweather öffnete seine Reisetasche und holte einen flachen schwarzen Plastikkoffer heraus, der medizinische Utensilien enthielt. Mit einem Skalpell begann er wie von Sinnen an dem Fell des Wildschweins herumzuschneiden. Er schnitt mit der kurzen Stahlklinge durch die zähe, trockene Schweinehaut, immer um den kleinen Safe herum, der in der Seite eingelassen war. Alle paar Sekunden eilte er zum Fenster und schaute hinaus. Schon bald war das Bett mit Fellstücken und muffig riechender Holzwolle bedeckt. Schließlich hielt Bellweather einen kleinen viereckigen Safe in den Händen und fragte sich, wie, zum Teufel, er dieses Ding aufbekommen sollte.

»Ich glaube, mein Dad ist nicht zu Hause«, sagte Shawn. »Der *Hummer* steht nicht da.«

»Wahrscheinlich sucht er dich«, sagte Crow.

»Aber Grandy ist bestimmt da. Ich habe richtigen Hunger.«

»Grandy ist deine Großmutter?«

»Mhm.«

Sie macht bestimmt gerade Mittagessen. Wollen Sie mit reinkommen?«

Crow war ebenfalls hungrig, aber nicht hungrig genug, um sich länger als unbedingt nötig auf der Talking Lake Ranch aufzuhalten.

»Nein danke, ich muß los.« Er wollte nichts mehr mit den Murphys zu tun haben. George hatte seinen Jungen zurück, und das war's. Er wollte raus aus all dem.

»Okay«, sagte Shawn. Er öffnete das Tor und lief um das Haus herum zur Küchentür. Crow wendete und fuhr die lange Auffahrt zurück. Ihm war schlecht, vielleicht von all den Schlägen, die er hatte einstecken müssen, oder von dem Mangel an gutem, ungestörtem Schlaf, oder von dem Rucken und Schwanken des Jeeps. Er hatte kein Ziel mehr. Eigentlich hatte er von Anfang an keins gehabt, aber jetzt fühlte er sich, als würde er gleich in mehrere Stücke auseinanderbrechen. Er mußte unbedingt irgendwo vor Anker gehen und sich ausruhen, egal wo.

An der Stelle, an der Murphys Privatstraße auf den Highway traf, hielt er an und ließ den Motor laufen. Puss hatte nicht übertrieben, als sie sagte, daß die Heizung nicht richtig funktionierte. Soweit er feststellen konnte, tat sie es überhaupt nicht.

»Was mache ich hier eigentlich?« sagte er laut.

»Du sitzt in einem beschissenen Jeep und frierst dir den Arsch ab«, antwortete er sich selbst. Er fuhr wieder los, auf dem Highway nach links.

»Falsche Richtung«, sagte er.

»Ich weiß.«

Ein *Hummer* in Tarnfarben fuhr auf der anderen Spur an ihm vorüber, auf dem Weg zur Ranch. George Murphy saß hinter dem Steuer und blickte starr nach vorne. Neben Rikky sah Crow noch einen anderen Mitfahrer, der aussah wie ... Dave Getter? Nie. Er fuhr weiter und beschloß, seinen schmalen Vorrat an geistiger Energie nicht an ein Rätsel zu verschwenden, das nicht das geringste mit ihm, Joe Crow, zu tun haben konnte.

»Dem alten Joe Crow, dem ist alles egal«, murmelte er. Dann kam ihm eine vertraute Idee in den Sinn, eine Idee, die ihm so verlockend vorkam, daß er spürte, wie die Energie durch seinen Körper floß.

Zitternd holte er Atem.

»Also schön«, sagte er heiser.

George stieg aus dem *Hummer* und öffnete die Tür, die in die Lodge führte. Der Tiger öffnete ein Auge.

»Bist du ganz allein, mein Mädchen?«

Der Tiger gähnte.

George ging zum Wagen zurück. »Bring ihn rein. Ich sehe auf dem Anrufbeantworter nach, ob dieser kleine Hurensohn hier angerufen hat.«

Ricky zog Getter aus dem *Hummer* und zerrte ihn in die Lodge.

»Was wollt ihr von mir? Ich habe euch doch gesagt, daß ich nichts damit zu tun habe.« Getter humpelte. Eine Ladung Steinsalz hatte ihn am Oberschenkel gestreift.

»Stimmt, das hast du uns gesagt.« Ricky schubste ihn auf einen Stuhl. »Und jetzt halt's Maul.«

Der Tiger erhob sich und ging auf sie zu. Seine gelben Augen blinzelten nicht. Erst als die Kette an seinem Hals zerrte, blieb er stehen. »Du bleibst jetzt ganz still sitzen. Er kann die Kette nämlich jederzeit durchbeißen.«

Getter schloß die Augen. Er zitterte am ganzen Körper.

Ricky folgte George in den Flur. »Ich muß dir sagen, Bruder, ich denke, der Kerl weiß wirklich nichts.«

»Ja, aber jetzt, wo er mitangesehen hat, wie du dem alten Berdette ein Loch in den Bauch geschossen hast, haben wir ein ganz anderes Problem. Wenn er laut Mörder schreit, dann wird der alte Orlan die Sache nicht vertuschen können.«

»Dann verfüttern wir ihn eben an den Tiger.«

»Das geht nicht. Halt ihn im Auge, ja?« Er öffnete die Tür zur Küche. »Ja, brat mir einer 'nen Storch ...!«

Shawn Murphy saß am Küchentisch und aß eine Schüssel mit Frosties. Er blickte auf.

»Ja, brat mir einer 'nen Storch«, wiederholte George. Er lächelte breit. »Wo um alles in der Welt kommst du her, Junge?«

»Ich bin gerade nach Hause gekommen«, sagte Shawn. »Dieser Mann hat mich mitgenommen.«

»Welcher Mann?«

»Er ist schon weg.«

»Nelly Bell?«

Shawn schüttelte den Kopf. »Ein anderer, ich glaube er heißt Crow oder so.«

»Crow?«

»So ähnlich.«

George ließ seinen Kopf langsam herabsinken, während er diese neue Information verarbeitete. Er legte seine Hand auf die Schulter des Jungen. »Crow«, murmelte er. »Ja brat mir einer 'nen Storch.«

»Ich soll dir sagen, daß er dir eine Rechnung schickt.«

Murphy nickte. »Also wo bist du gewesen, Junge?«

Shawn starrte in seine Frosties.

»Warst du bei Nelly Bell?«

»Eine Zeitlang schon. Aua!«

George ließ Shawns Schulter los.

»Ich bin ihm weggelaufen«, sagte Shawn. »Er wollte mich nach Hause bringen, aber dann hat er es doch nicht getan, also bin ich weggelaufen. Er ist irgendwie komisch.«

George zog einen Stuhl unter dem Tisch hervor und setzte sich. »Hat er irgendwas mit dir gemacht?«

Shawn schüttelte den Kopf. George wollte weiterfragen, aber er sah, daß der Junge sich zurückzog. Außerdem wollte er es eigentlich gar nicht wissen. Sein Sohn war wieder da, und das sollte genug sein. Er atmete tief ein und wieder aus und sah sich in der Küche um. Irgend etwas war nicht wie sonst.

»Wo ist Mandy?« fragte er.

»Ich weiß nicht«, sagte Shawn. »Ich glaube, sie ist nicht da.«

Bei Bronson's On/Off Sale Liquors gab es Old Milwaukee im Sonderangebot. Crow nickte der Frau an der Kasse zu, ging durch den Laden und schnappte sich eine Palette Dosen aus der Kühlbox. Auf dem Rückweg nahm er eine Flasche Old Crow aus dem Regal und stellte sie neben dem Bier an der Kasse hin. Die Frau blickte von ihrer Fernsehzeitung hoch, lächelte kurz und rechnete zusammen. Sein Einkauf belief sich auf 18.92. Crow reichte ihr seinen letzten 20-Dollar-Schein, nahm wortlos sein Wechselgeld in Empfang, trug seine Sachen zum Jeep und fuhr nach Osten. Als er seinen umgekippten Rabbit erreichte, fuhr er von der Straße ab, deponierte den Kasten Old Milwaukee in Puss' und Harleys Auffahrt und hupte kurz. Kurz darauf öffnete Harley die Trailertür. Crow winkte ihm zu und fuhr wieder auf den Highway. Er hörte noch, daß Harley ihm etwas hinterherschrie.

Als er bei *Birdy's* vorbeikam, sah er, daß ein silberner Mercedes dort parkte, der dem Dave Getters sehr ähnlich sah.

»Dem alten Joe Crow, dem ist alles egal«, murmelte er.

Auf den nächsten hundert Kilometern stolperten Crows Gedanken durch die Trümmer der letzten Wochen. Die Tage liefen wie ein Alptraum vor ihm ab, eine schmerzlich sinn- und ziellose Reise. Melinda war fort? Das war ihr Problem. Er glaubte nicht mehr, daß Orlan Johnson oder die Murphys irgend etwas mit ihrem Verschwinden zu tun hatten. Bellweather hatte die Stadt verlassen? Na und. War sowieso ein lausiger Job gewesen. Debrowski? Ein Ex-Junkie in einer Lederjacke. Egal, wie er die Ereignisse bewertete, er blieb stets pleite und allein. Nur die ungeöffnete Flasche zwischen seinen Beinen versprach noch so etwas wie Glück. Er spürte bereits, wie der rauhe Bourbon brennend seine Kehle hinunterfloß, strich mit der Hand über die Flasche und empfand es deutlich, wie sich sein Körper nach dem Inhalt sehnte. Im Gegensatz zu den Menschen in seinem Leben konnte er sich auf den Bourbon verlassen. Er würde ihn trinken und sich besser fühlen.

Er fuhr weiter, aber in Gedanken trank er die Flasche bereits aus. Die unerwünschten Bilder verflüchtigten sich. Er mußte sich aufs Fahren konzentrieren, beugte sich über das Lenkrad, zog die Schultern hoch und versuchte, den letzten Rest Wärme in seinen Händen zu speichern. Schon sah er sein Apartment vor sich. Er schloß die Tür auf, goß sich einen kleinen, vernünftigen Schluck ein, setzte sich und reinigte seinen Geist. Während die verschneite Landschaft vorbeizog, übertünchte er alte Erinnerungen mit dem Gedanken an die Flasche und ihren Inhalt. Als er durch die kleine Gemeinde Clara City fuhr, zählte er drei Schnapsläden und sieben Bars. Ein netter kleiner Ort. Er konnte an jeder der Kneipen anhalten, sich ein paar Drinks genehmigen, über irgend etwas reden, und nicht ein bekanntes Gesicht sehen. Überall wäre es warm, freundlich und angenehm. Wärmer und freundlicher als in seinem leeren Apartment – aber dort war es einfacher. Außerdem hatte er kein Geld mehr. Er hielt nicht an.

Während die Außenbezirke von Minneapolis vorbeizogen, tobten schon wieder Kopfschmerzen in seinem Schädel, und die harte Federung des Jeeps ließ ihn spüren, wie verknotet und leer sein Magen war. Er schluckte. Wieder tauchten die Murphys vor ihm auf. Ein lächelnder George, den Arm um den verlorenen Sohn gelegt. Die Schmerzen pochten jetzt im Takt mit dem Motor.

»Das ist nicht fair.« Der Fahrtwind verschluckte seine Worte. Er hatte die Flasche noch nicht mal aufgemacht und hatte schon einen Kater. Was für eine Welt ist das nur, klagte er, in der ein Mann für die Sünden leidet, die er erst noch begehen muß? Zorn stieg in ihm auf, und fast hätte er die Flasche aus dem Fenster geschleudert, aber dann sagte ihm eine andere Stimme, daß er sich nun wirklich auch betrinken sollte, wenn er den Kater schon im voraus hatte. Ein dritter Crow, der den Wagen fuhr, verfolgte das Gespräch mit einem gequälten Lächeln.

»Zu viele Crows«, murmelte er.

»Ich stimme zu.«

Ein Straßenzeichen tauchte auf: CTY RD 40. Einen Augenblick lang fuhr Crow allein und schweigend weiter.

Diese Ausfahrt würde ihn zu Bellweathers Haus führen, besser gesagt Bellweathers ehemaligem Haus, jetzt da es der Regierung zu gehören schien. Eigentlich hatte er weder einen Grund noch ein Interesse daran, die Abfahrt zu nehmen, aber offenbar interessierte sich einer der Crows doch noch für den Verbleib des flüchtigen Fettabsaugers. Der neugierige Crow. Der, der ihm immer wieder Ärger machte.

Ein anderer Crow übernahm jedoch die Kontrolle über den Wagen und fuhr an der Ausfahrt vorbei nach Hause. Die Flasche lag wärmend zwischen seinen Beinen. Sie war echt. Man konnte eine Menge Schlechtes über Alkohol sagen, aber eine Tatsache blieb: er ließ einen nie im Stich. Schon der Gedanke daran festigte ihn. Auseinanderbrechen konnte er später immer noch.

10

Nichts in seinem Leben tat ihm so gut wie der Verlust desselben.

William Shakespeare

Orlan Johnsons freier Tag war lausig. Sein Magen schmerzte von dem Schlag, den Crow ihm verpaßt hatte, und kaum war er aufgestanden, verlangte Hill, daß er die Auffahrt freiräumte. Es war ihm allerdings gelungen, im Morgenmantel zu bleiben und den ganzen Vormittag im Haus herumzuschleichen. Er wollte nur mit einem Bier vor dem Fernseher sitzen. Sollte sie ruhig keifen. Erst als sie ihm damit drohte, kein Mittagessen zu kochen, zog er sich den Thermo-Overall und die leuchtendorangene Steppweste an und ging in die Garage, um den Toro anzulassen. Gerade hatte er die erste Bahn mit dem Schneepflug gezogen, als sie ihm vom Haus aus zuwinkte und etwas rief.

Was jetzt wieder? Er schaltete den Motor aus und sah zu seiner Frau hinüber.

»Was ist los?«

»Du mußt sofort zu *Birdy's*, Orlan. Jemand hat den alten Berdette erschossen.«

Und so war es. Als er bei *Birdy's* eintraf, standen zwei seiner Beamten – Nelson und Fleener – vor dem alten Berdette Williams. Arlene, die ihren toten Ehemann gefunden hatte, saß zusammengesunken an einem Tisch, auf die Hälfte ihrer Größe geschrumpft. Als erstes nahm er Nelson beiseite und fragte ihn, was, zum Teufel, hier eigentlich passiert wäre.

»Wir haben ihn so gefunden, wie er da liegt, Chief. Seine Frau hat uns angerufen.«

»Hat sie ihn erschossen?«

»Ich weiß nicht. Da draußen steht ein Mercedes, aber wir haben keinen Fahrer dazu. Kann noch nicht allzu lange da parken, die Scheiben sind noch nicht mal zugefroren. Das alte Gewehr, das er in den Händen hielt ... daraus hat er einen Schuß abgefeuert. Sieht so aus, als habe er auf jemanden geschossen und sei selbst erwischt worden.«

»Das heißt noch lange nicht, daß sie den armen Kerl nicht trotzdem erschossen hat.« Die Vorstellung, daß ein Ehepartner den anderen erschoß, schien ihm plausibel.

»Stimmt«, gab Nelson zu. »Aber trotzdem, ich glaube nicht, daß sie es getan hat.«

Johnson war enttäuscht. Er zog Verbrechen vor, bei denen er die Täter nicht durchs ganze Land jagen mußte. Eigentlich mochte er Verbrechen, bei denen man sofort wußte, wer es getan hatte.

»Okay, dann bringt sie, verdammt noch mal, von hier weg. Schafft sie nach Hause. Wir können später mit ihr reden. Und überprüft das Kennzeichen von dem Krautmobil. Habt ihr schon den Arzt angerufen?«

»Sofort nachdem wir Sie angerufen haben.«

Kaum hatten sie ihn mit dem toten Mann allein gelassen, wurde Johnson plötzlich ganz komisch zumute, und er kam zu der Überzeugung, daß er dringend einen schönen, steifen Drink brauchte. Selbst unter diesen grausigen Umständen machte es ihm Spaß, den Barmann zu spielen. Er fand heraus, wo Berdette die Limonen und den Wodka aufbewahrte und wie man das Tonic aus dem Sodasiphon bekam. Mit dem Drink setzte er sich auf seinen Stammplatz, legte die Beine hoch und sah sich um.

Eine gewisse Traurigkeit überkam ihn. Dies war das Ende einer Ära, der Berdette-Williams-Ära. »Ja, ich kannte den alten Berdette gut. Berdette war ein Freund.« Er stellte sich vor, wie er das sagte.

Auch wenn Berdette diese Meinung nicht geteilt hätte.

Schließlich traf die Ärztin ein, stellte ein paar dumme Fragen, machte ein paar Notizen. Johnson sah zu, wie sie ihre Routine abwickelte, die ewig zu dauern schien. Sie und ihr Assistent schnallten den Leichnam schließlich auf eine Bahre und rollten ihn hinaus.

Nachdem Berdette verschwunden war, entspannte sich Johnson endlich. Er war noch nie ganz allein in einer Bar gewesen. Es war friedlich.

Trotzdem hatte Johnson das Gefühl, etwas Polizeiarbeit leisten zu müssen. Er stellte die Fakten zusammen.

Erstens, Berdette war tot, in die Brust geschossen.

Zweitens, ein mysteriöser Mercedes parkte vor der Bar.

Drittens, sein Glas war leer, und niemand füllte es auf.

Er schob sich aus der Nische, ging um die Bar herum und mixte sich einen neuen Wodka Tonic – dieses Mal einen doppelten, zu Ehren des armen alten Berdette.

Crow stand in der Lobby seines Mietshauses und blickte auf den Zettel, der über den Briefkästen an der Wand hing. Jemand hatte mit Filzstift eine Katze gemalt, die Milo sehr ähnlich war. Groß und schwarz mit gelben Augen. Über dem Bild verkündeten große schwarze Buchstaben KATZE GESUCHT. Darunter stand in kleineren Buchstaben ›Große schwarze Katze mit gelben Augen. Hört auf den Namen Milo.‹ Am unteren Rand des Blattes standen zwei Telefonnummern. Eine davon war seine. Die andere kannte er nicht.

Er ging in sein Apartment, stellte die Flasche Bourbon auf die Küchentheke, nahm das Telefon und wählte die unbekannte Nummer. Ein Anrufbeantworter. Er hörte ein paar Sekunden verzerrten Rock 'n' Roll, und dann Debrowskis Stimme vom Band, die ihn aufforderte, eine Nachricht zu hinterlassen. Er sagte: »Hier ist Crow. Ich wollte mich nur für den Suchzettel bedanken.« Er legte auf. Irgendwie fühlte er sich mies, als habe er diesen Gefallen gar nicht verdient, als könne er jetzt, wo sie so nett zu ihm gewesen war, die Flasche Bourbon nicht mehr trinken.

Er legte seinen Mantel über einen Stuhl und drehte die Heizung auf. Seine Hände waren noch immer kalt und steif von der Fahrt. Als er sie massierte, um Blut hineinzubekommen, läutete das Telefon.

»Soll ich drangehen?« fragte er.

Okay, ich gehe ran, dachte er, und wenn es nicht wegen Milo ist, dann lege ich auf und schenke mir einen ordentlichen Schluck ein.

Er nahm den Hörer ans Ohr.

»Officer Crow?«

Crow räusperte sich widerwillig.

»Ich möchte Ihnen dafür danken, daß Sie meinen Sohn zurückgebracht haben.« George Murphys Stimme klang ein wenig angestrengt, so als habe er etwas im Hals.

»Nichts zu danken«, sagte Crow.

»Wissen Sie, wo ich jetzt bin, Crow?«

»Keine Ahnung.«

»Ich bin in einem Krankenhaus in Alexandria.«

»Aha?«

»Ich bin bei meiner Mutter.«

Crow wartete.

»Jemand hat sie zusammengeschlagen, Crow, bis zur Bewußtlosigkeit. Hat ihr die Rippen gebrochen, ihr gegen den Kopf getreten und dann liegengelassen. Sie könnte tot sein.«

»Es tut mir leid, das zu hören«, sagte Crow. »Ich weiß, wie sie sich jetzt fühlt.«

»Das bezweifle ich, Officer Crow. Wenn man fast achtzig ist, dann verkraftet man Schläge längst nicht so gut wie ein junger Mann.« Murphy sprach seltsam bemüht, als müsse er sich sehr zurückhalten, nicht die Beherrschung zu verlieren. »Wissen Sie, wer meiner Mutter das angetan hat?«

»Fragen Sie mich, oder werden Sie es mir gleich sagen?«

»Ich werde es Ihnen sagen. Es war Ihr Dr. Bellweather.«

Crow war überrascht. Das sah Bellweather trotz allem nicht ähnlich.

»Ja, er war es«, antwortete Murphy auf den unausgesprochenen Einwand. »Sie ist wach, und sie erinnert sich.«

»Warum erzählen Sie mir das?« fragte Crow.

»Ich möchte, daß Sie verstehen, wie ernst ich es meine. Ich möchte, daß Sie den Doktor suchen und zu mir bringen.«

»Tut mir leid, ich habe Ihnen schon den Jungen gebracht. Mir reicht's. Warum schicken Sie ihm nicht Ihren psychopathischen Bruder hinterher?«

Crow hörte, daß Murphy sehr schwer atmete. Es dauerte eine Weile, bis er antworten konnte.

»Ich meine es wirklich ernst, Officer Crow. In der Stadt benimmt sich Ricky wie eine Ente an Land. Er könnte den Doktor gar nicht finden. Sie können ihn vielleicht auch nicht finden, aber es wäre doch ganz gut, wenn Sie es täten. Ich bin in dieser Angelegenheit nicht der einzige, dessen Verwandte in Gefahr sind. Hören Sie mir zu?«

Crow begann zu zittern. Melinda.

»Das tue ich«, hörte er sich antworten.

»Gut. Der Doktor ist vor drei Stunden hier weggefahren, kurz nachdem Sie meinen Sohn abgeliefert haben. Er hat etwas, das mir gehört – ein ausgestopftes Wildschwein, etwa ein Meter fünfzig lang. In diesem Schwein befindet sich ein kleiner Metallsafe. Ich möchte, daß Sie den Doktor und den Safe finden und mir bringen. Haben Sie verstanden?«

Trotz der Angst, die ihn gepackt hatte, mußte Crow daran denken, daß sich George Murphy anhörte wie das Tonband am Anfang von *Cobra, übernehmen Sie.*

»Ich habe verstanden«, sagte er. »Aber ich habe keine Ahnung, wo Bellweather sich aufhält.«

»Finden Sie ihn.«

»Ich will mit Melinda sprechen«, sagte Crow.

Murphy zögerte. »Wer ist Melinda?« fragte er dann.

Crow atmete erleichtert auf. »Sie sagten etwas von einem Verwandten.«

»Das stimmt. Ihr Schwager, der Rechtsanwalt. Er ist gerade bei Ricky, aber ich glaube nicht, daß er sich gut mit ihm unterhält. Finden Sie den Doktor, und ich gebe Ihnen den Anwalt.«

»Sie reden von Dave Getter? Wie kommen Sie darauf, daß ich mir etwas daraus mache, wie es ihm geht?«

»Ich denke, das tun Sie«, sagte Murphy.

Crow lachte und legte auf. Er setzte sich an den Küchentisch und wartete, bis er sich etwas beruhigt hatte. Bellweather hatte also George Murphy übers Ohr gehauen. Eigentlich sollte er sich darüber freuen. Er drehte die Flasche hin und her und las die Aufschrift auf dem Etikett, ohne sie zu verstehen. Als zehn Minuten später das Telefon läutete, saß er noch immer so da. Er nahm den Hörer ab, sagte aber nichts.

»Schön, dich zu hören«, sagte Debrowski nach ein paar Sekunden. »Ich wollte dich nur informieren – bis jetzt hat sich noch niemand gemeldet.«

»Hier auch nicht.«

»Ich bin beim Tierheim vorbeigefahren. Keine schwarzen Katzen mit gelben Augen.«

»Danke.«

»Du klingst nicht gut, Crow. Was machst du gerade?«

»Ich sitze nur so rum.« Er räusperte sich. »Hast du Lust vorbeizukommen und mir zu helfen, mich zu betrinken?«

Eine kurze Pause. »Sicher. Was trinkst du?«

»Ich habe eine Flasche mit gutem Kentucky-Bourbon hier.«

»Ich bin gleich da.«

Fünfzehn Minuten später war Laura Debrowski da, komplett in Leder und Ketten. Sie sah ihn aufmerksam an. Dann wanderte ihr Blick zu der Flasche auf der Küchentheke. Sie war offen. Daneben standen zwei Gläser, die jeweils einen Schluck der bernsteinfarbenen Flüssigkeit enthielten.

»Danke, daß du gewartet hast«, sagte sie. »Was feiern wir?«

»Das Ende der Nüchternheit«, sagte Crow. Er fühlte sich schrecklich. Als er die Drinks eingeschenkt hatte, war ihm von dem Geruch des Alkohols fast schlecht geworden. Es war ihm gelungen, ein paar Cracker hinunterzuwürgen. Jetzt sammelte sich unablässig Speichel in seinem Mund an, und jedesmal, wenn er ihn schluckte, stieg eine Welle der Übelkeit in ihm hoch.

»Du siehst nicht besonders gut aus«, sagte sie und setzte sich auf einen der Hocker. Sie nahm ein Glas, schwenkte den Whiskey darin und roch daran. »Dieses Zeug habe ich literweise gesoffen.«

Crow starrte sie an. Der Anblick des Glases so nahe an ihren Lippen entsetzte ihn mit einemmal. »Bist du ... wie lange ... seit wann bist du trocken?« Er dachte an ein paar Wochen.

Debrowski biß sich auf die Lippen und überlegte. »Vier Jahre«, sagte sie.

»Vier Jahre? Hör zu, das hier ist blöd. Ich will nicht, daß du ...«

»Du kannst mich mal, Crow.« Debrowski hob das Glas, trank es mit einem einzigen Schluck aus und knallte es auf die Theke. Sie verzog das Gesicht, holte tief Luft, atmete kräftig durch und öffnete ihre Augen. Sie glitzerten feucht.

Crow schaute sie mit offenem Mund an. Er konnte kaum glauben, was er sah.

»Siehst du, wie leicht es ist?« fragte sie. Ihre Stimme klang eine halbe Oktave tiefer. Sie goß sich einen zweiten, größeren Schluck ein.

»Ich möchte nicht, daß du das tust«, sagte Crow.

»Wieso nicht? Hast du mich nicht deshalb eingeladen?«

Crow schüttelte den Kopf. Er hatte keine Ahnung, warum er sie eingeladen hatte.

»Was ist los, Crow? Sprich mit mir.« Sie hob ihr Glas mit Bourbon.

»Bitte, tu's nicht.«

»Sprich mit mir, Crow.«

Crow holte tief Luft. »Was willst du?«
»Du hast ein Problem, Crow. Erzähl mir davon.«
Crow drehte sich um und ging vor dem Sofa auf und ab. »Es ist ziemlich kompliziert«, sagte er.
»Stell mich auf die Probe.«
»Mein Schwager ist das größte Arschloch auf der Welt.«
Vorsichtig setzte Debrowski ihr Glas ab.
»Das ist doch schon mal ein Anfang.«

Sie konnte gut zuhören. Crow bahnte sich seinen Weg durch die Geschichte, erklärte ihr dieses und jenes, beantwortete ihre Fragen und nutzte jede Gelegenheit, ihr klarzumachen, was für ein Idiot sein Schwager war. Er wollte, daß diese Sache deutlich rüberkam.
»Also, du magst ihn nicht.«
»Ich habe ihn noch nie gemocht.«
»Warum nicht?«
»Ich dachte, das hätte ich erklärt.«
»Weil er ein Winkeladvokat ist? Dich wie den letzten Dreck behandelt?«
»Ja, auch.«
»Das ist doch halb so schlimm, Crow. Wenn du anfängst, jeden zu hassen, der dich wie den letzten Dreck behandelt, dann staut sich eine Menge negativer Energie in dir auf. Ich meine, wenn du dich wie ein Stück Dreck benimmst, dann behandeln dich die Leute auch so.«
»Oh, ich danke dir vielmals.«
»Was ist mit deiner Schwester?«
»Was soll mit ihr sein?«
»Mag sie ihn?«
»Sie hat sich noch nicht von ihm scheiden lassen.«
»Das ist nicht das gleiche.«
Crow überlegte. »Ich glaube, er bedeutet ihr etwas«, sagte er. »Ich weiß nicht warum, aber es ist so.«
»Magst du deine Schwester?«
»Sie ist eine Traumtänzerin, aber sie ist meine Schwester.«
»Glaubst du, daß sie ihm schon etwas angetan haben?«

»Wer? Die Murphys? Da bin ich mir sicher.«

»Aber du glaubst, daß er es verdient?«

»O ja.« Crow setzte sich auf das Sofa, verschränkte die Arme und starrte auf seine Knie. »Sie haben ihm sicherlich einiges angetan.«

»Und was wirst du tun?«

»Ich weiß nicht. Was meinst du?«

Debrowski schüttelte den Kopf. »O nein, Crow, das überlasse ich ganz dir. Außerdem hast du dich schon entschieden.« Sie nahm die beiden Gläser und schüttete den Bourbon ins Spülbecken.

Crow sah auf. »Was machst du da?«

Debrowski hielt die Flasche über die Spüle. Gluckernd lief der Alkohol heraus. Crow sah ihr zu.

»Ich muß los, Crow. Ich habe ein Treffen mit einer meiner Bands. Toesucker – schon mal gehört?«

Crow schüttelte den Kopf.

»Sonst auch keiner.« Sie öffnete die Tür. »Danke für den Drink, Crow.«

11

Ich soll es für die Jäger so hinkriegen, als sei das Tier nie gestorben und hätte nie geblutet. Es kommt einem so vor, als wollten sie die Zeit aufhalten. Als hätten sie ein dreidimensionales Foto geschossen, das ich nur noch entwickeln muß.

OLLIE AAMOLD

Ollie Aamold saß in seiner Werkstatt, umgeben von den Körperteilen verschiedener Tiere, und betrachtete nachdenklich den Kopf eines Vierender-Rehbocks. Dann tauchte er die Spitze eines feinen Pinsels in ein Glas mit verdünnter Acrylfarbe und dunkelte damit sorgfältig die Ecken der Augenlider des Bocks nach. Manche Tierpräparatoren benutzten Filzstift für diese letzten Feinheiten, aber Ollie war ein Perfektionist. Eine gute Trophäe mußte lebendig aussehen – eingefroren in der Zeit, aber lebendig.

Taxidermie war eine Kunstform, und Ollie war ein Künstler.

Er lehnte sich zurück und betrachtete sein Werk. Es war ein hübsches Tier, dessen Kopf sich auf eine nette, fragende Art etwas zur Seite neigte; aber egal, wie gut er seine Arbeit machte, als Jagdtrophäe taugte es kaum etwas. Es verblüffte ihn immer wieder, wenn diese sogenannten Jäger ihm Hunderte von Dollars hinblätterten, damit er ihre armseligen Morde verewigte. Einen Rehbock wie diesen hätte er vielleicht wegen des Fleisches geschossen, aber viel eher hätte er ihn laufen lassen.

Egal. Er verdiente sein Geld damit. Er hatte sogar schon ein paar Schoßhündchen ausgestopft; und für seinen Neffen eine Wüstenrennmaus, mit der der Junge seine kleine Schwester gerne erschreckte.

Da konnte man den Murphys nur dankbar sein. Sie kamen immerhin des öfteren mit interessanten Tieren an. Er hatte Zebras ausgestopft, Karibus, Gamsböcke, alle möglichen Tiere, die er noch nie zuvor gesehen hatte. Vor ein paar Jahren hatten sie ihm ein weißes Nilpferd gebracht, kein besonders großes Exemplar, aber das größte Tier, an dem er je gearbeitet hatte. Seine Lieblingstiere waren jedoch die großen Katzen. Herrliche Geschöpfe. George hatte gesagt, daß der Tiger auch bald auf seinem Tisch landen würde. Darauf freute sich Ollie ganz besonders. Einen Tiger hatte er noch nie gehabt.

Das Telefon klingelte. Ollie ließ es fünfmal läuten, bevor er den Hörer abnahm.

»Ollie? Hier ist Steve Anderson.«

»Ja?« Der Name sagte ihm gar nichts.

»Sie haben meinen Elch. Ich hab' ihn vor zwei Tagen vorbeigebracht.«

»Ach ja, herrliches Geweih.« Noch eine wertvolle Trophäe dank der Murphys.

»Vierhundertachtzehn Punkte.«

»Was Sie nicht sagen.«

»Die Sache ist die … in zwei Wochen gebe ich eine kleine Party, ein paar alte Freunde von mir sind dann in der Stadt, und ich … na ja, ich würde sie gerne ein bißchen beeindrukken. Ich weiß, daß es etwas kurzfristig ist, aber ich wollte fragen, ob es irgendeine Möglichkeit gibt, die Trophäe bis dahin fertigzukriegen. Ab Samstag in einer Woche vielleicht?«

Ollie rollte mit den Augen. Er konnte kaum antworten.

»Ollie? Sind Sie noch dran?«

»Ja, ich bin noch dran.« Es war einfach immer ein Fehler, an das verdammte Telefon zu gehen.

»Was meinen Sie?«

»Keine Chance.«

»Mist! Auch nicht, wenn ich ein kleines Extra zusteuere? Sagen wir noch zweihundert.«

Blöde Idioten, die glaubten, mit Geld könne man alles kaufen. »Keine Chance«, wiederholte Ollie. »Ich habe Ihren Elch noch nicht mal zur Gerberei geschickt, und die brauchen schon mindestens einen Monat.«

»O Mann, jetzt bin ich aber ziemlich enttäuscht, das muß ich Ihnen sagen. Es hätte mir eine Menge bedeutet.«

Ollie zeigte dem Telefonhörer den Finger.

»Gibt es nicht irgend eine Möglichkeit? Ich meine, nehmen wir an, ich wäre der Präsident der Vereinigten Staaten. Könnten Sie es für den Präsidenten schaffen?«

Ollie atmete tief durch. Während Andersons letzter Worte hatte er die Luft angehalten. »Hören Sie zu«, sagte er und rang um Fassung. »Es ist ja nicht ganz so, als würde man einen Vogelkäfig zusammenzimmern. Gute Arbeit braucht ihre Zeit. Sie haben ein schönes Tier geschossen. Wollen Sie, daß ich Pfusch damit mache?«

»Nein, aber …«

»Nichts aber. Selbst wenn Sie der Präsident des gottverdammten Universums wären, könnte ich es nicht schaffen. Eine Trophäe braucht Zeit – anders geht es nicht.«

»Und wenn ich …«

»Kein ›und wenn ich‹. Es geht nicht. Geben Sie mir drei, dreieinhalb Wochen. Ich könnte ihn vielleicht sogar hier einlegen, anstatt ihn wegzuschicken, aber dann würde er nach einem Jahr bereits Haare verlieren. Zuerst bringen Sie mir ein Bison, dessen Kopf zu Klump geschossen ist, und jetzt das. Wenn Sie es so verdammt eilig hatten, dann hätten Sie mir den Elch an dem Tag bringen sollen, an dem Sie ihn geschossen haben, anstatt ihn erst noch rumliegen zu lassen. Glauben Sie, es macht mir Spaß, mit einem Elch zu arbeiten, der schon eine Woche tot ist?«

»Eine Woche? Aber ich ...«

»Eine Woche, sechs Tage, was auch immer. Sie müssen wissen, wann Sie ihn geschossen haben. Sah aus, als sei er gefroren, wieder getaut und wieder gefroren. Das Ding verliert jetzt schon Haare wie verrückt. Wenn Sie ein solches Tier schießen, dann müssen Sie es sofort häuten und salzen. Auf jeden Fall hätten Sie es gleich zu mir bringen müssen. Aber selbst dann – es braucht eben seine Zeit.«

Anderson schwieg einen Augenblick. Dann sagte er: »Ich hab's Ihnen an dem Tag gebracht, an dem ich es geschossen habe.« Es klang, als hielte er den Hörer vom Ohr weg.

Ollie schnaubte verächtlich. »Jetzt reicht's mir aber. Ich will Ihnen etwas sagen, Mr. Anderson, ich brauche Ihren Auftrag nicht. Sie können Ihr Fell und Ihr Geweih jederzeit bei mir abholen. Und ich will Ihnen noch eins sagen. Ich habe schon eine Menge toter Tiere gesehen, und wenn Sie mir diesen Elch wirklich an dem Tag gebracht haben, an dem er von Ihnen getötet wurde, dann haben Sie einen Elch erschossen, der toter war als Elvis-möge-sein-Arsch-in-Frieden-ruhen-Presley.«

Chief Orlan Johnson sah sich einem Dilemma gegenüber. Es war Nachmittag, und er war bereits halb betrunken. Vielleicht schon mehr als halb. Er wollte nur noch nach Hause, aufs Sofa und vielleicht ein Footballspiel im Fernsehen anschauen. Leider würde ihn Hill umbringen, wenn er schon wieder mitten am Tag blau nach Hause käme. Wahrscheinlich würde sie mit der gleichen Bratpfanne auf ihn losgehen, mit der sie Joe Crow eins verpaßt hatte. So wie er es sah, hatte er zwei Möglichkeiten. Er konnte ab jetzt Kaffee trinken und etwas essen. Dann wäre er gegen sechs, sieben vielleicht nüchtern genug, um Hill zu täuschen. Allerdings wäre sie auch dann total sauer, weil er das Abendessen verpaßt hätte. Oder er konnte weitertrinken und um fünf nach Hause gehen, rechtzeitig zum Abendessen. Dafür mußte er dann allerdings eine Tirade über sich ergehen lassen, weil er betrunken war.

Johnson steckte sich eine Zigarette an und starrte auf die Blutlache auf dem Boden. Er überlegte hin und her.

Sein Funkgerät summte. Vielleicht Fleener oder Nelson, die ihm mitteilten, daß sie den Mörder geschnappt hatten.

»Ja?«

»Bist du's, Orlan?«

»George?«

»Ja. Ich hab' gehört, jemand hat den alten Berdette erschossen?«

»Stimmt ... ein Kerl in einem Mercedes.«

»Im Ernst? Hör zu ... Orlan?«

»Ja?«

»Du kennst doch diesen Dr. Bellweather mit dem rosa Jaguar?«

»Ja.«

»Nun, die gute Nachricht ist die, Shawn ist wieder zu Hause. Aber ich muß mit diesem Doktor sprechen. Sag's deinen Jungs, okay? Die Sache ist wirklich wichtig, Orlan. Laß mich sofort wissen, wenn ihn irgend jemand sieht, okay?«

»Sicher.«

»Hast du das auch kapiert?«

»Ich bin doch nicht blöd!« Johnson schaltete das Gerät aus. Noch mehr Anweisungen von seinem Schwager. Zum Teufel damit. Er wandte seine Aufmerksamkeit wieder seinem alten Dilemma zu. Die Lösung war einfach – sie würde ihm so oder so die Eier polieren. Und deshalb würde es für sie beide weitaus einfacher werden, wenn er sich der Prozedur sturzbetrunken unterzog.

Nachdem er neun Bohrer zerbrochen und sein gelbes Rodeoshirt aus Wildleder mit Schweiß getränkt hatte, war es Bellweather endlich gelungen, genug Löcher in den Safe zu bohren, um das Schloß mit Hammer und Meißel herauszubrechen. Im Vergleich zur Fettabsaugung war Safeknacken verdammt schwer. Er blickte durch das gezackte Loch, das einen Durchmesser von etwa fünf Zentimeter hatte, befürchtete das Schlimmste und wurde durch den Anblick eines Bündels Banknoten belohnt. Ja! Er gratulierte sich dazu, all diese großartigen Werkzeuge gekauft und den Coup des Lebens gelandet zu haben. Seines Lebens jedenfalls.

Mit Hilfe des Meißels versuchte er, die Safetür aufzustemmen. Nichts. Er legte den Safe auf den Boden, klemmte den Meißel in das Loch und trat mit dem Fuß auf den Griff. Der Griff brach ab, und Bellweather riß sich an dem scharfen Metall den Knöchel auf. Sein Gesicht verzerrte sich vor Wut und Schmerz, und er trat gegen den Safe, erreichte jedoch nur, daß nun auch sein großer Zeh vor Schmerzen pochte. Bellweather heulte auf; der Safe blieb einfach zu. Er setzte sich auf den Boden, zog den Stiefel aus und begutachtete seinen pochenden, anschwellenden Zeh. Nachdem er festgestellt hatte, daß es sich lediglich um eine mittelschwere Prellung handelte, zog er den Stiefel wieder an und erneuerte seinen Angriff auf den Safe. Dieses Mal entschied er sich für eine subtilere Methode. Mit einer langen Pinzette holte er die Bündel und Noten aus dem Safe. Die ersten Geldbündel, die er herausfischte, waren Hunderter, drei Stück. Bellweather holte Schein für Schein heraus, wobei er in etwa überschlug, wieviel Geld sich ansammelte, während sein Fang eingerissener und zerknüllter Geldscheine einen grüngrauen Haufen auf dem Boden des Hobbykellers bildete. Bald erreichte er zehntausend, dann zwanzigtausend. Die meisten Scheine waren Hunderter, ansonsten ein paar Zwanziger und Fünfziger. Kein Schmuck, keine Obligationen oder andere Wertpapiere, dafür Bargeld, das nicht zu enden schien. Er grub weiter. Die rauhen Ränder des Lochs, das er in den Safe gebohrt hatte, rissen ihm die Finger auf, aber er machte weiter. Auf dem Boden hockend schüttelte er den Safe mit beiden Händen, damit Geldnoten herausfielen oder zumindest in die Nähe der Klauen seiner Pinzette kamen. Schließlich entdeckte er doch noch etwas anderes als Banknoten, eine Art Buch. Nach zwanzig Minuten gelang es ihm, es mit der Pinzette zu knicken und durch das Loch zu ziehen. Ein Notizbuch. Er hielt den Safe und schüttelte ihn. Nichts mehr.

Dreißtigtausend, mehr oder weniger. Das war alles. Er nahm den Safe und warf ihn so heftig er konnte auf den Boden. Krachend prallte der Kasten gegen den Sockel seiner nicht zum Einsatz gekommenen Tischsäge.

Wütend schlug er das Notizbuch auf und las einen hingekritzelten Eintrag: *Wenn Sie innerlich kocht, muß man seine Augen auf dem gottverdammten Löffel halten.*

Was sollte das nun bedeuten? Er sah ein paar weitere Seiten durch. Sinnloses Geschwätz. Hastig fing er an, die Banknoten zu glätten und zu stapeln. Zumindest würde er damit aus der Stadt kommen. Er würde einen Flug nach Costa Rica buchen und dort erst mal als Fettabsauger für Guttmann anfangen. Dann mußte er Guttmann überreden, ihm ein paar Pesos – oder was immer sie dort unten als Geld benutzten – zu leihen, damit er sich eine Praxis und Geräte mieten konnte. Immer noch besser als ein paar Jahre im Bundesgefängnis. Er ordnete das Geld zu vier kleinen Bündeln und stellte voller Überraschung und auch ein wenig traurig fest, wie wenig Platz doch dreißigtausend Dollar in Anspruch nahmen.

Als oben die Türglocke läutete, blieb Bellweather fast das Herz stehen. Er verharrte wie versteinert und lauschte. Es klingelte ein zweites Mal. Er packte zwei der Geldbündel und versuchte sie in die Taschen seines Ralph-Lauren-Overalls zu stopfen, aber sie waren zu eng. Schließlich zog er seine Hosenbeine hoch, schob das Geld in seine Cowboystiefel und nahm das MAC-10 in die zitternden Hände. Schaffte er es die Stufen hoch, durch die Küche, in die Garage?

Das Geräusch von Schritten über ihm. Er stellte sich am Fuß der Stufen hin und richtete den Lauf der MAC-10 die

Treppe hinauf. Seine Füße schwitzten in Dreißigtausend-Dollar-Stiefeln.

Crows Strategie beruhte auf einer Reihe von Annahmen, von denen jede einzelne auch falsch sein konnte. Erstens; Bellweather, im Besitz des verschlossenen Safes, würde ihn so schnell wie möglich öffnen wollen. Zweitens: Bellweather würde das Wissen um den Inhalt des Safes nicht freiwillig mit jemandem teilen, und er würde es wohl auch kaum schaffen, an einen professionellen Safeknacker zu kommen, der den Job für ihn erledigte. Drittens – er würde es wahrscheinlich riskieren, in sein Haus zurückzukehren, in dessen Keller sich, wie Crow wußte, ein bestens ausgerüsteter Hobbyraum befand. Und viertens – er war noch dort.

Crow hatte selbst wenig Vertrauen in seine zusammengezimmerten Thesen, aber da ihm keine besseren einfielen, fuhr er zu Bellweathers Haus. Als er in seinem Wagen saß und die Reifenspuren sah, die in die verschlossene Garage führten, kam ihm der Gedanke, daß seine Annahme vielleicht doch nicht so falsch gewesen war. Die Spuren sahen frisch aus, und Crow war klar, daß der rosa Jaguar in der Garage stand und schmelzender Schnee auf den beheizbaren Garagenboden tropfte. Er fuhr den Jeep bis dicht an die Garage heran, damit das Fahrzeug, das sich darin befand, nicht mehr herauskam. Dann stapfte er über den ungeräumten Gehweg zur Haustür, die noch immer die Mitteilung der Finanzbehörde zierte.

Er drückte auf die Klingel, wartete, drückte ein zweitesmal.

Zwanzig Sekunden verstrichen. Bellweather öffnete nicht. Crow ging zu dem zerbrochenen Fenster an der Seite. Jemand hatte ein Stück Sperrholz darüber genagelt. Unter einem Haufen Bierdosen im Kofferraum von Harleys Jeep fand Crow das Reifenkreuz, mit dem er das Holz wegstemmte, worauf er in das stille, leere Haus einstieg.

Ich tue das zu oft, dachte er. In fremde Häuser einbrechen.

Hätte er doch seine Pistole nicht im Handschuhfach des Rabbit liegengelassen.

Er rief »Hallo?« und lauschte. Das Haus antwortete mit einem hohlen Echo, einem leeren Zischen. Er stand bewegungslos da. Nichts. Wenn Bellweather hier war, antwortete er nicht. Vorsichtig spähte er in Bellweathers Büro, ging durch den Flur und öffnete die Tür zur Garage. Wie er erwartet hatte. Der Jaguar.

Er lauschte noch einmal. Keine Geräusche. Dennoch war er überzeugt, daß er nicht allein war. Die Tür, die in den Keller führte, stand einen Spalt breit offen. Crow überlegte. Das Klügste wäre vielleicht, sich einfach hinzusetzen und zu warten. Er holte Luft, atmete geräuschlos aus, verschränkte die Arme und beobachtete die Kellertür.

Mehrere Minuten vergingen. Ob Bellweather vielleicht doch nicht im Haus war? Vielleicht war er schon längst fort, hatte sich von einem Taxi zum Flughafen fahren lassen, oder von seinem Bruder. Crow erhob sich, nahm einen Stuhl und stellte sich neben die Kellertür. Mit dem Stuhlbein stieß er sie auf.

Die Tür explodierte förmlich. Ein Wirbelsturm von Holzsplittern, eine Serie von betäubenden, schnell aufeinander folgenden Detonationen. Crow warf sich nach hinten und landete unsanft mit den Ellbogen auf den Küchenfliesen. Der hämmernde Lärm brach erneut los, und eine zweite Reihe von Schußlöchern zerfetzte die Tür. Crow robbte auf dem Hintern in die Küche, um so weit wie möglich von der Schußlinie entfernt zu sein. Er hörte ein Klicken von Stahl auf Stahl – das Geräusch eines zweiten Magazins, das in eine Waffe gerammt wurde. Dann Schritte, die die Stufen heraufkamen. Das Pochen seines Herzens übertönte das Summen in seinen Ohren. Er sah sich in der Küche nach einer Waffe um. Eine schwere Kupferpfanne hing an einer Leiste über dem Herd. Er stürzte sich auf die Pfanne, packte sie, wirbelte herum und warf sie in dem Augenblick nach Bellweather, als dieser in der Tür auftauchte.

Bellweather duckte sich, und die Pfanne segelte über ihn hinweg und polterte die Stufen hinunter. Bei der abrupten Bewegung aber blieb der Doktor mit der rechten Stiefelspitze an der obersten Stufe hängen und kippte mit dem Gesicht nach vorn auf seine zweihundert Jahre alten spanischen Fliesen. Die MAC-10 fiel ihm aus der Hand und schlidderte geräuschvoll über den Boden; er rappelte sich auf und kroch auf allen vieren hinterher. Crow packte ihn am Fuß und zerrte ihn zurück. Bellweather trat nach Crow. Aus seiner Nase lief das Blut. Crow ließ ihn los, stieg über den angstgeschüttelten Doktor hinweg und hob die Waffe auf.

Bellweather saß auf den Knien. Eine Sekunde lang sah es so aus, als wolle er noch einmal angreifen. Doch dann sackte er zusammen, als habe man ihm die Luft herausgelassen. Seine Hände flatterten, und sein Blick irrte ziellos umher. Er stöhnte auf. Das Blut aus seiner Nase lief über seine geplatzten Lippen und sein Kinn herunter auf das kanariengelbe Hemd. Der Zusammenprall mit dem Steinfußboden hatte seinem Gesicht nicht gut getan. Wimmernd spuckte er ein Stück Zahn aus und hob die Hände. Erst jetzt schien er Crow zu erkennen. »Joe?« nuschelte er verwundert und versuchte sich aufzusetzen. »Mein Gott, warum haben Sie das gemacht? Wie sehe ich aus? Mein Kopf tut weh.«

»Willkommen im Club«, sagte Crow. »Das ist jetzt durchaus modern.«

»Was?«

»Sie bluten Ihr schönes gelbes Hemd voll.«

Bellweather senkte den Kopf und betrachtete sein blutiges Hemd. »Oh. Könnten Sie mir vielleicht ein Tuch oder so etwas holen?« Er legte die Hände an die Nase und preßte beide Nasenlöcher zusammen. Es sah aus, als bete er. Dann hob er das Kinn und sagte mit verzerrter Stimme: »Was machen Sie hier?«

Crow riß ein paar Papiertücher von einem Halter und warf sie Bellweather zu, der sie mit beiden Händen auffing. Kaum hatte er seine Nase losgelassen, als ein Schwall klebrigen Blutes auf sein Hemd tropfte. Er preßte sich ein Tuch vors Gesicht, während er mit den anderen auf dem blutigen Wildleder herumrieb.

»Dreihundertfünfzig Dollar, bei Cedric's.« Er zuckte traurig mit den Schultern. »Sie haben mich erschreckt. Ich dachte, es sei Ricky Murphy.«

»Ach ja?«

»Ich glaube, meine Nase ist gebrochen.«

»Pech.«

»Was machen Sie hier?«

»Ich habe einen Anruf von Ihrem Freund George erhalten.«

»So?«

»Er würde gerne mit Ihnen reden.«

»Ich schätze, er ist wütend, wegen des Jungen.«

»Ich denke, es geht ihm eher darum, was mit seiner Mutter passiert ist.«

Bellweather schürzte seine zerschundenen Lippen und schrie leise auf.

»Außerdem sucht er sein Schwein.«

»Ich weiß nicht, wovon Sie reden.«

Crow bewegte die MAC. »Dann lassen Sie uns gehen. Vielleicht kann George es Ihnen erklären.«

Bellweather nahm das Küchentuch von seiner Nase und betrachtete es. »Das möchte ich lieber nicht tun.« Er sah zu Crow hoch. »Sie werden mich umbringen.« Behutsam berührte er seine Nase. »Glauben Sie, daß sie gebrochen ist?«

»Noch nicht.« Er hatte recht. Eine weitere Begegnung mit den Murphys würde Bellweather nicht überleben. Und auch Getter wäre dadurch wohl nicht gerettet.

»Warum machen Sie das?« fragte Bellweather. »Bezahlt George Sie? Ich bezahle Ihnen mehr.«

»Sie haben mir noch nicht mal die Zeit bezahlt, die ich für Sie gearbeitet habe.« Nicht nur das, bislang hatte er in dieser ganzen Angelegenheit keinen einzigen Cent von irgend jemand bekommen – dafür aber eine Katze, ein Auto und eine Frau verloren. Und er hätte fast wieder angefangen, zu trinken.

»Ich hatte vor, Ihnen einen Scheck zu schicken, Joe.«

»Sicher.«

»Joe, ich weiß, daß Sie ziemliches Pech mit dieser Sache hatten. Ich habe Sie da hineingezogen, und ich möchte es wieder gutmachen. Was kann ich tun?«

Crow überlegte. »Eine kleine Rückzahlung wäre angenehm.« Er hatte es sich verdient.

Bellweather nickte eifrig. »Wieviel schulde ich Ihnen?«

Crow hakte im Geist die Punkte ab. Das Geld, das der Doktor ihm für seine Dienste als Leibwächter schuldete. Die Kosten für den Volkswagen. Die Zeit, die er damit verbracht hatte, sich von diversen Schlägen zu erholen. Schmerzensgeld dafür, daß er gezwungen worden war, mit besonders unangenehmen Zeitgenossen umzugehen. Es kam einiges zusammen.

»Wie wär's mit glatten zehntausend«, sagte er. Das schien fair. Eine nette, hübsche Summe.

Bellweather war jedoch nicht dieser Meinung. »Soviel Geld habe ich nicht«, stöhnte er. »Wie Sie vielleicht gehört haben, gibt's da ein kleines Problem mit dem Finanzamt.«

»Haben Sie denn Georges Safe nicht aufbekommen?«

»Welchen Safe?«

Crow bewegte die MAC. »Gehen wir.«

Bellweather rührte sich nicht.

»Was war in dem Safe?« fragte Crow.

»Nicht viel. Ein paar tausend Dollar. Gerade genug, um das Land zu verlassen und neu anzufangen.«

»Wo ist die Kohle?«

Bellweather holte tief Atem. »Hören Sie zu, es ist alles, was ich habe. Wenn Sie es mir wegnehmen, dann können Sie mich gleich erschießen. Ich brauche es, und was ich mir jetzt von George genommen habe, ist weniger, als er mir schuldet. Wirklich. Ich will nur das, was mir zusteht. Wenn Sie mich gehen lassen, verschwinde ich für immer aus Ihrem Leben.«

Crow hörte zu. Er hatte keine Lust, den Doktor durch den Staat zu schleppen und ihn die ganze Zeit winseln zu hören. Und er wollte auch keinen Mord begehen, indem er ihn bei den Murphys ablieferte. Über Bellweathers menschliche Qualitäten machte er sich keinerlei Illusionen, aber umbringen konnte er ihn auch nicht.

»Ich sage Ihnen was«, meinte Bellweather. »Sie lassen mich gehen, und Sie können den Jaguar haben. Ich schreibe den Fahrzeugbrief auf Sie um.«

»Was soll ich mit einem rosa Jaguar?«

»Ich habe über sechzigtausend dafür bezahlt, mit allen Extras. Mitnehmen kann ich Ihn nicht, also können Sie ihn haben. Wäre das nicht fair?«

»Wohin wollen Sie?«

Ein Hoffnungsschimmer zeigte sich auf Bellweathers Gesicht. »Nach Süden«, sagte er. »Sie werden mich nie mehr wiedersehen.«

Der Gedanke, Bellweather nie mehr wiederzusehen, gefiel Crow. Einen Jaguar zu besitzen, gefiel ihm ebenfalls, besonders jetzt, wo sein Rabbit sozusagen stillgelegt war.

»Schauen wir uns den Fahrzeugbrief an«, sagte er.

Sie gingen ins Schlafzimmer, wo der Brief lag.

»Sehen Sie sich an, was die getan haben«, sagte Bellweather und wies auf die handgeschnitzte, von Kugeln durchsiebte Kopfstütze. »Ich habe 25 000 Dollar für dieses Bett bezahlt. Es hat Teddy Roosevelt gehört. Das ist eine seiner Safaris, die Sie darauf sehen.« Ein Aktenkoffer und eine gepackte Reisetasche lagen auf der Matratze. Bellweather öffnete den Koffer, ging ein paar Papiere durch und nahm ein grünes Dokument heraus. »Ich muß es nur unterschreiben, und der Wagen gehört Ihnen.«

»Dann unterschreiben Sie.«

»Ich unterschreibe, und Sie lassen mich gehen. Sind wir im Geschäft?«

Crow zögerte kurz. Dann nickte er. Er hatte mit Bellweather reinen Tisch gemacht. Jetzt wollte er nur noch aus der Sache raus.

»Sie müssen mich aber noch zum Flughafen fahren«, sagte Bellweather.«

»Nehmen Sie ein Taxi.«

Bellweather schüttelte traurig den Kopf. »Joe, ich verstehe wirklich nicht, warum Sie es mir so schwer machen.«

»Vielleicht weil ich nicht mag, was Sie mit dem Jungen getan haben.«

»Shawn? Ich weiß nicht, wovon Sie reden. Was hat er gesagt? Es stimmt nicht.«

»Ich will darüber nicht diskutieren.« Das Problem bestand darin, daß Shawn wirklich nie gesagt hatte, daß er von dem Doktor irgendwie belästigt worden war. Im Gegenteil, er hatte es mehr oder weniger verneint. »Also schön, unterschreiben Sie, und ich bringe Sie hin.«

Bellweather atmete auf, unterschrieb und reichte Crow den Brief.

»Gehen wir«, sagte Crow. »Bevor ich es mir anders überlege.«

Bellweather griff nach seiner Tasche. Plötzlich hielt er inne.

»Ich muß ein anderes Hemd anziehen«, sagte er.

»Dann tun Sie das.«

Bellweather zog das blutige gelbe Hemd von seinem fülligen Körper. Er öffnete einen Schrank und holte das gleiche Modell in hellrosa heraus.

»Wie finden Sie das?«

»Sehr schön«, sagte Crow. »Gehen wir.«

»Ich muß noch mal ins Bad.«

»Dann aber schnell.«

Bellweather ging ins anliegende Badezimmer und schloß die Tür. Kann ich diesen schleimigen Kinderschänder von einem Arzt wirklich laufen lassen? dachte Crow. Der Gedanke, daß Bellweather so davonkam, behagte ihm nicht. Vielleicht sollte er ihn doch einfach der Polizei übergeben. Wenn die Finanzbehörde sein Haus beschlagnahmt hatte, dann würden ihn die Bullen bestimmt dabehalten. Crow blickte stirnrunzelnd auf die Badezimmertür. Andererseits waren seine Vergehen eher zivil- als strafrechtlich. Außerdem hatten sie einen Handel abgeschlossen.

Crow öffnete Bellweathers schwarze Reisetasche und sah den Inhalt durch. Sommerhemden, Shorts, Sandalen, Socken, Unterwäsche. Was hatte er erwartet? Fotos von nackten Kindern?

Er wog die MAC-10 in den Händen, hörte, wie die Toilettenspülung ging und Bellweather sich die Hände wusch. Ihm kam eine Idee, und da er keine Zeit hatte, lange darüber nachzudenken, handelte er einfach. Er klappte die Schulterstütze der kleinen Maschinenpistole herunter, schob die Waffe unter Bellweathers Khaki-Shorts und Hawaiihemden und zog den Reißverschluß der Reisetasche wieder zu.

12

Ehrlich ausgetragene Differenzen sind oft ein gutes Zeichen für Fortschritt.

MAHATMA GANDHI

Getter saß mit gesenktem Kopf auf einem Stuhl. Seine Hände waren an seine Füße gebunden. Er sah äußerst unglücklich aus. Der Tiger lag ausgestreckt auf dem Boden, mit fast geschlossenen Augen. Seine Tatzen ruhten auf den Überbleibseln eines Elchschenkels. Ricky saß am Kartentisch und spielte Dreh-die-Ruger.

Während seiner ersten Stunden als Gast der Murphys hatte Getter vor allem Angst davor gehabt, daß sie ihn übel zurichten würden. Der Gedanke an den Tod schien unvorstellbar; selbst nachdem er Zeuge gewesen war, wie Ricky den alten Mann erschossen hatte. Er hielt sich für viel zu wichtig, als daß die Murphys ihn einfach umbringen könnten. Man würde ihn schnell suchen, und außerdem gab es gar keinen Grund mehr für sie, ihn als Geisel zu behalten, da George Murphy seinen Sohn ja wiederhatte. Sie machten ihre Lage damit nur noch schwieriger, juristisch gesehen. Wenn sie ihm nur die Fesseln abnehmen würden, wäre er bereit, Ihnen zu helfen. Er könnte ein paar Telefongespräche führen und die Sache einigermaßen hinbiegen. Er hatte auch versucht, das George zu erklären – doch der ignorierte ihn schlichtweg. Ricky dagegen hatte ihn geschlagen und getreten. Sein Gesicht fühlte sich an wie ein Stück Fleisch, das vorne an seinem Schädel befestigt war. Trotzdem versuchte er es weiter. Noch immer hatte er die Hoffnung, sich aus dieser Sache herausreden zu können.

»Das sah mir ganz nach Selbstverteidigung aus«, nuschelte er. Die ölige Anwaltsstimme kam allerdings durch die böse angeschwollenen Lippen nicht ganz so selbstsicher heraus. »Er hat auf uns geschossen, da blieb Ihnen keine Wahl. Ich hätte keine Probleme, das vor Gericht auszusagen.«

Ricky ließ seine Waffe kreisen. Als die Ruger liegenblieb, deutete ihr Lauf auf den Tiger; Ricky drehte so lange, bis der Lauf auf Getter zeigte, der weiterredete.

»Ich wollte nur, daß alles in Ordnung kommt. Ich meine, Sie wissen doch, daß ich nichts getan habe. Nichts für ungut, ja?«

»Sie halten sich für so verdammt smart«, sagte Ricky. »Zum Teufel, ich wußte, daß der alte Berdette ein Gewehr mit Salzpatronen hatte. Es war keine Notwehr. Ich wollte den alten Bastard einfach abknallen. Na, was halten Sie davon? Jetzt können Sie ruhig aussagen, ich hätte den alten Mann mit Absicht erschossen. Aber vielleicht werden Sie niemals aussagen. Wie schmeckt Ihnen das?«

Das schmeckte Getter überhaupt nicht. Er suchte fieberhaft nach einer Antwort, aber bevor er etwas sagen konnte, war Ricky aufgestanden, hatte ein schmieriges rotes Halstuch aus seiner Hosentasche geholt und es ihm in den Mund gestopft.

»Steve Anderson. Was kann ich für Sie tun?«

»Sind Sie's wirklich, Anderson?«

Anderson stöhnte leise auf. Mrs. Franklin Pillhoffer, die reichste alte Witwe der westlichen Hemisphäre. Jede Woche und immer wieder dasselbe.

»Ja, Mrs. Pillhoffer?«

»Könnten Sie mir bitte sagen, wieviel meine 3M-Aktien heute wert sind, Mr. Anderson?«

»Sie stehen bei … 87¼, Ma'am. Und Sie besitzen – lassen Sie mich schnell nachsehen – 3040 Anteile.«

»Und gehen sie rauf oder runter?«

»Sie stehen einen Viertelpunkt niedriger als gestern.«

»Oh, ist das viel?«

»Das ist die normale Tagesfluktuation, Ma'am. Ich würde mir keine Sorgen deswegen machen.« Warum las sie die Aktienkurse nicht einfach in der Zeitung nach? Es war schließlich nicht so, daß sie etwas verkaufen oder kaufen wollte.

»Ich verstehe.«

Obwohl er wußte, daß es sinnlos war, nahm Anderson einen halbherzigen Anlauf.

»Die 3M ist eine gute, solide Anlage, Mrs. Pillhoffer. Sie haben auch eine Menge Geld damit verdient, seit Ihr Ehemann sie damals in den Sechzigern gekauft hat. Vielleicht wäre es an der Zeit, Ihre Gewinne zu realisieren und in etwas noch Sichereres zu investieren. Bundesschatzbriefe, zum Beispiel.«

»Das ist ein sehr guter Vorschlag, Mr. Anderson. Ich werde mit Franklin sprechen. Mal sehen, was er dazu sagt. Er verkauft seine Aktien nicht gerne, wissen Sie.«

»Davon habe ich gehört«, knurrte Anderson. Warum nur machte er sich die Mühe? Jede Woche mußte er mit der alten Närrin ihr gesamtes Depot durchgehen. Jede Woche versuchte er sie dazu zu überreden, irgend etwas zu machen, irgendeine Form von Bewegung in ihr Konto zu kriegen. Und jede Woche teilte sie ihm mit, daß sie sich mit ihrem Ehemann besprechen müsse, der seit dreizehn Jahren mausetot war. Unglücklicherweise stammte der alte Franklin Pillhoffer aus der ›Kaufen-und-für-alle-Ewigkeit-behalten-Schule‹ der Investoren. Anderson hatte heute keinen Sinn für solche Scherze. Er dachte nur noch an den verdammten Elch.

»Schauen wir mal weiter«, fuhr Mrs. Pillhoffer fort. »Was ist mit meinen Coca-Cola? Wieviel Aktien habe ich eigentlich davon?«

Er wußte es auswendig. Als Wicky ihm vor zwei Jahren das Pillhoffer-Depot gegeben hatte, glaubte er, das große Los gezogen zu haben. Er erinnerte sich noch, wie er mit großen Augen auf die Zahlen gestarrt hatte. 3000 3M-Aktien, 15 000 NSP, 20 000 Dayton Hudson, eine Sammlung kleinerer Aktien in geringeren Mengen – und dann der Hammer …

»Genau 100 000.« Jede Woche erzählte er ihr den gleichen

Mist. Das Pillhoffer-Depot war ebenso statisch wie es umfangreich war. Seit dem Tode ihres Mannes hatte sie nicht ein Geschäft getätigt. »So wie immer, Mrs. P.«, fügte er abwesend hinzu. Er hätte den Elch ausstopfen lassen können, und niemand hätte gewußt, daß er ihn gar nicht geschossen hatte, aber jedesmal, wenn er ihn anschauen würde, käme ihm die Galle hoch vor Wut. Immer wieder sah er George Murphy vor sich, der ihm grinsend auf den Rücken schlug und ihm versicherte, was für ein toller Schuß das gewesen sei.

»Wie bitte?« sagte Mrs. Pillhoffer. Ihre Stimme klang plötzlich sehr frostig.

»Entschuldigung, was meinen Sie?« fragte Anderson verwirrt.

»Mein Name ist Mrs. Pillhoffer, keineswegs ›Mrs. P‹.«

Anderson blinzelte. Hatte er sie tatsächlich so genannt?

»Dann sagen Sie mir jetzt bitte, Mr. Anderson, wieviel sind meine Coca-Cola-Aktien heute wert?«

Anderson räusperte sich. »Sie stehen bei dreiundvierzig. 100 000 mal 43. Darf ich das für Sie multiplizieren, oder wollen Sie es selbst tun?« Er hatte genug von Mrs. Pillhoffer, und sie hatten noch nicht einmal ein Viertel ihres Depots besprochen.

»Wie bitte?«

Jetzt klang sie wirklich zornig, aber es war ihm vollkommen egal. Er konnte nur noch an George Murphy denken, der ihn auslachte.

»Es tut mir leid … Mrs. Pillhoffer? Hoppla, was war das gerade? Wir haben heute ein paar Probleme mit dem Telefon. Wenn Sie mich hören können, dann tun Sie doch folgendes: kaufen Sie sich eine Zeitung und lernen Sie, wie man die Börsennotierungen liest, okay? Oh, da ist wieder dieses Brummen in der Leitung …« Er legte auf. Man mußte immer auflegen, wenn man selber sprach. Dann glaubte der andere Teilnehmer wirklich an einen Fehler in der Leitung. Wenn er Glück hatte, war sie zu verwirrt, um zurückzurufen. Er mußte sich mit seinem Elch-Problem beschäftigen und hatte keine Lust, sich weiter mit Mrs. Pillhoffer abzugeben.

Das Telefon klingelte, ein Anruf aus dem Haus. Anderson nahm den Hörer ab.

»Stevie, kommen Sie doch bitte mal zu mir, ja?«

Es war Rich Wicky, sein Chef.

Er klang verdammt sauer.

»Sie kommt also wieder in Ordnung?« fragte Ricky.

»Frag mich nicht dauernd«, entgegnete George und zog seinen Mantel aus. »Die Ärzte sagen, sie kommt wieder hoch. Sie schlief, als ich ging.«

»Und noch etwas – wieso hast du mir eigentlich nie von dem ausgestopften Schwein erzählt? Immer wenn ich ein bißchen Geld haben wollte, hast du mir diese Geschichte aufgetischt, daß du dann erst Aktien verkaufen müßtest, daß unser Geld da draußen für uns arbeitet. Verdammt noch mal, ein paar hundert Dollar zu kriegen, war immer eine riesige Aktion. Und du sitzt hier die ganze Zeit auf einem Berg von Geld.«

George sah ihn mit hochgezogenen Augenbrauen an. »Wenn du davon gewußt hättest, wärst du imstande gewesen, es auszugeben.«

»Verdammt richtig. Schließlich arbeite ich hier.«

»Das tun wir alle«, sagte George.

»Trotzdem gefällt es mir nicht. Wieviel, hast du gesagt, war drin?«

»Ein paar Tausender. Nicht genug, um sich so darüber aufzuregen.«

»Na schön, aber was mich betrifft – wieviel der Doktor auch gestohlen hat, es wird von deinem Anteil ersetzt.«

George blinzelte. »Ach ja?«

»Du bist vielleicht mein großer Bruder, aber das heißt noch lange nicht, daß du mich übers Ohr hauen kannst.«

»Du denkst, ich wollte dich übers Ohr hauen?«

»Ich sage nur, daß es nicht richtig ist. Du hast kein Recht, es mir wegzunehmen.«

George setzte sich an den Tisch, nahm ein Kartenspiel und begann zu mischen.

»Hörst du mir zu, Bruder?«

George schloß die Augen und holte tief Luft. »Willst du die Ranch führen, Ricky?«

»Ich könnte es, soviel ist schon mal sicher.«

»Nun, aber du wirst es nie. Sie läuft auf meinen Namen und du bist hier, weil ich es so will. Aber die Entscheidungen treffe ich. Hast du das verstanden?«

Rickys Augen verengten sich zu Schlitzen. »Ich sag dir, was ich verstehe, Mr. Ich-treffe-die-Entscheidungen. Unsere Abmachung heißt, ich kriege ein Drittel. Das haben ich und du und Mandy beschlossen. Du hast das Sagen, aber wir kriegen jeder ein Drittel.«

»Das stimmt, ich habe das Sagen, und so lange du hier arbeitest, kriegst du auch einen Anteil am Gewinn. Aber es ist *mein* gottverdammtes Geschäft. Ich sage, was Gewinn ist und was angelegt wird. Wenn dir nicht gefällt, wie ich die Dinge regele, dann hast du zwei Möglichkeiten. Du kannst es akzeptieren, oder du kannst gehen.«

»Da wollen wir mal sehen, was Mandy dazu sagt«, meinte Ricky.

»Mandy hat gar nichts dazu zu sagen. Was glaubst du, was sie tun wird – mir den Hintern versohlen?«

»Wäre nicht das erstemal.«

Sie hörten, wie die Haustür aufging. Beide Männer drehten sich zum Eingang. Shawn stand mit halb geschlossenen Augen schläfrig in der Tür.

»Guten Tag, Schlafmütze«, sagte George.

»Morgen«, sagte Shawn. Er blinzelte und hielt sich die Hand vor die Augen. »Ist es Morgen?«

George lachte und erhob sich. Er ging auf seinen Sohn zu und fuhr ihm durchs Haar. »Es ist sechs Uhr abends. Du hast ganz schön gepennt.«

»Ich hab' Hunger.«

»Nun, dann nimm dir etwas aus dem Kühlschrank. Wir kochen später.«

»Wie geht es Grandy?«

»Sie fühlt sich heute nicht so gut. Wir besuchen sie morgen, ja?«

Shawn nickte. Jetzt erst bemerkte er den gefesselten Anwalt.

»Wieso sitzt er hier?«

»Er verhandelt.«

»Was heißt das?«

George sah etwas verlegen drein. »Geschäfte, Shawn. Jetzt hol dir was zu essen, und dann kannst du fernsehen, okay?«

»Okay«, murmelte Shawn und ging wieder ins Haus zurück. Nachdem er gegangen war, wollte Ricky etwas sagen, aber George schnitt ihm mit einer Handbewegung das Wort ab.

»Ich will nichts mehr davon hören, Ricky.«

Ricky starrte ihn düster an. Er richtete seinen Revolver auf Getter. »Peng, du bist scheißtot«, sagte er. Getter reagierte nicht. Sein Kopf hing herab. Ricky spannte die Waffe. »Ich knall dich ab, du Stück Dreck.« Ein Schauder lief durch Getters Körper, aber er sagte nichts.

»Laß es bleiben, Ricky«, knurrte George. »Laß den armen Scheißkerl zufrieden.«

Ricky zielte sorgfältig und schoß. Ein paar Zentimeter links von Getters Schuhen tat sich ein beträchtliches Loch im Boden auf. Der Knall ließ sowohl Getter als auch George hochschrecken, wobei Getter trotz seiner Fesseln und dem Knebel weitaus dynamischer wirkte. George wirbelte herum, schlug Ricky den Revolver aus der Hand und verpaßte ihm eine so kräftige Ohrfeige, daß er vom Stuhl flog.

»Was, zum Teufel, machst du? Sieh dir den Fußboden an!«

Ricky saß lachend auf dem Hintern. Getter war mit seinem Stuhl umgefallen und versuchte wie eine Schnecke aus dem Raum zu kriechen. Seine Augen waren starr vor Schreck, auf seiner Hose hatte sich ein dunkler Fleck gebildet.

»Tut mir leid, Bruder.« Ricky grinste. »Ich dachte, er wollte fliehen. Da mußte ich eine ›Entscheidung treffen‹.«

Als Shawn herbeigelaufen kam, um nachzusehen, was passiert war, sah er, wie sich sein Vater und sein Onkel mit roten Gesichtern drohend gegenüberstanden. Der gefesselte

Mann versuchte verzweifelt davonzukriechen und wand sich dabei wie eine Schlange. Der Tiger hatte sich aufgerichtet. Seine Rückenhaare standen hoch, seine weit aufgerissenen Augen verwandelten sich in tiefschwarze Murmeln.

Er blähte die Nüstern, denn er roch frischen menschlichen Urin.

13

Tu stets dein Bestes; das wird einige Menschen erfreuen und den Rest erstaunen.

MARK TWAIN

Mary Getter öffnete ihm wortlos die Tür. Das Stück Quarz, das an einer Silberkette um ihren Hals hing, sah aus, als würde es fast ein Pfund wiegen. Sie drehte sich um und ging ins Haus. Crow trat ein, schloß die Tür und folgte ihr in die Küche. Mary setzte sich, und ihr Kristall schlug dabei gegen die Tischkante. Sie preßte die Hände im Schoß zusammen und sah zu ihrem Bruder hinauf. Unter ihrer wie transparent wirkenden Gesichtshaut zeigten sich feine blaue und rote Venen.

»Hast du was von Dave gehört?« fragte Crow.

Sie legte ihre Hände auf den Tisch – weiße Knöchel, noch mehr blaue Venen – und schüttelte den Kopf. »Er müßte schon seit Stunden zu Hause sein. Seine Sekretärin konnte mir nichts sagen. Er wirkte so angespannt, und jetzt kommt er nicht nach Hause. Ich habe ein ungutes Gefühl, Joe – ich kann ihn nicht spüren.«

»Er ist auf der Talking Lake Ranch.«

»Diesem Jagdclub? David jagt nicht.«

»Ich weiß.«

»Aber es geht ihm doch gut?« Sie sah ihn durchdringend an, als bitte sie ihn darum, sie anzulügen, ihr nicht die Wahrheit zu sagen, wenn es eine gab.

Crow spürte, wie sich sein Magen zusammenzog. Nachdem er Bellweather am Flughafen abgesetzt hatte, war Crow mit seinem neuen Jaguar durch die Stadt gefahren und hatte überlegt. David Getters Unglück ging ihn eigentlich gar nichts an, sagte er sich. Der Mann hatte sich sein eigenes Grab geschaufelt und sich selbst ins Verderben geschleimt. Mary wäre ohne ihn besser dran. Er hatte versucht, nach Hause zu gehen, in sein Apartment, aber irgend etwas zog ihn zu seiner Schwester. Er brauchte ihre Erlaubnis, sich aus der Sache zurückzuziehen. Aber jetzt, als er vor ihr stand, erkannte er, daß seine Hoffnung vergeblich war. Seine Schwester liebte diesen Typ tatsächlich.

»Ich bin sicher, es geht ihm gut«, sagte er. Die Lüge tat ihm in der Kehle weh.

»Ich glaube dir nicht. Was macht er dort draußen? Heute morgen ist er um sechs Uhr ins Büro gefahren, David steht sonst nie so früh auf.« Sie beugte sich vor und preßte den Quarzstein mit beiden Händen gegen ihre Brust. »Was geht hier vor, Joe? Ich will, daß du mir sagst, was los ist. Du hältst etwas zurück, das spüre ich.«

Crow sah beiseite. Sein Blick fiel auf ein gesticktes Gebetsbild, das über dem Kühlschrank an der Wand hing, mit irgendeinem Spruch, der eher zur Generation ihrer Mutter paßte.

»Dave hat Ärger.«

Mary lehnte sich zurück und verschränkte die Arme. Ihr Gesicht erstarrte zu einer wächsernen Maske. »Erzähl mir alles.«

Er holte Atem und berichtete ihr soviel, wie sie verkraften konnte. Er sagte ihr, daß Shawn Murphy weggelaufen sei und daß der Doktor, wenn man George Murphy glauben konnte, ein Lösegeld für den Jungen erpressen wollte, wobei er Dave als Unterhändler eingesetzt hatte. Er erzählte ihr, daß der Doktor auf und davon sei und Dave der Gnade der Murphys, wenn es so etwas gab, überlassen hatte. Mary preßte ihre Faust gegen die Zähne. Hörte sie ihn überhaupt?

Als er seine Geschichte beendet hatte, erklärte sie: »David würde so etwas nie tun.«

»Ich gebe zu, daß es bizarr klingt, aber du irrst dich. David hat es getan.« Warum wollte er sie davon überzeugen, daß ihr Mann verdient hatte, was immer ihn auch erwartete? Würde er sich dann besser fühlen? Mary schüttelte den Kopf, aber er glaubte Unsicherheit in ihren Augen zu erkennen, in der Art, wie sie die Lippen bewegte. Sie wußte, daß Joe recht hatte, aber das spielte keine Rolle. Es stimmte, aber es stimmte auch nicht. Darin war Mary gut. Heiß, aber kalt, drinnen, aber draußen. Rot, aber Blau. Diese Einstellung hatte ihr als Künstlerin geholfen, und sie half ihr jetzt, David Getter zu lieben.

»Mir müssen die Polizei rufen«, sagte sie.

Crow schüttelte den Kopf. »George Murphy ist der eigentliche Chef der Polizei von Big River.«

»Wir müssen ihn retten. Du kannst ihn doch retten, Joe?« Ihre Augen klagten ihn an. »Du kannst, wenn du willst.«

»Ich schulde ihm gar nichts, schon gar nicht genug, um mein Leben für ihn zu riskieren.«

Mary richtete sich auf. »Melinda hatte recht, was dich betrifft.«

»Was?« Woher kam das jetzt? Ihre Stimme klang tiefer. Tiefer und stärker.

»Du bist wirklich ein Egoist, nicht wahr? Du interessierst dich für niemanden außer Joe Crow, nicht wahr?«

»Das stimmt nicht.« Er sah sie an. Ihre Augen glitzerten vor Lebendigkeit und Zorn.

»Quatsch«, zischte sie. »Du willst immer nur recht haben. Du widerst mich an!«

So hatte er sie seit Jahren nicht mehr reden hören. »Das stimmt nicht«, wiederholte er und beobachtete sie aufmerksam.

Mary lehnte sich über den Tisch, bis ihr Gesicht nur noch wenige Zentimeter von seinem entfernt war. »Ich will meinen Mann. Ich will ihn zurück. Wenn du mir nicht helfen willst, dann hole ich ihn selbst, das schwöre ich dir.«

»Wenn ich den Hurensohn nicht holen wollte, wäre ich gar nicht hier, Mary«, sagte Crow. Er lächelte ungläubig. Er kannte diese Frau. Seine große Schwester, Mary Crow, war zu Besuch gekommen. »Ich wußte, daß du irgendwo da drinnen gesteckt hast«, sagte er.

Mary lehnte sich zurück und sah ihn abweisend an.

»Bist du es wirklich, oder channelt dich die andere Mary gerade?«

Sie hob die Augenbrauen. »Soll das witzig sein?«

»Ja.«

»Wirst du mir helfen?«

»Das sagte ich doch schon. Aber eines vorher. Wo ist Melinda?«

Mary sah ihn an. »Wie meinst du das?«

»Ich meine, wo hält sie sich jetzt auf? Das weißt du doch, oder?«

Sie schwieg.

»Ist sie in Ordnung?«

Nach einer Weile nickte Mary.

»Wo ist sie?«

Mary schüttelte den Kopf. »Zuerst bringst du meinen Mann zurück.«

»Schön, dich wiederzuhaben«, meinte Crow.

Das Telefon klingelte zweimal, bevor er Georges Stimme hörte.

»Hier ist Crow. Wie sieht's aus, George?«

»Wir warten noch immer, Officer Crow.«

»Ich will mit ihm sprechen.«

»Ihm ist gerade nicht nach Sprechen.«

»Wenn Sie Bellweather wollen, dann verbinden Sie mich mit Getter.«

»Es geht ihm gut.«

»Verbinden Sie mich.«

Crow hörte ein empörtes Ausatmen, dann ein schabendes Geräusch, dann Georges Stimme aus der Ferne. »Kopf hoch, Herr Rechtsanwalt. Officer Crow ist am Apparat. Möchten Sie mit ihm sprechen?«

Husten, schneller Atem.

»Joe?«

Crow sah zu Mary hinüber und hob den Daumen. Sie

nickte. Es tat ihm weh, die Hoffnung in ihren Augen zu sehen.

»Bist du das, Dave? Wie geht es dir?«

»Sag ihm, ich mache Calamari-Risotto zum Abendessen«, sagte Mary.

»Sie werden mich umbringen! Sie haben den alten Mann in der Bar erschossen. Ich habe es gesehen. Du mußt mich hier rausholen, Joe.«

»Du kriegst Tintenfisch zum Abendessen«, sagte Joe. Sie hatten Berdette erschossen? Das hätte Getter besser nicht in Anwesenheit der Murphys sagen sollen. Es schränkte seinen Verhandlungsspielraum drastisch ein.

»Ich will mit ihm reden.« Mary nahm den Hörer. »David?« Ihr Gesicht fiel in sich zusammen. Enttäuscht gab sie Crow den Hörer zurück.

George Murphys Stimme ertönte. »Zufrieden?«

»Er klang nicht allzu gut.«

»Ich sagte doch, ihm ist nicht nach Reden zumute. Also, wissen Sie, wo Nelly Bell steckt?«

»Ich weiß genau, wo er steckt«, sagte Crow lächelnd ins Telefon.

Steve Anderson kam sich düster und gefährlich vor, weil er mitten in der Woche nachmittags Black Russians trank. Er hatte sich allein in eine hintere Nische in Myron's Pub gesetzt und ließ vor seinem geistigen Auge Videos ablaufen. Einige der Bänder enthielten wilde Gewaltfantasien, in deren Verlauf er George Murphy mit seiner Weatherby erschoß. Andere Bänder brachten ihm ganz frische Erinnerungen vor Augen. Gerade erst war er in Rich Wickys Büro gerufen und beurlaubt worden.

Anderson hatte fast einen Herzschlag bekommen.

»Ich verstehe nicht«, sagte er. »Bin ich entlassen?«

»Nein, nein, ich möchte nur, daß Sie sich ein paar Tage Urlaub nehmen, Stevie«, sagte Dickie.

»Weshalb? Was geht hier vor?«

»Ich habe soeben Ihr Gespräch mit Mrs. Pillhoffer mitgehört, Stevie.«

»Oh. Sie haben mitgehört?«

»Sie wissen, daß ich das tue, Stevie. Es ist Teil meines Jobs. Ich bitte Sie ja auch nur, ein paar Tage – sagen wir eine Woche – freizunehmen und sich zu besinnen.«

»Das brauche ich nicht. Wer war letzten Monat der beste Anlageberater?«

»Das war ich, Stevie. Aber Sie waren auch nicht schlecht. Sie sind ein verdammt guter Verkäufer. Deshalb feuere ich Sie auch nicht, sondern suspendiere Sie nur. Verstanden?«

»Wegen eines einzigen miesen Telefongesprächs?«

»Ein mieses Gespräch, bei dem es um ein drei Millionen Dollar-Depot ging.«

»Ja, ein drei Millionen-Haufen-Hundekacke.«

»Gehen Sie nach Hause, Steve«, hatte Dickie seufzend gesagt. »Kommen Sie Montag in einer Woche wieder zur Arbeit.«

Oje, kein schönes Video. Anderson trank noch einen Schluck. Ein schwarzer Strom von Wodka und Kahlua floß seine Kehle hinab. Er legte wieder ein Fantasieband ein. Dickie Wicky rannte über ein verschneites Feld. Seine Krawatte hing über der Schulter seines Brooks-Brothers-Anzugs. Anderson zielte auf ein Knie.

»Peng!« sagte er.

»Peng? Wovon redet er? Peng?«

»Keine Ahnung.« Rich Wicky beugte sich über den Tisch. »Stevie? Mit wem reden Sie?«

Anderson blinzelte verwirrt. Rich Wicky und Jack Mitchell, ein anderer Börsenmakler, standen vor ihm. Er hatte sie gar nicht kommen sehen. Jetzt überlegte er, ob er Dickie einen auf die Nase verpassen oder ihm den Rest seines Drinks ins Gesicht schütten sollte.

Wicky, der Gesichter so gut lesen konnte wie andere Leute Speisekarten, sagte schnell: »Ich kann Ihnen gar nicht sagen, wie verdammt leid mir die Sache von heute nachmittag tut, Stevie.«

»Sie sahen nicht so aus, als täte es Ihnen leid«, sagte Anderson. Er steckte einen Zeigefinger in seinen Drink, betrachtete ihn und leckte ihn ab. »Was macht ihr denn hier?«

Wicky sah Mitchell an und zog ein bedeutsames Gesicht. »Die Glocke hat vor zehn Minuten geläutet, Stevie. Feierabend. Was dagegen, wenn wir uns zu Ihnen setzen? Darf ich Ihnen einen ausgeben?«

»Mir egal.«

Wicky winkte eine Kellnerin herbei. Er und Mitchell setzten sich gegenüber von Anderson auf die Bank.

»Aber erzählen Sie mal, Stevie, was hat Sie denn bei dem Gespräch mit Mrs. Pillhoffer so in Rage gebracht? Ich muß sagen, ich habe fast einen Schlaganfall bekommen, als ich hörte, wie Sie sie Mrs. P. nannten.«

Anderson bekam einen Schluckauf und lachte. Wicky lachte ebenfalls, und dann fiel auch Mitchell ein. Die Kellnerin brachte die Drinks.

»Wissen Sie«, sagte Wicky, »wenn ich sicher gewesen wäre, daß der alte Litton nicht zuhört, hätte ich die Sache auf sich beruhen lassen. Verdammt, jeder muß ab und zu mal ein bißchen Dampf ablassen. Also Stevie, raus damit, was ist los mit Ihnen? Es ist doch nicht Ihre Art, so auf einen Kunden loszugehen, egal, ob er es verdient hat oder nicht.«

Es brauchte noch zwei weitere Drinks und ein paar weitere Aufmunterungen von Wicky, aber dann rückte Anderson endlich damit heraus. Er erzählte ihnen, wie man ihn dazu gebracht hatte, auf einen toten Elch zu schießen.

»Verstehe ich das richtig?« sagte Wicky. »Sie haben diesem Kerl zwanzigtausend Dollar gegeben, damit Sie auf einen Elch schießen durften?«

»Einen fürs Rekordbuch«, betonte Anderson. »Boone und Crockett.«

»Genau. Ein riesiges Vieh. Und Sie gingen raus und haben den Elch geschossen und dann herausgefunden, daß er schon eine Woche tot war. Und das haben Sie nicht aus Ihrem Kopf bekommen, und deshalb haben Sie auch Mrs. P. gesagt, wohin Sie sich scheren könne.«

»Stimmt genau«, erklärte Anderson.

Mitchell und Wicky sahen einander an und brachen in schallendes Gelächter aus.

Anderson fand es nicht komisch.

Mitchell hörte als erster auf zu lachen. Er machte ein ernstes Gesicht und fragte Anderson, was er jetzt unternehmen wolle.

»Mich betrinken«, sagte Anderson. »Nach Hause kann ich nicht. Ich kann Patty nicht erzählen, daß ich suspendiert worden bin.«

»Ich meine wegen des Elchs«, sagte Mitchell. »Wollen Sie diese Kerle damit durchkommen lassen?«

Anderson kniff die Augen zusammen und riß sie auf. »Was würden Sie tun?«

»Ich meine, wenn mir jemand ein Stück verdorbenes Fleisch servierte, dann wüßte ich verdammt genau, was ich täte. Ich würde es wieder in die Küche zurückgehen lassen.«

14

Ausführliche Befragungen haben ergeben, daß noch kein einziger Alkoholiker tatsächlich jemals einen rosa Elefanten gesehen hat.

ZENTRUM FÜR ALKOHOLSTUDIEN, YALE UNIVERSITY

Crow betrachtete seinen umgestürzten Rabbit. Die Sonne war fast untergegangen, und der Wagen warf einen langen Schatten nach Osten. Beide Türen standen weit auf. Der vordere Teil steckte noch immer tief in der Schneewehe. Fast bedauerte Crow, daß er es nicht mitbekommen hatte, als das Unglück passiert war. Es mußte ziemlich spektakulär gewesen sein. Er schloß den Jaguar ab und stapfte auf den eingeschneiten Rabbit zu.

Zum erstenmal seit langem war ihm warm und behaglich zumute.

Er trug Getters wasserundurchlässige Sorel-Stiefel und sie gefielen ihm. Sie waren eine Nummer zu groß, hielten seine Füße jedoch warm und trocken. Fast hatte er das Gefühl, als könne er damit durch alles hindurchmarschieren.

Der gefütterte Parka, ein High Tech-Teil mit ausknöpfbarem Futter und Dutzenden von Taschen umgab seinen Körper wie ein wärmender Panzer. Eine passende Thinsulate-Kappe mit Ohrklappen und pelzgefütterte Handschuhe vervollständigten sein geborgtes Outfit. Eines mußte man Dave Getter lassen – wenn es um Kleidung ging, akzeptierte er nur das Beste.

Da er glaubte, einen Teil des Wegs vielleicht zu Fuß zu den Murphys gehen zu müssen, hatte Crow seine Schwester gefragt, ob sie ihm einen Parka leihen könne, etwas, das ein bißchen mehr Kälte abhielt als sein billiger Trenchcoat. Sie hatte ihm einen Schrank mit Davids Freizeitkleidung gezeigt. Die meisten Sachen sahen aus, als seien sie noch nie getragen worden. Nachdem er fertig war und sich die Hosenbeine und die Jackenärmel etwas hochgekrempelt hatte, hatte seine Schwester ihn angesehen und schließlich zufrieden genickt. Seit Crow sich bereit erklärt hatte, ihren Mann zurückzubringen, schien sie ruhiger, als wäre der Erfolg dieser Mission schon vorprogrammiert.

Zu seiner Überraschung hatte sie ihm beim Weggehen gesagt, er solle auf sich aufpassen.

Crow beugte sich in den Rabbit, öffnete das Handschuhfach und nahm die Taurus heraus. Er steckte den Revolver in eine seiner vielen Taschen. Jetzt war er komplett gekleidet, bewaffnet und winterfest angezogen und mußte nur noch irgendwie zu seinem Ziel kommen. Ein paar Minuten zuvor war er an der Zufahrt zur Talking Lake Ranch vorbeigefahren. Die Schneepflüge waren erneut über den Highway 7 gerollt und hatten an den Seiten der Straße weitere schmutziggraue Schnee-und Eisschichten aufgehäuft. Die Zufahrt zur Ranch war versperrt. Für einen Jeep war die Barriere kein Problem, aber Crow hatte Harleys Fahrzeug bei Bellweather stehenlassen, und mit dem Jaguar würde er keinesfalls über diese Hürde kommen. Außer einem Fußmarsch gab es nur noch eine andere Möglichkeit.

Die Trailertür öffnete sich, und Harley Pike trat heraus.

»He!« rief Harley und stolperte vorwärts. »Was, zum Teufel, machst du da?«

»Ich bin's nur, Harley – Crow!«

»Crow? Wo, zum Teufel, ist meine Karre?«

Crow ging auf ihn zu. »Wie läuft's denn so, Harley?«

»Bestens. Wo, zum Teufel, ist mein Jeep, verdammt noch mal? Du hast meinen Scheiß-Jeep mitgenommen, und du wolltest ihn längst wieder zurückbringen.«

»Deinem Jeep ist nichts passiert«, sagte Crow. Er sah an Harley vorbei zum Trailer. »Ist Puss da?«

»Warum?« Er hatte seine Hände zu Fäusten geballt und starrte Crow unter buschigen Brauen mit blutunterlaufenen Augen düster an.

»Hast du das Bier gefunden?« fragte Crow.

»Ja, hab' ich.« Harleys Augen wurden sanfter, und sein Gesicht weicher. Sein ganzer Zorn verflog bei der Erinnerung an einen Gratiskasten Bier. »Willst du ein kaltes?«

»Nein, danke«, sagte Crow. »Ich muß dich um noch einen Gefallen bitten.«

Harley runzelte die Stirn. »Du willst nicht mal einen mit mir trinken?«

»Ich muß dein Schneemobil ausleihen, Harley.«

Harley machte den Mund auf und klappte ihn wieder zu. »Du hast schon meine Karre – und jetzt willst du auch noch meinen Schlitten?« Er sah Crow von oben bis unten an. »Wie siehst du überhaupt aus, Mann? Wie aus einem Katalog.«

»Die Sache ist die«, fuhr Crow fort. »Ich muß zu den Murphys, und mit dem Jaguar komme ich nicht über ihre Straße.«

Harleys Augen suchten nach dem rosa Jaguar und fanden ihn schließlich. »Auf dieses Ding sollte man schießen«, sagte er.

»Das ist schon geschehen. Wo ist deine Frau, Harley?«

»Sie sieht sich eine ihrer Seifenopern an. Willst du ein Bier?«

»Ich will deinen Schlitten ausleihen, Harley. Hör zu, du leihst ihn mir für eine Stunde, und ich kaufe dir eine Flasche Jack Daniel's.«

Harleys Augen wurden schmal und gierig. »Eine von den großen?«

»Ich kaufe dir einen ganzen Liter. Okay?«
Harley sah über die Schulter. »Sag Puss nichts davon.«
»Kein Wort.«
»Ich kann sie im Schnee verstecken«, überlegte Harley laut. »Da bleibt sie schön kühl.«
Die Tür öffnete sich, und Puss steckte ihren Kopf heraus. »Was geht hier vor?«
Harley grinste ihr zu. »Der alte Crow möchte, daß ich ihm den Polaris leihe, Puss. Ich hab' ihm gesagt, das geht in Ordnung. Ich mach ihn schon mal fertig.« Harley wankte durch den Schnee um den Trailer herum.
Puss sah Crow mißtrauisch an. »Wo ist sein Jeep?«
»Ich bringe ihn morgen wieder zurück.«
Puss schob sich eine lange Strähne grauen Haars aus der Stirn. Das Geräusch des Schneemobilmotors ließ die Wände des Aluminiumtrailers erbeben. »Ich bin sehr überrascht, daß er dir seinen Schlitten leiht, Crow«, sagte sie mit spitzen Lippen. »Ich hoffe nur, daß du ihm keine Flasche J. D. dafür versprochen hast.«

Harley Pikes altertümliches Schneemobil stellte gegenüber seinem Jeep keine große Verbesserung dar. Es fuhr sehr holperig und langsam, und jedesmal, wenn Crow eine Unebenheit überwand, klappte die Motorhaube hoch und versperrte ihm die Sicht. Von Puss' und Harleys Trailer aus fuhr er in westlicher Richtung am Fluß entlang und folgte einer kaum sichtbaren Schneemobilspur. Der tiefe Neuschnee, der den Weg bedeckte, machte das Vorankommen äußerst schwer. Zweimal kam er ab und versank mit seinem Schneemobil in weichen Schneewehen. Er mußte aussteigen und die schwere, alte Maschine auf den Weg zurückziehen, wobei er bis zur Hüfte in jungfräulichem Schnee versank. Die Fahrspur verlief im Zickzackkurs am Damm entlang. Als er endlich den breiteren, vor kurzem benutzten Weg erreichte, der am Ostufer entlangführte, war er schweißgebadet.
Sobald er die Südgrenze der Talking Lake Ranch überquerte, begannen die Zuversicht und der Mut, die ihn so weit gebracht hatten, zu schwinden, auch wenn er jetzt

schneller und besser vorankam. Der Wind biß ihm ins Gesicht, und unter seinem verschwitzten Hemd wurde es unangenehm kühl. Er zog den Kopf zwischen die Schultern und gab Gas. Immerhin war bislang alles nach Plan gelaufen, und sein Plan sah so aus: die Waffe holen, die er im Volkswagen gelassen hatte, irgendwie zur Talking Lake Ranch kommen und Getter das lausige Leben retten. Es sollte ein Akt der Sühne werden, eine selbstlose Tat, eine Tat aus reiner, mutiger Nächstenliebe. Melinda würde davon hören, und sie würde stolz auf ihn sein.

Crow stellte sich vor, daß sie ihn sehen konnte, wie er auf dem Schneemobil saß. Er fuhr das Fahrzeug, so gut er nur konnte, steuerte den Polaris sicher durch die Winterlandschaft.

»Ja brat mir einer 'nen Storch«, murmelte Orlan Johnson zu sich selbst. Schwankend hielt er sich am Türrahmen fest. »Schon dunkel. Wie is'n das passiert?« Kalte Luft fegte ins *Birdy's* hinein und raschelte in den leeren Chipstüten, aus deren Inhalt sein Abendessen bestanden hatte. Sein zugeeistes Polizeiauto stand vor der Bar. Johnson suchte in seinen Taschen, fand die Schlüssel und stolperte auf den Wagen zu. Schon vom ersten Schritt an steuerte er einen Punkt an, der sich ein paar Meter neben dem Wagen befand, aber indem er ein Auge zukniff, konnte er seinen Kurs korrigieren und landete sicher vor der Fahrertür. Er zerrte am Türgriff, kam zu der Erkenntnis, daß die Tür verschlossen war und stocherte mit seinem Schlüssel am Schloß herum. »Störrisches kleines Ding«, murrte er dabei und atmete laut durch die Nase. Schließlich gelang es ihm, die Tür zu öffnen. Er wuchtete seinen massigen Körper auf den Fahrersitz, schaffte es, den Zündschlüssel ins Schloß zu stecken und ließ den Motor an.

Jetzt war er bereit. Leider konnte er nicht das geringste sehen. Er nahm den Eiskratzer vom Beifahrersitz und schabte ein etwa untertassengroßes Guckloch in die eisbedeckte Windschutzscheibe. Eine Minute später segelte das Flaggschiff der Big River Police, ein Ford Crown Victoria mit allen Extras, über den Highway 7. Die Scheinwerfer wanderten über die Straße. Orlan Johnson lag mit dem Kinn fast auf dem Lenkrad und spähte durch das kleine Loch, das er ins Eis gekratzt hatte. Er freute sich nicht gerade darauf, seiner Frau gegenüberzutreten. Sie hatte ein Mundwerk, das man nicht abschalten konnte, und er stellte sich vor, wie er ihr einen verpaßte, genau auf die Zwölf. Irgendwann würde er es tun. Vielleicht schon heute abend, wenn sie ihm wieder mal das Leben schwer machte. Wenn ihre Brüder nicht wären, hätte er es schon vor langer Zeit getan.

Etwas Rosafarbenes tauchte im Licht der Scheinwerfer auf.

»He«, murmelte Johnson und trat auf die Bremse. Trotz seines ABS schlingerte der schwere Ford und kam seitwärts zur Fahrbahn zum Stehen.

Johnson sah gar nichts mehr. Er kurbelte das Fenster herunter und steckte seinen Kopf hinaus. Da stand er, der rosa Wagen, den George suchte.

Johnson wendete den Ford. Zumindest würde er sich heute abend keine Vorwürfe von seiner Frau anhören müssen. Er hatte für ihren Bruder George diesen Doktor gefunden. Jetzt war er für mindestens eine Woche der King.

15

So lautete der Spruch, wenn eine Safari schiefgelaufen war. Man traf einen anderen weißen Jäger und man fragte: »Und wie läuft alles so?« und er antwortete: »Oh, ich trinke noch immer ihren Whiskey«, und dann wußte man, daß alles den Bach runtergegangen war.

Ernest Hemingway: »Das kurze glückliche Leben des Francis Macomber«

Von der Lodge der Murphys drang ein unheimliches Glühen zu Crow herüber. Die Lichter des Hauses brachen durch die Bäume und leuchteten den Damm hinunter bis zum zugefrorenen Fluß. Crow nahm den Fuß vom Gaspedal des Polaris, ließ ihn ausrollen und schaltete den Motor aus. Er schätzte, daß er etwa eine halben Kilometer entfernt war. Er würde sich von unten an sie heranschleichen.

Darüber hinaus befand sich sein Plan noch in der Entwicklung.

Crow stieg von der Maschine und folgte dem eisigen Zickzackpfad, der zur Lodge führte. Seine Stiefel knirschten auf dem festen Schnee. Seine Hand steckte in der Tasche und wärmte den Griff der Taurus. Er wußte noch nicht, welches Spiel er spielen würde, aber irgend etwas würde ihm schon einfallen. Sam hatte gesagt, wenn man mit geringem Budget spielt, dann muß man seinen Instinkten folgen, man darf nicht warten, bis die richtigen Karten kommen. »Wenn du Zweier kriegst, dann mußt du damit spielen, als seien es Asse.«

Mit anderen Worten – es hatte keinen Sinn, die Chancen vorher auszurechnen.

Er erreichte die Rückseite der Lodge und spähte durch die Panoramafenster. Von dort, wo er stand, sah er den großen Balken, der unter der Decke quer durch den gesamten Raum verlief, das Oberteil des Kamins und das Rhinozeroshorn. Er hätte gerne auch gesehen, wer sich in der Lodge befand, aber die Fensterbank lag einen Meter über ihm.

Crow betrachtete das Gebäude, überprüfte jedes Fenster und jede Tür auf eine Gelegenheit zum heimlichen Einstieg. Er ging um das Haus herum. Eine Tür an der Ostseite, dort wo er bei seinem ersten Besuch mit Amanda Murphy gesprochen hatte, führte in die Küche. Crow sah durch das Fenster. Shawn Murphy saß am Küchentisch und aß eine Schüssel Corn-flakes.

Eine gute Strategie wäre vielleicht, einfach zu warten. Früher oder später würde einer von ihnen nach draußen kommen. Seine Chancen stünden sicherlich weitaus besser, wenn er George und Ricky nicht gemeinsam auf dem Hals hatte. Aber trotz Dave Getters High Tech-Ausstattung wurde ihm mit jeder Minute kälter. Außerdem war er es leid, darauf zu warten, bis etwas passierte.

Hinter sich hörte er ein Geräusch, ein leises Wuff.

O nein, dachte er, die Hunde.

Er drehte sich um und sah zu dem Zwinger hinüber. Im gleichen Augenblick brachen die Tiere in ein Konzert von Geheul, Geknurre und Gebelle aus. So viel zur Kunst des Anschleichens.

Da er jetzt sowieso keine andere Wahl mehr hatte, entschied er sich für den direkten Angriff. Er ging auf den Eingang der Lodge zu. George Murphy stand bereits in der Tür um nachzusehen, was die Hunde so in Erregung versetzt hatte.

»Officer Crow!« Stirnrunzelnd fragte er sofort: »Wo ist er?«

Crow ignorierte die Frage. »Ist Getter da drin?«

»Sicher. Wo ist Ihr Freund?«

»Genau hier«, antwortete Crow und stieß den Lauf der Taurus in George Murphys mächtigen Bauch.

George sah hinab. Sein Gesicht zeigte einen Ausdruck großer Trauer. »Keine gute Idee«, sagte er kopfschüttelnd. »Jemand hat Ihnen einen sehr schlechten Rat gegeben.«

Crow drückte die Waffe tiefer in Murphys Bauch und zwang ihn, in das Haus zurückzutreten. Als er den Raum betrat, sah er Ricky, der an einem der Tische saß. Dicht neben seiner linken Hand lag ein großer Revolver.

»Sagen Sie ihm, er soll die Hand von der Waffe nehmen«, knurrte Crow.

George machte einen weiteren Schritt und drehte den Kopf. »Hörst du, was der Mann sagt, Ricky?«

Ricky nickte kaum wahrnehmbar. Seine Hand bewegte sich nicht.

»Er ist wütend auf mich, Crow«, erklärte George. »Außerdem gehorcht er mir sowieso nicht. Werden Sie mich jetzt erschießen?« Die untere Hälfte von Georges Gesicht verzerrte sich zu einem Grinsen, aber die Augen blieben undurchdringlich.

Crow ließ seinen Blick so gut ihm das möglich war, durch den Raum wandern. Dabei versuchte er, auch weiterhin auf Ricky zu achten. Dave Getter lag zusammengerollt neben einem der Clubsessel. Er starrte zu ihm hinauf, mit Augen so groß wie Hühnereier. Ein rotes Stück Stoff steckte in seinem Mund.

Crow drückte die Waffe noch einmal gegen Georges Bauch und zwang ihn, weiter in den Raum hineinzugehen. Er wollte George möglichst zwischen sich und Ricky bringen.

»Bist du okay?« fragte er Getter.

Getter schüttelte hysterisch den Kopf. Crow sah, daß seine Hände mit gelbem Kabel an seine Fußgelenke gebunden waren. George stand ganz ruhig vor Crow, mit leicht geneigtem Kopf, und sah ihn an.

»Und was werden Sie jetzt tun, Officer Crow?«

Eine sehr gute Frage, dachte Crow.

George stand direkt vor ihm. Ricky saß etwa zehn Meter von ihm entfernt, die Hand nur wenige Zentimeter neben dem Revolver. Er sah Crow mit zusammengezogenen Augen an. Seine Schläfenadern pulsierten.

Am anderen Ende des Raumes entdeckte Crow ein fünftes Wesen. Der Tiger gähnte und blinzelte und beobachtete die Menschen mit der milden Neugier eines nie gänzlich satten Fleischfressers. Er erhob sich und streckte sich. Seine langen Krallen rissen unter dem Stroh den Holzboden auf. Unter seinem gestreiften Fell zuckten die Muskeln. Das ist ja großartig, dachte Crow.

»Wissen Sie, was ich an Ihrer Stelle tun würde?« fragte George.

»Verraten Sie es mir«, sagte Crow. »Ich bin für jeden Vorschlag offen.«

»Ich würde nach Hause gehen.«

»Das habe ich auch vor.« Es gefiel Crow nicht, wie regungslos Ricky dasaß. Ein Zucken oder ein Blinzeln hätte ihm schon gereicht – alles besser als diese reptilienhafte Ruhe. Er hatte keine Ahnung, wann Ricky sich bewegen und was er dann tun würde. Aber er war überzeugt davon, daß der Mann nicht mehr lange so ruhig bleiben würde. Nein, er hatte keine Chance, Getter loszubinden. Falls er es versuchte, würde man sie beide umlegen.

Er mußte George dazu bringen, es zu tun.

»Ich denke, Sie sollten jetzt besser gehen«, sagte George. »Bevor noch jemand verletzt wird.«

»Bald. Aber binden wir zuerst Mr. Getter los. Glauben Sie, Sie schaffen das?«

»Sie wollen, daß ich diesen Mann losbinde? Warum sollte ich? Ricky hat sich viel Mühe gegeben, diese Knoten richtig hinzukriegen. Außerdem sehe ich Nelly Bell nicht. Ich dachte, wir hätten eine Abmachung.«

Crow schüttelte den Kopf.

Erneut zeigte George dieses breite, jedoch freudlose Grinsen. »Wissen Sie, was Sie machen könnten? Sie könnten mich und Ricky erschießen. Wie würde Ihnen das gefallen, Crow? Dann könnten Sie ins Haus gehen und meinen Sohn erschießen. Damit hätten Sie ihren erpresserischen Anwalt wieder. Ist das nicht eine gute Idee, Officer Crow?«

So schlecht fand Crow den Vorschlag nicht. Er war so damit beschäftigt, zur gleichen Zeit George und Ricky zu beobachten, daß er das Gefühl hatte, seine Augen würden ihm aus den Höhlen treten. Er mußte eine Entscheidung treffen. Wenn er einen Schritt zur Seite machte und auf Rikky schoß? Aber Ricky war sicherlich viel schneller und geübter mit einem Revolver als er. Crow hielt sich für keinen guten Schützen, und außerdem würde sich George auf ihn stürzen, bevor es ihm möglich wäre, einen zweiten Schuß abzufeuern.

»Sie könnten aber auch langsam wieder zur Tür hinausgehen, sie hinter sich schließen und den Doktor suchen.«

»Der Doktor ist ausgeflogen«, sagte Crow. »Er ist fort.«

»So?« Georges Augenbrauen hoben sich. »Wo ist er denn hin?«

»Ich weiß es nicht.«

»Ich glaube doch.«

»Ich will, daß Sie ihn losbinden.«

George sah ihn nur an. »Das wird nicht geschehen, Officer Crow.«

Einige Sekunden lang bildeten die vier Männer und der

Tiger ein Tableau. Werde ich jemanden töten? fragte sich Crow. Dabei verunsicherte ihn weniger diese Aussicht als deren Umkehr: Werde ich getötet werden?

Durch die offene Tür hörten sie das Geräusch auf dem Schnee knirschender Reifen. George sah an Crow vorbei. Eine Wagentür wurde zugeschlagen. Crow trat noch einen Schritt zurück und hielt die Taurus mit beiden Händen fest. Er zielte weniger auf George als auf Ricky. Dessen Hand schien noch näher am Revolver zu liegen als zuvor, aber auch seine Augen flogen zur Tür. Jetzt könnte ich es tun, dachte Crow. Ich brauchte die Taurus nur ein bißchen nach rechts zu halten, abzudrücken, für alle Fälle zweimal, und mich dann um George zu kümmern. Und um den, wer auch immer das ist, der dort draußen kommt. Er hörte Schritte. Jemand schleifte etwas über den Boden. Crow spürte ein Prickeln auf dem Rücken.

George sah völlig verblüfft zur Tür.

Auch Crow konnte nicht anders, er mußte zum Eingang schauen und drehte leicht den Kopf.

Es dauerte einen kurzen Augenblick, bis ihm klar wurde, was er dort sah. Ein Mann in Straßenkleidung zog ein riesiges Geweih hinter sich her. Das Geweih paßte nicht einmal durch die Tür; der Mann mußte es längslegen, um es hindurchzubekommen. Ein Elchkopf, der Hals, die Schultern – oder besser gesagt, die leere Hülle, die sie einst umgeben hatte – hingen noch an dem Geweih.

Crow sah wieder zu Ricky hinüber, dessen Mund offenstand. Von der Ankunft des Mannes mit dem toten Elch war auch er derart überrascht, daß er seine Gelegenheit verpaßt hatte.

Der Mann ließ das Geweih fallen und wandte sich an George.

»Ich will mein Geld zurück«, keuchte er.

»Stevie! Was ist los?« sagte George. Er versuchte ein freundliches Lächeln.

Sowohl er als auch Ricky schienen Crow ganz vergessen zu haben. Selbst Getter blickte auf den Mann mit dem Elch. Jetzt erkannte Crow ihn wieder. Er hatte ihn schon einmal bei *Birdy's* gesehen. Einer von Murphys Jagdkunden, wenn auch kein sehr zufriedener.

»Sie wissen, was los ist, Sie Gauner – Sie haben mich auf einen toten Elch schießen lassen!« brüllte Anderson, und bei dem Wort ›Elch‹ überschlug sich seine Stimme.

George räusperte sich. »Ähm, Stevie, könnten wir nicht ein anderes Mal darüber reden? Ich glaube, Sie haben da etwas mißverstanden ...«

»Halten Sie mich für blöd?« Anderson schlug sich mit der Faust auf die Brust und begann von seinem eigenen Schlag zu taumeln. Crow merkte, daß er nicht nur wütend war – er war völlig blau. »Glauben Sie, ich bin ein Idiot?« Er ging auf George zu und pochte ihm mit dem Zeigefingerknöchel auf die Brust.

George blieb stehen und ließ Anderson pochen. Sein Lächeln war jedoch viel zu breit, und seine Wangen röteten sich.

Ricky hatte sich bewegt. Er wirkte noch immer ruhig, aber seine Schulterhaltung hatte sich verändert. Sein Blick blieb auf Anderson geheftet.

Der Tiger hinter ihm hockte auf den Hinterbeinen und beobachtete mit goldenen Augen aufmerksam, was sich tat. Die schwarze Spitze seines Schwanzes zuckte hin und her. Er öffnete das Maul und enthüllte sahneweiße Fangzähne.

»Halten Sie mich für so einen Trottel? Halten Sie mich für dumm? Dieses Ding hier war schon eine Woche tot, als ich es geschossen habe. Wofür halten Sie mich?«

Crow überlegte. Ein Typ, der einen toten Elch erschießt und dann blau wie ein Veilchen auftaucht, um sich deswegen zu beschweren, was glaubt er wohl, wofür man ihn hält. Er sah, daß sich Getter wie eine Schlange auf dem Boden wand und sich mit jeder Bewegung etwa einen Zentimeter von Ricky entfernte. Wenn ihn in den nächsten zwanzig oder dreißig Minuten niemand bemerkte, konnte er es bis zur Tür schaffen.

»Ich will mein Geld zurück, Murphy! Jetzt!« Anderson reckte sein Kinn in die Höhe, als habe er soeben eine brillante logische Beweiskette geschlossen. Zusätzlich stieß er seinen Finger auf Georges Brust, aber dieses Mal verschwand der Finger in Georges riesiger Faust. Anderson schwankte hin und her, während George wie ein Fels vor ihm stand. Anderson starrte voller Wut auf seinen gefangenen Finger.

»Immer mit der Ruhe, Stevie!« knurrte George.

Anderson preßte die Lippen zusammen, blies die Bakken auf und riß seinen Finger mit aller Kraft aus Georges Umklammerung. Sie hörten, wie der Knöchel mit einem sanften Plopp aus dem Gelenk sprang. Anderson schnappte nach Luft und hielt sich die verletzte Hand. Er hob den Kopf und stürzte sich mit einem Schrei auf George, der blitzschnell zur Seite trat.

Zu spät erkannte Crow seinen Fehler. Es hatte den Anschein gehabt, als würde sich Georges Aufmerksamkeit ganz auf den unglücklichen Elchjäger richten, aber George hatte Crow keineswegs vergessen. Noch während er Anderson auswich, schlug er Crow von unten gegen den Arm. Die Taurus flog ihm aus der Hand. George wirbelte herum wie ein dicker Derwisch und schlug erneut zu. Dieses Mal landete seine Faust wie ein Hammer auf Crows Brust. Crow stolperte nach hinten und sah, daß Anderson nach seinem mißglückten Angriff auf Ricky zugestolpert war, der aufgestanden war und den Revolver in der Hand hielt. Er blickte Crow an.

Crow ließ sich auf den Boden fallen und rollte sich hinter eines der schweren Ledersofas. Er wollte unbedingt etwas Festes zwischen sich und Rickys Revolver bringen. George war bereits hinter ihm her. Wo war die Taurus gelandet? Dort, weit vor dem Sofa, zu weit. Er hörte, wie Anderson etwas rief und wie Ricky schrie, er solle sich, verdammt noch mal, zum Teufel scheren. Crow kroch so schnell er konnte auf die Taurus zu, wobei er jeden Augenblick damit rechnete, daß George mit seinem ganzen Gewicht auf ihm landete. Doch dann hielt er die Taurus wirklich in der Hand, und ihr Griff schien ihm plötzlich das einzig Verläßliche, was noch existierte. Er drehte sich um und sah im letzten Augenblick, daß George sich auf ihn stürzte. Sein

Körper nahm Crow jede Sicht, doch konnte er noch ausholen und George mit einem kurzen, harten Schwinger an der Schläfe treffen, während er sich gleichzeitig abdrehte. George wurde von seinem eigenen Schwung und von Crows Schlag an diesem vorbei gegen den Pokertisch geschleudert, der unter ihm zusammenbrach und einige Stühle mit sich riß. Er landete mit voller Wucht auf dem Bauch.

Crow hockte sich hin, hielt die Waffe mit beiden Händen und schaute sich nach Ricky um.

Zuerst konnte er nicht glauben, was er sah.

Steve Anderson hatte seine Arme um Ricky geschlungen und kämpfte mit ihm. Fast sah es aus, als hätten sich die beiden letzten betrunkenen Gäste einer Bar zu einem Tänzchen gefunden, aber es spielte keine Musik, und Ricky wand sich zu heftig. Crow sah, wie Ricky mit dem Revolver ausholte und ihn gegen Andersons Kopf schlug. Anderson schrie auf und hielt sich das Ohr. Ricky trat zurück, suchte Crow und zielte auf ihn.

Crow schoß zuerst, die Kugel traf jedoch genau Rickys riesige Gürtelschnalle und prallte ab. Ricky stolperte nach hinten, in die Ecke des Raumes, blieb stehen und hob erneut den Revolver. Crow wollte gerade ein zweitesmal schießen, als er sah, wie sich ein orange-weißes Phantom hinter Ricky erhob. Mit einer fast zärtlich wirkenden Geste holte der Tiger mit seiner tellergroßen Tatze aus, schlang sie um Rickys Hüfte und zog ihn an sich. Es schien ganz langsam zu geschehen; Ricky wand sich in der Umarmung des Tigers, als wolle er ihn ebenfalls umarmen, mit weit aufgerissenen Augen. Dann legte der Tiger den Kopf etwas schief, küßte Ricky auf den Hals und ließ ihn los.

Eine hellrote Fontäne spritzte durch den Raum. Das Blut klatschte gegen die Fenster.

Ricky ließ seinen Revolver fallen, preßte beide Hände gegen den Hals und drehte sich. Das Blut aus der Schlagader spritzte in einem Halbkreis von drei Metern auf den Boden. Er wankte vorwärts, während ihn der Tiger ruhig beobachtete. Sein Instinkt sagte ihm, daß seine Nahrung bald aufhören würde, sich zu bewegen und dann wesentlich leichter verspeist werden könnte. Ricky fiel auf die Knie, seine Augen rollten aufwärts, und er fiel mit dem Gesicht nach vorne in eine immer größer werdende Blutlache.

Anderson lag auf der Seite und hielt sich noch immer die Hände ans Ohr. Er gab ein hohes, heiseres Geräusch von sich, ein unheimlicher Soundtrack zu der Szene.

George Murphy erhob sich langsam. Er stöhnte und wankte auf Ricky zu. Crow fragte sich, ob der Tiger wohl zwei Murphys an einem Tag töten würde, doch George blieb stehen, bevor er in die Reichweite des Tigers kam. Er wandte sich zu Crow um. Sein Gesicht schien seltsam erschlafft.

Crow zuckte die Schultern, als wolle er sich für das, was geschehen war, entschuldigen.

Dann hörte er ein leises, aufgeregtes Stöhnen. Getter, der sich in der Tat fast bis zur Tür gewunden hatte, starrte mit weit aufgerissenen Augen auf einen Punkt hinter Crow und versuchte, durch den Knebel zu schreien. Crow drehte sich um und sah sich Shawn Murphy gegenüber, der ein kleinkalibriges Gewehr in der Hand hielt und aus zwei Metern Entfernung auf Crows Brust zielte. Sein Gesicht war schneeweiß, bis auf zwei rote Kreise, die auf seinen Wangen glühten. Der Junge zitterte am ganzen Körper. Mit jedem Schauder, der ihn durchlief, bewegte sich das Gewehr in seinem Arm, aber bei dieser Entfernung konnte er so viel zittern wie er wollte und würde Crow noch immer treffen.

Crow sah zu George hinüber. »Wenn er schießt, muß ich ihn töten«, sagte er.

»Runter mit dem Gewehr, Shawn!« rief George Murphy. Shawn sah seinen Vater an. Sein Atem ging kurz und hart. »Sofort«, sagte George.

Das Gewehr fiel aus der Hand des Jungen und landete mit einem dumpfen Poltern auf dem Teppich. Der Junge lief an Crow vorbei in die Arme seines Vaters. George hielt ihn fest. Sein Blick wanderte von Getter zu Crow und dann zu Anderson.

Anderson, der noch immer diese seltsam hohen Laute

von sich gab, hatte sich aufgerappelt. Er nahm seine Hände vom Ohr und betrachtete sie. Kein Blut.

»Sind Sie okay?« fragte Crow.

»Was?«

»Sind Sie verletzt?«

Anderson schüttelte den Kopf. »Ich kann Sie nicht hören.« Er ging schwankend auf die Tür zu, zögerte, packte das Elchgeweih und zog es hinter sich hinaus. Gleich darauf hörten sie, wie er davonfuhr.

»Was war das?« fragte Crow.

George Murphy schüttelte nur den Kopf. Getter wand sich und versuchte zu sprechen. Crow beugte sich herab und zog langsam das rote Tuch aus Getters zerschundenem Mund.

Getter bewegte seine geschwollenen Lippen. »Sind das meine Sachen, die Sie anhaben?« fragte er Crow.

Crow betrachtete das feuchte Tuch in seinen Händen und überlegte kurz, ob er es wieder dorthin stecken solle, wo er es herausgezogen hatte. Er sah zu George auf.

»Ich will diesen Melly Bell noch immer«, sagte George.

»Dann stellen Sie sich an«, entgegnete Crow.

»Was, zum Teufel, meinen Sie damit?« knurrte George.

G. Wayne Zizzi, seit acht Jahren Sicherheitsbeamter auf dem Humphrey H. Humphrey International Airport, genoß diesen Tag. Es hatte um zehn Uhr morgens begonnen, als er in der Reisetasche eines Teenagers ein Klappmesser entdeckte. Viele seiner Kollegen hätten es nicht bemerkt, weil es in einem sehr ungünstigen Winkel lag, aber Zizzi entging so schnell nichts. Nachdem sie das Messer konfisziert hatten, ließen sie den Jungen laufen. Zizzi fügte die Waffe seiner persönlichen Sammlung hinzu. Eine Stunde später gerieten sie an einen Witzbold, einen dieser Typen, die so unglaublich dumme Dinge sagen wie: »Sie werfen besser einen ganz genauen Blick hier rein. Ich bin der verrückte Bombenattentäter von Minneapolis.«

Einem solchen Typen verhalf Zizzi mit persönlichem Vergnügen dazu, daß er seinen Flug verpaßte.

Am frühen Nachmittag entdeckte er ein weiteres Messer. Dieses Mal stellte es sich als Küchenmesser heraus, ein Geschenk für die Schwester irgendeines Typen in Toronto. Trotzdem durfte er es nicht mit ins Flugzeug nehmen. Der Kerl war ziemlich sauer, weil sie ihn damit zur Gepäckaufgabe zurückgeschickt hatten.

An solchen Tagen liebte Zizzi seinen Job. Dann hatte er das Gefühl, etwas Gutes zu tun, die Leute wirklich zu beschützen.

Der größte Teil der acht Jahre war jedoch ziemlich langweilig verlaufen. Wenn man sich das Gepäck der Leute im Röntgengerät ansah, wußte man sehr bald, was einen erwartete. Die Menschen waren so vorhersehbar.

Noch 35 Minuten bis zur nächsten Pause.

Er blickte auf den Bildschirm, auf die Geisterbilder der Einwegrasierer, der Lippenstifte, der Schminkdosen, der Gürtelschnallen ... Mittlerweile war er so gut darin, daß er nicht mehr darüber nachdenken mußte, was er da sah. Die nächste Tasche wurde hereingeschoben.

Zizzi hielt das Band an.

Seine Nackenhaare richteten sich auf.

Hier war etwas, das er noch nie gesehen hatte. Nur in einem Ausbildungsfilm.

Zizzi blickte zu dem Mann hinüber, der am Ende des Bandes stand und geduldig auf seine Tasche wartete. Kein besonders gefährlich aussehender Typ in seinem tuntigen Cowboyhemd. Er erinnerte ihn an Roy Rogers, nur daß seine Nase ganz geschwollen war und daß er ein Pflaster auf der Oberlippe hatte. Vielleicht eine Tarnung.

Zizzi sah wieder auf den Schirm, auf das Abbild einer Maschinenpistole mit vollem Magazin. Eine TEC-9 oder vielleicht eine MAC-10. Eine von diesen kleinen Maschinenpistolen.

Das ist der große Wurf, dachte Zizzi, während er den lautlosen Alarmknopf an seinem Funksender betätigte. Das versüßt mir den Tag.

16

Mir sind Verbrecher lieber als Verwandte.

ORLAN JOHNSON

Orlan Johnson stürzte einen Schluck Bier hinunter und rülpste. Er wedelte mit seiner Zigarre in der Luft herum.

»Weißt du was«, sagte er. »Ich wußte schon immer, daß du eigentlich in Ordnung bist, Harley.«

Harley Pikes Kopf kippte nach vorne, dann wieder nach hinten. »Ich auch«, sagte er und saugte an einer von Johnsons Zigarren. Sie ging ihm dauernd aus. Er griff nach seinem Bier, stellte fest, daß er es bereits in der Hand hielt und schüttete sich den Inhalt in den Mund.

Johnson schlug sich mit der Hand auf den Schenkel. »Es is nur so verdammt ungerecht, daß wir auf verschiedenen Seiten des Gesetzes stehen, weißt du.«

»Mhm«, entgegnete Harley. Er wäre schon lange weggesackt, wenn es nicht so etwas völlig Neues gewesen wäre, den Chef der Big River Polizei zu Besuch zu haben. Allerdings bereitete es ihm Schwierigkeiten, die Augen offenzuhalten.

»Ich muß euch sagen, Leute, ihr versteht es, zu leben. Die verdammte Hill läßt mich nicht mal in meinem eigenen verdammten Haus rauchen.«

Puss stellte das Fernsehen lauter.

Harley sagte: »Mhm?«

»Ihr wißt, was ich meine.«

Harley öffnete den Mund, sagte aber keinen Ton.

»Verdammt richtig«, meinte Johnson.

»Ich will mit meinem Anwalt sprechen«, wiederholte Dr. Nelson Bellweather. »Ich weiß nicht, wie diese Waffe in meine Tasche gekommen ist. Ich weiß überhaupt nichts. Ich will meinen Anwalt sprechen.«

Er saß in einem weiß gestrichenen Raum, der etwa die Größe eines seiner Untersuchungszimmer in der Klinik hatte. Seiner ehemaligen Klinik. In Gesellschaft der beiden Sicherheitsbeamten, jeder von der Größe eines Braunbären, wirkte der Raum sehr klein. Bis jetzt hatten Sie die Gummiknüppel noch nicht ausgepackt, aber sie hatten ihm auch nicht gerade seine Rechte vorgelesen.

Der blöd aussehende mit dem Herpes auf der Lippe, dieser Zizzi, dem schien es großen Spaß zu machen. Sein phlegmatischer Partner, Al, sah eher desinteressiert drein.

»Ziehen Sie bitte Ihr Hemd und Ihre Hose aus, Sir«, sagte Zizzi.

»Ich will mit meinem Anwalt telefonieren. Ich tue gar nichts, bevor ich nicht mit meinem Anwalt gesprochen habe.« Bellweather dachte daran, daß die 30 000 Dollar in seinen Stiefeln seine Lage nicht unbedingt verbessern würden.

»Bitte ziehen Sie Hemd und Hose aus, Sir«, wiederholte Zizzi.

Aber vielleicht, dachte er, helfen sie mir auch, hier rauszukommen.

»Einen Moment«, sagte er. »Darf ich euch etwas fragen? Wieviel Geld macht ihr hier so im Monat?«

Zizzi und Al sahen einander an.

»Was wollen Sie damit sagen, Sir?« fragte Zizzi.

Bellweather holte tief Luft. Diskretion schien jetzt fehl am Platz.

»Ich würde euch Jungs gern einen kleinen Bonus zukommen lassen, sagen wir fünftausend für jeden.«

Zizzi fuhr sich mit der Zunge über die Zähne. »Haben Sie das Geld dabei?«

Bellweather zog das Hosenbein hoch und griff in seinen Stiefel.

Fünf Minuten später stand er splitternackt vor den beiden uniformierten Männern, und das Geld lag ordentlich gestapelt in einem Metallkorb, zusammen mit seiner Uhr, seiner Brieftasche, seiner Halskette und seinem Paß. Er konnte einfach nicht glauben, was hier geschah und teilte seinen Kummer Zizzi mit, der nur mit der Schulter zuckte und mit dem Daumen zur oberen Zimmerecke deutete.

Bellweather blickte hinauf und sah zum erstenmal die dort installierte Überwachungskamera. Ihm wurde fast schlecht.

»Und was können Sie uns sonst noch zeigen, Mr. Bellweather?« erkundigte sich Zizzi höflich.

Bellweather, der zwischen Wut und Verzweiflung schwankte, sah ihn nur mit großen Augen an.

»Mr. Bellweather?«

»Was? Was wollen Sie sonst noch? Denken Sie, ich hätte eine Bombe im Arsch versteckt oder was?«

Zizzi lächelte und nahm ein paar Plastikhandschuhe aus einem Spender an der Wand. »Hast du das gehört, Al?« sagte er zu seinem Partner. »Er hat was von einer Bombe in seinem Arsch gesagt ...«

17

Ich denke, Harley hält noch drei, vier Jahre durch, bevor etwas bei ihm durchknallt. Wahrscheinlich geht sein Gehirn noch vor seiner Leber oder seinem Herzen kaputt. Ich meine, schließlich ist es das schwächste Glied in der Kette, wenn Sie wissen, was ich meine.

GLORIA SCHWEP

Gloria Schwep, besser bekannt als Puss, stand in Lederstiefeln und einer wattierten Weste vor dem Trailer und rauchte eine Zigarette, als Crow und Getter in dem spuckenden Polaris über die Felder gehoppelt kamen. Crow parkte das Schneemobil und winkte Puss zu. Er bemerkte, daß Orlan Johnsons Polizeiwagen hinter seinem Jaguar stand.

»Oh, oh«, sagte er.

Ein zitternder Getter mit blauen Lippen, der nichts als seinen blutigen, zerrissenen Anzug trug, blickte von seinem Sitz auf dem Schneemobil hoch.

»Was ist los?« fragte er.

»Scheint, als hätten wir Gesellschaft.« Er deutete auf den Polizeiwagen und sah Puss fragend an. Sie zeigte mit dem

Daumen auf den Trailer. Crow ging zu ihr, Getter folgte und blickte hoffnungsvoll auf das Mobilheim.

»Mir ist kalt«, sagte er.

»Was geht denn hier vor?« fragte Crow.

»Es ist ein bißchen eng da drin«, antwortete Puss. »Aber schau mal rein. Du traust deinen Augen nicht.«

Crow öffnete die Tür und betrat den Trailer. Die warme Luft war rauch- und alkoholgeschwängert, außerdem durchsetzt von einer Mischung unangenehmer menschlicher Ausdünstungen. Getter schob sich an ihm vorbei und hielt seine Hände über den Propanheizer. Harley war weggetreten und lehnte in der Ecke des Einbaubetts. Orlan Johnson befand sich in einem ähnlichen Zustand. Sein korpulenter Körper lag über Harleys Beinen. Beide Männer schnarchten heldenhaft, und bei jedem Atemzug flatterten ihre Lippen.

»Hätte ich doch nur eine Kamera«, sagte Puss.

Der Mann, um dessen rechte Hand ein blutiges Geschirrtuch gewickelt war, wollte mit jemandem reden. Seine Name, so sagte er, sei Bott. Er grinste und klopfte sich mit dem Knöchel gegen die Stirn. Das Geräusch, das dabei entstand, klang erstaunlicherweise tatsächlich so ähnlich wie *bott*.

»Hab' mir die Hand versaut«, sagte Bott mit einem gezwungenen Lachen. Ein zäher Bursche. Nur sein kalkweißes Gesicht und die Schweißperlen auf seiner Stirn verrieten seine Schmerzen.

Crow nickte mitfühlend.

»Die Frau hatte wieder mal 'ne Gabel im Spülhäcksler verschwinden lassen.«

Crow wußte nicht genau, was ein ›Spülhäcksler‹ war, aber er nickte wieder.

»Ich mußte also reingreifen. Kaum hab' ich meine Hand in dem Ding, als die blöde Kuh den verdammten Startknopf drückt.« Er schob sein Kinn vor. »Ich warte hier schon eine halbe Stunde, daß sich jemand das mal ansieht.«

»Das ist hart.«

»Weshalb sind Sie hier?« fragte Bott.

»Wegen meines Schwagers«, antwortete Crow. »Er läßt sich die Nase verarzten.«

»So? Autounfall?«

»Nicht direkt«, sagte Crow.

»Haben Sie ihm einen verpaßt? Ich habe einen Schwager, dem ich verdammt gern die Nase brechen würde.« Bott schaute auf seine verhäckselte Hand herab. »Aber vielleicht nicht gerade jetzt.«

Crow sah Mary in die Notaufnahme kommen. Sie hatte ihren Mantel nicht zugeknöpft, und ihr Haar wirkte ungekämmt und wirr. Er stand auf und winkte ihr zu, dankbar für die Unterbrechung. Sie blieb mitten in der Eingangshalle stehen, auf unsicheren Beinen, und wartete auf ihn.

Crow legte ihr eine Hand auf die Schulter. Sie lehnte sich an ihn, und er umarmte sie steif.

»Er ist okay, Mary«, sagte er und fragte sich, welche Mary er gerade umarmte. »Sie kümmern sich um ihn, richten ihm die Nase und verpacken sie schön. Außerdem säubern sie die Wunde an der Hüfte vom Salz.«

»Salz?« Sie machte sich los und strich sich mit einer zitternden Hand durchs Haar.

»Er hat einen Schuß abbekommen, aber das Gewehr war nur mit Steinsalz geladen.«

»Man hat auf ihn geschossen?«

»Es war nur Salz. Es geht ihm gut. Setzen wir uns.«

»Mein Gott, er wurde angeschossen?«

Crow führte sie zu einer Reihe von Plastikstühlen, die vor einem Fernseher standen. Marys Blick wanderte umher und fiel dann auf den Bildschirm.

»Diesen Film hab' ich schon mal gesehen.«

»Wie heißt er?«

»Keine Ahnung.«

»Willst du wissen, was passiert ist?«

Sie schüttelte den Kopf. Schweigend saßen sie ein paar Minuten nebeneinander und betrachteten die Gestalten auf dem Bildschirm. Mary sah auf ihre Uhr. »Was glaubst du, wie lange sie brauchen?«

»Ich weiß nicht.« Nach einer Weile fragte er: »Sagst du mir jetzt, wo sie ist?«

»Wer?«

»Melinda.«

Mary biß sich auf die Lippen uns starrte weiter auf den Fernseher. »Sie will dich jetzt nicht treffen.«

»Du hast mir ihr gesprochen? Hast du ihr gesagt, daß ich versucht habe, sie zu erreichen?«

Mary nickte langsam.

»Sag's mir.«

Mary drehte sich zu ihm und schaute ihm in die Augen, nickte traurig und schüttelte den Kopf. »Sie hat sich in das Programm im Southridge Center aufnehmen lassen, Joe. Weil sie clean werden will.«

»Sie läßt sich behandeln? Das ist großartig. Ich freue mich für sie. Ich wollte schon lange, daß sie es macht. Warum hat sie mir nichts davon gesagt?« Er erhob sich, ging auf und ab; schlug die Hände zusammen. »Wie lange dauert es? Wann kommt sie raus? Ich will sie sehen.«

»Sie bleibt noch drei Wochen drin, Joe. Aber ich glaube, du läßt sie besser eine Zeitlang in Ruhe, auch wenn sie wieder draußen ist.«

»Warum? Das ist unsere Chance, neu anzufangen. Ein neuer Beginn – ganz von vorne. Sie ist clean, ich bin trokken. Wir schaffen es.«

Mary schüttelte den Kopf. »Joe, ich glaube nicht, daß Melinda die gleiche positive Energie wie du empfindet. Vielleicht will sie nicht mehr von vorn anfangen.«

»Warte ab, bis sie wieder auf dem Damm ist, du wirst schon sehen. Es waren der Alkohol und das Kokain, die unsere Ehe zerstört haben. Sie wollte nur noch high sein.«

»Vielleicht. Aber vergiß nicht, daß du sie verführt hast. Sie hat vorher nie Kokain genommen. Bevor sie an dich geriet, hat sie sogar kaum etwas getrunken.«

»Ich war damals anders.«

»Sie auch. Du hast sie dorthin gebracht, und dann hast du sie allein gelassen.«

»Ich hab' das Saufen aufgegeben. Ich hab's aufgegeben, und sie hat mich rausgeschmissen.«

Marys Stimme klang härter: »Darum geht es nicht. Du hast sie ... Es ist so, als hättest du sie zu einem wirklich schlechten Spiel mitgenommen, dessen Ende nicht in Sicht ist, und ihr würdet am Spielfeld in der ersten Reihe sitzen. Und als sie sich an dich wendet, um dir sagen, was für ein schreckliches Spiel das ist, bist du verschwunden. Du bist in deinen Wagen gestiegen und weggefahren.«

»So war es nicht.«

»Verstehst du nicht? Die Fakten spielen gar keine so große Rolle. Die Auswirkungen auf Melindas Seele zählen.«

»Du meinst, es ist egal, was geschehen ist? Wichtig ist nur, was sie empfindet?«

»Nur weil du es nicht sehen kannst, bedeutet das noch lange nicht, daß es nicht real ist.«

Crow verschränkte die Arme. »Nun ja, Hauptsache, es geht ihr gut.« Dann sah er seine Schwester an. »Mit welcher Mary spreche ich denn?«

Mary senkte den Kopf und zupfte an einem Faden, der an ihrem Mantel hing. Sie lächelte, aber ihre Augen wirkten müde. »Es gibt immer nur mich, Joe«, sagte sie.

Crow setzte sich und versuchte sich zu beruhigen. Ich kann damit umgehen, dachte er und sah seine Schwester an. Wenn sie nur nicht immer so lächeln würde. Er schaute sich nach dem Mann mit der blutigen Hand um, aber der war offenbar inzwischen drangekommen und ließ sich seine Finger reparieren.

»Sie denkt bestimmt anders, wenn sie herauskommt«, sagte Crow, ohne irgend jemanden zu überzeugen.

»Das ist großartig, Crow.«

»Ich wollt' dir nur erzählen, wie sich die Dinge entwikkelt haben.«

»Prima, das ist nett. Ich habe mir schon Sorgen gemacht.«

»Und ich wollte mich dafür bedanken, daß du gestern vorbeigekommen bist.«

»Nichts zu danken. Weiß du denn jetzt, wo sie ist, ich meine, weißt du welches Programm sie macht?«

»Southridge Center. Es soll ganz nett dort sein.«

»Es ist nett, wenn man sich damit abfindet, daß die meisten Leute dort Süchtige sind.«

»Du warst auch da?«

»Ich habe meine Zeit abgesessen. He, Crow?«

»Ja?«

»Ich muß los.«

VIERTER TEIL

1

Querent: Weilen unsere Astralkörper sowohl in uns als auch außerhalb von uns?

Ashtar: Sie weilen multidimensional. Deshalb muß man sie in den Meditationen herbeirufen und sich mit ihnen vereinigen. Es gibt Astralvehikel, Merkabah-Vehikel genannt, die darauf warten, daß du dich in sie integrierst, damit du mit ihnen durch das Universum reisen kannst.

»AUFSTIEG, LETZTE ANWEISUNGEN«; EIN GECHANNELTES INTERVIEW MIT DEM AUSSERIRDISCHEN MEISTER ASHTAR (ASHTAR DIENT AUGENBLICKLICH ALS KOMMANDANT DER KONFÖDERIERTEN FLOTTE IN UNSEREM TEIL DES UNIVERSUMS)

Verordnete Freizeit, eine Stunde zum Lesen und Entspannen. Melinda hatte damit begonnen, die zwölf Schritte zu wiederholen, es war ihr aber schnell langweilig geworden. Seit fast einem Monat hatte sie das gleiche Buch durchgearbeitet, von hinten nach vorne. Sie hatte ein Kapitel der *Prophezeiungen* von *Celestine* noch einmal gelesen, hatte nach etwas Substantiellem gesucht und nichts als leere Worte gefunden. Hätte sie nur einen Satz Tarotkarten mitgenommen. Sie würde Mary bitten, bei ihrem nächsten Besuch welche mitzubringen.

Die freien Stunden waren die schlimmsten.

Sie saß auf der Kante ihres Bettes und betrachtete sich selbst in dem großen Spiegel neben der Tür. Sie atmete bewußt, regelmäßig, tief und konzentrierte sich darauf, positive Energie zu sammeln. Heute saß das Zentrum ziemlich hoch, zwischen ihren Brüsten. Ihre Augen glänzten. Die Falten, die sich auf ihrer Stirn gezeigt hatten, waren fast ganz verschwunden. Sie spürte jeden Teil ihres Körpers. Die tauben Stellen waren wieder lebendig geworden und summten geradezu vor elektromagnetischer Energie. In den violettgrünen Leggings, die sie von Mary bekommen hatte, sah sie fast wie eine Athletin aus. Sie fühlte sich so gut wie seit Jahren nicht mehr. Und so gelangweilt.

Und so dick. Vier Wochen ungehinderter Zugang zu den Süßigkeitenautomaten im Southridge Center hatten ihr zehn Pfund mehr beschert, das meiste davon an ihren sowieso nicht mehr schlanken Oberschenkeln. Sie stand auf, zog die Leggings herunter und betrachtete ihre Beine. Lang, weiß und etwas uneben, wie die einer Eiskunstläuferin, die nicht mehr trainiert.

Immerhin war sie von den Drogen runter. Bald würde sie nach Hause gehen, zurück nach Big River, zu ihrer Katze und ihren Webereien. Dann könnte sie sich ihre Oberschenkel formen lassen. Sie hatte von Mary gehört, daß Dr. Bellweather nicht mehr im Geschäft war, daß er im Gefängnis saß oder so etwas, aber er war schließlich nicht der einzige Arzt in der Stadt, der Fett absaugte.

Die Tür ging auf. Melinda riß ihre Leggings hoch.

»Ich glaube, Sie haben sich im Zimmer geirrt«, sagte sie kühl. Das war eines der Dinge, die ihr an Southridge mißfielen. Angeblich handelte es sich um die beste Entzugsklinik im ganzen Staat, aber sie hatten nicht einmal Schlösser an den Türen.

Die Frau, die in der Tür stand, verschränkte die Arme und lehnte sich gegen den Rahmen. Ihre schwarze Lederjacke war mit Ketten besetzt. Sie trug eine Sonnenbrille mit kleinen ovalen, violetten Gläsern. Roter Lippenstift. Schmale Hüften, eingepackt in schwarze Lederjeans.

»Sie sind Melinda Crow, nicht wahr?« fragte die Frau.

»Was wollen Sie?« fragte Melinda.

Die Frau lächelte grimmig und zog die roten Lippen weit auseinander, wobei sie hübsche weiße Zähne zeigte.

»Ich wollte nur mal schauen«, sagte sie. »Sehen, womit wir es hier zu tun haben.« Sie drehte sich um. Ihre Ketten zerkratzten den Türrahmen. Dann ging sie durch den Flur zum Ausgang.

Melinda zitterte. Sie setzte sich auf das Bett, nahm einen halben Lotussitz ein und konzentrierte sich auf ihren Atem. Zehn Minuten später rätselte sie darüber, ob ihre Besucherin in dem schwarzen Leder wirklich gewesen war oder lediglich eine Manifestation ihrer Ängste und Sehnsüchte. Erneut wünschte sie sich ihre Tarotkarten herbei. Ein kurzes Gespräch mit der Herrscherin, und sie würde es wissen.

Laura Debrowski bog vom Parkplatz des Southridge Center auf die Straße ab. Sie fuhr so schnell es ging im zweiten Gang, bevor sie den Schalthebel in den dritten knallte. Wahllos stieß sie eine Kassette in den Recorder und drehte den Lautstärkeregler auf, bis die Musik sich verzerrte. Dann drehte sie noch ein wenig weiter. Iggy und die Stooges. Laura fuhr an der Ampel vor der Auffahrt vorbei und rauschte mit 150 Stundenkilometer auf den Freeway. Sie preßte die Zähne aufeinander.

»Warum mach' ich diese Scheiße bloß?« schrie sie gegen die brüllende Musik an.

»Now-I-wanna, be your dog«, antwortete Iggy Pop.

Vor ihrem Mietshaus parkte sie, schloß den geschundenen Honda ab, ging in ihr Apartment und ließ sich aufs Sofa fallen.

Alles war still, bis auf das Summen des Kühlschranks und ein leises Klingeln in ihren Ohren.

Sie zündete sich eine Zigarette an.

Eine Minute später hörte sie ein Geräusch. Eine schwarze Katze mit gelben Augen schlenderte aus ihrem Schlafzimmer, sprang auf ihren Schoß und betrachtete mit sanftem Schnurren ihre Nasenspitze. Laura fuhr ihr zärtlich mit der Hand über den Rücken.

»Na, du kleiner schwarzer Kater«, sagte sie.

2

Wenn ich mit meiner Katze spiele, wer weiß, ob sie sich nicht mehr mit mir amüsiert als ich mich mit ihr.

MICHEL DE MONTAIGNE

Eines der ersten Dinge, die Crow hinsichtlich der Zustellung von Anklageschriften lernte, war vor allem, daß er nicht so aussehen durfte wie ein Mann, der seinen Lebensunterhalt mit dem Zustellen von Anklageschriften verdient.

Er hatte verschiedene Stile ausprobiert, bis er beim Modell ›Coach‹ gelandet war.

Der ›Coach‹ war ein athletischer Typ, trug meistens ein University of Minnesota-Sweatshirt, darüber einen alten Lederblouson, den er in einem Second-hand-Shop für Markenkleidung gekauft hatte. Er war glatt rasiert, hatte kurze Haare und lächelte fast immer, als erinnere er sich gerade an seinen letzten Sieg. Stets trug er eine Nike-Sporttasche über der Schulter. Der Coach sah nicht aus, als würde er Anklagen zustellen. Er sah aus wie ein Typ, der sein Softballteam sucht. Sein rosa Jaguar kam ihm ebenfalls zugute, weil er die Leute verwirrte und neugierig statt mißtrauisch machte.

Er hatte auch gelernt, daß der Samstagmorgen die beste Zeit war, um seine Klienten zu Hause zu erwischen. Meistens waren sie noch verschlafen genug, um ohne nachzudenken die Tür zu öffnen, vielleicht noch ein bißchen verkatert und mit nur dem einen Gedanken im Kopf, nämlich demjenigen, der mit seinem Finger auf ihren Klingelknopf drückte, sagen zu können, wohin er sich diesen Finger stekken solle.

Crow tätigte seine Besuche am liebsten sehr früh. Fünf oder sechs Uhr morgens war die beste Zeit.

Am Samstagmorgen hatte er um acht Uhr bereits drei Anklagen in South Minneapolis und eine in Saint Paulite zugestellt. Er machte das jetzt seit drei Wochen und versuchte, seinen Kopf finanziell wieder über Wasser zu kriegen. Klienten, um zwei oder drei Tage in der Woche beschäftigt zu sein, hatte er schnell genug gehabt. Es gab schlechtere Wege, sein Geld zu verdienen. Zum Beispiel, indem man für einen Schönheitschirurgen arbeitete.

Im Gegensatz zu den ansonsten herrschenden eisigen Temperaturen wurde es in der ersten Januarwoche ausgesprochen mild, ja fast lau. Die Temperaturen stiegen auf weit über null, die Sonne schien. Langsam schmolzen die Schneebänke und enthüllten ihre schwarzen, klebrigen Kerne. Ölige Bäche liefen in die Rinnsteine. Die Leute knöpften ihre Mäntel nicht mehr zu, lächelten und erzählten jedem, der es hören wollte, was für ein schöner Tag es sei. Pseudo-Frühling in Minnesota. Er würde nicht lange anhalten.

Von George Murphy hatte Crow nichts mehr gehört, seit er die Talking Lake Ranch mit Getter neben sich auf dem Schneemobil verlassen hatte. Jetzt, da Ricky tot war, hatte George zweifellos alle Hände voll zu tun. Eigentlich, so dachte Crow mit der Zeit, war George gar kein so übler Kerl, nur ein dummer Bastard, der sich in ein paar unangenehme Ereignisse hatte hineinziehen lassen. Zumindest wußte man bei ihm, woran man war.

Dr. Nelson Bellweather, das war Crow neulich zu Ohren gekommen, war von seinem Bruder Nate auf Kaution aus dem Gefängnis geholt worden, nachdem er ihn überredet hatte, eine zweite Hypothek auf sein Haus zu nehmen. Danach war der Doktor prompt verschwunden. Nate war ziemlich wütend gewesen. Er hatte sogar Crow angerufen und ihn gebeten, nach Costa Rica zu fliegen und seinen Bruder zu suchen, gegen Bezahlung.

Crow hatte den Job abgelehnt.

Heute würde er Melinda anrufen. Sie hatte ihr Programm in Southridge beendet. Wahrscheinlich war sie schon zu Hause. Er spürte seinen Herzschlag, zu rasch. War es Freude oder Furcht? Hastig kurbelte er das Fenster herunter und holte tief Atem. Wollte er sie wirklich wiedersehen? Er wußte schließlich kaum mehr, wer sie war, diese

Frau, die er geheiratet hatte. Der Gedanke daran, wieder mit ihr zusammenzuleben, sollte sie dem zustimmen, war mindestens genau so erschreckend wie der Gedanke, ohne sie zu leben. Das Problem, so fürchtete er, bestand vor allem darin, daß er sie nicht mehr mochte. Offensichtlich hatte er aufgehört, seine Frau zu lieben, und das erzeugte einen Ozean der Schuldgefühle.

Laura Debrowski hatte er seit zwei Wochen nicht mehr gesehen. Ihr letztes Treffen, zum Lunch in Emily's Libanese Deli, war katastrophal verlaufen. Crow hing seinen eigenen Gedanken nach, die abwechselnd um den schrecklichen Tod von Ricky Murphy und um Melinda kreisten. Er stellte sich vor, daß Melinda in einem weißen Raum saß, sich mit den Händen den Kopf hielt und Joe Crow haßte. Also hatte er an seiner Krautrolle herumgepickt und kaum ein Wort gesagt. Nach einer Weile war auch Debrowski verstummt. Schweigend hatten sie gegessen. Schließlich hatte er wie ein Schwachkopf von Melinda erzählt, davon, wie sie früher gewesen wäre. In seiner Stimme mußte Hoffnung mitgeklungen haben. Debrowski hatte die Rechnung bezahlt.

»Ruf mich an, wenn du deinen Mist geregelt hast, Crow«, hatte sie gesagt. Sie war aus dem Restaurant gegangen, in ihren kleinen gelben Honda gestiegen und nach einem scharfen Wendemanöver die University Avenue hinuntergefahren.

Crow hatte sich gefühlt, als habe er gerade eine Schüssel Zement hinuntergeschlungen.

Aber er hatte sie nicht angerufen.

Er lenkte den Wagen in eine Parklücke vor seinem Haus. Ein Mann in einem blauen Dodge Aries parkte hinter ihm und stieg aus.

Der Mann trug einen Anzug mit glänzenden Knien und Ellbogen. Der Anzug sah aus, als habe er ihm zwanzig Kilo früher mal gepaßt, aber jetzt quollen die Fettpolster über den Gürtel. Ein zu langes gelbes Hemd schaute aus den Ärmeln heraus. Er trug keine Krawatte, sondern hatte sich für ein Goldkettchen entschieden, das als Ersatz für fehlende Behaarung seine offene Brust zierte. Das Haar auf seinem

Kopf wurde von einer glänzenden chemischen Substanz in Form gehalten. Es war glatt nach hinten gekämmt, bedeckte die rosa Kopfhaut nur noch ungenügend und schlängelte sich dafür über zwei recht große Ohren. Der Mann hielt ein Bündel Papiere in seiner beringten Hand.

Also dieser Kerl, dachte Crow, dieser Kerl sieht aus wie ein Anklagezusteller. Er sah so sehr nach einem aus, daß es fast unmöglich schien, daß er einer war. Ich meine, fragte sich Crow, welcher Idiot würde so einem die Tür aufmachen?

Der Mann blickte auf seine Papiere, auf Crows Mietshaus, ging dann in die Eingangshalle und klingelte bei Crows Apartment. Crow folgte ihm und fragte sich, was der Mann wollte. War er vom Bauamt? Ein Vertreter? Hatte er einfach nur die falsche Adresse? Er ging hinter dem Mann die Stufen hinauf.

»Guten Morgen«, sagte er. Der Mann drehte sich um und sah ihn mit kleinen, geröteten Augen an.

»Sind Sie Joseph Crow?«

»Der bin ich.«

»Hier.« Der Mann schob ihm das Bündel Papiere in die Hand und ging einfach davon.

Crow starrte auf die Papiere in seiner Hand und las:

... Sie werden hiermit aufgefordert, dem Anwalt des Klägers eine Antwort bezüglich der Klage auf Auflösung der Ehe zukommen zu lassen, die Ihnen hiermit zugestellt wird. Sie werden gebeten, die Antwort innerhalb dreißig (30) Tagen nach Zustellung der Klageschrift an die Adresse ...

Was? Er blätterte die Seiten durch. Juristisches Kauderwelsch. Auf der letzten Seite stand unter einer unleserlichen Unterschrift:

David A. Getter. Anwalt für die Klägerin.

Nachdenklich fuhr er sich mit der Zunge über die Lippen und sagte laut: »Sie läßt sich von mir scheiden.« Noch während er sie sprach, schienen die Worte in der Luft zu schmelzen. Er stieg die Treppe zu seinem Apartment hinauf, hob die Zeitung auf, die vor seiner Tür lag, ging zum Telefon und wählte Melindas Nummer.

»Hallo?«

»Hier ist Joe.«

Schweigen.

»Ich habe gerade eine Klageschrift erhalten.«

»Oh.«

»Ist das alles, was du dazu sagen kannst – ›oh‹?«

Crow hörte es nicht klicken, aber nachdem einige Zeit vergangen war, ertönte plötzlich der Wählton. Er legte den Hörer auf, verschränkte die Arme, saß fast eine Stunde lang bewegungslos da und wartete darauf, daß die Trauer ihn umbrachte. Statt dessen jedoch wunderte er sich über ein seltsam leichtes Gefühl in seiner Brust. Komischerweise fühlte er sich gar nicht schlecht. Es war, als habe jemand ein sehr, sehr schweres Gewicht von ihm genommen – es war, als könne er fliegen. Er kannte dieses Gefühl, aber er konnte sich nicht erinnern, wann er es das letztemal gespürt hatte.

Ein bittersüßer Geschmack lag auf seiner Zunge.

Jetzt fiel es ihm wieder ein.

Der Geschmack von grünem Chartreuse-Likör

»Nimm dir Zeit, Junge. Leg es hier auf, auf diesem Ast. So ist es gut, halt es so. Er läuft dir nicht weg – such dir nur die beste Position und laß dir Zeit.«

George Murphy hockte sich in dem schmelzenden Schnee neben seinen Sohn. Shawn wischte sich die Nase mit dem Daumen seines Handschuhs ab, senkte den Kopf und schaute durch das Zielfernrohr. Die Winchester 270 wog viel mehr als seine 22er. Er preßte seine Wange an den glatten Kolben.

»Er ist da oben, Sohn. Laß dir Zeit, bleib ganz ruhig und sag mir, wenn du ihn siehst.«

Das Bild im Zielfernrohr zitterte. Shawn erneuerte seinen Griff und konzentrierte sich darauf, das Gewehr ganz ruhig zu halten. Er fand den Hügelkamm, bewegte das Gewehr langsam nach rechts und suchte nach dem Baum, der großen Kiefer.

Da … Langsam senkte er den Lauf des Gewehrs.

Da war er. Er saß vor dem Baum und schien ihn direkt

anzusehen. Der orange-schwarze Körper zeichnete sich leuchtend vor dem dunklen Baumstamm ab.

Er konnte nicht einmal die Kette sehen.

»Hast du ihn?«

»Mhm.« Shawn nickte.

»Dann erledige ihn, Junge. Such ganz locker den Druckpunkt und zieh dann ab. Und laß dir Zeit.

Shawn holte tief Atem, zielte und wartete, bis sich das Fadenkreuz genau auf der weißen Brust des Tigers befand, an der Stelle, wo zwei schwarze Streifen ein V formten. Er spürte die Nähe seines Vaters, der nun hinter ihm stand. Der Tiger gähnte. Shawn nahm Druckpunkt und zog durch.

Der Rückstoß rammte ihm die Schulter nach hinten, aber Shawn spürte es gar nicht. Der Tiger wankte, gewann für einen kurzen Augenblick das Gleichgewicht wieder und brach dann zusammen.

George ließ zischend den Atem aus seiner Nase entweichen. »Das war ein guter Schuß, Sohn«, sagte er. »Aus dir wird mal ein verdammt guter Jäger.«

»Hat es Ihre Arbeitsfähigkeit eingeschränkt?«

»Nun, ich muß das Telefon jetzt mit der rechten Hand ans rechte Ohr halten, da ich mit dem linken nicht mehr sehr gut hören kann. Das heißt, daß ich mein Terminal mit der linken Hand bedienen muß und auch Notizen mit links mache. Das geht natürlich schon ein bißchen langsamer.«

»Das ist gut. Das ist hervorragend. Sie können also nicht mehr so viele Telefonate führen. Um wieviel Prozent sind sie langsamer, vielleicht fünfzig, sechzig Prozent?«

»Nein, nein, höchstens zehn.«

»Sind Sie sicher?« Dave Getter malte mit seinem Füller Nullen in die Luft. »Ich denke, wir können höher gehen.«

Anderson verstand und nickte. »Sechzig Prozent, dazu der Zeitausfall wegen all der Ärzte, die ich aufsuchen mußte.«

»Gut. Wir argumentieren also, daß sie sechzig Prozent Ihres Einkommensumfangs eingebüßt haben, der letztes Jahr … Wieviel haben Sie verdient?«

»Etwa 220 000.«

»Ihre Verletzung dürfte also 130 000 im Jahr wert sein. Nehmen wir an, daß Sie bis zur Pensionierung noch vierzig Jahre arbeiten und Ihr Einkommen durchschnittlich um zehn Prozent im Jahr steigt – ja, ich denke, das würde man akzeptieren. Das ergibt für uns ... sagen wir mal fünfzehn Millionen.«

Anderson riß die Augen auf. »Wirklich? Glauben Sie, wir können so viel bekommen?«

»Das hängt natürlich davon ab, wieviel Geld George besitzt und ob er eine gute Haftpflichtversicherung abgeschlossen hat.«

»Das ist eine Menge Geld.«

Getter lächelte. »Wir fangen doch erst an, Steve. Reden mir mal davon, inwieweit diese Verletzung ihr Sexualleben beeinträchtigt hat.«

»Also, eigentlich überhaupt nicht ...«

»Sind Sie sicher? Keine Probleme damit, eine Erektion zu bekommen und zu halten? Sie liegen im Bett mit Patty, und plötzlich müssen Sie an den Tiger denken, und alles ist schlaff ...? Denken Sie genau nach – wir kriegen sicherlich nur eine Chance.«

Anderson wandte den Blick ab. »Nun, vielleicht gab es ein paar Probleme. Was wären die wert?«

Crow saß auf seinem Schlafsofa und las die Zeitung. Er hatte mit der Titelseite begonnen und dann jeden einzelnen Artikel gelesen, und zwar mit großem Interesse. Es war wirklich interessant, was so in der Zeitung stand, wenn man sie aufmerksam las. Auf der zweiten Seite fand er einen Artikel über einen Politiker, der wegen sexueller Belästigung von Minderjährigen verhaftet worden war. Der Leitartikel verschaffte ihm einige neue Perspektiven bezüglich der Freihandelszone in Mexiko, und die Comicseite, die er las, ohne einmal zu lächeln, war höchst amüsant.

Er war so glücklich wie seit Jahren nicht mehr, aber er wußte nicht, was er mit diesem Glück anfangen sollte. Ein merkwürdiges Gefühl, Glück in einem Vakuum.

Jemand klopfte an seiner Tür. Crow blickte von der Zeitung hoch. Die Sicherheitstür in der Lobby war seit Wochen kaputt. Leute, die er nicht sehen wollte – Rechnungseintreiber, Vertreter, Mormonen – konnten bis an seine Tür kommen und dagegenhämmern.

Crow legte die Zeitung beiseite und öffnete. Ein schwarzer, pelziger Schatten mit gelben Augen rieb sich an seinen Beinen und trottete Richtung Küche. Er fühlte ein Perlen im Magen, als habe man dort eine Flasche Dom Perignon entkorkt. Der fette Milo steuerte energisch auf seinen Futternapf zu, der seit Wochen nicht mehr gefüllt worden war. Fordernd stieß er seine Stirn an Crows Schienbein. Crow spürte, wie ihm die Tränen in die Augen stiegen. Er nahm Milo hoch und vergrub sein Gesicht in dem dichten schwarzen Fell. Während er sich die Tränen abwischte, vibrierte das tiefe Schnurren des Katers an seiner Wange.

Milos Fell roch nach Tabak.

Er setzte ihn wieder auf den Boden und sah in den Flur hinaus. Laura Debrowski lehnte an der Wand, eine Zigarette zwischen den Lippen.

»Wie geht's, Crow-wie-der-Vogel?«

Crow merkte, daß er lächelte, daß er strahlte. »Viel besser«, sagte er. »Es geht mir gut, ehrlich.«